三生三世 步生莲·壹

化阡

唐七 —— 著

Whenever Step Goes,
Lotus Blooms

人民文学出版社

图书在版编目(CIP)数据

三生三世步生莲. 壹, 化茧 / 唐七著. —北京: 人民文学出版社, 2021
ISBN 978-7-02-016633-6

Ⅰ.①三… Ⅱ.①唐… Ⅲ.①长篇小说—中国—当代 Ⅳ.①I247.5

中国版本图书馆CIP数据核字(2020)第181144号

策划编辑	胡玉萍
责任编辑	涂俊杰
装帧设计	李思安
责任校对	刘佳佳　王筱盈
责任印制	宋佳月

出版发行	人民文学出版社
社　　址	北京市朝内大街166号
邮政编码	100705
网　　址	http://www.rw-cn.com
印　　刷	北京中科印刷有限公司
经　　销	全国新华书店等
字　　数	278千字
开　　本	890毫米×1290毫米　1/32
印　　张	10.75　插页4
印　　数	1—100000
版　　次	2021年2月北京第1版
印　　次	2021年2月第1次印刷
书　　号	978-7-02-016633-6
定　　价	49.80元

如有印装质量问题，请与本社图书销售中心调换。电话：010-65233595

三生三世
步生莲·壹
化玄
Wherever Step Goes,
Lotus Blooms

目录

序　章 …… 001
国师开的药方子十七个字：『起高楼，集百花，娇养郡主十五载，病劫可解。』

第一章 …… 005
九重天的传闻里，他这个三殿下是个在神族里排得上号的花花公子……

第二章 …… 015

第三章 …… 031
回到平安城，成玉第一桩事便是攒钱去逛琳琅阁看花非雾。

第四章 …… 047
午夜梦回时，成玉常觉得自己是个很悲催的皇帝。

第五章 …… 067
追过去的剑再快也赶不上那把先行一步的长刀……

第六章 …… 085

松千和崖壁正正卡住少女的一截细腰，而崖底则围了好大一群待哺的饿狼猛虎。

第七章 …… 107

这位郡主不知做了什么，惹得一心想征服南冉的世子大怒……

第八章 …… 121

三殿下淡淡道：『那便去问问这位郡主，「红莲子」之后，当日她还看到了什么却忘了抄录。』

第九章 …… 137

不知从什么时候开始，他看着她时，眼中便不再是孩子，而是妩媚多姿的女子了。

第十章 …… 151

从古墓深处传来点鼓的轻响，咚，咚，咚，咚，鼓声召唤了无数妻虫紧紧追随在她们身后。

第十一章 …… 169
他的面目是平静而漠然的。与他的平静相对的却是他身后席卷整个黑夜的狂风……

第十二章 …… 191
她那么款款地立在那里，身姿轻若流云，声音暖似和风……

第十三章 …… 207
成玉走得近些，瞧见季世子一身蓝衫，手握一卷，临窗而坐，清俊非常。

第十四章 …… 235
那枚扳指由百族族长中最具声望的牡丹帝王姚黄亲自结印，亲自命名，名字就叫希声。

第十五章 …… 259
为了将她平安送到化骨池对岸，蜻蛉死在了化骨池中。

第十六章 289

承着幽魂的树叶在夜风中沙啦作响，似在庆贺着彼此即将新生。

第十七章 311

他是个神，对一个凡人生出情意，对她和他都没有任何好处。

序章

锁妖塔崩溃时闹出毁天灭地的动静，此时二十七天却寂然无半分人声，诸神叹着气一一离去，没人注意到九重宝塔下还压着瑶池的红莲仙子。

她是被疼醒的，睁眼时所见一片血红，双腿被缚魔石生生截断，锁妖塔黑色的断垣就横亘在她面前。冷月的幽光中，疼痛如绵密蛛丝一层绕着一层，将她裹得像个不能破茧的蛹。

尚未被诸神禁锢的妖气似蛟龙游移在东天之上，将烟岚化作茫茫血雨，在星河云海间扯出一幅朱色的红绸。

红色的雨落在她脸上，带着冰刺的寒意浸入肌理，冷汗大滴大滴自她额角滚落，干哑的嗓子无法出声。

疼痛，无休无止的疼痛。

她不知该求生还是求死，更不知该向谁求生又向谁求死。疼痛逼得她不能移动分毫，连自我了断都不能。

雨雾苍茫，她想起自己为什么会在这里，她是来帮好友桑籍一起带走他被困锁妖塔的心上人。擅闯锁妖塔是永除仙籍的大罪，她如何不知，只是寄望于自己素来无往不利的好运气。

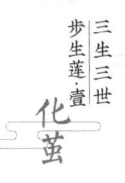

可再多的好运也有用尽的一日。

这一次，被救的人妥善离开，而运气用尽的她不得不代替他们承受九重宝塔被冒犯的全部怒意。

宝塔崩溃之时，缚魔石自塔顶轰然坠下，快如陨星的巨石如利斧劈开她眼前三寸焦土，她只来得及说出不要回头。

不要回头。

被缚魔石隔断的最后一眼里，他正抱着怀中女子小心地闪过尘烟碎石。他听了她的话，没有回头。

二十七天之上，望不见天宫的模样。他们是否顺利逃脱她全然不知，为了救他们，她搭进去一条命。她其实不晓得会是这样的凶险，临行前还告诉自己这是最后一次，只消他们逃出九重天，她便再不用为朋友情谊两肋插刀，松快日子指日可待。

可谁想一语成谶，这果然是最后一次，最后最后一次。

一个神仙，却死在锁妖塔里，就算是她，也觉得这未免跌份儿，攀着遍是血污的碎石想要一点一点爬出废墟，可每动一下，都像是千万把钝刀在身上反复切割。

她看见自己的血自缚魔石下蜿蜒流出，直流入镜面般的烦恼海，血迹蜿蜒之处，红莲花盏刹那怒放，一瞬间，二十七天遍地妖娆的赤红。

三千世界，不管是哪一处的红莲，人生的最后一次花开都是空前绝后的美态，何况她这四海八荒坐在花神最高位的花主。

她行将死去，占断瑶天的万里春色，只因是最后一场花开。

天边散溢的妖气忽凝成巨大人形，狠狠撞击四极的地煞罩，发出可怕的低吼。

破晓时分,正是逢魔之时。

她已不指望谁会回来救她,醒来时虽有一刹那那么想过,可锁妖塔崩溃,万妖乱行,诸神将二十七天用地煞罩封印起来,明摆着九重天上无人能镇压得了这些被关了万万年,凝聚了巨大怨气的妖物。

她其实已经认命。

她并非生而仙胎,而是灵物修炼成仙,原本便该除七情、戒六欲,即便此次还能侥幸得救,她心中所想,于她而言也是遥不可及,所以这样也好。

这一生实没有什么好指望的了,爬不出锁妖塔也没什么了,纵然日后会变成个笑话,反正她也听不到了。

她正要安心地闭上眼,苍茫云海里却忽然传来一阵低回的笛音。笛音之下,齐聚东天的妖气像一匹蓦然被刀锋刺中要害的困兽,歇斯底里地挣扎怒吼。而绵延缠绕她的剧痛也在一瞬间消逝,她只来得及睁开眼。

茫茫视线里,不远处的天之彼陲起滔天的巨浪,白浪后似乎盘旋着一条光华璀璨的银色巨龙。

她想抬手揉揉眼睛,终归没有力气。而浪头一重高过一重,似千军万马踏蹄而来,所过之处翻滚的妖气几乎是在瞬间散逸无踪。雨幕褪去血色,星河间笛音低回悠扬,二十七天重为净土。

笛音之下出现如此盛景,四海八荒,她只识得一人。可那人此时应正身披铁甲,征战在魔族盘踞的南荒大地。

来不及想得太多,目光所及之处已出现一双白底的锦靴,虽是遍地血污,靴子却纤尘不染,男人冰冰凉凉的声音响在她头顶:"我不过离开几日,你就把自己搞得这样狼狈。"

她费力抬头，看着蹲在自己面前的白衣神君，苍白的脸上浮出一个苦笑，可话已不能说得完整："我只是以为，这次还会有……好运……"

烟岚渐开，白色的日光穿过地煞罩洒遍二十七天每一个角落，她已看不清他的表情，只是感到他冰凉的手指抚上自己脸侧："你真以为，那些都是好运气？"

他是第一次这样同她说话。他从来不曾对她说过这样的话。

也许是人之将死，许多不曾细想的事在心底一瞬通明。可笑她是个神仙，却相信世间有什么好运。

被压在锁妖塔下，最疼的时候，她也没有流下泪来。她这一生从未哭过，不是坚强，只因红莲天生便无泪。红莲无泪，心伤泣血。一滴血自她眼角落下，滑过苍白脸颊。

她太晚明白这一切，却不知该如何回答，血珠凝成一颗红玉，落在他手中。她张了张口，想尽力把那些话说得完整："若有来生，三殿下……"

她握住他的手："若有来生……"最后的时刻已至，遍地的红莲瞬间凋零，可那句话却还未来得及说完整。她苍白的手指自他手中滑落，紧闭的眼角还凝了一颗细小的血珠。

他低头看着她，良久，将手中红色的玉石放进她冰凉的掌心，握紧："若有来生，你当如何呢，长依。"

烦恼海上碧波千尺，漂浮的优昙花次第盛开，白色的花盏在雨幕中飘摇。若有来生……可神仙又怎会有来生呢。

第一章

敬元四年的仲夏，静安王府的红玉郡主从丽川的挽樱山庄回到了王都平安城。

因当朝太皇太后一道懿旨，将她许配给了某位刚打完胜仗的将军，着她即刻归京。

红玉郡主成玉年幼失怙，六岁时她亲爹静安王爷战死疆场，去了；她亲娘静安王妃从此一病不起，撑了半年，在她七岁上再撑不下去，跟着她爹也去了。从此偌大静安王府，只留她一棵独苗。

双亲早逝，红玉郡主懂事也早，接到太皇太后旨意，并不似她的公主姐妹们一般，先要去打探打探驸马合意不合意。倘若不合意，不得宠的公主便要哭一哭，再嫁；得宠的公主便要大哭一哭，还不嫁，并要将皇宫闹得鸡飞狗跳。

红玉郡主成玉，她是位令人省心的郡主，她一没有去打探传说中的郡马合不合她意，二没有哭。她二话没说，端着个绣架就上了马车，一边心平气和地给自己绣着嫁衣，一边算着日程，一天不多一天不少回到了平安城。

结果进了城才被告知，婚约已然取消，信使早已被派出王城，大约在路上同他们错过了。

据宫里传来的消息，说婚约取消，乃是因那被赐婚的将军心心念念着北卫未灭,耻于安家,而将军一腔舍小家为大家的爱国之情令太皇太后动容非常,便照着将军的意思,将此事作罢了。

成玉的侍女梨响脾气急,得知这个因由,火冒三丈:"北卫未灭耻于安家?毋庸说北卫近年兵强马壮,数次交锋,彼我两朝都是各有得失,便是在北卫不济的太宗时期,我们也不过只将大熙的战旗插到了北卫的玉渡川!哼,他这明摆着是不想娶我们郡主找的托词!"梨响含着热泪叹息,"郡主已将自己锁在楼顶两日两夜,想必是不堪受辱,心伤得很了,奴婢真是为郡主忧心。"

大总管朱槿面无表情地查验手中的药材:"不必担心,送过去的一日三餐倒是都食尽了,夜里还要拉铃讨要加餐。"

梨响热泪更甚:"须知心伤也是极耗心力的一桩事,食得多,大抵是因郡主她心力耗得多,心力耗得多,大抵是因郡主她太过心伤,我可怜的郡主呜呜呜呜……"

朱槿停下来看了她好半晌,话中隐含不可思议:"你这个逻辑,居然倒也说得通……"

梨响口中的楼顶,指的是红玉郡主在王都的绣楼十花楼的楼顶。

十花楼乃京中第一高楼。

十层的高楼,比京郊国寺里的九层佛塔还要高出一截,且日夜关门闭户,也不知建来何为。年长日久,传说就多了。

其中最出名的一则传说,称"群芳之冠,冠在十花,奇卉与异草共藏,珍宝同美人并蓄"。传得十花楼简直是个人间天国。

人间天国不敢当,但说起奇花异草、珍宝美人,十花楼还真不少。

相传红玉郡主周岁上得了怪病,天下神医莫之奈何,眼看小郡主要一命呜呼,静安王爷无奈之下求助国师。国师开的药方子十七个字:"起高楼,集百花,娇养郡主十五载,病劫可解。"静安王爷得了方子,火急火燎地从皇帝处求来旨意,三个月里起了这十层高楼,集了百种花卉，这便是奇花异草的来处。

再说珍宝。当年静安王爷寻遍大熙搜罗到的一百种花木里，有两株已修炼成形，皇帝的皇宫里也寻不到这修炼成形的奇花异草，自然可算是无价珍宝。这两株花妖，一株是棵梨树，便是成玉的侍女梨响；另一株是棵槿花，便是十花楼内事外事一把抓的大总管朱槿。

最后说美人。虽然十花楼里能算得上是个人的，唯红玉郡主成玉一个。但红玉郡主颜色之好，常令楼中花草自生羞愧，一美可媲百美，因此十花楼中诸位都正儿八经地觉得，外头传说他们美人很多，那也不算妄言嘛。

一美可媲百美的红玉郡主在第三天的早晨顶着一双青黑的熊猫眼，迈着虚浮的步子踏出了闺门，守在门外的梨响一个箭步迎上去，一边心疼地关怀郡主的玉体，一边忍不住痛骂："那劳什子鬼将军有眼无珠，没有此等福分同郡主共结连理，那是他的损失，无论如何，心伤憔悴的都不该是郡主，郡主您要是为他气伤了身子可怎么了得！"

成玉却并没有理她这个茬儿，瞌睡着递给她一只青色的包袱，打着哈欠："送去锦绣坊，他们正是急用的时候。"

梨响将包袱皮打开一个小口，吓了一跳："这是您的嫁……"

成玉还在打哈欠，手捂着嘴，眼角还有泪："我改了两日，改成了十一公主的尺寸和她必然会喜欢的花样。"看梨响一脸蒙圈，她忍着困意解释，"十一公主下月出嫁，她自己的针线活绣个喜帕都勉强，宫里的针线她又一贯看不上，听说是去了锦绣坊定嫁衣，指名要苏绣娘。可苏绣娘近日犯了眼疾，锦绣坊上下急得团团乱，"她伸手拍了拍梨响手中的包袱，眼中闪过一道精光，"他们要得急，我们正可以坐地起价，诓他个五百金不会有问题。"

梨响默然了："这么说……这几日郡主您并不是在为被拒婚而伤心？"

成玉停住了哈欠，愣了一愣，立刻倚住门框扶着头："伤心，伤心啊，怎么能不伤心。那位将军，呃，那位……嗯……将军……"

梨响淡然地提示："将军他姓连，连将军。"

成玉卡了一下："嗯，是啊，连将军。"她说，"连将军铁血男儿啊，北卫不灭，誓不成家，志向恢宏，有格局，错过了此等良人真是让人抱憾终生。哎，是我没有这个福气。"说完她力求逼真地叹息了一声，叹完却没忍住又打了个哈欠。

梨响感觉自己有点无话可说。

"这事真是提不得，"她家郡主却已经机灵地为这个不合时宜的哈欠解了围，"你看，这伤心事，一提就让我忍不住又想去抱憾片刻。"她居然还趁势为自己想要睡个白日觉找了个绝佳的借口，"你中午就不用送膳食上来了，我睡醒，呃，我从这种憾恨中想通了会自己出来用糕点的。"

说着她一只脚踏进了房中，似乎想了一想，又退了出来，强睁着一双困极的泪眼比出一根手指吩咐梨响："方才那件事，不要让我失望，五百金，绝不能低于这个数，懂吗？"

梨响："……"

梨响琢磨了好半天，午膳时虚心同朱槿求教："郡主她这是伤心糊涂了还是压根儿就不伤心呢？"

朱槿正埋头在萝卜大骨汤里挑香菜，闻言白了她一眼："你说呢？"

梨响撑着腮帮寻思："看着像不伤心，她连连将军姓什么都没搞明白，但回来的路上她明明那么兴高采烈地绣着嫁衣……"

朱槿继续埋头挑香菜："不用和亲去那蛮子北卫，嫁谁她都挺开心的。"大熙开朝两百余年，送去北卫和亲的公主郡主足有半打，个个英年早逝，芳魂难归。

思及此，梨响叹了口气，凑过去帮朱槿一起挑香菜："可她自个儿又说了,错过连将军此等良人,可能要令她抱憾终生。我不知她这是随口说说,还是心里真么想过,是以我琢磨着……"

朱槿一脸深沉地看向梨响:"是以宫里若来人问起郡主的情形,你只管形容得越凄凉越好。太皇太后还算心疼郡主,令太皇太后有所愧疚,总少一分将来送她去蛮族的风险……爪子拿开,那不是香菜,那是葱,葱我是很爱吃的。"

每到月底,成玉就会觉得自己是个十分悲惨的郡主,因朱槿发给她的月例银子总是难以支撑她到每月最后一日。从前爹娘俱在时,她自然是个衣食无忧的郡主,直至双亲仙逝,成玉依稀记得,她也过过挺长一段不愁银子的好日子。

坏就坏在她手上银子一多,就容易被骗,常被诓去花大钱买些令朱槿大发雷霆的玩意儿。

譬如十二岁那年,她花了五千银子兴高采烈地牵回来一匹独角马。可走到半路,马头上的独角被路旁的灌木钩了一下,那角居然就这么被钩掉了。

再譬如十三岁那年,她花了七千银子买了一颗传说中佛祖莲台上的千年莲子。结果次日莲子就在她书案上发了芽。梨响将发芽的莲子移到盆里,她激动地守候了两个月,两个月后盆里居然长出了一盆落花生。

其他零零碎碎她被诓骗的事件更是不一而足,有一阵子朱槿一看到她,敲算盘的手就不能自控地发抖。

后来,就没有后来了,朱槿觉得总是被她这么折磨也不是个事,就没收了她的财权。

因而,在十三岁的尾巴上,成玉便开始极慎重地思考赚钱这桩事了。钻研了两个月,发现最好赚的钱是她那些公主姐妹们的钱,从此奋发图强。

功夫不负有心人，一年之后，凭借过人的天赋，红玉郡主在刺绣一途和仿人笔迹代写课业一途上的造诣都变得极为高深，成为王都第一成衣坊锦绣坊，以及王都第一代写课业的非法组织万言斋的得力干将。

自成玉体味到生活的辛酸，不再被人诓银子之后，她诓人银子的本事倒是见长。

次日午后，梨响果然从锦绣坊拎回来五百金，光华闪闪地摆到她面前。成玉开开心心地从一数到五百，再从五百数到一，掏出随身钱袋子装满，又将剩下的放进一个破木头盒子里装好塞到床底下，还拿两块破毯子盖了盖。

将钱藏好后，成玉麻利地换了身少年公子的打扮，冷静地拿条麻袋笼了桌上的那盆姚黄，高高兴兴地拎着就出了门。

今日朱槿要去二十几个铺子看账目，梨响又在方才被她支去了城西最偏远的那家糕点铺买糕点，她溜出十花楼便溜得十二万分顺畅。

到得琳琅阁时正碰上徐妈妈领着个美娇娘并两个美婢送青年公子出楼，那公子同那娇娘你侬我侬、难舍难分得全然顾不上旁人，徐妈妈却是一双火眼金睛立时认出站在一棵老柳树下的成玉来。

认出她来的徐妈妈一张老脸既惊且喜，不待众人反应，已然脚下生清风地飘到了她跟前，一边玉小公子长玉小公子短地热络招呼她，一边生怕她半道改主意掉头跑了似的牢牢挽住了她的胳膊，将她架进了楼中。

成玉隐约听到身后的青年公子倒抽了口凉气问他身旁的美娇娘，语声颇为激动："他、他他他他便是传说中的玉小公子？"

成玉一边跟着徐妈妈进得楼里，一边不无感慨地回忆起她过去用银子在这块风月烟花地里头砸出来的传奇。

玉小公子在王都的青楼楚馆里是个传说，提起玉小公子的名号，但凡有几分见识的烟花客差不多都晓得。

当年她年方十二，便拿九千银子砸下了琳琅阁花魁花非雾的第一夜，这个数前无古人估计也将后无来者。而在她砸下这个数之前，多年来整个平安城烟花界花魁初夜的价格，一直稳定地维持在五百两银。

玉小公子一砸成名，虽然她逛青楼不比其他的纨绔公子们逛得频繁，但玉小公子她次次出手阔绰，随意打赏个上糕点的小婢子都是七八两银，当得上旁的客人叫姑娘的夜度资了。她就是这样一个令人喜爱的败家子。

徐妈妈只恨手底下没一个中用的姑娘能套上她，让她天天上琳琅阁烧银子，每每午夜梦回念及此事，就不禁要一口老血翻上心头，恨不得自己晚生四十年好亲自下场。

同徐妈妈叙完旧，又挡了几个听闻她的败家子之名而颇为仰慕的毛遂自荐的小娘，成玉熟门熟路地上了二楼，拐进了花非雾房中。

花非雾的两个小丫鬟守在外间。

成玉抬眼向小丫鬟："徐妈妈不是派人来打过招呼了，怎不见你家姑娘出来相迎？"

两个小丫鬟嗫嗫嚅嚅："姑、姑娘她……"

倒是四方桌上那盆开得正好的夜落金钱接口道："芍药她压根儿不晓得花主您来了，方才这两个小丫头进去禀报，刚走到门边就被她拿个砚台给打了出来，芍药她近来心情不太好。"

成玉将两个嗫嚅的小丫鬟打发了出去，揭开姚黄身上的麻袋将它也安置到四方桌上，给自己倒了杯凉茶，搬开条凳坐下来喝着茶，同夜落金钱八卦："哎我说，她这是又看上谁求而不得了？"

夜落金钱倜傥地一抖满身的绿叶子："花主英明。"

花非雾是株芍药，同朱槿、梨响一般，是个能化形的花妖，四年前进了王都，想在人间寻个真爱。结果找了个凡人一打听，听说在凡界，一个女子能光明正大接见许多男子的地儿就数青楼了。

花非雾是个深山老林里头出来的妖，彼时也不晓得青楼是个什么地方，在路上问了个卖菜的，卖菜的上上下下打量了她足有二十遍，给她指了琳琅阁。她跑去一看，只觉得里头花花姑娘挺多，个个都还算漂亮，这个地儿同自己也算相得益彰，就误打误撞地以三十两银子把自个儿给卖进去了。

花非雾进了这王都的头等青楼琳琅阁，想着自己也算是有个安身立命之所了。他们山里头初来乍到安顿下来都讲究一个拜山头，花非雾觉着可能城里头也讲究，便花了大力气，不晓得从哪儿打听出来，说京城花木界都由城北那座十层高的十花楼罩着，兴冲冲地寻着一个月黑风高夜，就拎着自己的三十两卖身钱跑去十花楼拜山头了。

彼时十花楼的花中帝王姚黄正好从为救成玉的十年长眠中醒过来，花非雾傻成这样令姚黄简直叹为观止，不知哪根筋搭错竟瞧上了她。可能姚黄刚睡醒，脑子不大清醒，将这事拜托给了时年只十二岁的成玉，请成玉有空把这乡下来的傻姑娘从琳琅阁里头赎出来。

十二岁的成玉其时对青楼的唯一了解是，那约莫是个不招待女客的地儿。好在她一向爱骑马射箭蹴鞠，梨响为行她的方便，平日里给她备了许多公子装。她随意挑了一身套上就去了。入了琳琅阁，见此地香风飘飘张灯结彩似乎在办什么盛事，好奇心起，随手要了个包厢，打算瞧完热闹再去帮姚黄赎人。

刚喝了半盏茶，舞乐飘飘中就见花非雾一身红衣登上了下面的高台，跳完一支舞，围观的众人就开始热火朝天地喊价，不一会儿就从一百两喊到了三百五十两。

成玉心想，哦，原来青楼里头赎人是这么个赎法。

彼时成玉还是个没有被朱槿切断财权的败家子，这个败家子买匹头顶上粘了根擀面杖的老马也能花五千银子。她觉得花非雾是个美丽的花妖，还是个被十花楼的花中帝王姚黄看上的美丽花妖，怎么能才值三百五十两银子呢？

于是她就一口气将竞价喊到了七千，比前头的出价整整高了二十倍。

七千银子方一出口，台上台下一片死寂，众人的目光齐刷刷地直射向她，成玉一脸蒙圈，半晌，不太确定地问大家："那、那就八千？"

花非雾其实对银子这个东西没有太多的概念，见成玉比出个八千后，众人更加沉默，盯着成玉的目光也更加灼灼。花非雾感觉她应该说点什么为成玉解解围，就仰起头拉家常似的问她："你一共带了多少银子来啊？"

成玉掏出银票数了数，回答她："九千。"

花非雾点了点头："嗯，那就九千银子成交吧，呵呵。"

成玉就这么稀里糊涂地交了银子买了花非雾的第一夜。

九千银子一砸成名，琳琅阁也因这九千银子的风光，立时超越了多年来同它相持不下并列第一的梦仙楼，成为平安城唯一的第一青楼。鸨母徐妈妈多年夙愿一朝实现，欢喜得当场就晕了过去。

徐妈妈晕过去的那四个时辰里，成玉终于搞明白她那九千银子只是买了花非雾的一夜，而非她整个人。因她一向是个败家子，也并不觉得肉疼，心中反而有几分欣慰，只觉十花楼的花中帝王姚黄看上的妖，就该是这么的名贵。

再一问要将花非雾赎出去需多少银子，晕了一整夜方才醒过来的徐妈妈一看打听此事的是她这个冤大头，心一横就开了十万两银子。成玉觉得这个价格定得十分合适，但恕她没有这么多银子，用了个早饭就回去了。

事情没有办成功，见着姚黄时成玉并没有心虚，问心无愧地同他解释："你眼光太好，看上的妖精太过名贵，我就买了她一夜，和她一起涮了个羊肉火锅，没有钱再继续买她第二夜。"

姚黄百思不得其解："傻成那样了还能名贵？她把自己卖进青楼也就三十两。"

成玉叹息了一声："自从她被你看上，就一下子变得好名贵了，"说着比出八根手指，"如今已经九千银子一夜了，为了买她，我连涮火锅的钱都没有了。"

此话被正从田庄里回来的朱槿和梨响听到，梨响当场瞧见朱槿的手都被气抖了。

此后成玉被朱槿在十花楼里关了整整十天。

这便是成玉同花非雾，花非雾同姚黄的孽缘了。

第二章

　　世间虽有千万种花木，大抵却只分四类：花神，花仙，花妖，和花木中不能化形者。世间花木皆有知有觉，然能仰接天地灵运而清修化形者，却实乃少数，要么是根骨好，打长出来便是一族之长；要么是生的地儿不错，灵气汇盛随便修修就能修成个漂亮妖精。

　　十花楼的百种花木属前者。成玉她爹当年确是费了心血，将花中百族之长都罗致进了十花楼，才保得成玉安然渡过命中的病劫。须知若非为了成玉，这百种花木十来年前便皆当化形，十花楼如今也不至于只得朱槿、梨响两位坐镇。

　　而从深山老林里头跑出来的花非雾，则堪当后者的代表。

　　花非雾老家的那座山不是一般的山，乃是四海八荒神仙世界中灵霭重重的织越仙山。司掌三千大千世界百亿河山的沧夷神君便栖在那一处。

　　花非雾长在沧夷神君后花园的一个亭子边儿上，神君爱在亭中饮茶，没喝完的冷茶都灌给了她。神君不知道拿茶水浇花是大忌，花非雾也是命大，非但没被神君一盅茶一盅茶地给浇死，反而莫名其妙地，有一天，突然就化形为妖了。

　　成玉对此非常好奇，问花非雾："你既是在神仙的府地化形，那化形后不该化成个花仙或者花神的吗？怎么你就化成了个妖呢？"

　　花非雾神神道道地同她解释："因为花主既逝，万花为妖，这世间

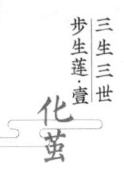

早已无花神。"

成玉说:"我没有听懂。"

花非雾不好意思承认这句话她自己其实也不是很懂,揉了揉鼻子:"不懂也没有什么,只是大家都这么说。"

怕成玉追问,花非雾转移话题问成玉:"为什么这里的花都叫你花主呢?四海八荒中也曾有一位花主,她是红莲所修,花神中的尊者,被奉为万花之主,"说着又摊了摊手,"就是后来不知怎的仙逝了。但她仙逝之前,据说世间只有她有资格被称为花主。"

彼时成玉只有十三岁,十三岁的成玉并不是很在意花非雾口中那位神仙的死活,也不在意自己是不是和神仙撞了称呼。她最近刚被朱槿收了财权,正全心全意担忧着自己未来的"钱途",根本没有心思想别的。

她回答花非雾:"他们叫我花主,因为我是十花楼的老大,但我其实并不是十花楼真正的老大,我没有钱,朱槿才是我们真正的老大。"

花非雾有些吃惊,问她:"那今天你来找我的钱是从哪里来的?"

成玉遥望天边,淡然地回答她:"赌场里赢的。"

这话被匆匆赶来寻人的朱槿一耳朵听到,为此将她押回十花楼又关了十天禁闭。

花非雾想在凡界寻个真心人,于琳琅阁这等销金窟中浮沉一年余,方领悟到从游戏人间的纨绔公子里头,其实并不能寻出个合心合意的真心人。

揣着这个领悟,花非雾总算聪明了一回,深觉要实现自己这一腔夙愿,她须得另谋出路。

但她对凡界之事不大熟,思量许久,最后求了她唯一熟识且有个好交情的凡人——十四岁的成玉——当她的参谋。

大熙朝养了女儿的富足人家,但凡家中长辈稳妥细致一些,待孩子长到十三四便要筹谋着替孩子相看亲事了。花非雾请成玉,乃是想着成玉正处在谈婚论嫁的年纪上头,理应对凡界的风月事有一些研究,当得起她的参谋。

然成玉打小没了老子娘，朱槿、梨响两个花妖将她拉扯长大，也不是依着养出位贤淑郡主的礼度，乃是以她的活泼康健为重。且为了强健她的身子骨，朱槿还默许她顶着玉小公子的名头常年混迹在平安城的市井里，同一些意气飞扬的活泼少年射箭摔跤蹴鞠，养得成玉的性子更偏男孩子气一些。

红玉郡主成玉，长到平安城里别的少女们已开始偷偷肖想未来郎君的花样年纪，她生命里的头等大事是如何多赚钱，第二等大事是如何在下次的蹴鞠赛上再往风流眼里头多踢进去几个球。

因此，当花非雾风尘仆仆地找来十花楼，要同她商量自己的风月大事时，刚替万言斋抄完好几篇代笔作业，还没来得及将抄书小本儿藏起来的成玉，整个人都是蒙的。

但她有义气，忖度这事应当不是很难，送走花非雾后便闭门专攻起讲神仙精怪同凡人结缘的话本子来，攻了几日，自以为很懂，隔天便登门去了琳琅阁。

成玉向花非雾荐的头一个法子，是"白娘子永镇雷峰塔"里借伞还伞的法子。说许宣当年在沈公井巷口小茶坊的屋檐底下，借给了白娘子一把伞，次日许宣到白娘子的家中讨伞，这一借一讨，恩就有了，情就生了，才得以成就一部《白娘子传》。

她让花非雾不妨也趁着天降大雨时，多带把伞去城北的小渡口候着。见着从渡船上下来没有带伞的俊俏公子，便以伞相借，保不准能套住个倒霉催的跟她成就一段奇缘。

从深山里头跑出来没怎么见过世面也没读过两篇书的花非雾当即对这个法子惊为天人，连第二个法子也顾不上听，便高高兴兴地备伞去了。

天公作美。

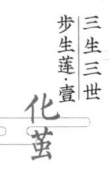

次日便是个雨天。

成玉被花非雾从十花楼里提出来，一路提到城北小渡口站定时，她还在打瞌睡。

小渡口旁有个木亭子，两人在亭中私话。花非雾指着两只盖着油布的大竹筐子忐忑地问成玉："这伞我带了二十把来，花主你觉得够不够？"

成玉有点蒙，道："啊？"

花非雾搓着手道："这件事我是这么打算的，万一今日这一船下来的公子们个个都是青年才俊，我个个都挺瞧得上，那一两把伞必然是不够的，带个二十把才勉强算稳妥。"

成玉蹲下来翻了翻筐子里的伞，问花非雾："我们要将这两筐子伞抬到渡口去，然后我守着这两个竹筐站你边儿上，你看上谁我就递一把给谁是吗？"她诚心诚意地劝花非雾，"这可能有点像我们两个是卖伞的，"劝到此处她突然灵机一动，"今日这个天，卖伞很好啊，我们……"

花非雾赶紧打断她："要么花主你就在这儿守着这两个筐子吧，我先拿几把去前头探探路，倘这一船客人货色好，我再回来取剩下的，若是不如何，三四把伞也足够我送了。"

成玉瞪着眼前的两只竹筐子应得飞快。

花非雾走出亭子才反应过来，赶紧退回来嘱咐成玉："花主你同我发誓，你不要把我留下来的伞给卖了。"

成玉拿脚在地上画圈圈："好吧，"然后抬头怯生生地看了她一眼，"那……你说低于什么价不能卖？"

花非雾咬住后槽牙，发狠道："什么价都不能卖！"

小木亭坐落偏僻，前头又有两棵树挡着，没几个人寻到此处避雨。

成玉守着两筐子雨伞直打瞌睡，迷糊间听到一个男子的声音落在她头顶："这伞如何卖？"

她吓了一跳，半睁开眼睛，看到一双半湿的白底云纹靴，再往上一些，又看到半湿的素白锦袍的一个袍角。成玉虽然脑子还不大清醒，却本能地记得花非雾临走时嘱咐过她什么，因此含糊着小声回答来人："哦，不卖的。"

亭外风雨声一片，急促的风雨声中，那人淡声道："我诚心想买，小兄弟开个价。"

成玉揉着眼睛为难道："没有价的。"

"是吗？这许多伞，却没有一把能够论价？这倒挺有趣。"那声音里含上了一点兴味，像是果真觉得这事有意思。

成玉心想，不想卖就不卖嘛，这又有什么有意思。她抬头看了那人一眼。

男子的目光也正好递过来，二人的目光在半空交会。成玉愣了愣，男子垂头继续翻了把伞，那手指莹白修长，光洁如玉。男子随意道："如此大雨，小兄弟卖我一把，算做好事行我个方便了，成吗？"

成玉没有答他，她在发怔。

要说赏鉴美人的造诣，大熙朝里玉小公子排第二没人敢担第一。连后宫储了三千佳丽的先皇帝，在这上头的造诣也及不上自小长在十花楼、稍大些又常跑去琳琅阁混脸熟的玉小公子之万一。

成玉在赏鉴美人上的过人天赋，乃是在美人堆里日日浸染而成。她有个只有花木们才知晓的秘密：她天生见着花期中的植物，或是妖娆美女或是俊俏公子，无关那花木是能化形还是不能化形。

譬如未化形的姚黄，不开花时成玉见着他是个不开花的牡丹该有的样子，一旦开花，她所见的便再不是姚黄的本体，而是个俊俏青年整日坐在她的书桌上头睥睨她的香闺。起初她感到压力很大，后来姚黄一开花她就把他搬到隔壁朱槿房中，从此每个夜晚都能听见他俩秉烛夜谈，两个花妖还涉猎很广，又爱学习，她做梦都能听见姚黄秉烛跟朱槿论证勾股定理。这段记忆，真是不堪回首……

因是如此这般长大，成玉在"色"字上的定力可谓十足，瞧着个陌生人的脸发怔，这种事她打生下来到如今还从未遇到过。这让她觉得稀奇，没忍住盯着面前的青年又多看了两眼。

她注意到青年的头发和衣衫皆被雨淋得半湿，却丝毫不显狼狈。照理说他在雨中行走了有一会儿，衣袍靴边总要沾些泥泞污渍才对，但他白衣白靴却纤尘不染。

青年留意到了成玉直勾勾的目光，从头到脚打量了她一遍，突然笑了一下，那笑未到眼底，因此显得有些冷，可这含着凉意的一笑，却又意态风流。成玉猎美众多，却没见过有谁身上能有如此矛盾的气质。

静寂的风雨声中，青年微微挑眉："你是个姑娘。"

女扮男装从没失过手的成玉脑子里立刻轰了一声。但她并没有注意到青年在说什么。她全副身心都投放到了青年的面容上：那一挑眉使他整张脸在冷然中透出生动，是绝顶的美色。

成玉被迷得有点儿恍惚，但恍惚间她还没忘记为自己的闺中好友花非雾做打算，她就是这样一个闺密中的典范。

她脑子飞快地转，心想这贸然入亭的青年，他此等皮相，简直可以上打动皇天下打动后土，花非雾绝无可能看不上，但因缘际会，花非雾此时不在此地，少不得就需要她来替花非雾做一回主了。

青年再次开口："姑娘，这伞……"话还没说完，便被递到眼前的一把紫竹伞打断，成玉盯着他目光灼灼："这伞卖是不能卖的，但借给公子你一把却是可以的，改天你记得还去琳琅阁啊。"接着又补了一句，"找花非雾。"

青年接过伞，垂头把玩了片刻："琳琅阁，花非雾？"

成玉点头，目光仍不舍得从青年脸上移开。青年就又看了她一眼，是没有温度的目光，但眼瞳深处却浮出了一点兴味，故而停留在她面上的那一眼显得略长，令成玉注意到了他的瞳仁竟是偏深的琥珀色。

"我没记错的话，琳琅阁是座青楼。姑娘看上去，却是位正经人家的小姐。"青年道。

他这意思是问她为何要将伞还去琳琅阁。这话说来就很长了,也着实是懒得解释的一件事,因此成玉非常随意地给自己找了个借口:"也没有什么了,只是我经常去琳琅阁找乐子罢了。"

青年看着她,目光自她双眼往下移到了她的下巴,定了定,又往下移了几寸:"找乐子。"青年笑了笑,"你知道青楼是什么地方吗?"

这个成玉当然是很懂的,不假思索道:"寻欢作乐的地方嘛。"

青年的表情有些高深:"所以你一个姑娘,到底如何去青楼寻欢作乐?"

成玉立刻卡壳了,她能去青楼寻什么欢作什么乐?不过就是花银子找花非雾涮火锅罢了,但这个怎么说得出口。

她嗫嚅了老半天,含糊地回青年:"喝喝酒什么的吧……"然后终于想起来她应承这白衣青年其实全是为了给花非雾做媒,说那么多自己的事做什么,因此立刻聪明地将话题转到了花非雾身上,还有逻辑地接上了她是个青楼常客这个设定,郑重地同青年道:"所以你可以相信,我同琳琅阁的花魁娘子花非雾是很相熟的。"

青年道:"哦。"

"哦"是什么意思,成玉一时没搞清楚,但她察言观色,感觉青年至少看上去并不像是讨厌她继续往下说的样子,她就放飞了自己,在心里为她将要胡说八道这事向满天神佛告了个罪,双手轻轻一拍合在了胸前:"为何这伞要还花非雾呢?因这伞其实不是我的,是花非雾的。花非雾她吧,人长得美就罢了,偏还生得一副菩萨心肠,常趁着下雨天来这个渡口给淋雨的人造福祉,这就是这伞不卖的缘由了。"

她胡说八道得自己都很动情,也很相信,她还适时地给白衣青年提了个建议:"花非雾她性情娴雅柔顺,兼之善歌善舞,公子去还伞时若有闲暇,也正可赏鉴赏鉴她的清音妙舞。据说左尚书家的二公子曾听过她一曲清歌,三月不知肉味,林小侯爷看了她一支剑舞,便遣散了一府的舞姬。"

她编得自个儿挺高兴的,还觉得自己挺有文采,她这是用了一个排比来吹捧花非雾啊！可高兴完了她才想起来坏了，她记错了，能跳剑舞的不是花非雾，花非雾除了长得好看，嗓子不错，其他简直一无是处。剑舞跳得名满王都那个是花非雾的死对头。

她又赶紧替花非雾找补："不过最近非雾她脚扭了，大约看不成她跳舞了，可惜可惜。"她一边叹着可惜一边偷偷去瞧那白衣青年，心中觉得自己这样卖力，便是个棒槌也该动心了，她预想青年面上应该有一点神往之色。

但青年垂头看着手中的伞，并没有什么太大的反应，她也看不清他脸上有什么表情。半晌只听到青年问她："那姑娘你叫什么名字？"

成玉蒙了："哈？"

青年将手中的伞展开了，伞被展开时发出啪的一声，他的脸被挡在伞后。

青年握住伞柄将伞撑起来的动作不算慢，但成玉却捕捉到了那一整套动作，和随着那套动作在伞缘下先露出的弧度冷峻的下颌，接着是嘴唇和鼻梁，最后是那双琥珀色的意味不明的眼睛。

青年在伞下低声重复："我是问，姑娘你叫什么名字？"

成玉反应了好一会儿，咳了一声："啊我，"她说，"我就是花非雾行好事时偶尔带出来帮衬的一个好人罢了，名字其实不足挂齿。"

青年笑了笑，也没有再问，只道了声谢，并允诺次日定将伞还去琳琅阁，便抬步走进了雨中。

连宋撑着借来的伞回到景山别院时，常在别院中伺候的小丫头们已将一色亭中的汤泉收拾妥帖。大丫头天步疾行过来接过他手中的伞，一面替他撑着，一面请他的示下，是先喝盅热酒暖身，还是先去汤泉中泡泡。

雨势已小，一院梨花含着水色，氤氲在微雨中，白衣青年远目微雨梨花："将酒送至汤泉，这伞，"顿了顿，"明日着个小厮送去琳琅阁。"

大熙朝的官场里有两位奇人，一位是深受皇帝宠幸却一心只想回老家开个糕点铺的当朝国师，一位是明明位列武将之首却比全国朝的探花们加起来都还要风雅好看的当朝大将军。

一辈子就想开个糕点铺的这位国师叫粟及，便是成玉的救命恩人。而那位又风雅又好看的当朝大将军，便是成玉感觉很可以同花非雾结成佳偶的白衣公子——连宋连将军。

连宋出身侯府，是老忠勇侯的第三个儿子，十四五跟着他父亲征战沙场，屡立奇功，二十五拜为大将军赐大将军府，乃是本朝开朝以来最年轻的一品大将军。

眼睛一向在天上的国师粟及平生只赞过一人，便是同他齐名的连大将军，说连三勇毅，破得强敌，立得国威；连三雅致，弄得丹青，奏得玉笛；连三他有神仙临世之姿。

粟及颇有几分仙根，已修得半身正果，因而他夸连三的一席话，世人虽听着感觉这是一种夸张手法，但他和连三两个人却都明白，他没有夸张，连大将军连三，他确然是神仙临世。

大千世界有数十亿凡世，大熙朝仅为其中之一，上天在这数十亿凡世中化育的皆为凡人，天生天养，寿有尽时。但凡世之外却有四海八荒神仙世界。在四海八荒神仙世界里，九重天上天君的第三子三殿下连宋君领着四海水君之职，掌领东西南北四海的水域，乃是八荒至高的水神。

八荒至高的水神连宋君他离开四海来到这一处凡世，乃是因为另一位神祇。便是四十四年前死在九重天第二十七天锁妖塔下的花神长依。

泡在汤泉中时，连宋瞧着一院子带雨的梨花出神。

自长依死后，世间的花木似乎都失了一些颜色。从前长依在时，这凡间的梨花带雨，总让人能品出佳人含愁泪眼漪漪的情致，倒也有惹人怜爱的时候。如今却只像个受尽欺凌的小媳妇儿，在雨中瑟缩罢了，看了也只令人心烦。

但这孟春冷雨和这令人心烦的梨花景，却令连宋不知怎的突然想

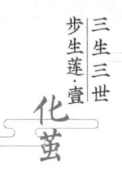

起同长依初见之时。

那倒着实是许久前的往事了。究竟是七百年前还是八百年前连宋并没有细算过，总归便是那么个时候。

那时候九重天上的瑶池还没有总管，天下百花还没有花主。花主这个位置上无人，诸多事宜不便利，这事其实同他没有什么干系，无奈他的好友东华帝君司掌着神仙的仙籍和职阶，有一回他下棋输给了帝君，帝君便潦草地将这个担子安到了他的头上，令他暂代一代。

他暂且顶在这个职位上头，瞧着底下的众花神为了花主之位明里暗中斗来斗去，有时候他瞧着她们斗得有趣，有时候又觉得莺莺燕燕的烦人。

大多时候他觉得她们是烦人的。

九重天的传闻里，他这个三殿下是个在神族里排得上号的花花公子，风流之名四海皆知。年轻的水神，英俊善战，地位尊崇，天族又一向崇武，姑娘们自然都爱他。

但世间有那种用甜言蜜语和温存体贴铸成的有情风流，或者说世间所谓的风流大多是这种风流；但世间也有以漫不经心和无可无不可铸成的无情风流，便是三殿下那样的风流。

故而他便是个八荒口中的花花公子，对美人们却也没有什么格外的耐心。遇到座下的花神们互斗得哭哭啼啼，最后闹到他跟前来请他判公允这种事，他通常是会觉得烦的。

而三殿下同他两个打小谨遵天族礼度的哥哥又很不同，被缠得烦了便要一走了之。

九重天上最是神龙见首不见尾的神仙，说的便是他。因他打小就这么行事，天君早习以为常，对他的两个哥哥虽拘着严谨的礼法，对他却一贯纵容。

那一回连宋被缠得烦了离开九重天，赴的是南荒，去找魔族七君缃之魔君的小儿子清罗君下棋。

两万年前鬼族之乱平息，叛乱的鬼君擎苍被封印后，四海八荒险得太平，神族与鬼族重修情谊，处得还算不错。见此情形，私底下有些想法的魔族七君也按捺住了蠢蠢欲动之心，两万年来天下从大面上瞧着，还算太平。因而一个神找一个魔下棋，也算不得什么荒唐事。

清罗君好宴客，逢着喜事便要扫庭宴客，偏他又是个极其乐观之魔，基本上每天都能叫他从平凡无奇的魔生里头瞧出喜事来，因此他差不多日日宴客。

然这一日宴客的清罗君却面带愁容。

坐在下首的一个圆脸青年嬉皮笑脸掀揭他的疮疤："清罗君这是在相云公主处吃了闭门羹，一杯冷羹吃下去，郁结进了肺腑，故此才外露出这许多愁意。"

相云公主是魔族这一代中顶尖的美人，魔族里传闻她比之神族的第一美人青丘白浅也不差什么。不过魔族一向爱同神族争个高下，但屡争屡输，屡输屡争，又屡争屡输，搞得心理问题极大，自我判断一向都不是很准确，因此连宋对他们这一族的种种传闻并不怎么放在心上。

圆脸青年旁边的灰袍青年懒洋洋接话："妃之魔君将相云含在嘴里怕化了，养得她一双眼睛在天上，清罗你却偏肖想她，"得清罗君蹙眉一瞪后他哈哈一笑，"倘你只是看上她的美貌，为何不招长依来伺候几日？长依知情解意，便是这份知情解意要拿白泽来换，别人我不好说，不过清罗你么，多少白泽你也是给得起的嘛。"

席上众人哄笑。

白泽乃是仙泽。八荒有四族，神族、魔族、鬼族、妖族拢共万万生灵。各族生灵有各族的气泽，神为白泽，魔为玄泽，鬼为青泽，妖为绯泽。但不拘论哪一族，初生的小婴儿体内的气泽总是繁杂，要经种种修炼才能将之精炼纯粹。越是强大的生灵，体内的气泽越是纯粹，灰袍青年调侃清罗君一个魔族皇子白泽却多，乃是笑他不学无术。

清罗君生得五大三粗一根筋，驳起人来也是五大三粗一根筋，旁人暗笑他不长进他浑不在意，却对拿长依同相云做比这桩事意见极大："长依，长依她能同相云比吗？"

清罗君一根筋惯了，人也实诚，便是看不起那唤作长依的女子，对一个女子他也说不出什么刻薄话来。但一个三教九流的酒宴，最不缺溜须拍马之人，立时便有人逢迎道："小皇子说得是，一只无主的花妖，不过靠着贵人跟前卖笑得贵人的一点怜悯苟活罢了，身卑位贱，又怎配同相云公主相提并论？"

妖族和魔族共生于南荒，妖族弱小，自古附庸于魔族。而花妖们因生得好，常被有阶品的魔族豢于后室。南荒无主的妖少，无主的花妖更是少之又少。

这番逢迎话清罗君内心是赞同的，但要不要对一个弱女子如此刻薄他又是很纠结的，嘟嘟哝哝道："也不好如此说长依，长依她吧，她就是，她就是……"但"就是"了半天也没说出个所以然来。

一直在一旁研究手边一只小巧温酒器的连宋君，这时候破天荒开了口："长依。"向着清罗道，"叫长依是吗？"

天族的这位三殿下虽常来南荒找清罗君喝酒，清罗君张罗的许多酒宴，他碰上了也七七八八参加一些，但他坐的从来是清罗君右手的尊位，兴致上来时也一向只同清罗君谈上几句。魔族里头仰慕三殿下想同他搭话的公子少年不在少数，过去却从未有谁能有机缘接上这位殿下的一丝儿话头。

眼见得这是一个能同三殿下搭上话的机会，方才逢迎清罗的杏眼少年一双黑眼珠滴溜一转，立时将身子朝着连宋一侧，讨好道："三殿下不是我们南荒中人，有所不知，这长依原本是株红莲，但因她的本体红莲却是个不能开花的天残，因而并没有贵人愿将她收入园中。是个花妖，却无主，原本便是一桩贻笑大方的事了，近年来不知哪根筋搭错竟想要修仙，四处搜寻白泽，"说着含蓄地嗤笑了一声，"为得白泽四处卖笑，与那些凡世的风尘女也不差什么了，在妖族和魔族……"

连宋手撑着头看向杏眼少年："有多美？"

正绘声绘色说到兴头上的杏眼少年一卡，一顿："三殿下说的是……"

连宋就笑了笑："方才听你们说她美，她有多美？"

男人么，大抵都爱品论美人，尤其爱小酒一醺之后品论美人。宴上诸君琢磨着三殿下的这个话头，眼风各自一扫，自以为领悟了三殿下的志趣所在，接下来的半场宴席便都淹没在讨论长依的美色里头了，倒是未曾有人再刻薄长依的出身。

提了这么个话头的三殿下却未再发一言，面上看不出是有兴致还是无兴致，只是握着铁扇的右手有一搭没一搭地敲着桌沿，那是心不在焉的意思。

南荒正是春盛时候，碧海晴天，花木蓊郁，景致颇好，连宋便多留了几日。

八荒都觉连三风流，且确信这桩事毋庸置疑，但八荒又都拿不大准，世间美色千万，三殿下他究竟爱哪一种？

天君三个儿子，大儿子央错端肃，二儿子桑籍清正，都是不好巴结的主儿，好不容易连宋这位三殿下令有心之士们看到了一丝谄媚上位的希望，可三殿下的心思实在难以揣摩。

譬如说，你以为三殿下喜欢的是此种美人，此时伴在他身旁的也确是此种美人，你也想呈送个此种的美人讨他欢心，但说不准第二日他身边就又换了个与此种美人完全相反的彼种美人。

四海八荒之中，大家觉得论风流三殿下算不上最风流，但论难伺候和捉摸不透，三殿下应该是到巅峰了。

不过，前几日酒宴上连宋那一句长依她有多美，倒是让意欲巴结这位天族皇子的南荒贵族们看到了一丝希望。

大家也都很上进，奋力抓住了这一线希望。不过第三日，便有人

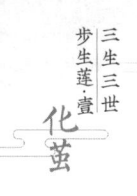

将长依送进了连宋的房中。

连宋记得长依，是在一片烛光深处。

连宋来南荒，常居之处是西风山断崖上的一处小院。

那已是后半夜了，他刚从清罗处弈棋归来，踩着月光踏入断崖小院的垂花门，甫一抬头，便瞧见了北房中的烛光。

北房外立了棵合欢树，绒羽似的一树合欢花被月光烛光染成赤金，显出了几分艳色。合欢树上系着根细绳，延进北屋内，今晨他亲自将绳子另一头系在了北屋中的一个花架上。挂在细绳上的，是他闲着无聊制好后意欲风干的几十张笺纸。

院里一阵疾风起，闹得房中烛火飘摇，绳上的笺纸也似彩蝶般翩翩欲飞。连宋微一抬手，树静风止，迈步过去时他瞧着离房中烛光越近，薄光透过纸笺时，纸上的虫鸟花卉便显出一种别样的灵动来。

他随意翻弄着绳上的笺纸一路踱进房中。

烛火愈盛，也愈密织，有些落在灯架上，有些落在地上，高高低低的还排布得挺有情致。烛火深处，红衣女子微微抬起头来唤他的尊号："三殿下。"那张脸确实美，当得上眉目如画。

连宋将目光移向她，但仅顿了那么一瞬，便又重新移回到一张印了四季花的花笺上头，随意道："长依。"

女子眼中微讶："三殿下怎知我是长依？"声儿轻轻的。

世说天君三个儿子，最灵慧者当属二殿下桑籍。桑籍出生时有三十六只五彩鸟从鏊明俊疾山直入云霄相贺，此是天定的吉兆异象。而后桑籍他又在三万岁时修成上仙，此又是桑籍他作为一个仙中俊杰的明证。在二殿下桑籍的灼灼光环之下，他的两个兄弟无论在资质上还是在勋绩上，似乎都有些失色。但某些神仙对此事还是有不同看法的，譬如曾经的天地共主东华帝君。

东华帝君因个儿出生时并没有什么天地异象，而后他居然长成了一个天地共主,因此并不迷信什么出生时天地齐放金光,有几只破鸟来天上飞一飞就有远大前程之类的事。东华帝君始终觉得连三才是个可造奇才,天君得了连三,在生儿子这桩事上便可以就此打住了,反正再生也生不出比他更灵慧的。

因着被挑剔的东华帝君认可过的这种灵慧,连三同长依的第一次相见,自然省了"你是谁""我是长依""谁将你送来我房中""某某将我送来您房中""你来这里做什么""来此处陪陪三殿下但是三殿下啊我卖艺不卖身的"之类的常规对话。连长依那句"三殿下怎知我是长依",三殿下都觉得如此简单的问题并不需要他浪费时间回答。

他依然端详着那张四季花的花笺,将它取下来又对着一盏烛火就近照了照,过了会儿才道:"他们就算迫你,以你之能,不愿来也不用来。他们可是诓你本君因是仙,白泽取之不尽,因此得了本君欢心,本君自有许多白泽供你取用? 可本君清修至今,"说到"清修"二字,像是自己也觉得好笑,他就极淡漠地笑了一笑,改口道,"本君修炼至今,体内已无丝毫青泽,你那被七幽洞中的双翼虎所伤的幼弟,所需乃是有青泽相伴的白泽,本君的白泽,怕是对你幼弟并无裨益。"

女子神色间微有动容,却顷刻间便平复了下去。一个小花妖,在天族的皇子跟前倒是丝毫不畏惧怯懦。

小花妖的声儿依然轻轻的:"三殿下明鉴,三殿下看事透透的,长依骗不过三殿下。既然三殿下并无长依所需之物,长依这就告辞了。"

说着还真的干脆站了起来,拍了拍膝盖上并不存在的尘土,从烛影里大大方方走出来,走到连三近前时想了想,又福了一福,认真道:"三殿下,夜深了,您还是早些休息吧。这个烛火虽不是我弄的,但若三殿下看着觉得不大好,我走之前将它们拆了便罢,也算是对三殿下在长依跟前一番坦白的报答。"

连三这才正经地回头看了她一眼。

三殿下身边来来去去许多美人,便是不在意,美人们的常规作态他看了一两万年也看得极熟了。他那番话之后，知情解意的美人必然要答："三殿下说笑了，三殿下尊贵无比，能伺候三殿下已是小女子的福分，更谈不上要从三殿下这里讨要什么白泽青泽……"并不那么知情解意的美人，起码也要答："三殿下怎知我搜用白泽却是为了我的幼弟，而非世人所说的问道修仙，三殿下慧眼辨事，小女子深感佩服……"之类。

三殿下觉得这个小花妖有点意思。

小花妖站在他跟前几步远，看上去挺诚恳地在等着他的答复。

手中那张花笺上，四季花的花瓣染色不够纯，三殿下信手将它喂了最近的一盏烛火，"本君听闻你知情解意，"他道，待花笺燃尽时才略微抬眼，"看来似乎不是这么回事。"

听明白他的话，小花妖明显有点震惊，瞪着眼睛看向他，退两步认真思考了一下，再次看向他："三殿下让我走，我就走了，走之前还想着帮三殿下拆烛台，这这这还不够知情解意吗？"

这便是长依。

七八百年前的旧事，桩桩件件竟然还都没忘记，三殿下揉了揉额角。

天步在三十六天连宋的元极宫伺候时，便是元极宫中最得用的小仙娥。来到这处凡世虽没了术法，许多事做起来并不是十分便利，但天步仍朴实地延续了她在元极宫时的稳妥细致，远远瞧见泡在汤泉中的连宋摇了摇酒壶，已经揣摩出这是他一壶酒已饮完，还有兴致再饮一壶的意思，立时又端了备在小火炉上的另一壶酒，裙角带风地呈送过去。

将酒壶仔细放在池畔后，天步突然听得自家主子开口问她："说起来，你是否也觉得烟澜同长依，性子上其实有些不同？"

天步细思片刻，斟酌道："烟澜公主是长依花主的魂珠投生，毕竟是在凡世中长大，往日在天上或是南荒的记忆泰半又都失去了，性子上有些转变也是难免。"又试探道，"殿下……是觉得有些可惜吗？"

就见连宋靠在池畔微微闭眼："是有些可惜。"

第三章

成玉同花非雾这厢，自那日小渡口赠伞后，因连着好几日下雨，她们就连着去了好几日小渡口，连着赠了好几日的伞。

但两人都比较心大，双双忘记告知花非雾看上的那些公子书生们该去何处还伞，因此除了连三派来的半大小厮还回来一把外，并没有等到其他人来琳琅阁同花非雾还伞结缘。

两人甚为沮丧，花非雾是花银子买伞的那个人，因此比起成玉来，她更为沮丧。

但那之后城中倒是流传开一个传闻，说这一阵一下雨便会有个天仙般的小娘子在小渡口一带赠伞以造福路人。

城隍庙门口摆摊的老道士有模有样地称这位娘子是伞娘娘。

荔枝胡同的小李员外因受了伞娘娘一伞之恩，没几日便为娘娘捐了座庙塑了金身，在街头巷尾传为美谈。

可惜的是那一阵花非雾沮丧得不怎么出门，也不怎么陪客，因此并不晓得自己被封了伞娘娘。

缓过来之后的某一天，花非雾带着成玉去月老庙求姻缘，看月老庙旁边新起了这么一座伞娘娘庙，还以为是月老新添了一位专司帮助男女青年凭伞结缘的护法。她也没想过月老有护法这事是不是有点不太对，二话没说拉着成玉就跑进去先跪为敬磕了十个大头。

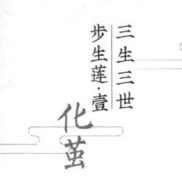

而成玉，她这年十四有余，正是既自负，又对自我认知特别不清楚的年纪，本以为天下之大，她无所不能，一朝却败在帮花非雾求姻缘这破事上，如何能够认输？闭门谢客苦读民间话本整整十五日后，她又给花非雾出了诸如学香獐子精花姑子报恩的主意，或是学天上某个仙娥下河洗澡，待牛郎把她的衣服偷走然后两人喜结情缘的主意，等等等等。

然花非雾姻缘艰难，这些主意她们挨个儿试过去，竟没有一桩成事。而试着试着，不知不觉地，成玉她就长到十五岁了。

照着当朝国师粟及当年的批语，红玉郡主成玉她一旦过了十五岁，便无须再困囿于十花楼中，倘她有那个本事，任她是想上九天揽月还是想下五洋捉鳖，都可随她的意。

长了一岁，成玉对人生有了新的认识，不得不承认以她目前的才华，还难以帮助花非雾在她的姻缘路上有所建树。因此在她刚过完十五岁生日终于能够离开平安城的第二天，她给花非雾留了二十来册有关神仙精怪谈恋爱的话本子，就无愧于心地跟着朱槿和梨响南下丽川出去见世面了。

丽川一待，就是一年加半载，离开时她还是个小小少女，重回平安城，却已是个十六岁的大姑娘。

回到平安城，成玉第一桩事便是攒钱去逛琳琅阁看花非雾。不出她所料，花非雾不愧是那个坚忍不拔的花非雾，一年余不见，她仍旧在寻觅真爱的道路上不屈地跋涉。

当时正是未时末刻，天光并不见好，日头仅显出个影儿来，姚黄与夜落金钱一花一位，霸住多半张四方桌。成玉被挤在角落里喝茶。

阔别一年余的花非雾听到外间成玉的声响，激动得趿着鞋就迎了出来。

成玉觉得这种激动，证明了她和小花的友情。

花非雾扑上她的膝头,一双妙目隐隐含泪:"挚友! 你终于回来了,我等你等得好苦哇!"

看,小花多么想念她。

成玉像个慈祥的老母亲一样伸手抚了抚花非雾的发鬓。

花非雾泪盈于睫:"你可知你回来得正正好,有个事只有你能帮我,你一定要帮我啊!"

……好吧她看错了小花,小花根本不是单纯地想念她。成玉像个冷酷的老父亲一样沉默了一下,从条凳上站起身来:"我想起来朱槿让我去菜市场帮他买两只芦花鸡,我先……"

花非雾利落地抱住了成玉的双腿:"花主,这个时候谈芦花鸡多么伤感情,你我二人的情谊岂是两只芦花鸡及得上的!"

成玉默默地掰花非雾的手指,掰了半天发现掰不开,只得从了她,认命道:"什么忙,说吧。"

花非雾立刻爬起来同她排排坐:"近日我看上一位公子,长得那可真是……那才学那又可真是……"花非雾没读过几页书,一到要用个成语或者用个典故时说话就要卡壳,成玉自动帮她续上:"玉树临风,品貌非凡,博古通今,殚见洽闻。"

花非雾赞赏地一点头:"是了,玉树临风、品貌非凡、博古通今、殚那个什么来着……待会儿这位公子会过来听曲,花主你假意要独占我,激起他的不服之心,让他着紧我,这个忙你就算帮成了!"

成玉惊讶地回头看她:"我我我我我是个女的。"

花非雾云淡风轻:"又不是叫您真的霸占我,就是装装样子。您看,您在琳琅阁行走这么多年,就没人认出来您是个女的,说明您演这个是有基础的。"

关于成玉主张自己是个女的这事就算解决完了,花非雾长叹一声:"原本我是不打算在这些混迹青楼的纨绔子弟当中寻找可以同我结缘之人的,但连将军此种绝品,着实不容错过啊!"又语生哀惜,"可奈何连公子他十天半月的才来我这儿听一两次曲,快绿园的香怜、梦仙楼的欢晴、戏春院的剪梦,他时不时地还要去捧一捧她们的场,真是很令人烦恼啊……"

成玉左耳进右耳出,只觉得连将军这三个字好像有点耳熟,像是在什么地方听过,但一时又想不起究竟是在何处听过。不过听花非雾的意思,这个连将军似乎在京城各大青楼都有红颜知己,她就诚心诚意地提醒了花非雾一句:"朱槿说一忽儿这个女子一忽儿那个女子的,这种叫花花公子,这种男人最要不得,我看小花你还是……"

小花赞同地点头:"书上说这种是叫作花花公子,但书上也教了如何驯服一个花花公子。说要将花花公子一颗放荡不羁爱自由的心独独拽在手中,首先就是要令他心生嫉妒。嫉妒了,不安了,他就牵挂了;记得了,然后就牢记了,就爱上了,就情根深种了……"

这些情情爱爱的成玉不大懂,她琢磨着花非雾应该就是让她演个纨绔,这个忙简单,倒是帮得。演个喜欢逛青楼的纨绔,成玉觉得她是拿手的,毕竟她自十二岁就开始在琳琅阁混脸熟。但免不了她还是有些许顾虑:"你说那个连公子他是个将军是吗?那他要是生气了会不会打我?"

显见得花非雾并没有考虑过这个问题,犹豫道:"不会吧……"

成玉有点踌躇:"那么我还是……"

花非雾终于想起来自己是个花妖:"天,我想起来我是个花妖啊,我会妖法的呀,他若是打你我会保护你的。"

成玉提醒她:"你为了我要和他打架吗?那他说不准就不喜欢你了。"

花非雾思考了一阵:"那倒也是啊!"

两人一时探讨得愁眉深锁。

四方桌上的夜落金钱虚着声儿问坐对面的姚黄:"姚帝您到底看上芍药她哪一点?每年您都这么特地过来瞧一瞧她为了别的男人神经兮兮,您这不是自虐吗?在下也是不太懂您了。"

姚黄晃了晃蔫巴的叶子有气无力道:"我为什么看上她,这是个谜,而正是为了解开这个谜,我才每年定时来看她几次。"

夜落金钱好奇:"那您解开这个谜了吗？谜底是什么？"

姚黄一派愁云惨雾:"是我有病。"

花非雾的一个小婢子小跑着来禀报，说她奉命在楼上观望时，似乎瞧见了连公子府上的马车。花非雾立时进入状态，须臾间已去折屏前的一张琴几跟前歪着了。成玉和花非雾搭档多年，默契使然，也赶紧去琴几跟前歪着了。

两个小婢子亦很有眼色，一个倒酒一个抱着琵琶弹小曲儿。

然而成玉的问题在于，因她的败家子之名广扬京城，任勾栏中哪位名妓，见着她无不是曲意逢迎，因此她并没有逢迎讨好他人的经验。

花非雾在一旁看着她干着急:"花主你别只顾着自己吃吃喝喝，那酒你要先喂给我喝，葡萄你也要先喂给我吃啊。别忘了，你是喜欢我，你想要讨好我啊！"

成玉剥着葡萄有点蒙:"跟平时不一样的啊？"

花非雾重重点头，原想着要教她一教，但一双耳朵突然听到已有脚步声近在门外，脸上神色蓦地一僵。

成玉显见得也听到了脚步声，花非雾说跟平时不一样，她应该喂她。她该怎么喂花非雾？花非雾她这么大个人了吃东西还要靠喂？成玉她虽常混迹勾栏，但基本上也就是混迹花非雾的闺房，男女之间如何亲密亲热她其实从未真正见识过，脑子里一时茫然，不禁有点紧张。

小婢子适时地递过来一杯酒，琵琶声中，传来两声敲门声，接着门被轻轻一推。花非雾灵机一动扑进成玉怀里，又立刻推开她，一脸宁死不从的贞烈:"玉小公子您、您别这样！"

成玉是蒙圈的，但她也是聪明的，脑子里虽糊涂却下意识晓得要配合花非雾，沉着嗓子道:"姐姐你太美了，阿玉只是、只是情不自禁。"台词行云流水，就是表情有点木。

花非雾以一方丝帕掩面:"玉小公子一腔真情非雾铭感五内，可非雾……"话到此处假装才发现洞开的房门,和站在门口的白衣公子,花容失色地娇声道:"连公子!"

成玉觉得到这里自己可能还需要再发挥一下,因此木着表情又去拉了花非雾一把:"姐姐,阿玉并非孟浪,阿玉是真的……"

花非雾已躲闪到了琴几另一侧,眼看就要起身向门口出现的白衣公子躲去,成玉心想躲那么远干吗,我又不是真的要如何你。心里这么想着,目光也随着闪躲的小花瞥去了门口,结果一下子就被门口那白衣公子右手中握着的折扇给吸引住了。

逛青楼的纨绔们拿把扇子不是什么稀奇事,成玉她自个儿有时候也拿把扇子装风流。但青年手中那把扇子却很不同。时人爱扇,扇骨多是木制或竹制,那等极富贵人家的王孙少爷们有时候用玉做扇骨,已算很稀奇。但这位白衣公子手中折扇的扇骨却非竹非木亦非玉,通体漆黑,泛着冷光,倒像是某种金属。扇子合成一柄,不知扇面以何制成,垂在扇柄下的黑丝绦间结了颗极小的泪状红玉,是整把黑扇唯一的别样色彩。

成玉的目光先是定在折扇上移不开,接着又定在了那只握扇的手上挪不开。

那只手莹白如玉,比女子的手还要修长好看,却一眼便知那是男子的手,闲握扇子的姿势虽有些懒散,但骨节分明,蕴含着力量。

似乎必须得是这样一只手,才合适拿这样一把奇异的黑扇。

待成玉终于看够了准备进入正题抬头瞧瞧把花非雾迷得神魂颠倒的白衣公子长个什么模样时,却已经过了这个村没有这个店了。小花一个扭身闪到了青年面前,把青年挡住了一大半,而青年则往后退了两步,彻底退出了成玉的目视范围。

成玉只听到青年的语声从门外传来:"原来非雾姑娘此处已有客了。"那嗓音微凉。

成玉觉得这声音她在哪里听过。

成玉虽然不大在状态,但花非雾照着剧本倒是演得很走心。非雾姑娘眼含清泪："非雾也不知玉小公子他突然就……"

青年打断了她："有空闲，"那声音有些玩味，"我再来听姑娘唱一阕《惊别鹤》。"

成玉的好奇心完全爆棚了，她悄悄朝门口移了一步，又一步，还稍稍踮了踮脚，想要看清青年究竟长什么样。

其时青年正抬手帮她们掩上门扉，惊鸿一瞥之间，成玉只见得被门扉掩了多半的一张脸，注意到那半张脸上的狭长凤目。仅是一只眼，眼尾微微上挑，极漂亮，藏着威严，神光内敛。

那一瞬她觉得青年也在看她，然后青年的眼角弯了弯，弧度极小，却看得出来，那是个笑。

成玉不由自主又往前跨了一步，与此同时那扇门扉已全然合上，青年的脸消失在了门扉之后，不待成玉回神，门外已响起脚步声。

房中静了一阵。

成玉沉默了一会儿，不大确定地问站在琴几前的花非雾："我演得好吗？"

花非雾也不大确定，踌躇着蹲到她身边："我觉着演得挺好的。"又补充，"我觉着我们都演得挺好的。"又问她的两个小婢子："我方才演花容失色那一段，是不是演得很传神呀？"

小婢子点头如小鸡啄米，花非雾心中大定，跟成玉斩钉截铁地说："照书上说，他就该嫉妒难安了，虽看不大出来吧，我觉得他回家就该嫉妒难安了……"

成玉松了口气。

屋子里唯一的男人，身为牡丹帝王的姚黄感觉自己真是听不下去花非雾的胡扯了，忍不住说了句风凉话："那人我看他不仅是面上看不出嫉妒难安，应是原本就不曾嫉妒难安过，说有空闲再来听你唱曲，这也不过是此种情形下的一句客套罢了。说不准他下次又有空闲，打算来听你唱曲，却想起来你是个忙人，房中说不准又有贵客，就懒得来了，毕竟梦仙楼、快绿园和戏春院也不乏能唱曲的美人。"

对自己一个本应只关心人间国运大事、清净而又雅正的花中帝王，如今却张口就能将京城几大勾栏院的芳名如数家珍信手拈来这件事，姚黄一时倍感绝望，一番话说完，顿时有点了无生趣。

姚黄的几句风凉话句句风凉在了点子上，还真令花非雾感到了怀疑和紧张，说话都口吃起来："真真真真真的？那那那那怎么办？"

姚黄一边了无生趣一边还是于心不忍，语重心长地给她出主意："你要真想还能时不时见到他，让他来你这里听歌赏曲，就让花主追上那人同他解释清楚吧，为时还不晚，现在追上去也还来得及。"

花非雾立刻将两道灼灼目光投向成玉。

本以为已经没自己什么事的成玉正往嘴里塞葡萄，看看花非雾又看看姚黄，指着自己："又是我？"

一人一花齐齐严肃地点头，以及点叶子。

成玉被花非雾推出琳琅阁大门时，夜落金钱不可思议地看向如老僧入定般远目着天边出神的姚黄："姚帝，我以为您喜欢芍药来着，可您却又慷慨无私地撮合她同别家公子……或者您觉得只要她幸福您便也就幸福了，"话到此处夜落金钱几欲落泪，"您对芍药这情分真是，真是感天动地！"

姚黄沉默了半晌："她要是嫁不出去，我有病成这样，最后说不定真会娶她。趁着我现在还没病入膏肓，先救一下自己。"

成玉在琳琅阁外一条小胡同的拐角处蹲了会儿，才慢吞吞地晃荡着出去追方才仅有半面之缘的连公子。

朱槿说过，女子要找郎君，该找个忠义又老实的，红粉知己遍地的花花公子绝非良配……成玉一路踢着个破石头一路叹气，要是她这么溜达着追也能追到那位连将军，那她就再帮花非雾一个忙。但若是追不到呢，成玉打了个哈欠，望着她特地选出的这条荒无人烟的偏僻小胡同，嘴角没忍住露出个笑来，小花，那便是老天爷看不得你在姻缘路上受苦，借我之手救你一救了。

她边溜达着边追人，溜达了一会儿，人没追到，却在小胡同里溜达出个颇有意趣的手艺小店来。

于是她想都没想就先跑去逛店了。

这手艺小店瞧着古旧，卖的玩意儿倒是件件新奇。譬如摆在柜子上的一张黑檀木做的小巧戏台就很精妙：戏台子上小小一方帘幕一拉开，台上便出来个指头长的木雕花旦灵活轻巧地耍手帕功。还有个在尺把长尺把宽的碧绿荷塘上吹笛子的牙雕小仙也很有趣：轻轻按一按荷塘中一个荷花花骨朵，小仙子十指纤动，便真有旖旎笛音飘然入人耳中。

成玉趴在柜台上眼睛一眨不眨地盯着吹笛小仙，恋恋不舍瞧了许久，摸了摸自己没装几个钱的荷包，心酸地叹了一口气。

忽闻一旁有人声响起："此物做得精巧，对吗？"

成玉喃喃点头："是啊，"又转头，"你是在和我……"她卡住了。

青年离她极近，她一偏头便撞进一双狭长凤目中。相学中说凤目威严，内锐外阔，眼尾略挑，似这样的凤目最标准也最好看。眼前这双眼睛她片刻前才刚刚凝神注意过，再见自然立刻认了出来。

成玉大惊，撑住一旁的柜子"啊"了一声："是你！"她此时终于能看清青年的面容。乍一看去，那是张极英俊的脸，怪不得花非雾惦记。但不及她细看，青年已漫不经意地侧身摆弄起柜台上另一件小玩意儿来，只留给她一个侧面。成玉恍然觉得青年的好看有些眼熟，但一时又想不起曾在哪儿遇到过。

青年俯身端详着面前的一个小物件，那是只铜制佛塔，摇一摇塔角上的佛铃，便会有小和尚敲着木鱼从阁楼中走出来。

青年拨了两遍佛铃，才想起来同成玉说话似的："我记得你在花非雾那里……"他停了一停，找了个词汇，"找乐子。"用完这个词汇他似乎感觉有些好笑，即便只是侧面，成玉也捕捉到了他上挑的嘴角处那一点浅淡的笑意，"怎么又出来了？"

"我、我出来是……"成玉有些犹豫。她完全没想到自己已经追得如此不走心了，就这样居然还能碰上这白衣青年。难道这是上天注定了要让小花入火坑吗？

罢了。既然方才自己立了誓，那也只好如小花之愿了。她纠结地嗫嚅了两三下，硬着头皮答："我是出来追你的。"

青年挑了挑眉："哦？"

"嗯。"成玉郑重地点了点头，深深吸了口气，在心底念了句阿弥陀佛，请四方神仙原谅她又要开始胡说八道了。

"花姐姐……"她道，"爱重的是将军你，我，"她狠了狠心，"就、就是我一厢情愿爱慕花姐姐罢了，是我一向地纠缠她，但花姐姐她对我的纠缠其实是抗拒的，她更喜欢同将军你一处……"起先她还有一些磕巴，但编到后来逐渐入戏，不禁就滔滔不绝起来，"将军你这样的人，是不会懂得一段无望之爱的心酸的，你爱的人，爱的却是别人，对你不假辞色，这种苦你是不会理解的。我也不求将军你怜悯我，我只求将军你怜悯花姐姐，我唯一的期望，就是花姐姐将来不会遭受我如今经受的这些痛苦……"

青年一直挺有耐心，听到此处终于忍不住打断了她的话："你是说，你喜欢花非雾？"

成玉因已向神仙们告罪，此时睁着眼睛说瞎话当然毫无负担，她不仅毫无负担，还一边胡说八道一边惊叹自己的盖世奇才，怎么能随意一编就是这样一篇伤感动人的风月故事！因过分沉迷于自己的才华，导致一时竟没听清青年问了她什么。"你说什么来着？"她呆呆地问青年。

青年极富耐心，又重复了一遍："你是说你喜欢花非雾，是吗？"

听清这个问题，成玉抹了把眼角并不存在的泪水："是啊！"她很是入戏，"但，我虽然爱她甚深，可我今日一见将军，也明白了将军你同花姐姐才更加般配，你们这样般配让我觉得应该立刻退出。我愿成全你们，这样也是为了花姐姐好。从此后我便再也不纠缠花姐姐，唯愿将军你能好好待姐姐，希冀你们二人能……"

青年玩味地看着她："可我记得你是个姑娘，不是吗？"

"我是……哈？……啊？"

佛塔上的小和尚敲完一轮木鱼退回了阁楼中，青年伸出食指来拨了拨第三层的小铃铛说："你是个姑娘。"嗓音平淡，并没有什么特别，成玉却突然觉得，这五个字，她似乎在哪儿听过。青年回过头来："怎么不说话了？"

笃笃笃的木鱼声中，成玉看一会儿天又看一会儿地："我，呃，嗯，那个……"她着实也不知道该如何继续编下去了，感到了才华的枯竭，半晌，小声道，"我扮成玉小公子的时候，就没有人认出过我是个女的呀。"

青年手拨着佛铃，停了一会儿才回她："不是吧。"

成玉在女扮男装这事上还是很有自信，闻言振作了一下自己，将自己的丰功伟绩一条一条清楚地列给青年听。"真的，不是我自夸，"她这么开头，"我八岁去开源坊蹴鞠，踢到现在做了开源坊蹴鞠队的头儿，他们也没看出我是个女的；我十二岁帮朋友去琳琅阁赎花非雾，赎到现在做了琳琅阁的一等贵客，他们仍没看出我是个女的；我十三岁开始在万言斋帮人代写课业，仿那些不学无术的少爷们的笔迹仿得好啊，他们依然没看出我是个女的。我觉得在女扮男装这个事情上头，大家真的都要服我，可以说由内到外我都扮得很出色了，此前真的就没有人看出过我是个……"

青年打断了她的高谈阔论，"你是不是忘了，"他淡淡道，"一年前你就没有瞒过我的眼睛。"

"哈？"成玉道。

青年终于转头看向她，脸色冷了下来，是肯定的语气："你的确忘了。"

青年走近一步，他身量高，微垂首目光才能落在她脸上。

成玉终于有足够长的时间端详青年的样貌，见他鬓若刀裁，剑眉斜飞，那双神光内敛恰到好处的凤眼,无论看多少次依然令人赞叹。而因此时站得近,能清晰地看到那双凤目中的瞳仁,似某种暗含光晕的褐色珍宝。

是了,琥珀。青年的瞳仁竟是少见的琥珀色。

成玉心头一跳,突然灵光乍现:"小渡口……伞……小花……呃,是你!"话刚脱口,面前的白衣公子立刻便同已埋藏在记忆极深处那位衣衫半湿的英俊青年重合。她终于明白了为何今日见着这白衣公子总觉眼熟,连同他那些话也时而令她生出熟悉之感来,因一年前那个小渡口的木亭中,便是他站在她的面前,也是他挑眉向她:"你是个姑娘。"

成玉一拍脑袋:"小花说的连将军竟是你!"

青年看着她:"是我。"脸色依然是冷的,似是不满她此时才想起他来。

成玉根本没有在意青年冷淡的脸色,她忆起来这竟是位故人,脸上立刻生出了重逢故人的欣喜:"所以你还是去见了小花,"话到此处,几乎是很自然地就想起了那把伞,又想起了还伞之事,她就有些疑惑,"不对啊,那之后我没听说你上琳琅阁呀,我还跟小花打听过呢,有没有一位极好看的公子来找她还伞,她都说没有。"她狐疑地看向他,笃定道,"你没有还我伞。"

"你打听过我?"青年问她。

她点了点头:"打听了好多次啊,小花都烦了。"她再次笃定,"你真的没有还我伞!"

青年的脸色缓和了下来,眼中甚至浮出了一点笑意:"陈年旧事,便暂且不提了吧。"颇觉有趣地看着她,"你还记得不记得,刚才你追着我跑出来,其实不是为了让我还伞的?"

"哦,对!"她终于想起来自己的初心,"刚才我说到哪儿了?"

青年以扇端点了点她的肩:"我们方才说到了你是个姑娘。所以你和花非雾,"他笑了一下,"是怎么回事?"

"那、那就是……"她嗫嚅了会儿,觉得自己可太难了,青年已看出她是个女子了,她着实编不下去了,"我、我就是帮小花一把,她、她让我假装喜欢她,好让你生气嫉妒……"

青年点头:"继续。"

成玉脑门上冒出汗来,替小花申辩:"但小花这样做,也不过是因为喜欢你罢了,她因为喜欢你才会这样的。"她努力地帮花非雾说好话,"你看,我们小花她长得那样美,她又那样喜欢你,你按理也该对她好的啊,你说是不是?"

吹笛子的牙雕小仙笛音突然停了,青年抬手拨了拨人偶旁边的一个小花蕾,小仙娥又立时吹奏出另一支曲子来,青年轻声:"她不及你。"

成玉一双眼睛牢牢扎在重新吹起笛子来的牙雕小仙身上,注意力全被吸引了过去,根本没听清青年说什么,回过神来才想起问青年:"你方才说了什么?"

青年却没有再答她,只笑了笑:"你说照理我该对花非雾好,所以我问你我该如何对她好。"

"哦,"成玉不疑有他,想了想,指着她一直注意着的那座牙雕小仙,有模有样地向青年,"我最了解小花了,我知道小花她就是喜欢小仙娥吹笛子这样的小玩意儿,你要对她好的话,你把这个买下来送给她,她就好开心了!"说着心虚地偷偷瞧了瞧青年。不料目光正同青年相对。成玉立刻站正眼观鼻鼻观心。

青年在她头顶上问道:"你确定是她就好开心了,而不是你就好开心了?"

成玉大惊,但还是强撑着小声嗫嚅:"是她就好开心了呀。"

青年道:"是吗?"他随意地拨弄牙雕小仙的玉笛,"我以为你是花非雾的好友,我买下来送给她,回头她就送给你了。"

成玉完全没搞懂青年怎么就看透了她的如意算盘,一时颇感羞愧,又颇感沮丧,她低头翻弄自己没几个钱的荷包,闷了一会儿,小声回答:"那,那是我骗你的,是我想要那个牙雕小仙,不过我、我也不是有意骗你的,"她抬头偷偷看青年一眼,又低头继续翻弄荷包,"我就是现在没什么钱，我其实赚钱很快的，但我赚到钱了这个小仙娥她说不准被谁买走了，所以我才想你可以买给小花，然后她可以借我玩一阵。"

青年看了她一会儿，回头叫醒老掌柜，三两句话间，老掌柜已经包好了牙雕仙子装进一个木盒中递给了他。

青年将盒子转递给成玉。

成玉大喜过望："我我我我马上去送给小花，等她玩赏够了我再讨来玩几日。"

青年止住了她："送给你的。"

成玉震惊得盒子差点摔地上，青年眼明手快伸手帮她兜住，成玉惊魂甫定地抱住盒子："送我？为什么送我？这很贵的啊。"

青年抬眼："你不是说我还欠一把伞没还给你？"

成玉抱着木盒子爱不释手，可过了把手瘾后，还是将盒子退了回去："伞没这个贵，再说伞其实也不是我花钱买的，是小花买的。我……"她想了一个词，"我无功不能受禄的。"

"无功不受禄，"青年缓缓重复，有些好奇地问她，"那为何我买给花非雾就可以了？"

她立刻道："因为小花有功啊，小花给你唱小曲。"

青年抬眼，好笑地道："你也可以给我唱小曲。"

她将木盒子退到青年跟前，满面遗憾："可我不会唱小曲。"

青年抬起折扇将木盒推了回去，又推到了她怀中："那何人给的礼你是能收的？"

"长辈们给的吧，"她比起手指盘算，"还有堂哥堂姐表哥表姐什么给的，我应该都能收。"

青年思考了一瞬："你年纪小，我做你的哥哥应该绰绰有余。既然是你哥哥，这便是兄长赠礼，长者赐不可辞。就这样吧。"

成玉将青年的话仔细想了一遍，眼巴巴道："可你不是我哥哥啊。"

青年微眯了眯眼睛："那从今日开始，我就是你哥哥了。"

"可……"

青年笑了笑，那笑竟含着一丝凉意："我说是你哥哥就是你哥哥，平白得我这么一个哥哥，你还不高兴了？"

成玉就被他带偏了，没有意识到问题的根本并不是她高兴不高兴有个哥哥的问题，问题的根本是依照这人间礼法，断没有谁当谁是哥哥，谁就真的是谁哥哥这个问题。在这俗世凡尘，便是最不讲礼数的草莽之辈，认个义兄也还要宰个猪头焚香祷祝对着老天爷拜它几拜。但青年在这事上似乎根本不准备和她讲什么道理，目光沉沉地看着她，看得她很有压力。

她只好屈服了："好吧，那就当你是我哥哥。"转念一想，虽然成家的列祖列宗可能不高兴她随便认亲吧，可青年长这么好看，就算是列祖列宗们又能有什么怨言呢？替列祖列宗们想通了这事，她立刻就接受了这一段奇遇，转而问青年："那哥哥你、你叫什么名字？"

"我在家排行第三，熟悉的人都叫我连三。"

"哦，连三哥哥。"她想了想，"那我叫你连三哥哥，你叫我阿玉，以后你就是我哥哥了。"她老成地拍板道，"那这事就这么定了。"

青年点了点头，很认同她的总结似的，又问她："哪家的阿玉？"

哪家的阿玉，成家的阿玉，但天底下只有一家姓成，那是天子成家。朱槿也早嘱咐过她，在外头再胡天胡地也好，顶着玉小公子的名头胡闹便罢了，万不可让人晓得她姓成，要让太皇太后和皇帝晓得她在外头这样胡闹，她从此便会禁足十花楼直到出嫁那日了。

想到此处她打了个哆嗦，为难了老半天，嘟哝道："没有哪家的阿玉，就是阿玉。"

青年也不再问，似乎也不是真的那么在意她到底是哪家的阿玉。或者到底她姓甚名谁，他其实都不在意。

但成玉此时并没有什么空闲去思索这些，她犹豫地看向青年："既然你是我哥哥了，那有个事，我觉得可能还是需要提前告诉你。"她像是很努力才下定决心，沉重地看向青年，幽幽叹了口气，"其实认我当妹妹，是很吃亏的一件事。"

青年饶有兴致："愿闻其详。"

她不忍地看了青年一眼："我特别能惹事的，你当我的哥哥，以后我惹出的事就会变成你的事，以前我惹出的事都是朱槿的事，不过以后……唉。"

青年像是依然挺有兴致："你能惹什么祸？"

她同情地看了他一眼："你……你以后就晓得了。"她一边抱着木盒子往外走一边摇头，"不过是你自己想做我的哥哥，那就没有办法了。"

连宋站在这古旧小店的阴影中目送成玉远去的背影。

青色的锦袍笼住的，的确像是个少年的背影，但却纤细窈窕，是女子的情态和风姿。不知为何世人竟认不出那衣袍裹覆之中是个姑娘。但三殿下也并不在意这些。

他这漫漫仙生，自他身边来来去去的女子不知几何，或是此种美态或是彼种美态，有如火的美人也有如冰的美人，但这些在他身边来去的美人，其实于他而言全没有什么分别，一人是一万人，一万人是一人。

女子，不过就是那样罢了。

然而他还从未有过一个妹妹。

三殿下也有些奇异自己今日的反应，为何会为了让小姑娘收下那座牙雕小仙，就提议要做她哥哥。他从前其实并不是这样想一出是一出的性子。

一直在一旁佯装打瞌睡的老掌柜终于睁开了眼睛，脸上堆笑向他道："那位小小姐可真有眼光，一眼便挑中了三公子最得意的作品。老朽记得那牙雕小仙当初可费了三公子不少功夫。"

他的右手停在那牙雕小仙方才摆放过的位置，手中折扇有一搭没一搭地敲了敲桌面，心中不置可否地想着，哦，或许便是因为这个原因吧。

第四章

大熙朝当今的天子成筠是个少年天子,因他的天子老爹一世风流,所以驾鹤西归时除了留给他一片江山,还留给他许多未出阁的妹子。

他老子的后宫曾储了三千佳丽,都是他老爹的女人,如今他的后宫也三千佳丽,都是他老爹的女人们、伺候他老爹的女人们的女人们,以及他老爹的女人们生给他的妹子们。

午夜梦回时,成筠常觉得自己是个很悲催的皇帝。他接盘了他老爹的江山,要养大熙朝的万万子民,因为自小习帝王术,这个他觉得难度不太大。但帝师从没同他讲过如何养好他老爹给他留下的这一大堆妹子。他还要挨个儿把她们嫁出去,一天嫁一个都要嫁半年。

这还不打紧,民间还有不怕死的编小调来编派他老爹留给他的这笔风流账:"树上老鸹叫,公主遍地跑,天子日日苦,愁意上眉梢,妹子百十个,何时嫁得掉,嫁妆三千台,国库搬没了。"

因此成筠一见着公主们就要闹头痛,比起他这些异母的亲妹子来,似成玉这等宗亲之女的郡主他瞧着还要更顺眼些。是以本朝公主们,泰半不过枉担着个公主的虚名罢了。

不过凡事总有个例外。十九公主烟澜便是皇家的这个例外,连一向对自己的公主姊妹无甚好感的成筠,对烟澜都另眼看之。

十九公主烟澜生而不凡,说烟澜公主降生那一年,大熙朝正遇水患，山水下注，江河满溢，甚而有洪水灌入平安城中，但十九公主落地的一声啼哭，却使连日大雨骤然停歇，水患也不治自退。而待烟澜公主三四岁上开蒙进学以来，更是屡出惊人之作。譬如烟澜公主爱画，六岁时绘出一幅天上宫阙，当朝国师粟及一判，它还真就是天上的宫阙，自此又证出烟澜公主乃是个有仙缘的大福之人。先帝当日便将其封号定为太安，誉她为王朝之吉。

烟澜有福，但并非处处有福，出生后不过一年她亲娘便病逝，此为一处无福；而她自生下来便身带腿疾，双足难行，此为另一处无福。

然烟澜她娘连淑妃虽死得早，她外家却不可小觑，她娘乃是老忠勇侯嫡亲的妹子。大熙朝开朝两百余年，开朝时太祖皇帝亲封的公府侯府伯府一代代传下来，泰半传到成筠这一朝都仅留了个壳子空有爵名，但忠勇侯府不然，烟澜的外家忠勇侯府在这一朝出了个二十五岁的大将军——连宋连将军。

是了，太安公主烟澜她直到成筠一朝，作为一个没爹没娘亲哥哥还是个恐妹症的公主，她依然是整个王朝风头最劲的公主。其实最大的靠山，是她当大将军的表哥。

五月二十八一大早，连宋带着烟澜在小江东楼喝早茶。

小江东楼的竹字轩临着正东街，街对面排布的全是读书人常去的书局和笔砚斋，笔砚斋后头是方游湖，岸上垂柳依依，水中有个小沙洲，时人称其白萍洲，白萍洲上时不时地会栖几只野雁孤鹤。

小江东楼建得挺高，竹字轩是楼中望景最妙的一处雅阁。作为王朝之吉，烟澜是大熙朝唯一一个出宫从不受限的公主，因此连宋每月有个两三日会带她来此处喝早茶。天步瞧烟澜颇爱此处四时的景致，便干脆一年三百六十五日将竹字轩定了下来。

正是巳时三刻，连三在竹字轩中助烟澜解一局珍珑局。街上忽起喧嚷之声，烟澜身旁的侍女待要去关窗，看连三的视线还落在窗外，一时犹豫，烟澜瞧见，顺着连宋的目光也望了出去。

其实并没有什么特别，只是数名少年吵吵嚷嚷地从街北口行了过来。十来个少年，皆头绑护额身着窄袖蹴鞠装，一眼便知是队行将参赛的蹴鞠少年。

新上来添糕点的伙计刚当小二没几天，不大懂规矩，顺着房中两位贵人的目光瞧见窗外那一群少年，不由多嘴："是日进十斗金啊！"

侍女正要呵斥，被烟澜抬手挡了，烟澜轻声问小二："日进十斗金？"

小二终于想起来察言观色，他瞧房中两个侍女，伺候小姐的矮个子侍女有些凶，但伺候公子的那位侍女瞧着却很柔和。而做主子的这位小姐，同他们这样的下等人说话时声音也又轻又软，脾气无疑是好的；棋桌前的这位公子，手中把玩着一枚棋子，一直偏头望着窗外。小二只能看见他的侧脸，但他多嘴时也没见这位公子说什么，他想他的脾气也该是很好的。

他就面朝着那小姐揖了一揖："回小姐，小姐定是来自大富之家，才不晓得我们平头老百姓的乐子。平安城各坊都有支蹴鞠队，安乐坊的日进斗金和我们开源坊的日进十斗金一向的不对付，往日我们日进十斗金的老大玉小公子在京城时，每月他们都要同我们比一场。"

一提起他的偶像蹴鞠小霸王玉小公子，小二一时就停不下来："后来玉小公子离开京城游山玩水去了，日进斗金觉着没有玉小公子在的日进十斗金没意思，每月一场的比赛这才作罢。我前几日听说玉小公子重回京城了，估摸着他们立刻便同我们下了战书，所以今日我们日进十斗金这是应战去了！"

烟澜皱眉，轻细的声音中含了疑惑："日进斗金，那是何物？日进十斗金，又是何物？"

小二一拍腿："日进十斗金是我们的队名啊！"立在烟澜身后的矮

个侍女嫌恶地瞪了他一眼，他当作没看见，"当初各个蹴鞠队起名儿的时候，其他各坊要么叫猛虎要么叫恶狼，我们开源坊的老大玉小公子觉得这些名儿太过普通很没有意思，就给我们队起名叫日进斗金了，这个名儿多好，多贵气！可安乐坊的老大胡常安事事都想压我们开源坊一头，竟偷了这个名儿先去蹴鞠会定上了，玉小公子一生气，我们就叫日进十斗金了。日进十斗金，比安乐坊整整多九斗金！"他朴实地比出了九根手指头。

那位一直没怎么开口说过话的公子抬了抬扇子："你口中的玉小公子，"小二见他手中的黑扇朝着街上少年们的方向淡淡一指，"是打头的那位姑娘？"

小二探头一看："是我们玉小公子。"他立刻就炸了，"我们玉小公子虽长得是太俊了，可一点不娘们儿，公子怎么能说我们玉小公子是个姑娘呢？小公子他踢球那个猛，"他比出个大拇指，着急地替他的偶像辩白，"真男人！男人中的男人！公子你看他踢一场球你就知道了，你都不能信这世上有这么男人的男人！"

公子没有再说话，他突然笑了一下，收起扇子起了身："那我去会会他。"

大家都不相信她不是男人的玉小公子在小江东楼的楼下撞上连三时，正边走边严肃地和与她并肩的一个细高得竹竿似的少年讲蹴鞠战术："胡常安他个头虽壮，但你别同他比拼蛮力罢了，大家文明人嘛，拼什么蛮力呢。我昨日去他们日进斗金探了探，哦别管我是如何探到的，眼见得胡常安他下盘还是不够稳，而且……抱歉让一让……"

挡在面前的白衣身影并没有让。成玉自己主动让了一让，低着头继续同身旁的竹竿少年讲战术，可同那白衣身影擦肩时，手臂一紧，被握住了。

成玉有点烦了，抬头一望，瞧清楚握住她手臂的是谁，惊讶地叫了一声:"连三哥哥!"

跟随着她的少年们见老大停下了脚步,亦停下了脚步,见老大惊讶地称一个英俊的年轻公子做哥哥,一边心想果然是老大家的人长得就是好看,一边也齐齐恭敬地唤了一声:"连三哥哥!"

成玉立刻回头瞪他们:"是我哥哥,不是你们哥哥。"少年们挠着后脑勺面面相觑。成玉挥手让他们站远点儿,自顾自沉浸在那声连三哥哥里头。

她没有亲哥哥,表兄堂兄其实也没几个,再则同他们也并不亲热,便是称呼也一贯疏离地称某某堂兄某某表兄,亲热地叫人哥哥这事儿还从未有过。这一声连三哥哥,她自己叫得都很新鲜,还有点回味,不禁又乐呵呵地瞎叫了一声:"连三哥哥。"

连宋放开她的手臂,上下打量了她一番:"最近没在琳琅阁碰到你。"

成玉一想,最近她忙着备赛,加之上次花非雾当着姚黄的面图谋连三后,姚黄自我感觉被这么伤一回他应该可以至少清醒三个月,欣慰地表示三个月内他都不想再看到花非雾了,因此成玉的确好些日子不曾去过琳琅阁了。

但花非雾和姚黄这事说起来太一言难尽,她就给自己找了个借口:"因为我开始修身养性,不去青楼找乐子了。"

"哦。"连宋道,"但我听花非雾说,你和她保证了每个月至少要约我逛八次琳琅阁。"他笑了笑,"我一直在等你来约。"

"我什么时候同花非雾……"成玉卡住了。她简直有些恨自己的好记性。

她想起来了,依稀……是有这么回事。

那日在手艺小店辞别连三后,她便提了牙雕小仙回头去找了花非雾,顺便接姚黄,且大致告知了他们她有负所托,事情没有办成,但是她不知怎么回事认了连三当哥哥。当时姚黄非常冷静地接受了这个结果,表示一切尽在他的意料之中。只花非雾一人失望了许久,还开

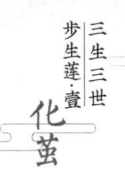

了瓶十五年陈的桂花酿扬言要借酒浇情愁。

一人两花把酒浇愁，她喝得晕晕乎乎时，小花眼睛一亮，同她说了什么。此时着力回忆，成玉想起来小花她说的似乎是："我竟没有想到，其实花主您做了连将军的妹妹，这是一桩意外之喜啊，不正好可以光明正大地邀他一起上青楼来喝花酒吗？就上琳琅阁，就来找我！"

当时她可能是昏了头了，傻乎乎地表示这真是一条妙计，还正正经经地问了小花："那我一个月约他几次好呢？"小花也正正经经地算了一下回她："八次吧。"她又正正经经地问小花："为什么约八次啊？"小花也正正经经地回她："因为八这个数字很吉利啊哈哈哈哈。"

当日一切历历在目，她甚至看到一旁的姚黄不忍目睹地闭上了眼睛。

想起来这一切的成玉，也在此刻不忍目睹地闭上了眼睛。然后她听到连三淡淡地说道："结果等了许久也没有等到，后来我想，你大概是又忘了。"那微凉的声音响在咫尺，也听不出是什么情绪，但成玉本能地觉得不能承认是她又忘了。可她又有些怀疑："连三哥哥你真的在等我？"

就见青年抬了抬眼："怎么？"

她含糊："因为约你逛青楼什么的，这一听就像是篇醉话啊。"

"哦，原来是醉话。"他不置可否，"但我信了。"又看了她一眼，"若不是今日遇到你，也不知这是篇醉话，还在傻傻等着，这怎么算呢？"

成玉觉着"傻傻等着"四个字根本同连三不搭，并且一个人傻傻等着另一个人约他逛青楼喝花酒，这事听上去就不太对头。但她又有些不确定，想着若连三他说的都是真的，他真等了她许久呢？

成玉脚踢着一旁的小石块，脚尖踢出去，脚跟又磨着它挪回来，发愁道："一个月逛八次琳琅阁这是不成了，我们兄……弟结伴逛青楼，这一听就感觉这个家里净出二世祖败家子了，九泉之下列祖列宗都不得安宁的。"

连三提醒她："我们俩不是一个祖宗。"

成玉慢吞吞地把石头磨回来，飞快地看了他一眼，嗯啊了一声，语重心长道:"所以两家的列祖列宗都不得安宁啊!"

连宋垂目,嘴角弯了弯:"所以你的意思是,我们一起逛,列祖列宗会不得安宁,但分头逛,他们就能安宁了,是吗?"

成玉立刻感觉头痛起来,这当然不关列祖列宗的事,她不能兑现诺言陪连三逛琳琅阁,根本原因在于一个月偷摸着去一两次尚可,她要敢一个月逛八次青楼,朱槿就能一天打足她八顿。

但这种原因怎么能说出口,她只好硬着头皮:"我的意思是我改邪归正了,不好再陪连三哥哥你逛青楼听小曲了,要么,要么我……我带你去吃好吃的吧!"

想出这个解决办法,她觉得自己可太机灵了:"我带连三哥哥你逛酒楼去,一个月逛八回,不,逛十回弥补你,好吗?"她一激动,比出了九根手指头,看到连三目光落在她的手指上,自己也拿眼角余光扫了一扫,立刻又添了一根手指头。

连三似在思考,脸上看不出对这个提议的态度。

她察言观色,觉得自己必须上道一点,又立马添了一句:"要么我今日就带你去逛,好吗?"

连三的目光顺着她的护额滑到她被蹴鞠服裹出的纤细腰身,又滑到她身后数步外的一群少年身上:"你今日不去比赛了?"不及她反应,伸手握住了她的手臂,"很好,那就走吧。"

成玉傻了:"我我我我我比赛还是要去的。"

连宋停下来看着她。他右手松松握着她的小臂,成玉挣了挣,没能挣得开,她铆足了劲儿去挣,居然还是没挣开,同时她感觉到连宋投在她头顶的目光变得迫人起来。

成玉立刻明白自己挣错了,但她也有些埋怨起来,可埋怨起来也有些娇气似的声音软软的:"因为这个比赛我若不去,以后就不要在开源坊混了呀!"

当是时,远天有骄阳破出晨曦,正照在面前小江东楼的牌匾上,几个鎏金大字金光灿灿。"这样好了！"她突然就有了主意，"连三哥哥你先在小江东楼喝一喝茶等我，一忽儿我就比赛完了，赛完了我就来找你好吗？"

她一心想要说服他："小江东楼好啊！从前我在京城时，小江东楼的竹字轩还能订到，竹字轩望景尤其好。我有时候也来竹字轩喝茶，那时候在楼中坐着，沉浸在窗外的景色中，简直逍遥似神仙，时间唰啦一忽儿就过去了！"说到"唰啦"两个字时，还用空着的那只手竖起来一根食指从左到右快速划拉了一遍，表示真的很快的意思。

她斜眼偷偷摸摸看连宋，瞧见他似乎又在思考，就舔了舔嘴唇，又比了遍刚才那个动作，口中还给自己配了一遍音："唰啦——"

三殿下终于松动了，放开了她的手："那我便在竹字轩等你。"

成玉松了口气，可这口气还未彻底松下去，她突然想起来竹字轩老早就订不上了。

"竹字轩不成的，"她小心翼翼道，"因为竹字轩被个什么什么贵人给占了，已经不许外人订了。"念及此事不禁义愤填膺一腔正气，"其实，胡乱花这种钱干什么呢，是吧连三哥哥，好地方就该与民共享嘛！"说这话时她俨然已忘了当初平安城里头，论最能乱花钱，她玉小公子排第二没人能排第一。

连三似笑非笑地看着她："可你不是说竹字轩最好吗？我只要最好的。"

成玉一个头两个大，连三太难搞了，她可太难了。

"我那时候是挺喜欢竹字轩的，但有个梅字轩我也很是钟爱，连三哥哥你不妨在那里等着。"她硬着头皮劝连三，且为了证明梅字轩的不错，还招了招手让少年们围到她身边来，咳了一声，边同少年们使眼色边问他们："我是不是常带你们来小江东楼喝酒饮茶啊？我那时候除了竹字轩，是不是还很喜欢梅字轩啊？"

可惜的是大家默契不够，少年们并没有领会到她的心机，她身旁的矮个少年犹豫着接话道:"小江东楼的梅兰竹菊四雅阁我们都跟着老大你试过,梅字轩如何我们没有注意过。不过老大你的确最钟爱竹字轩,还专门作了词来赞叹过从竹字轩望出去的风景,说'雁鸣白萍洲畔……'"冥思苦想,他用手拐一撞旁边的白净少年,"'雁鸣白萍洲畔'什么来着?"

成玉恨铁不成钢地道:"我明明就很喜欢梅字轩来着!"

矮个少年还在用力推白净少年:"赶紧想想,'雁鸣白萍洲畔'什么来着?"又对大家道:"哎,你们也想想!"

成玉不得不道:"我记得带你们吃酒喝茶是有的,词我应该没有作过的。"

白净少年最先想出来,承着矮个少年将后头几句词一气补充完:"'雁鸣白萍洲畔,月照小江东楼,清风买醉解忧,翠柳遮断春愁。'老大,这个的确是你作的。"

成玉拒绝道:"不是我吧……"

白净少年认真道:"老大你十三岁那年的年末岁首,请我们在竹字轩吃酒,长吁短叹说往后再没有豪阔日子好过,最后再请大伙儿豪阔一把留个念想,小江东楼自酿的醉清风你一个人喝了三坛,喝完就开始一边哭一边吟诗作赋……"

成玉全然不记得有这么一出,还在拒绝:"我没有吧……"

矮个少年憋着笑,抬头指向临着竹字轩的一棵百年老树:"老大你还爬上了那棵树,这事惊动了朱槿哥,朱槿哥来带你回去,你死都不下来,哭着说做不成全平安城最有钱的玉小公子你就一辈子长在树上了。朱槿哥说那你就长在树上吧,然后生气地走了。"

成玉晃了晃,站稳道:"我不会吧……"

白净少年补充:"然后你就一边抱着树一边哭一边念叨'清风买醉解忧,翠柳遮断春愁,一个愁,两个愁,三个愁,愁深似海,遍地愁'。我们想带你下来,可没有朱槿哥的功夫,湖生他爬树算爬得好了,却也只爬到了半中央,远够不着蹲在顶上抱着树梢念叨着一个愁两个愁愁深似海的老大你。"

话题被少年们扯得越来越偏,而成玉也全然忘了她招少年们过来的初衷是要将连三劝进梅字轩中,她耳根泛红,一只手压在脑门上向连宋道:"我、我要走了。"

三殿下没她,倒像是听进了少年们的胡扯,微垂了眉目,整个人看上去不再那么冷淡,挺有兴致地问少年们:"所以你们就让她在树上待了一整晚?"

瞧见这自他们过来只静在一旁,看着并不太好搭话的英俊青年居然也对他们的言谈感到了兴味,少年们越加兴奋,争先回答:"那倒没有,我们好话说尽,可老大就是不下来。"

"不过没多久日进斗金的刘安带了他的蛐蛐儿紫头将军来找我们湖生,老大想看斗蛐蛐儿,就自己从树上爬下来了。"

"朱槿哥大约还是不放心,后来又来了,瞧见树上没了老大快急疯了,结果进楼一看老大正兴高采烈趴在桌上看斗蛐蛐儿,当场脸就青了。"

成玉头顶简直要冒烟,生无可恋地道:"哦,这个我记得了,你们说完了吗,说完了就走吧,比赛要开始了。"

连三看着她似笑非笑:"你的似海深愁,来得快去得也挺快。"

成玉脸一下子就红了,但还是强装镇定:"那时候我只有十三岁。"说着又驱使少年们,"走走走,比赛要迟了。"

却被连三叫住:"你走前是不是应该告诉我,我们究竟约在何处?"

成玉被少年们搅得头脑发昏,一时没反应过来,就听连三低笑了一声:"这是要我拿主意的意思了。"连三一笑,那风采似清月溶波万里,又似晓春染花千色,成玉被这转瞬即逝的一个笑迷得晕晕乎乎,晕乎之中,三殿下已做了决定:"那就定在雀来楼吧,我去雀来楼等你。"

"雀来楼。"成玉一下子清醒了,"是全平安城最贵的那个雀来楼?"

"嗯,最贵的雀来楼。"

卖嫁衣赚的那五百金早花完了，如今穷得一塌糊涂的成玉郡主，感觉到了人生的艰辛，她捂头沉思了片刻，想起来今日托好友李牧舟在球市上买了自己赢，她要是赢了这场比赛就有钱请连三在雀来楼吃一顿了。她咬了咬牙："那……好吧，连三哥哥你先去雀来楼等着我吧。"然后恶狠狠地扯了扯头上的护额，"这么场比赛若我赢不了也不用在平安城混了！"说完，杀气腾腾地领着少年们便朝着城南的蹴鞠场地狂奔而去。

连宋站在原处目送他们时，听到她换了口吻边走边教训少年们，颇有循循善诱的意味："刚才你们做得很不对，以后不能再那样了啊。"

少年们懵懂发问："不能怎样呢？"

她语重心长："我那么丢脸的事，你们怎么随便就讲给别人听了呢。丢的是我的脸，难道丢的不也是你们的脸吗？"

有少年不解反驳："可那不是老大你的哥哥吗？"

成玉就不说话了，他们身影转过街角时，连宋听到她幽幽地叹了口气："好吧，哥哥是可以讲的，以后不要同外人讲啊。"

连宋在小江东楼的牌匾下又站了一会儿，将手中的折扇随意把玩一阵，然后反身逛进了一家书局，并没有立时重回竹字轩。

烟澜收回落在窗外楼下的目光后，坐在竹字轩中怔忪了片刻，向静立一旁的美貌侍女道："从前只见三殿下同国师说过这样长时间的话。"

天步笑道："殿下愿意同凡人们多说几句话，不是很好吗？"

烟澜握棋子的手稍稍收紧了，声音很轻："一个半大少年罢了，又有什么好聊的。"语含疑惑，"或许殿下在天上时便爱同这样的少年结交？"

天步因站得离窗远些，并未看清楼下聚着的是怎样的少年们，故而含笑问道："是如何一位少年呢？"

烟澜垂目："背对着我，看不大清模样，只看背影，颇觉普通。"皱了皱眉，"但话很多。"

天步摇了摇头："殿下从前，最不爱话多之人。"

烟澜静了片刻，目光有些迷离："我看不透三殿下。"

天步依然含笑，但没有接话。

烟澜继续道："我那夜……忆起在锁妖塔中同三殿下诀别那一幕，次日便去他府中找了他，我问他那时候为何要救我……他似乎毫不惊讶我想起那些事，也并不见得十分开心，他从书里抬起头来看我，笑着回我：'你是说我为何会救长依？没有什么特别的理由，不过是长依她终归于我有些不同罢了。'"

她双目中泛起愁绪："天步，你说他这话奇怪不奇怪，我想我就是长依，他也知道我是长依，所以他才来到这处凡世，出现在我的身边，但他却从未叫过我一声长依。我想了许久，"她眸中泛起雾色，衬得那双漆黑的眸子楚楚可怜，"是因我除了锁妖塔一别，却难以记起过往种种，所以三殿下他并不觉得我是长依罢了。"她向着天步，"我想得对吗？"

天步轻声："有些事公主若有疑惑，不妨当面去问问殿下，公主身子不大康健，不宜忧思过重。"

烟澜静了一静，良久，目光移向窗外，似在问天步，却更像自言自语："你说三殿下他对长依究竟是如何想的，对我又是如何想的呢？"

天步在心底叹息了一声。

大千世界数十亿凡世，每一处凡世的时间流逝都不同，有些比九重天上快些，有些比九重天上慢些。此处大熙朝就比天上快许多，九重天一日，大熙朝一年。

天步记得她跟着三殿下初到此处凡世时，正是长依魂断锁妖塔的第二十八年，彼时天君新得的小天孙夜华君不过二十五岁。

确然，凡人中二十五岁已算是个青年，但始有天地之时，天分五族，力量越是弱小的族类寿命越是短暂，成长越是迅捷。而譬如仙魔之胎，其胎孕育不易，长成更不易，因此二十五岁于神仙而言，不过还是个极小的小娃娃罢了。

九重天给小小的夜华君做生辰那一日,天君在宴后留下了三殿下。从三殿下的面上,看不大出他有没有料到天君要同他说什么。小小的夜华君一脸端肃地来同他们拜别时,三殿下还图着有趣,拧了拧小夜华君白皙的小脸蛋。

天上有许多小仙童,生在天上的仙童们个个灵动可爱,其中最尊贵最漂亮可爱的小仙童要数夜华君。但小夜华小小年纪,却是个不苟言笑的性子,譬如其他的小仙童,被长辈捏脸蛋时总要撒一撒娇,小夜华却理都懒得理似的,继续礼节周全地拜完天君又去拜了三殿下。

那时候三殿下看着小夜华颇为玩味:"你是知道长大后便要娶我们神族的第一美人白浅,而白浅她比你年长许多,所以你才故意这样从小就开始老成,以便将来能够与她般配是吗?"

这种话原本不该同个小孩子讲,九重天上任是谁胆敢在小天孙面前如此言语,天君怕都要扒掉他们的皮,但唯独三殿下,天君即便听着,也只当作一阵耳旁风刮过。

只小夜华白皙的小脸上透出一点红来,那红很快便蔓延至耳根,耳根红透时脸却不怎么红了,他端肃着一张小脸:"侄儿请三叔慎言。"

三殿下就笑了。

三殿下笑起来时,那双琥珀色的眼中似有秋叶纷飞,华美中含着落木萧萧而下的冷峻。他一向如此,即便是柔和的笑,也带着秋日的疏离意味。

三殿下俯身,折扇抵住小夜华小小的肩膀:"慎言什么?"

小夜华抿着嘴角。这确然不是什么难题,但答出来未免令人尴尬。小夜华是天上最聪慧的仙童,虽然年纪小,也懂得此种尴尬,站在那儿耳根红透,一副不知道如何是好的模样。

一旁的天君适时地咳了一声,小夜华立刻大拜了一拜天君,像他的三叔是什么洪水猛兽似的,立刻将小步子匆匆踏出去,护送他的恩

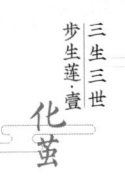

师慈航真人前去十七天的别宫休憩去了。

三殿下远望着离开的夜华君,缓缓将手中折扇合上,宝月光苑中无忧树上结着的妙花微微地泛着冷光。

天步的印象中,这一代的天君慈正帝为了显示自己帝心深沉,说话很喜欢拐弯抹角。但小夜华离开后,当这一角只留下父子二人,再添上一个不远处随侍的她时,慈正帝对着三殿下却既没有拐弯,也没有端天君的架子。

慈正帝眉目慈善地询问三殿下:"灵宝天尊已将你救回来的红莲仙子那缕仙魂补缀完毕,当日为父同你做的赌约,为父依然允你,但为父倒想问你,二十八年过去了,你是否还想下界去陪伴红莲仙子?"

天步没有看懂那时候三殿下的反应。三殿下他像是预料到天君要同他谈的是此事,又像是没有预料到是此事,或者他根本不在意天君要同他谈的到底是何事。

"已有二十八年了?那就去吧,"他答道,"凡世儿臣没有长待过,想来也不会比近来的九重天更加无聊了。"

天君看了他好一会儿,重重地叹了口气,拂袖疾走了几步,几步后又倒转回来,终归没憋住发了火:"你大哥虽代了你二哥之位,但才能上毕竟不如你二哥,你若平素能多帮着你大哥一些,为父也不至于忙成这样,天宫中也不至于常无新事,你倒还嫌上无聊了?"

三殿下觉得天君很无理取闹似的:"儿臣同兄长本应各司其职,井水不犯河水。"

天君瞪着眼睛:"井水不犯河水?信不信明日朕就将你大哥身上的担子卸到你身上去?"

天步觉得天君平日里虽甚为可怕,但同三殿下发脾气的天君却一贯是有些可爱的。

三殿下抬头看了天君一眼,有些无奈似的笑了笑:"方才父君询问儿臣是否意欲下界，儿臣应了，父君贵为天君，君不可戏言。"

天君被噎得半晌没说出话来，吹胡子瞪眼地走了。三殿下礼貌性地在原处停留了片刻，然后一路溜达着去了东华帝君的太晨宫，没有再让她跟着。

天君提及的那个赌约是什么，天步是知道的。

她在凡世待了十八年，再加上天上那二十八年，如此算来，那桩事是发生在四十六年前。

四十六年前，为壮天族的实力，令魔族和鬼族更加忌惮神族，天君曾为膝下第二子桑籍前往青丘之国，向九尾狐族的白止帝君求娶他唯一的女儿白浅。

天族和九尾狐族好不容易定下来这桩亲事，不料桑籍却与白浅的婢女小巴蛇少辛暗中生了情。此事为天君所知，天君憎厌小巴蛇，为免她毁掉自己在强族大业上的一招妙棋，不由分说便将小巴蛇关进了遍地是妖物的锁妖塔。桑籍不忍心上人受苦，为救小巴蛇勇闯了锁妖塔。小巴蛇倒是救出来了，搭进去的，却是其好友红莲仙子长依的一条命。

此事闹得忒大，也正因如此，青丘白浅同九重天二殿下的婚事自是告吹了。但天君又怎能弃置掉这一步联姻好棋，故而天定之君、将来必承天君大统的小夜华甫一出生，便有了青丘白浅这么个未来的媳妇儿。

这段过往里头，惹出事端的二殿下桑籍失了唾手可得的太子之位，被贬至北海，做了个小小水君，小巴蛇夫唱妇随，随着桑籍亦去了北海。纵然天君有责罚，两人也算是有了个正果。而红莲仙子长依一条命，相形之下，却令知晓这段过往的诸仙们都觉得，殒得有些冤枉。

关于红莲仙子长依为何会伴桑籍闯锁妖塔，最后还为了桑籍同小巴蛇能得救而命丧锁妖塔，天上诸仙们的想象力有限，私底下传来传去，不过两种说法。

一说因长依同二殿下桑籍乃是密友，长依此举乃是为好友两肋插刀，彰的是大义二字。一说因长依她恋慕着桑籍，此举乃是为爱舍身，成全他人殒舍自己，彰的是大爱二字。

关于后一种，胆大又性喜伤春悲秋的仙娥们每谈及此，便忍不住多说两句。多说的那两句无非是，长依真正傻，纵然她是为妖而后成仙，需绝情绝欲，她爱上桑籍其实是犯禁，但左右都是犯禁，为何不爱上三殿下。二殿下一心恋着条小巴蛇，她恋着二殿下这也是空恋，三殿下才是真正为她好的良人。听说三殿下为了救她急急从南荒赶回，毫不犹疑舍掉半身修为只为救回她一口活气……如何如何。

如小仙娥们所议论，当日长依她神魂俱灭，三殿下确是毫无犹疑地散了半身修为，只为敛回长依的一口气息，而后三殿下将她的这口气息凝成了一颗明珠，还欲寻天族圣物结魄灯为她结魂造魄，令长依能再生为仙。正因如此，才有许多传闻，说谁能想到风流无双的三殿下竟也能有一颗痴心。

痴心。

连天君都信了三殿下救长依乃是因对长依有痴心。

红莲仙子长依私闯锁妖塔，照着天规，魂断塔下乃是她当受的惩罚，三殿下却罔顾天规，令天君震怒。元极宫中天君怒目三殿下："情之一物，缥缈如夕霞晨露，无影无踪，最不牢靠，世间本没有什么情值得你散去半身修为，你今日为长依牺牲至此，当有朝一日情消爱散，你必为今日后悔。世间本没有什么长存之情，本君日常瞧着你游戏八荒，以为你早已懂得此中道理，本已很是放心，今日却眼见你因情徇私，实令本君失望，你太过鲁莽！"

三殿下彼时脸色还有些苍白，却不把天君的盛怒当一回事似的，三殿下他也的确一向如此："父君教训得是，"他笑了笑，"不过，世间大抵也有不悔抑或是不会因时因事而转移的真情吧，我从前没有见到过，如今，"他顿住了没有再细说，只道，"有时情大于法，的确于法不容，但破了这法，似乎也没什么可后悔。"

天君脸上讶色与怒色并存，大抵是未曾料到一向不当情是个什么东西的三殿下竟说出此番言语。他瞧了三殿下许久，而后一言不发地离开了元极宫。

天君寄在三殿下身上的厚望，天步其实有过耳闻。是从前有一回东华帝君同三殿下下棋时提及，说天君有意让三殿下承袭仙逝多年的墨渊上神的神职，做天族护族的战神。论战名，三殿下在整个天族的少年神君中，确然是无人能出其右的。

天君的毛病是，他一向认为不为世情所动摇之人方能成就伟业。因此被他看上要委以大任者，第一堂课要教给他们的，便是如何做个无情的神君。天君私底下更偏爱三殿下一些，也是这个原因。

端肃的大殿下与清正的二殿下瞧着是无情之人，却着实是有情之人，而风流的三殿下瞧着是有情之人，却从不当情是个什么，其实是最最无情之人。

这天资灵慧的小儿子，战场上从未有过败绩的少年神君，性子虽是闲散了些，成天也不知道在想什么，但他聪明强大，最妙的是世间无情可动他，无情可扰他，他便是活脱脱为护族战神这个神位而生。

但有一天，这样完美的小儿子却同他说，世间大抵也有不悔抑或是不因时因事而转移的真情，有时候，情大于法也没有什么。

天君觉得这太有什么了。他在凌霄殿中苦苦思索了两日，第三日有了主意，顾着三殿下的身体，再次亲临了元极宫。

元极宫的玉座上，天君淡淡道，他会亲自去上清境请灵宝天尊补缀红莲仙子长依的仙魂，而后令长依以凡人之身在一处凡世重生。

凡人有寿限，一寿一甲子，整整六十年，他允三殿下去凡世陪红莲仙子六十年，不过要封住周身法力。若这六十年里三殿下能对红莲仙子深情不变，证明这世间果有不悔抑或是不因时因事而转移的真情，那他便认可三殿下他所说的情可大于法，届时他会让红莲仙子重回天庭，再赐神位，令其重列仙班。

而倘若三殿下对长依之情果然如夕霞朝露，连六十年都撑不过，那他今日如此舍弃修为救护长依，便是大大的鲁莽。长依会身入轮回永为凡人，他也须去西天梵境佛祖跟前清修七百年静心敛性。而后接任护族战神之位，此是给他的教训。

这便是那个赌约。

天步记得当时三殿下惊讶了好半天，但他也没辩解什么，反就着天君的意思接下了这个赌约。

天君是误会了，误会得还挺深。

长依、二殿下、三殿下之间究竟是怎么一回事，外人虽不甚明了，但天步打小跟着三殿下服侍，瞧着总比外人要清楚些。

九重天上都说避世在太晨宫中的东华帝君是最有神仙味的神仙，因帝君他数万年如一日地待在三清幻境里头，唯有四时之错行，日月之代明，造化之劫功能引得他老人家注意一二。但有时候天步想，帝君他不将那些小世情放在眼中，乃是因帝君他上了寿数，这并没有什么；三殿下他年纪轻轻，在此道上与帝君比之却也不遑多让，这就十分难得了。

大概因三殿下他生来便是四海八荒最适合当神仙的神仙吧。

譬如与和三殿下年纪相仿的大殿下、二殿下做比，三位皆是身份尊贵的少年神君，大殿下有欲，他的欲是凡事都要强出两个弟弟；二殿下亦有欲，他的欲比大殿下高明一些，乃是于四海之内壮天族之威名，于八荒之内建不世之奇功；而三殿下呢，瞧着他身边美人一茬接一茬，像是个风流无边的样子，似乎是最该有欲之人，但于三殿下而言，这世间万物为空。三殿下内心没有任何欲望。

天步从前在"空"这个字上头并无领悟，只是有一回听三殿下同帝君饮茶对弈论法，提到了"空"这个字。他们谈得高深，她没有听懂，因三殿下愿意成全她们的向道问佛之心，她琢磨一阵没有琢磨明白，便在私底下讨教了三殿下。

天步记得，彼时伴在三殿下身旁的美人是义水神君的小女儿和蕙神女。天上那时候盛传三殿下应是对和蕙神女十分中意，因这位神女已伴了他四月有余。东海之上千重白云掩住的云山之巅有鹿鸣鹤啸，风姿妍丽的和蕙神女靠坐在一株万年古松旁，正轻拢慢捻地弹一张七弦琴，偶尔望向三殿下的眼神中尽是缱绻倾慕之意。

站在一旁提笔描绘和蕙神女的三殿下听到自己问他何为"空"时，并未停下手中的画笔，他嗓音微凉："世间事物，皆有流转生灭，无恒常之事，无恒常之物，亦无恒常之情；万事无常，有必成无，无中生他物，又必成有，但这流转生灭中却没有什么是抓得住，能恒常的，这便是空。"

她兀自不解，瞧着不远处的美貌神女，轻声问道："那么此刻对殿下来说，也是空吗？空，难道不是令人乏味？殿下觉得此刻乏味吗？"

三殿下一边提笔蘸墨一边漫不经心地答她："空令人感觉乏味？"他笑了笑，那笑容含着些无聊意味，淡淡挂在嘴角，"不是乏味。"他说，"空是令人感觉荒芜。"

天步一直记得那日说"空是令人感觉荒芜"的三殿下，他的眼中瞧的是神族难得的美人，笔尖也是这位难得的美人，那张画灵性俱现，至少说明三殿下他看着美人时并没有敷衍。但那时候三殿下的神色，却有一种世间万物都不值一提的百无聊赖。

是以，因三殿下散修为救长依这事而就此将其传成情种的种种传闻，天步听在耳中是觉得有些可笑的。

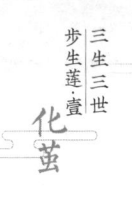

令三殿下动容的，并非是长依，而是长依对桑籍逾七百年不变的那一份痴情。

大约"无常之空"令三殿下感觉荒芜，他未曾见到这世上有"非空"之物，而长依对桑籍那份恒久的痴情，令他觉得那也许会成为一种"非空"，因此令他格外珍视罢了。

他舍掉一半修为也要令长依保住性命，不过是因为，只有活着的长依才能向他证明这世上也许真的有"非空"之物。

仙途漫漫，皆是荒芜，这一切三殿下都看得透透的，但他大概并不爱这样荒芜的漫漫仙途。所以三殿下他自己有时也会说长依于他而言不同，她确是不同的，只是这不同，同儿女情长全无关系罢了。

日头烈起来，街上喧闹声益甚，这是人间。

天步瞧着眼前一脸愁思的少女，她长得颇似长依，此时脸上的表情更是像极了当初长依避在偏处一人为桑籍伤情的时候。

但如今她已记不得桑籍。

片刻前她问三殿下对长依是如何想的，对她又是如何想的。谁能料到长依在凡世重生，却对三殿下生了情意？

天步再次叹了口气。

烟澜她对三殿下生出情意并非好事。

凡世中的确有那样充满旖思的话本，说什么英伟天神降临凡世千般苦寻万般苦寻只为寻回失散的前世真爱之类，戏台子上演一场就能引得大姑娘小媳妇儿哭一场。但那终归是话本故事罢了。那样为爱如何如何的天神，决然不会是这四海八荒的年轻水神，九重天上的连三殿下。

第五章

自一年多以前成玉离开平安城，开源坊的蹴鞠队日进十斗金感觉失去了精神领袖，踢什么赛都恹恹的。踢着踢着恹着恹着就不怎么在京城各大蹴鞠赛中露面了。

作为万年老二的安乐坊日进斗金队终于得以冒头，在京城蹴鞠界横行一年，殊无败绩，遂成一霸。霸了半年，忘了自个儿是日进十斗金手下败将这回事，把队名给改成了独孤求败。结果改完队名的第二天，他们的克星玉小公子就回京城了。

然后第二旬，他们的克星玉小公子就满足了他们独孤求败的愿望，领着日进十斗金把他们给端了。

当头的烈日底下，日进斗金的各位英雄好汉们，热泪盈眶地从十五比三的比分牌子上，从成玉漫不经心歪着头撩起前襟擦汗的动作里，以及从成玉撩起前襟擦汗时看台上大姑娘小媳妇儿们炽烈得能熔铁化铜的视线里，看到了终极……

平安城大姑娘小媳妇儿们的偶像，蹴鞠小霸王成玉玉小公子正蹲在好友李牧舟的生药铺子里一张一张数着赢回来的银票，有些感慨地对蹲在她对面亦在数银票的李牧舟发表感想："都是血汗钱啊。"

李牧舟点头道："没人相信你们队能赢日进斗金他们十个球，亏着我胆子大，跟了你一把，这一票赢的够开三个月义诊了。"

成玉埋头从数好的银票里头抽了三张出来，将剩下的全推给了李牧舟："给，够开一年义诊了。"

李牧舟纳闷："你不是缺钱吗？"

成玉将三张银票叠成小小的豆腐干装进荷包里头拍了拍，又抹了把脑门上的汗："没事，我赚钱快，这三张救急够了。"

听闻铺子外头有脚步声传来，成玉扑通一声歪倒在地，嘴唇都吓白了，和李牧舟比口型："朱槿怎么来了？他知道我让你代我赌球了？"她难以站起来，爬着往后室躲，"完了，我要被打死了。"

李牧舟也一愣，但迅速镇定："我不会供出你的，你放心好了。"一边迅速地将银票塞进胸口，一边将成玉滚巴滚巴揉进了病人躺的床底下，还踹了一脚，自个儿则正襟危坐在床沿，顺便捞起一本书。

仁安堂是个前店后院的格局，铺子连着条小走廊，直通天井，廊道入口处辟了个小间出来以供重病之人休养，因此只挡了条深色的布帘子。

朱槿站在布帘子跟前敲了敲门框才掀帘而入，李牧舟假装自个儿正全神贯注在手中的书册上。

房中明明还有两张木头凳子，朱槿却偏偏也坐到了床沿上。成玉趴在床底下，瞧着横在她鼻子跟前的朱槿的一双靴子，紧张得手直发抖。

朱槿温声对李牧舟说："我来看看你的伤如何了。"

成玉想起来，她上次走夜路不小心掉河里，被救起来时去了半条命，朱槿的声音也没有此刻一半这么关怀。她不禁好奇起来，小李到底受了何等重伤？

正胡思乱想，却听李牧舟自己也挺疑惑："伤？什么伤？"

然后一阵窸窸窣窣，朱槿似乎执起了李牧舟的衣袖："昨日削药材时，不是在这儿划了道口子？"

李牧舟的左手食指上，是有一道口子。但那是道很不明显的划痕。

成玉全身心都沉默了。

朱槿关切地问李牧舟："会不会留疤？"

成玉在心里冷酷地帮李牧舟回答："应该很难。"

李牧舟本人似乎根本没考虑过会不会留疤的问题，轻快地道："无所谓吧。"

就听朱槿沉声："无论如何，这几天不要做重活，药膏要记得涂，"又道，"你收进来准备切的药材，我都替你切好了，因此别再在院子里搜罗着忙来忙去。"

大概是听到不用干活，李牧舟傻高兴地哦了一声。

两人又聊了些李牧舟药园子里种着的花花草草，直到成玉在床底下全身都趴得要麻痹了，朱槿才离开。

李牧舟赶紧将她拖出来："我觉得朱槿他应该不是来找你的。"他这么总结。

成玉慢吞吞地看了他一眼，慢吞吞地拍掉膝盖上的灰尘，心情复杂地道："我也这么觉得。"

李牧舟很有些不解："既然不是来找你的，他最近这么闲吗？还有空来我这里随意走走，还帮我把活儿都干了？"

成玉坐在床边很努力地想了一会儿："如你所说，他这样关心你，的确令人费解。"她产生了一个非常可怕的思路，"小李……你是不是得绝症了啊？"

她被小李从仁安堂打了出来。

成玉灰头土脸地从仁安堂跑出来，一看时间不早，赶紧朝雀来楼狂奔而去。但她爱看热闹，碰到有人扎堆的地方就控制不住停下脚步，加之心又软，一看到什么惨兮兮的事情就爱掏荷包献爱心。路上走走停停献了一路爱心，等人到了雀来楼，将荷包翻个底朝天，她吃惊地发现里头竟只剩一张十两的小银票了。

平安城有三大销金窟，雀来楼排在梦仙楼和琳琅阁前。时人说"无金莫要入雀来"，说的就是雀来楼。去梦仙楼琳琅阁睡个姑娘也不过七八两银，进雀来楼却连两个好菜都点不上。因此当成玉被小二引上二楼雅间，在门口处一眼瞧见里头的一桌珍馐，和坐在一桌珍馐旁正往一只银炉中添加银骨炭的连宋时，她感觉到了命运的残酷，以及自己的无助。

但大熙朝的礼俗是这样，谁邀饭局谁付钱，没带够钱却上酒楼摆宴请人吃饭，这是有心侮辱人的意思，要挨打的。她就算放连三鸽子，也不及邀连三吃饭，吃了饭却让连三付账这事更得罪连三。

成玉揉着额角，躲在门廊里思索眼前的困境，雀来楼又是个不能赊账的地儿，小李的仁安堂比十花楼离此地近得多，可就算跑回去找小李拿钱再跑回来，也需多半个时辰，这跟放连三鸽子也没两样了。

她一筹莫展。门缝里觑见连三身旁还恭立着两人，一个瞧打扮是个婢女，另一个是雀来楼的掌勺大厨文四姐。

文四正低头同连三说话，她听得一句："刀鱼多刺，三公子刀法好，切片利落，刺也除得很干净，掌着火候将鱼肉煮得色白如玉、凝而不散，这便成了。"

那绝色的侍女叹了口气："可如何辨认鱼肉是到了色白如玉、凝而不散这一步，我和公子在这上头都有些……哎，上次也是败在这一步！"

成玉听明白了，这是连三正同文四姐学煨汤。

她一时有点茫然，因为很显然连三同煨汤这事很不搭。她虽然想着为连三和花非雾做媒，但打她看清楚连三长什么样子，就一心觉得只有隐居世外梅妻鹤子这样的人生才能与他相配。明月之下弹弹琴作作画什么的，这才是他这个长相该做的事情。但此时她恍惚回想了一下，初见连三时他在逛小渡口，重逢时他在逛青楼，今早见他又在逛街。而此时，她无奈地想着，他居然跟着个厨娘在学煲汤。

楼道处突然传来了杂声，几个壮汉抬着个大箱子上了楼，经过成玉时还有礼貌地对她说了声小公子请让让。

成玉疑惑地瞧着壮汉们将箱子抬进了连三所在的雅室中，箱子被拆开，待看清那一丈长七尺高的巨型装置是个什么玩意儿时，成玉捂住了额头。我天，不会吧，她在心里对自己说。

室中的美貌侍女瞧着那装置颇为高兴："公子好思量，这次定然不会失败了。"又温柔地向一脸茫然的文四姐道："上次我记得将鱼肉放下去之后，四姐你一分不多一分不少正好煮了半刻，是吧？"

文四一脸不在状况："大约……是半刻吧，但是否一分不多一分不少，这个奴婢却没有计算过。奴婢一向只是看鱼肉的成色，觉得差不多时便将它出锅了。"

在侍女和文四言谈之际，连宋自顾自调整了丈长的木头装置；待将那装置调整好后，他拿火锹拨燃了银炉中的炭火；当金黄的火苗燃起来后，他起身扳动了那巨大装置的驱动杆；看着木制的齿轮缓缓转动起来，他才重新踱回了摆着一桌子菜的八仙桌旁。

齿轮转动的声音慢悠悠响在房中，竟是有些悠扬又古老的声韵。那侍女早停止了和文四的交谈，此时很及时地递过去了一张打湿的巾帕。忙完一切的连三接过去慢慢擦着手，将双手一寸一寸地擦过了，他才微微抬了眼，向着门口："你在那里磨磨蹭蹭多久了？想好了要进来吗？"

天步听说了今日三殿下同人在此约了午膳，因一向能同三殿下约一约的数遍整个国朝也就只有国师，故而她一直以为他们等着的是国师。但此时三殿下说话这个口吻却不像是对着国师，她不禁好奇，抬头看向门口。

先是看到一只手扒住了门框，是只很秀气的手，形状也很好看，有些小，像是只小少年的手，或者是小少女。

又过了一会儿，一个纤细的孩子从门框边一点一点挪了出来。说他是个少年，因他一头黑发尽皆束起，身上还穿着男子式样的蹴鞠装，是个青春少年的打扮。

但待天步看清那张脸时，不禁倒抽了一口凉气。是太过出色的一张脸。她犹记得当年三殿下身边的和蕙神女已是四海八荒中有名的美人，可这少年的面容比之和蕙神女却还要胜出许多。只是他年纪尚小，似一朵待开之花，美得还有些含蓄。但已可想见当此花终有一日全然盛开之时，将唯有"色相殊胜"四字才能形容他的绝色。

天步看愣了。

雅室门口，成玉硬着头皮将自己从门廊边挪了出来。

连三擦完了手，一边将巾帕递给天步一边问她："不想进来？"

成玉扒着门口："……嗯。"

连三看着她："为什么？"

她的目光看向连三身后，停了会儿，"那个是七轮沙钟吧？"她扒着门框，曲起右手，只手腕动了动，指了指那座将整个雅室占了一半的木头装置。

方才那些壮汉将外头的箱子卸掉时，成玉便知道他们抬进来的是七轮沙钟。七轮沙钟是当今天下最为精准的计时器物，原理是以流沙驱动联排的七个齿轮推着指针在表盘上计时，乃是国师粟及兼职钦天监监正时期的发明，全天下只有几座。她曾在太皇太后的寝宫里见过一座。

成玉叹了口气："你们没有听到它哭得很伤心吗？"

一直在一旁不动声色观察着成玉的天步疑心自己是不是听错了，房中有片刻静默，直到听三殿下也问了句"你说什么"时，天步才感觉自己可能并没有幻听。

"你们没有听到七轮沙钟它哭得很伤心吗？"成玉重复了一遍。

"它可能是感觉自己被大材小用了吧，哭得都犯抽抽了。"她说得还挺认真，"你们知道的，它是沙钟之王嘛，士可杀不可辱的。"她停了一下，"我听着它哭得犯抽抽，心里也有点难受，"话说到这里她终于编通了整个逻辑链，可以回答出连三那个为什么她扒着门口不肯进去的问题了，"所以我想我就不进来了。"

她咳了一声："我最怕听人哭了。"分辨着连三的脸色，又道，"我在门口坐着也是一样的，连三哥哥你还没吃饭，那你用你的，"她抿了抿嘴唇，"我就坐在这里陪着你好了。"

她是这么考虑的：这一桌子菜，若连三他一个人用，那用完他肯定不好意思让她结账了。她就剑走偏锋地演了这么一出。

其实若她面对的是两个凡人，她这么神神道道的说不准还真能把人糊弄住。但她面对的是两位神仙。

作为一个神仙，怪力乱神天步就太懂了，这座七轮沙钟根本没有一点成精的迹象，因此天步根本不明白眼前这绝色少年在说什么。

"它真的在哭？"但天步听到她家殿下竟然这么回应了。

接着，她听到她家殿下居然还追问了句："还哭得很伤心，是吗？"

天步觉得世界真奇妙。

"嗯，哭得直犯抽抽。"而少年却很肯定地这么回答了，说着退回到了门廊中。

退回到门廊中的成玉自觉她应该算是过关了，正要松一口气，却听到连三开口："我准许你待在那儿守着我了吗？ 进来。"

成玉一脸蒙圈："我刚才不是说过……"

"你刚才说，"连三打断了她的话，"士可杀不可辱，因为我用它来定时间煮鱼汤，这座七轮沙钟哭得直抽抽，你不忍坐进来听它哭，所以就不进来了。"显然"直抽抽"这个词对三殿下来说是个新词，天步听到他说到这里时，难以察觉地停顿了一下。

连三短短一句话将整个事情都叙述得很清楚，也将她的逻辑总结得很到位，成玉眨巴着眼睛："那你怎么还……"

三殿下的目光似有若无瞟过七轮沙钟，语声很是平静："为了给你熬汤才将它搬过来，我觉得，它就是哭抽过去，你也应该坐进来，一边喝汤，一边听它哭。"

成玉卡住了。半晌，她捂着额角装头痛，揉了揉眼睛，将眼睛揉得通红，软软地现为难状："可我靠近一点，就感觉头很痛，要是坐进来，我想我会受不了的。"她一边说，一边悄悄挑一点眼帘偷觑连三的神色。

就见连三笑了一下，依然很平静地道："那就只能让你坐进来，一边忍着头痛，一边喝汤，一边听它哭了。"

成玉就又卡住了。

这一次她是真的卡住了，老半天也没想出来该怎么回答，沉默了片刻，她说："连三哥哥你太残忍了。"

连三点了点头："有点残忍吧。"

"……"成玉从小到大，基本上都是让别人拿她没有办法，平生第一次感受到了拿别人没有办法的痛苦，对过去被自己荼毒过的好友们竟然生起了一点忏悔之心。她呆呆地站在那里倚着门框认真地发愁，想着绕了这么大个圈子，努力演了这么久，最后她居然还是要进去付账吗，可她没带银子啊！现在告诉连三她没带够银子就跑来了，连三会原谅她吗？他俩的友谊还能长存吗？

她抬眼看连三，见连三也在看着她。她方才总觉得有什么地方不大对，此时瞧着连三的脸，她终于察觉是什么地方不对了。

她沉默了片刻："连三哥哥，我其实有点聪明的。"

"哦？愿闻其详。"

"你根本不是为了给我熬汤才将七轮沙钟搬过来的。"她笃定道，"今天因为我说要带你逛酒楼，让你在雀来楼等着，你是觉得闲着也是闲着，才想再熬一次那个鱼汤试试看，你刚才根本就是在骗我。"她越说越觉得是这么回事，"但是你从前总是熬不好，因为你总是辨不出来鱼肉煮到什么时候才算合适，所以才搬来了七轮沙钟。是你自己想成功熬一次汤罢了，根本就和我没关系！"

"哦，"连宋道，"你的意思是不喝不是专门为你熬的汤，对吗？"他云淡风轻般地总结，"这有何难，我再立刻专门为你熬一锅好了。"

成玉点了点头："因此我……"又立刻摇头，"不对！"额头不小心撞到了门框，"啊！"她轻呼了一声，倒是不痛，但被打了岔，此时脑子有点打结："我是这个意思吗？"她疑惑地问连三。

连三低着头，她看不见他的面容，只能听见他的声音，她听到他低声落寞道："是啊，你嫌这锅汤不是专为你熬的。"

天步在一旁眼睁睁地见证着这一切，感到真是见了鬼了。

成玉喃喃着："不对呀，"这一次她终于把持住了自己没有再被连宋绕偏，右手捂着被撞的额头，"我觉得我的意思应该是，因为连三哥哥并非专为我熬的鱼汤，所以我不喝也没有什么，连三哥哥一个人喝吧，我在这里陪着你就好了。"此话刚停，沙钟正好走过半刻，表盘上最短的那根指针上突然蹦出一只拇指大的木雕画眉鸟婉转啼鸣。

连三看了她一眼，没再说什么，只伸手将煨着的汤锅揭开，汤煨得合宜，立时便有鲜香扑鼻而来。

文四姐悄悄和天步道："这鱼肉的成色，正是色白如玉、凝而不散，三公子此次这汤煨得正好。"天步嗯了一声，见连宋伸出了右手，忠仆的本能令她神游天外之时依然能赶紧将一只折枝花的描金瓷碗准确无误地递过去。

成玉今日大早起来，饭没扒上两口便被蹴鞠队的少年们拥着杀去了蹴鞠场，折腾了一早上，早已饥肠辘辘，此时闻着汤汁的浓香，肚子立刻叫了一声，唱起了空城计。她长这么大从没有被饿得这样过，不禁低头看着自己的肚子有点发愣。

连三已盛好了汤，目光亦停留在她的肚子上："七轮沙钟应该不哭了，还不愿意进来吗？"

成玉捂着肚子左顾右盼，结结巴巴道："我怎么听见它还、它还是……"

连三道："这顿饭不用你请，我已经付过账了，进来吗？"

成玉顿时愣了："我、我不是，我就是……"眼见着整张脸一点一点红透了，她支支吾吾道，"连三哥哥你怎么知道，知道我就是……"

连三挑眉："知道你就是没带银子，所以一直胡说八道找借口。"

成玉立刻道："我不是故意没带够钱，没有看不起你、捉弄你的意思……"她飞快地抬头看一眼连三又立刻低头，"你没有生气吧？"

连三道："没有生气。"

成玉明显感到吃惊："没有生气吗？上一次我放了你鸽子，已经很失礼了，这一次又这样，着实很对不住你，你真的不生气吗？"

连三看了她一眼："你也知道你很对不住我啊。"

成玉惭愧地低着头，又忍不住好奇："那你，你为何没有生气呢？"

连三再看了她一眼："可能是因为你笨吧。"

成玉瞪大眼睛，显然很吃惊："我哪里笨了？"

"每次说瞎话都被我拆穿，还敢说自己不笨了？"

成玉闻言立刻泄了气，闷闷不乐道："只是因为我不太擅长那些罢了。"嘴里说着话，肚子突然又叫了一声，她的脸腾地红透了，挨着门框捂着自己的肚子，一脸不知如何是好的样子。

三殿下嘴角弯了弯，伸手将方才盛起来的那碗汤移到了八仙桌正对着门口的那一方，合上的折扇在一旁点了一点，朝她道："无论如何，先吃点东西。"

她磨蹭了好一会儿，才红着脸拖拖沓沓地走进来，乖乖坐在了连三示意她坐下的位置上，擦了手，端了汤，喝汤之前还耿耿于怀地小声嘀咕了句："我觉得我还挺聪明啊。"此时脸还是红通通的。

天步消化了许久，才接受了自家殿下竟在凡间认了个义弟的事实。

三殿下能够同凡人多说两句话已然很了不起了，今日竟陪着这小少年说了许多话，泰半还都是些无聊话，令天步感到很震惊。

她思索着，是因为这小少年长得好看吗？但在天步万年来的印象中，三殿下并不是这样一个肤浅的人。传说中的神族第一美人白浅她哥哥白真，照理说可能要比这少年更好看些，但也没见三殿下同白真有什么结交。

天步难得又走神了。

在她走神之时，二人已将一餐饭用得差不多，此前他们偶尔有些交谈，天步并未听清，此时突然听到她家殿下淡淡道："我今日一日都很闲。"天步眼皮一跳，在心中否定道："殿下，今日你并不闲，书房中积了一桌文书待你处置，国师递了帖子说下午要来拜见，烟澜公主也说有几幅画下午要呈给你看看……"虽然她没有听清此前他二人说了甚，但此时她很明白三殿下这句话的用意。

成玉也理解了三殿下的用意，她眨了眨眼睛，想，连三的意思应该是，他今日一日都闲，因此她需陪他一整日才算完。这也没什么不可以，毕竟这顿饭是连三请的，她还吃得很畅快，做人总要知恩图报。可唯一的问题是她身上只有十两银票，十两银票的花费能找到什么好消遣？

她"那……"了一会儿，提议道："那我们待会儿去听说书？"

连三慢慢喝着汤，没有发表意见。

"看戏？"

连三依然没有发表意见。

"捶丸？"

"木射？"

她甚至想出了："荡秋千？"

连三放下碗，看着她宛如看一个智障。

成玉挠了挠头，一不小心把护额挠了下来，又手忙脚乱地重新绑上去，边绑边道："既然这些你都看不上，"她想了想，"那我带你去个新奇的地方吧。"她一边回忆一边弯起了眼睛，"虽然连三哥哥你很挑剔，但那个地方，估计你挑剔不出什么，一定会很喜欢的！"

雀来楼午膳用罢，天步被殿下打发回府了，自家殿下则被成玉打发进了连府的马车里头待着。

成玉瞧着马车上的车帷子放下去，一蹭一蹭地拐进雀来楼斜对面的药材铺子，急匆匆要了半斤雄黄粉，几头大蒜并几块纱布，飞快地捣鼓一阵做了几个拳头大的纱布丸子。

变故陡生时，成玉正将几个纱布丸子放进一个厚实的新鲜桐油纸袋里抱着走出门，眼见得街上人群四散奔逃时，她还不知道发生了什么，接着就瞧见方才经过的胭脂摊子、首饰摊子被相继撞倒。哦，她知道发生什么了。

京城的治安泰半时候是好的，奈何天子脚下纨绔多，十天半月的大家就要因为斗鸡走狗抢姑娘之类的事情干上一仗。刀剑撞击声传入成玉耳中，她想，哇喔，今天这票他们还干得挺大的，都动刀子了。

待人群四散逃开裸出打斗场时，她才瞧见眼前的阵仗非同小可：几十步开外的街中央，一队蒙面人正持刀攻击一个黑衣青年，青年还带着个不会武的白衣女子。

蒙面人七八个，一招一式端的狠辣，招招都奔着取命而去。幸而那黑衣青年身手高超，一边护着身旁戴着幂篱的女子一边力敌七八人，竟还隐约占着上风。青年的身形和剑招都变得极快，成玉看不大清青年的模样，她也没心思瞧这个热闹。

骑马射箭蹴鞠玉小公子虽样样来得，但玉小公子她不会武。她自个儿晓得自个儿的斤两，一明白这是出当街刺杀的戏本，立刻就掉头钻进了药材铺，在小伙计身边占了个位置老老实实躲了起来。

长街上的行人很快清了一半，另有一半跑不快的还在大呼小叫地逃窜。人群四窜中一个老妇被人一挤一推正正跌在药材铺跟前。街上这样乱，若被两个年轻力壮的不小心踩两脚，这妇人老命休矣。

刀光剑影的其实成玉也有点害怕，但瞧着老妇人她又不落忍，呼了口气将纸袋子往地上一撂便猫着腰跑了出去。然而刚将老妇人扶起来，打算半搀半拖地弄进药铺子，就见一柄大刀打着旋儿迎面飞来。

成玉愣住了。

目光掠过成玉的一刹那，季明枫一怔，再瞧见朝她而去的那把刀，"躲开"两个字出口前手中利剑已脱手追了过去，人亦随着剑紧追了过去。

原本七个黑衣人已被季明枫修理得差不多，死了三个重伤了四个，最能打的那个在仆地前拼着最后一口气，将兵器钉向了躲在他身旁的秦素眉。他返身将那把刀震偏方向时，并没有想到它飞过去的那一方大剌剌站着个人。此人即是成玉。

季明枫是晓得成玉机灵的。她几乎是他所认识的姑娘中最机灵的一个，可今日当此大险，她却瞧着飞过去的长刀定定立在那儿一动不动。追过去的剑再快也赶不上那把先行一步的长刀，季明枫见状浑身发冷。

眼见着那刀尖离成玉不过两三尺，斜刺里突然飞出一把合上的折扇。

那折扇通体漆黑，只扇坠处一点红芒。便在刀尖离成玉约有两尺之际，扇子准确无误地击打在了刀身之上，发出一声脆响，可见扇骨是以金属做成。整把长刀都狠狠一偏。可即便整把扇子都以玄铁做成，也该是个挡不住长刀威势的轻巧之物。但就是这样一把轻巧之物，却轻轻巧巧将一把合该有二三十斤的长刀硬生生撞得斜飞了出去。

成玉方才藏身的药材铺子当门刻了副对联，叫"仙山无奇药，市中有妙方"。被折扇撞出去的那把挺吓人的长刀,刀尖刷地插进那个"奇"字里,入木足有三寸,显出掷扇人功力之高深。

那样大的力道,照理说便是那把长刀被折扇撞击后能产生反力,亦没法推着它再沿原路返回,但不知为何,那黑扇同长刀一撞之后,竟沿着来路又飞了回去,目的地似乎是对街驻停的一辆豪华马车。

在那折扇靠近的刹那,从马车的车帷后伸出了一只手来。白皙修长的一只手,从银白色的袖底露出,明明日光中,有一种难言的优雅。那是一只男子的手。黑色的折扇正正落进男子手中,那只手漫不经意地抚了抚扇柄,然后收了回去。

炎炎烈日之下,长刀劈面而来之时,成玉觉得那一刻自己什么都没有想。

她什么都没有想,南冉国古墓中的零星刀影却突然如鬼影般自她的脑中闪回而过,有个和气的女声低低响在她耳畔:"不要怕,郡主,不要怕。"随着那女声响起,眼前瞬间模糊成了一片,成玉一刹那有些恍神。

长刀劈过来时被成玉半搀着的老妇因背对着打斗场,并未瞧见这惊心一幕,待刀子扎进药材铺子的对联里头还不晓得发生了什么,只是看成玉不动就拉了她一把。亏得铺子里抓药的小伙计有几分义勇,立刻跑出去搭了把手将老妇人扶进了铺中,又调头要去扶成玉。

成玉这时候才迷迷蒙蒙反应过来,眼前却依然模糊,她左右呆望了望,发现街上早没了人影,空荡荡仅留了自个儿和十来步远的黑衣青年。那白衣姑娘站得要远一些。

她一双眼还模糊着,只能瞧出大约的人形,心里晓得这两位该是方才被蒙面人围攻的一男一女。她也不明白现下是个什么情状,就拿袖子揩了揩眼睛。

成玉揩眼时季明枫向前走了一步,却并未再走近,就着那个距离一言不发看着她。

连宋撩开车帷原本是想看看成玉是不是被吓傻了，季明枫定在成玉身上的视线和不由自主靠近的那一步正巧落入他眼中。他将车帷挑起来挂在了内里的墨玉钩上，重新拾起刚才等候成玉时随意翻看的一册闲书，却没有翻览的意思，只是卷在手中。他坐在马车中看着那二人，视线平淡，右手中的书卷有一搭没一搭地敲着膝盖。

成玉揩眼时就觉着有人在看她，待双眼清明了一抬头，正正对上季明枫的视线，她先是蒙了一会儿，接着一张脸在一瞬间褪尽血色。

季明枫握剑的手紧了紧，叫她的名字道："阿玉。"

成玉低声道："季公……"又改口道，"不，季世子。"她勉强镇定了容色，"没想到在此处碰上季世子，上月听说世子大破南冉，世子是陪同王爷来京中述职的吧。"

季明枫道："能大破南冉，你出力……"

成玉却没让他把话说完，瞧着不远处横七竖八躺着的蒙面人，硬生生转了季明枫的话题："京中其实一向太平，却不知为何今日让世子遇上这等狂徒，世子怕是受惊了。啊，有巡使来了，"她抿了抿嘴唇道，"季世子还有事忙，我就不耽误……"

季明枫的视线几乎是扎在她身上，硬是打断了她的话："那时候为什么不声不响就走了？"

成玉像是没有料到他会问这个，低着头默了一默，再抬头时她唇角含着笑。脸颊雪白，却含着这么个装出来的笑，她低声却清楚地道："没有不声不响，我记得该留下的，我都留给世子了。"

季明枫抿住了嘴唇。

季明枫不说话，成玉也不知道该说什么。她面上瞧着还算镇定，其实整个人都是蒙的，她不明白为何会在此地遇见季明枫。她其实并不希望再见到任何一个同丽川王府相关之人。可今日，竟见了两个，一个季世子，她虚虚瞟了眼仍站得有一段距离的白衣女子，这便是那

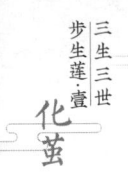

位世子夫人。

她的脑袋开始发晕，且疼。她脸色雪白地按住了额角，极想快点脱身。左顾右盼了半刻，看季明枫还是不说话，她低声重复了一遍方才已说过的告辞话："季世子还有事忙，我也还有些事忙，这就不耽误世子了。"她说着想施个礼告辞，却想起自己身上着的是公子装，就没屈膝，只又勉强笑了一笑，移步向一旁的药材铺子。但她其实不晓得自己要去药材铺子里头干什么。她的头还晕着也还疼着。

季明枫道："你就这么不想……"

对面的马车里却突然传出男子的声音："往哪儿走，不认路吗？"

季明枫偏头看向马车，成玉这才想起自己到药铺子里是来干吗的，继而想起药铺子里还搁着她的几个纱布丸子，继而想起她根本没有敷衍季明枫，她的确还有事，她得带连三去个稀奇的地方解闷子，那稀奇的地方就是她心仪的山洞。

她定了定，边向药铺子疾走边回道："认路的，就是我还有东西忘在铺子里，等等我啊。"

在药铺中她掏出随身的小药瓶，倒出来一粒宁神丸，皱眉看了药丸子一会儿，干吞了。

成玉扎进药铺子里头时领头的巡使来向季明枫问话，言语间晓得这是边陲来的世子爷，免不了一番执礼寒暄。秦素眉站在季明枫身旁，街上人也渐渐多了些。

这繁华大街一时一个样，只雀来楼旁那辆雕工精致的马车无论大街上是动是静都安稳如初。不仅驾车的马夫十分镇定，连套车的马匹也通灵性似的未曾因人群的躁动而浮跳惊跃。

成玉抱着桐油袋子跑出来时顿了一顿，看到季明枫在同巡使说话，她松了口气，旋风似的跑到了马车跟前。

京中出了这样的大事。蒙面人死了三个昏迷了四个，边陲来的世子爷手臂也有一些擦伤,这是何等的大事。领头的巡使办事细致,但有时未免没有眼色,于世子爷处问的话就多了几句。

季世子虽是有问必答,注意力有一多半却是放在隔了半条街的马车上。

他看到成玉一阵风似的刮到马车跟前,方才听过的那个男声复又响起:"跑得还挺快,竟没有腿软?"语声微凉,却并不冷酷。

成玉乖巧地回答那男声:"软了一会儿,你在马车里叫我的时候已经不软了。"

那男声停了停:"吓坏了?"

成玉继续乖巧回道:"……也没有。"

那男声淡淡:"说实话。"

成玉踌躇了一下:"……吓坏了。"

男子像是笑了笑:"说你笨吧你意见还挺大,危险临头不闪不避,你在想什么?"

成玉支支吾吾:"没反应过来呀,是人都会有反应不过来的时候嘛,连三哥哥你肯定也有这种时候了,做什么教训我。"

男子道:"我没有过那种时候。"

成玉惊叹了一声。

男子又道:"你想过没有,今日我若不在,你会怎样?"

成玉停了一会儿,轻声道:"……会受伤,会死。"

季明枫握紧了手中的剑柄。

男子道:"以后该当如何?"

这一次成玉停了许久,开口时声音发着飘:"以后……我既然不能保护自己,所以以后……最好不要逛街了,对不对?"

季明枫的心脏猛地瑟缩了一下。他从前便是那样要求她。他总让她安分一些,既然不能保护自己,就别总将自己置于险地,给他人找麻烦。直到她离开后很久,他才知道这些话其实都是些伤人话。

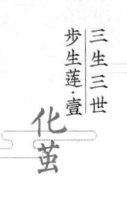

男子有点惊讶地笑了一声:"你是傻吗?"

成玉轻声道:"不能保护自己,就不能把自己置身险境,给别人找麻烦,不能犯这样的错。"她似乎有点迷茫,"所以我以后可能应该减少逛街,不给别人找麻烦,这难道不对吗?像我今天就犯了错,给连三哥哥你找了麻烦……"

男子沉默了一会儿,才道:"不能预料的危险,叫作意外。逛街不危险,今天在街上遇到的这件事,就叫作意外。意外发生,不是任何人的错。"

成玉很惊奇似的:"所以也不是我的错?"却依然纠结,就像在迷宫里打着转,"可我要是不选在今天逛街,我也不会遇到危险,连三哥哥也不会遇到危险。"

男子伸出了手:"当然不是你的错,你也没有给我添麻烦。"他停了停,"我只是希望以后遇到意外,你能更加机灵一点。"

季明枫瞧见男子将成玉拉上了马车,自始至终他没有看到男子的模样,也没有看到在听到男子那些话之后成玉脸上的表情。

他握着剑柄的手指,却用力得有些僵硬了。面前的巡使还在絮叨什么,季明枫完全没有注意到,他突然想起来成玉以前叫他什么。

她以前亲密地叫他世子哥哥。

那像是许久以前的事了。

季明枫在原地站了很久。

第六章

平安城的姑娘里头，要论英气，当属崇武侯府满门将星供出来的将军嫡女齐大小姐齐莺儿。齐大小姐名字起得娇娇滴滴，本人却全不是那么回事，生下来就跟她老父待在边关。她老父在前头冲锋陷阵保家卫国，她就在后头作威作福欺男霸女，八岁上头才被她老父急吼吼丢回京城。因边关练出来的义勇，齐大小姐一把二十八斤重的精铁大刀耍得出神入化，砍得豺狼劈得猛虎，是平安城名门小姐当中的一朵奇葩。

平安城名门小姐当中的另一朵奇葩则是红玉郡主成玉。

这两朵奇葩走得很近。

但就算是这样的齐大小姐，也自认为自己在"胆色"二字上头拼不过成玉。她齐大小姐不畏豺狼虎豹，不惧蚊虫鼠蚁，她总还怕个蛇，总还怕个怪力乱神，总还怕她们家祖宗祠堂里供着的那根碗口粗的家法。

但成玉她真是什么都不怕，说起来她也不会舞枪，不会弄棒，她连大刀都不会耍，但她就是什么都不怕。

齐大小姐遥记得有一回，红玉郡主拖着她一起去访京郊小瑶台山半山腰一个隐秘山洞。她两股战战，刚走到洞口就不行了，待从夕阳余晖中瞧见洞里不远处横伏着的几条碗口粗的大蛇时，吓得差点把成

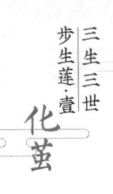

玉当场给掐死。

成玉居然还很镇定,就是被她掐得咳嗽了几声,拍开她的手:"啊呀,你真的怕蛇呀。"很吃惊似的,又叹气,"你是我的好朋友,我才想带你来,里边真的有很漂亮的东西,你真的不跟我进去看看?"边说边做出鼓励状,拍拍她的手背,"那些蛇其实没毒,没什么可怕的。"

齐大小姐将大刀插在地上,头摇得像个拨浪鼓。

十四岁半的成玉就很有些沮丧了:"你们一个个的怎么都这样,小花她怕,牧舟他怕,湖生他们怕,好不容易等到你回来了,连你都怕。"

靠在自己二十八斤精铁铸成的大刀上的齐大小姐牙齿打着战建议她:"你去找朱朱朱朱朱朱朱槿。"

成玉搀扶着她从洞口退出来,沉郁地叹了一口气:"唉,那就算了。"

的确就算了。

自那以后,成玉有两年多没再逛过小瑶台山上的这个山洞,因第二个月,她爱跑去大小瑶台这两座山上探幽访秘的事就被朱槿发现了。山中凶险,她又是那样一副命格,甫知此事的朱槿气得差一点和她同归于尽,此后那半年对她防得甚严。

那半年一过,在她喜迎十五岁之际,朱槿又立刻带她出了王都去了丽川,因此这个小山洞便被她抛在了脑后两年多。

夕阳余晖中,三殿下站在洞口拿折扇撩开垂地的碧绿藤萝,目光落在洞内蜷卧着的几条巨蟒身上,停了一会儿,又辗转至布满青苔的洞壁,再辗转至阴森漆黑的洞底深处,他问了成玉一个问题:"这就是你所说的,"他回忆了一下彼时成玉的用词,"那个我决计挑不出什么毛病,一定会喜欢的新奇地方?"

他思考了一瞬,又道:"我看不出来自己为什么要喜欢这个地方。"

成玉一边同连三解释："不是啊，穿过这几条驻守的蟒蛇才能到那个地方。"一边将驱蛇的纱布丸子取出来绑了自己一身。她绑完自己又去绑连三，三殿下主动退后和她保持了足有三丈的距离："你不要过来，我不绑那个东西。"

成玉叹了一声，好心好意地哄劝连三："这个东西看着丑，但驱蛇管用啊，你不绑着它，我们不好穿过那几条蟒蛇啊。这是最安全且有效用的办法，连三哥哥你忍一忍罢了。"说着看准时机飞快地挨近连三两步。

但三殿下也立刻退后了两步。

成玉比着绳子无奈："就绑一会儿，连三哥哥你不要任性。绑上这个才安全，你要是不绑，我就不带你进去了！"

三殿下看了眼洞中："只要穿过那个蛇阵就可以了，是吗？"

成玉立刻明白了连三的想法，赶紧出声阻止："不要乱来，太危险了！"

连三点了点头："你说得对，是太危险了。"话罢身形忽地向后急掠，眨眼已消失在洞中。

成玉脑中一片空白，反应过来后，惊恐地追着连三消失的行迹而去。

洞中极昏暗，浓重血腥味扑鼻而入时，成玉整个人晃了一晃。她不敢去想那是谁的血腥味，抖抖索索地掏出个火折子点燃，火苗的亮光虽于瞬间铺满了洞口，但再要照往深处，却有些羞怯似的。

成玉的脚步是试探的，那光便也是试探的，不太确定地、一寸一寸挪动着爬过深处的黑暗，终于将内洞勾出个模糊的影子来。

连三好端端地站在那模糊的光晕中，成玉紧绷的神经松懈下来。

周围遍地蛇尸，血腥味染了一洞，唯连三站立的那一处未沾蛇血，是块干净地儿。微暗的火光中，连三一身衣衫洁白如雪，他微微偏头整理着右手的衣袖，影子被火光投在洞壁上，一副沉静的模样。

看着这样的连三,成玉终于明白方才劝说他洞内危险时,他那句"是太危险了"的附和是什么意思。她说的是蟒蛇太过危险了,而他说的是他对于这些蟒蛇来说,太过危险了。

成玉不忍地又看了一遍地上的蛇尸,捂着额头心想,真的很危险啊,连三哥哥。

连三收拾完毕,抬眼平平淡淡问她:"已经过蛇阵了,你想给我看的东西呢?"

成玉缓了一会儿,一边两条腿交叉跳着,见缝插针地穿过地上的蛇尸,一边曲起手朝前头指了指:"还有一段路,走到尽头就是了。"火折子的亮光被她带得一跳一跳。她一蹦一跳的影子投在洞壁上,着实活泼可爱,搞得这么个大型凶杀案现场都有点生机勃勃的意思了。

连三接过她手中的火折子随意将前路一照,顿时皱了眉头,成玉探头过去,瞧见地上的泥浆和沿途的动物腐尸,讪讪地:"那每个阴森的山洞,都是这样的了,连三哥哥忍忍吧。你听过一句话没有,叫美景险中来,说的就是这个嘛!"

连三看着前面的小道:"这不叫险,这叫脏。"

成玉胡乱敷衍:"都差不多嘛。"说着她抬脚就要去前面引路,但脚刚抬起来,整个人便被连三拢入怀中。

继而她感到两人快速地掠过了那条小道,那种快法风驰电掣,比她骑着最快的骏马奔驰在最为平坦的大道上还要来得更快速一些。

洞中没有风,她却在那极快的刹那间感到了风。

但那种速度下的风却并不凌厉刺人,反而像自夏夜白玉川上吹拂而过的柔软晚风,带着初夏特有的熨帖和温热。

温热是她的脸颊和额头。

连三抱着她,将她的额头脸颊都贴在了自己的胸口,大约以为她很难受得住那种快速,因此那是个保护的姿势。

连三的胸口是温热的。

放下她时，连三看了她一会儿。火折子是早就熄灭了，此时的光是来自这洞府尽头的光。或许是连三胸口的热度感染了她的脸颊，成玉觉得自己的脸热得有些发烫，就抬手揉了揉。

手指玉葱似的，揉在粉面桃腮之上，带着无心的娇，眼帘微微抬起，眼神虽懵懂，眼睛却是那样水润，如同早春第一滴化雪的水，纯然、娇，且温柔。好看极了。

成玉并不知自己此时是如何一副面容，只是有些好奇地看向安静的连三，见他琥珀色的眼睛有些幽深，见他的右手抬起来，像是要抚上来似的；又见那如玉的一只手最终并没有抚上来，在半空停了停，收了回去。

成玉注意到了他手指的方向，不由得揉了揉左眼的眼尾，依然懵懵懂懂的："我的眼睛怎么了？"

连三笑了一声，那一声很轻，含在他的嘴角。她想着是不是沾了什么东西，不由得揉得更加用力。连三止住了她的手："没什么，只是泛着红。"他回答她。

"是吗？"成玉不再揉了，有些忐忑，"被我揉肿了吗？很丑吧？"

连三没有及时回答她，又看了她一会儿，直将她看得茫然起来，才道："没有，很好看。"

她愣了一下，连三已偏头转移了话题，他打量着眼前这弥漫着白雾的山洞，问她："你说的我一定会喜欢的地方，是这里？"

成玉便也随着他一起打量起眼前的白雾来，她有些费解："就是这里呀，但从前没见过这里起雾，"她猜测地托起下巴，"是不是待会儿雾退了就……"话未完，一洞白雾已风过流云散似的退了个干干净净，转瞬之间将方才遮掩住的景色全部呈现了出来。却并不是成玉喜爱的那片胜景，而是一处美丽宫苑。入眼处一派美妙祥和，仔细听时，耳边竟还传来似有若无的欢悦鸟鸣。

这里明明是小瑶台山的山洞，山洞中却藏着这样雕梁画栋的宫苑。这一瞧就不是什么自然造化。成玉的脸一点一点白了。恐惧感从脚底蔓延至全身，待攀到肩颈时，似幻化作一只凶狠的大手死命地扼住了她的喉咙。

南冉古墓的那一幕再次掠过她的脑海。

连三此时却并未注意到成玉神色的变化。他有点惊讶。若他没辨认错，这白雾散尽后呈现出来的，是个仙阵。且这仙阵还是洪荒时代的仙阵，只在东华帝君储在太晨宫的书经上出现过的忧无解。

百般烦忧自心而生，无人可导无法可解的大阵，忧无解。

这是凡间。凡人居住的、众神并不会在此立身的凡间。

这里却开启了一个洪荒仙阵。

成玉想要给他看的东西当然不会是这个。

忧无解最擅洞察人心，迷惑人心，困囿人心，甚而折磨人心，是个迷心之阵。但此阵唯有杀意方能触发。三殿下丝毫不怀疑爱带堆纱布丸子来逛这个山洞，和那群蟒蛇还能和平共处的成玉，从前应是连这阵法的边角也没触到过。

一长串美人自前方的朱漆游廊款款行来，个个薄衫广袖，行止间飘飘欲仙。有那等妖艳娇媚的，有那等孤高清冷的，有那等庄重端丽的，还有那等文雅秀致的。

很显然，忧无解认为连三是风流的，但同时他又太过善变令人捉摸不透，因此就连它这么个专为体察人心折磨人心而生的仙阵，都体察不出他到底最喜欢哪一款美人，只好各色各样的都一一呈了出来迷惑他。

那一串美人走在最前头的小女孩性子格外活络，瞧见一只彩蝶飞过眼前，她眼睛一亮便离队扑蝶去了。待小小彩蝶被笼在手心时，她开心地笑了笑，又抬头隔着老远的距离瞧连三，触到连三的目光，不怕生地同他眨了眨眼。

模样和作态竟都有点像成玉。

三殿下愣了愣，但那愣怔不过一瞬之间，下一刻他像觉得这阵法的举措挺有意思似的勾了勾唇角，漫不经意地敛了目光，只有扇子在手中有一搭没一搭地轻轻敲动。

也便是在那一瞬间，花园中蓦然生出许多彩蝶，引得缓步徐行的美人们一阵惊呼。而又因莫名出现的彩蝶全朝连三飞来，因此美人们的笑闹声也一路向着三殿下而来。彩蝶翩翩，彩衣亦翩翩，翩动的彩衣薄纱之间暗藏了好些情意缠绵的眼波，含羞带怯，欲拒还迎。

早先同连三眨眼睛的小姑娘最是大胆，瞧着是追彩蝶，追着追着便靠近了连宋，偏着头做天真状："哥哥你帮我扑一扑那只蓝色的蝴蝶可好？"

她学成玉学得的确像。三殿下笑了笑，信手一挥，将一只立在折扇扇尖轻轻展翼的蓝蝶送到了少女面前。

斯人斯景，可谓赏心悦目，但眼睁睁瞧着这一切的成玉却感到恐怖。

她并非不经世事的小姑娘，十五岁的丽川之行，让她对这世间了解了许多，知道越是要人命的危险，越是藏在美妙之处。

她瞧着那妍丽的美人们像瞧着一只只红粉骷髅，内心的恐慌更甚，有些腿软。可乍见那笼着蓝蝶的幻境小美人就要作态偎进连三怀中，成玉愣是撑住了自己，抢先一步跨到了连三身后。待那活泼的小美人面带娇羞地试图扑到连三身上时，成玉踮起脚来欲蒙住连三的眼睛。

但可能是连三身量太高，也可能是她太过焦灼，虽踮起了双脚，她的双手也只碰到他的下颔。

他那张好看的脸冰凿玉雕般冷淡，可真正触碰上去，感到的却是暖意。

她的手指在那未曾预料到的温度中蜷缩了一下，接着，她感到他的手指跟了上来，像是有些疑惑似的，划过她放在他下颔上的四指，轻轻地触了触："你在做什么？"他轻声道。

那手指也是温热的。

她轻轻颤抖了一下，试着将双脚踮得更高，因此失去了平衡，紧紧贴住了他的后背。

连三僵了一下，可她来不及注意那些。

他的身体比看上去还要更高大，抱着他时，她感到了一种莫名的紧张，她的双手胡乱划过他的脸庞："连三哥哥，"语声颤抖，"连三哥哥，"声音里带着惊恐和惧怕，"不要听，不要看，也不要说话。"

三殿下愣住了。

好一会儿才回过神来。他没有想到成玉不但没有被忧无解迷惑，反而还能有神志来提醒他此地的异样。一个凡人，在忧无解中竟还能保持本心，除非她一生都快乐无忧，心底从没有过丝毫痛苦和忧愁。但显然这是不可能的。

三殿下有些疑惑，不过此时并不是疑惑的时候。

他无意识地再次碰触了成玉贴在他脸上的手指，她却误以为他想要挣开她，急惶间整个身子贴上来，将他贴得更紧，手指也不再徒劳地寻找他的眼睛，而是整个手臂都放下来环住了他的腰。

她的双手紧紧圈住他，温热的身体贴在他的背后，侧脸紧紧挨着他，"你听我说连三哥哥，"声音哑而急促，带着颤抖，"这些都是假的，这里不是什么好地方，这些漂亮姑娘们也都……你不要去看她们，不要去想她们，她们很危险！"大约是瞧他没有再挣动，她试探着放松了对他的禁锢，用一只手环抱住他，另一只手则收了回去，探进了她自己的衣领深处。

连三没有动，也没有说话。

片刻前成玉抱住连三时，那求着连三帮她扑蝶的活泼少女有些顾忌地遁去了一旁,但眼见成玉并不是个什么厉害角色,少女又施施然重靠了回来。无视紧搂住连三的成玉,纤纤素手自衣袖中露出来,缓缓抚上连三执扇的那只手:"方才我的蓝蝴蝶被惊走啦,哥哥再帮我扑一只?"手指比春夜还要多情浪漫,眼波比秋水还要柔软深远。她笑盈盈地看着连三。

三殿下垂着眼,目光却并没有放在扑蝶少女伸出来诱他的那只手上,而是停留在圈住他腰的那只手臂上面。自紫色的衣袖中露出的一小截发着抖的皓腕,白得过于耀眼,腕骨和尺骨因用力而有些突出,微微紧绷的皮肤像是透明似的,覆在那小巧而精致的骨头上。很美的一截手腕。美得近乎脆弱的一截手腕。却无端地娇。

那玉臂忽地动了,白皙、脆弱又娇美的小手离开了他的腰部,握住了他的一只手,她的另一只手也紧跟着抚了上来,一点一点掰开了他的手掌。那温暖而柔滑的触觉令他忽地紧绷了身体,她却没有感觉到,只是执着地将一样东西递到了他的掌心之中。摊开一看,是一枚符箓,大约刚从贴身之处取出,还带着人体的微温。

"不要听,不要看,连三哥哥。"那两只手滑下来再次环住了他的腰,水似的滑,玉似的润,带着可恨的天真。她再一次轻声地告诫他:"不要听,不要看。"告诫他的声音里带着轻颤。轻颤。这说明她一直很害怕。"这枚护符非常灵验,曾经护佑我躲避过许多劫难,我牵制住这些漂亮姐姐,连三哥哥你照着来时的路退回去,护符一定能保佑你走出这个山洞。"她说。

这样害怕,居然还在想着怎么助他全身而退。这个粗浅的计策当然对付不了忧无解这样的阵法,但她有这个心却令他格外开了眼界。

那一直勾缠连三的活泼少女终于找到个空当偎在了他身前,还在试图讨他的欢心,笑得娇滴滴又软绵绵地叫他哥哥,让他再给她扑只黄色的蝴蝶。三殿下将扇子抵在唇上,同她做了个噤声的手势,那是很缓慢的一个动作,也正因了那缓慢,故而极为雅致,小姑娘看得一愣。一愣后愈加娇软地贴过去，却在张口欲言之时突然脸色大变，纤白的手指压住自己的喉咙不可置信地望向连宋，三殿下脸上并没有什么其余的表情。反应过来后，小姑娘空着的那只手狠狠抓向连宋，三殿下不闪不避，只是微微勾了唇角，然后又摇了摇头，那一双纤纤素手便被定在半空，接着那姑娘整个人都像雕像似的快速冻结在三殿下身前。

三殿下抬眼瞧了瞧远天的碧云，执扇的手似落非落在成玉环住他的手臂上，终究没有落下去。他停在那儿，似有些思索。

自然，这一切成玉是不知道的，她听着那活泼少女哥哥哥哥地迷惑连宋，又见连宋始终不言，她终于想起来传闻中连三他是个花花公子。

既然是花花公子，那可能都爱美人投怀送抱。连她瞧着那美貌的小姑娘都有些骨头酥，连三到底能不能把持住，这事着实不容乐观。她心中如此作想，便下意识更紧地搂抱住连宋，祈望能借此拴着他的魂魄勿叫人勾走。

她一边抱着他，一边还小声地同他说话，试图让他保持清明："连三哥哥你再清醒一小会儿，我不该带你来这里，从前这里不这样，我不该惹这样的祸。"说到不该惹祸时，她茫然了一下，有些疑惑，有些悲伤，"季世子说得没错，我胆大包天恣意妄行，错一百次也不知道悔改，都是我的错。"她狠狠地苛责自己，声音发飘，"我总是惹祸，那次没有让蜻……""蜻"这个字刚出口，她奇异地顿住了，整个人随之凝滞定格，好一会儿，她才回过神来，再没将那句话补充完整，只是道，"我一定会让你出去，"像自己同自己发着誓，"这次如果需要谁死掉，就让我死掉，但我会让你出去。"那声音极轻。

连三皱了皱眉，敏感地觉得身后那女孩子的精神状态似乎出了些问题，但不及他再细察，她已一把将他推向了来路的方向，自己则迎面扎向了嬉笑扑蝶的美人堆中。

成玉虽不会拳脚，但她受百花供养，气血最是吸引妖物，足以用来调虎离山。几乎是在扎向那群美人的瞬间，她拔下了头上的银簪，簪子利落地划破手腕，带出一泓细血。鲜血溢出时立刻有就近的美人失神地钩住了她的手腕，口中忽化出利齿。

但想象中的疼痛并未到来，那利齿并未欺上她的肌肤。就像阵风掠过荡尽尘埃似的，猛烈阵风将她从衣香鬓影翩飞彩蝶之间劫走，欲睁眼时，头被轻轻一按，抵住了一处坚实胸膛。

"不要听，不要看，不要说话。"微凉声音响在她头顶，含着戏谑。那是她曾说过的话。

她怔了一怔，靠在他怀中，鼻尖处萦绕了似有若无的香。那香亦微凉，如山月之下潺潺的流水。她今夜一直没想起来那是什么香，此时却灵光乍现。那是沉香中的第一等香，白奇楠香。是连三衣袖间的香味。

成玉喉头发紧，努力抬起头来："你没有被迷惑住，是吗？"

连三没有回答，取而代之的是她的发顶被轻轻一抚："也不要动。"

她心中大石撤了一半，却还是担忧："连三哥哥，让我看看你是不是果真没有被迷惑。"

她感到他的手掌托住了自己的后脑勺，而后她的整个头颅都被埋进了他怀中，一片昏暗中，她听他低声道："不能看。"

她踌躇："你、你是不是还没有完全清醒？"

他轻声一笑："不是，只是这个世界现在……有点可怕。阿玉，你先睡一会儿。"

她迟疑着在他怀中点了点头，又想起这似乎是连三第一次叫她的名字，阿玉这两个字自他口中道出，竟奇妙得像是珍宝铸成似的，含着上好的珠玉才有的那种天然润泽。

但来不及想得更多，便有困意袭来，不过瞬间，她已沉入了黑甜

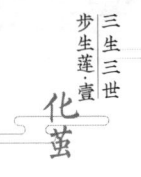

睡乡。

连三瞧了会儿成玉的睡颜，将她粘在脸上的发丝往耳后捋了捋，方抬起头来："我以为忧无解果真是能体察人心的阵法，不过，"他向着东天，"你在本君心中所看到的，便是这些无趣之物吗？"

在他话落之际，片刻前还兀自祥和富丽着的宫室竟于一瞬之间轰然倒塌，花草于呼吸间枯萎，彩蝶于刹那间化灰，盛装的美人们眼睁睁瞧着自己的身体一寸一寸腐败枯折。那些人间难见的美貌惊恐地扭曲，她们在哭闹尖叫，却没有任何声音响起。

山洞外戌时已至，云破月开。当日天君同连三做那个赌约准许连三下界时，确然封了他周身法力。然三殿下乃水神，掌控天下之水，水乃属阴，月亦属阴。这一处凡世的清月又是至阴之月，似个药引子般能引出至阴之水中的造化之力，因而便是天君的封印，亦封不住月夜里连三的法力。

所有的损毁和破坏尽皆无声，因而显得阵法中的这一幕十分可怖诡异。而冷淡的白衣公子立在那唯一一处未被破坏掉的芳草地上，单手搂住熟睡在臂弯中的紫衣少女，脸上却是对他亲手制造出的这一场天地翻覆的无动于衷。

巍巍殿宇纤纤美人皆化粉扬尘，便在万物消逝天地都静的一刻，黑暗中蓦然刺进来一道光。待光线铺开去，阵中又换了新模样，已是一片一望无际的荒漠，搭着半空中一轮相照的清月，冷风吹过，掀起的尘沙止步于三殿下两步开外。

阵法新造出来的这个情境，每一寸气息似乎都带了情绪，含着一种漠然，又含着一种荒凉。三殿下抬眼瞧了瞧四围情境，垂目一笑："荒漠？"又淡淡道，"有点意思了。"

他怀中的成玉伸手抓了抓脸，似乎近在咫尺转悠的沙尘扰了她的清梦，抿着嘴一张脸深埋进他胸膛，但依然不是个好睡的姿势，她就换了一个姿势，又换了一个姿势。三殿下垂头看了她一眼，手中折扇忽化作一朵云絮大小，托住沉睡中的成玉浮在半空之中。

清月，冷风，荒漠，打着旋儿的翻飞黄沙，白衣公子，扇上美人。这一方天地似是无始亦无终，那些静谧于其间的荒凉情绪像一只只细小虫子，钻入人的肌理，勾人愁思，令人大忧大悲，连沉睡中的成玉都被扰得不时皱眉，脸上时而流露出痛苦表情。如此千万忧思袭来，神志一直清醒着本该更能感觉到此种痛苦的连三却似乎并不拿它当一回事。

躺在折扇上的成玉还拽着三殿下的衣袖，三殿下一边将袖子从她紧握的拳头中松开，一边向着眼前的一派虚空道："洞察人心的阵法中，你也算是八荒首阵了，"他笑了笑，"虽探查出来我的内心是一片荒漠，但你这漫天漫地的悲苦，似乎并不能折磨一个心中一片荒漠之人。"

便在三殿下似笑非笑的话音落地时，清风化疾风，激扬得狂沙漫天，东天蓦然涌出一段黑云，涌动的黑云后响起一个缥缈女声："忧无解已数万年未迎得一位仙者来闯，尊驾既有好见识，知吾乃八荒首阵，那可知吾亦有溯回时光之能？尊驾心底虽为一片荒漠，但亦有所愿之事，尊驾所愿，是否……"天地再次翻覆，陡然化作妖气肆虐的二十七天，苍茫似红绸的血雨中，矗立其间的锁妖塔从根基开始动摇，那是行将崩溃的先兆。

凝望眼前此景，连宋的眼睛微眯了眯，女声笑道："吾猜得可准？"她的语气轻飘，"尊驾要不要也猜一猜，此是个引诱尊驾的幻境，还是吾溯回了时光，施给了尊驾一个完成心愿的机会？"

东天盘绕着形似巨蟒的妖气，而那一段黑云亦并未隐去，黑云背后的女声带着玩味和诡异，却瞧不见有什么人藏在它后头，只能感到一道沉甸甸的视线，和一双巨大的眼睛。

三殿下没有花心思去猜黑云后藏着的是谁。他虽未生于洪荒时代，却因常年混迹于东华帝君的藏书阁，因而对洪荒之事也见解颇深，那

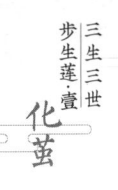

女声甫开口时,他便明了了那是此阵之灵。

自盘古一把巨斧劈开天地,神众魔众们次第临世以来,八荒中征战时起,好勇斗狠之事不可尽数。以阵斗法这样的争斗,因趣致风雅,为诸神所喜,因而洪荒时候法力高明的神祇便造出了许多高明的阵法来互相比斗。高明到了某个程度,阵法便活了,衍生出护阵的阵灵来。

三殿下立在茫茫血雨中,摊开的折扇浮于他身前,短短一柄,扇上的成玉不知所踪。

而此时倒的确像是回到了四十六年前那一日。不同之处只在于四十六年前当他匆忙自南荒赶回时,锁妖塔已然崩倒,地煞罩中万妖乱行,纷飞的血雨里被镇压在缚魔石下的长依已奄奄一息,怒放的红莲一路延伸至渺无边际的烦恼海。

红莲盛放预示的是死亡,彼时他再如何全能,所面临的也只得四个字——无力回天。

而今似乎这一切都还可救,锁妖塔尚未崩溃,长依也尚未被缚魔石困压住,他若在此时飞身而入,确有很大可能将长依带出死地。可这一切,须如阵灵所言,确是它回溯了时光,将他带回四十六年前。

一片苍茫血雨中,三殿下往前走了一步。

那并不太远的锁妖塔震颤得更加厉害,塔壁现出裂纹之时塔门忽开,一个俊秀青年怀抱一个受伤的白衣女子狼狈地躲避着随宝塔崩溃而跌落的碎石。

同他视线相接时,俊秀青年脸上现出一抹惊喜:"三弟,快去看看长依!"便是在同一刻,塔顶突然现出崩塌之象,塔中传出女子的厉喝:"不要回头!"那嗓音中掺着决绝与凄厉,俊秀青年一怔之间猛然转头,塔中女子的声音再次响起:"不要回头!"俊秀青年一时挣扎,匆促中道:"长依交给你了。"终归选择了逃生之路。

然立在数步开外的三殿下他并没有入塔救长依。

置于宝顶之下的缚魔石蓦然坠落,只听见女子一声饱含痛苦的低哑惊呼,此后便再无声息,因于塔中的万妖倏忽之间脱困,妖风拔地而起,似要在片刻席卷整个九重天,而后却被一顶从天而降的地煞罩兜头困住。此间种种,皆同四十六年前那一幕没甚两样。直到妖气忽凝成巨大人形,开始凶猛地撞击地煞罩,妖风肆虐过的宝塔废墟中,突然传出女子痛楚的呻吟。隐忍低回的,长依的呻吟。

然而三殿下一张脸上没有任何表情。

直至烦恼海中盛开了毁灭的红莲,长依虚弱的呻吟归于虚无,纷飞的红雨中含了刺鼻的血腥味,三殿下依然未移动分毫。甚至没有同从前一样,入塔去瞧一瞧临终的长依。只是在一切结束之后,半抬了头,他的视线冷冰冰地放在了东天的那一段一直未隐去的黑云上头。

黑云后的阵灵忽地笑道:"却不知尊驾是何来路,定力委实过人。即便看穿了方才并非时光回溯,乃是一则幻境,可连掌乐司战的墨渊上神,传说中定力一等一的仙者,都曾被吾这一式扰过他的清修,乱过他的心境。倒看不出来,尊驾的定力竟尤胜于墨渊上神。"

三殿下收回了冷淡神色,像感觉这一切都颇为无聊似的:"本君不敢同墨渊上神作比,只是或许彼时上神他心中有情,然本君……"他笑了笑,"所以我方才问你,你能如何折磨一个心中一片荒漠之人呢?"

许是此话激怒了阵灵,腥风血雨的二十七天眨眼消失,取而代之的是一片荒山一面断崖,崖壁上斜生出一棵老云松,云松上挂着个昏睡的小小少女。松干和崖壁正正卡住少女的一截细腰,而崖底则圈了好大一群待哺的饿狼猛虎。

阵灵轻轻一笑:"虽不知尊驾方才如何瞧出了那二十七天是个幻境,不过,尊驾此时不妨再瞧瞧,现在这个是真的,抑或又是个……"

然不等她一席话说完,那虎狼盘踞的崖底忽生出湍急洪流,似谁射出一支长箭,将一干猛物利落地串成一串,裹挟着凶猛水浪扎向不可知的远方。连三身前摊开的铁扇则像认主似的疾飞向被险险挂在老

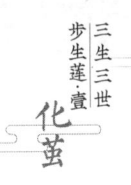

松上的成玉，在老松断枝的一刻稳稳托住了她。

眼看阵灵想要再次幻化情境，天地八方忽生出八道巨大的水墙，阵灵便在此间挣扎，一时化出宫阙楼阁，一时又化出荒漠狂沙，或是荒山断崖，然无论是荒山断崖，宫阙楼阁，还是荒漠狂沙，尽皆为水墙倾倒下来的滚滚洪流覆盖镇压，无一幸免。

一时之间天地皆是一片白浪滔滔，三殿下站在最高的那一柱水浪之上，铁扇正巧将成玉托到他的跟前，他垂头看了一眼那扇上熟睡的侧颜，一抚衣袖将扇子拨到了身后，方抬头向着那被巨大水绳缠缚其间不得动弹的阵灵道："还有其他招数吗？"

阵灵愤怒地挣扎："黄毛小儿，未免托大！"显见得动了真怒。传说中此阵的确没有什么好脾气，此时因难以动弹而变得极为狂暴，"竖子虽能压制住吾，可若无无声笛，你还以为能自己走出我这忧无解吗？便看竖子能压住吾几时！"

三殿下好涵养，待她骂够了才微微抬眼："少绾的那支无声笛？"右手手掌上忽化出一支白玉笛来，"你说的，可是这一支？"

阵灵失声："你为何……"

连三微微一笑："看来你的确被困在这凡世太久了，不知少绾在羽化之前，将此笛留给了新神纪的水神吗？本君，便是这新神纪的水神了。"

成玉从黑甜睡乡中醒过来时，入眼的首先是连三的下巴。彼时她枕在连三半屈起的一条腿上，连三的一只手放在她脑后撑着她的后脑勺，因此她醒来并不觉得头疼难受。

她眨巴着眼睛看着连宋，回想自己怎么就睡着了，记忆却有些雾蒙蒙。似乎是连三不耐烦走那么脏的路，因此拢着她用轻功步法将她转瞬间就带入了洞底。结果今次洞底却生了雾障。

他们原本打算候着那雾障消失，看洞底美景还在否，结果那雾障似能催人入眠似的,她没撑一会儿就靠着洞壁睡着了。

嗯,应该就是这么回事了,她想。

她无意识地在连三腿上动了动,见连三低头正看她:"醒了?"

"雾退了啊?"

"退了。"

她偏了偏头。雾果然退了,洞顶嵌着许多明珠,因此洞中一切都很清晰。她的目光正对上洞府尽头的一片小水塘,水塘虽只占着洞底极偏极小的一隅,然塘水清清,青碧可爱。最惹人称奇的是浮在田田莲叶间的九朵焕发出明亮光彩的异色莲花,花盏玉盘大,饱满欲裂,每一盏皆是一种色彩。

成玉一下子就清醒了,几乎是从连三身上跳了起来,难掩兴奋地跑到水塘跟前,两眼放光地比画:"这才是我说的连三哥哥你一定会喜欢的新奇地方啊,这个小水塘里这些莲花,你难道不觉得它们好看吗?"

天下花木,凡是花期,她瞧着都是人形,只这一塘莲花,她瞧着它们仍是莲花。她知道这可能有些异常,但因不曾感到危险,故而从未对朱槿、梨响提及。

她怜爱的目光凝在一塘莲花上:"世人说'莲出淤泥而不染,濯清涟而不妖',莲的美是清雅之美。但我看这一塘莲的美,比兰花还要增一分幽,比牡丹还要增一分艳,比梅花还要增一分清雅!"

其实她也没见过真正的兰花、牡丹以及梅花开起花来是什么样,她只看过画册,因此这完全是在瞎夸,但这么一顿瞎夸却把她自个儿给夸陶醉了,她信誓旦旦:"这绝对是世间难见的美景,我根本想不出这个世界上会有不喜欢它们的人,连三哥哥你说呢?"

三殿下有些敷衍:"可能吧。"

不过成玉也没怎么在意,她沉醉地用手挨个儿轻抚那九朵莲花的花盏,还靠近了同它们私语,抒发自己的相思之情。什么"长相思兮长相忆,短相思兮无穷极",什么"衣带渐宽终不悔,为伊消得人憔悴",连"在天愿做比翼鸟,在地愿为连理枝"她都背出来了,想了一想,感觉不是很合适,又小手一挥重新来过:"哦,这个不算,我再背个别的。"

三殿下在一旁听着,觉得幸而这一塘莲花睡着了,不然保不齐就要爬起来打她一顿。

是了,这一塘莲花,乃是有灵之花。

相传大洪荒时代,在东海之外大荒之中的大言山顶,生着一塘九色莲,同根异株,各花色不同,妙用也各不相同:红莲能酿酒,紫莲能为药,白莲可制毒,黄莲又能如何如何。因大言山日月所出,灵气汇盛,此株九色莲不久便修成人形,而后受路过大言山的祖媞神点化,赐名霜和,成了祖媞神的神使。

说眼前的这一塘九色莲便是祖媞神的神使霜和,其实挺说得过去,因忧无解这个阵法,乃是当初少绾神造来护佑祖媞神闭关的一个法阵。

忧无解阵、九色莲霜和在几十万年后竟一同现身于一处凡世,虽令人费解,但也不是不可能之事,毕竟当年祖媞神为护佑人族而羽化归去时,归去之地并非仙界,正是在四海八荒之外的凡世。

祖媞神,少绾神,一位是自世间的第一道光中孕育万年后化生而成的真实之神,一位是魔族的始祖神。两位诞生于大洪荒时代的女神,同曾经的天地共主东华、昆仑虚的尊神墨渊、青丘之国的狐帝白止以及十里桃林的主人折颜算是同个世代。似三殿下这等在远古众神应劫之后的上古时代出生的神祇,其实还同他们差着蛮遥远的辈分。天地初开,便为洪荒,洪荒之后,乃是远古,远古之后,乃是上古,上古之后,方为此代。

关乎这两位鼎鼎大名的洪荒女神,史册中记载得或许不少,但至今还能寻到的却不多。听说关乎少绾神的史册,大部分都被战神墨渊私藏进昆仑虚了,而关乎祖媞神的,最终不知归处。

世所共知,祖媞神是为助少绾神将人族护送去凡世而羽化的。

彼时人族弱小,于八荒中生存极艰,少绾神怜悯人族,竭尽神力打开了与凡世相连的若木之门,将人族送去了凡世。而彼时十亿凡世并无适宜人族生存的自然四时、山川造化,少绾神因此求助祖媞神,便是祖媞神以万盏红莲铺路将自己献祭了混沌,化育出万物来供人族繁衍生息。

自光中化生的真实之神祖媞也就此在凡世羽化,羽化之日六界红莲开遍,而后万千红莲齐化为鸿蒙初开时的那道光,消逝于蛮荒之间。

三殿下凝目眺望了会儿那塘九色莲,半晌,走到近处,掬了红莲莲瓣上的清露来尝。一直趴在塘边的成玉有样学样,亦掬了几滴来尝,立刻十分惊讶:"这是清酒的味道。"又仰头向连宋,"真奇了,这是酒吗?品起来竟是好酒的滋味。"

三殿下垂眼:"差点忘了,小江东楼的醉清风你一个人能饮三坛。"

成玉卡了一下,垂着头嘟囔:"又不是什么好事,连三哥哥你总记着这些做什么。"

三殿下瞧着她,一时有些走神,方才他已趁她沉睡之时探过她的魂魄,她的魂体呈现的,确然是个凡人模样。可见她的确只是个凡人。可为何忧无解对她不起作用?难道是忧无解它作为一个洪荒仙阵,不屑去迷惑一个凡人?这倒也有可能。

成玉没有注意到连三的走神,尝过了红莲清露,十分自然地要去试试其他花盏中清露的滋味,被神思回复的连三抬手止住了。这十成十便是九色莲霜和,霜和身上除了可酿酒的红莲和可为药的紫莲,其他几朵花朵不好消受,成玉她一介凡人,哪里消受得起。

这一塘莲花,莲叶青碧可爱,花盏娇浓饱满,方才所尝之酒亦没有陈腐之味,可见霜和是个活着的霜和,只是十分虚弱需要沉睡,因而现出了本体藏在这偏僻山洞中罢了。

三殿下的心中有波澜微起。

霜和是个神使。众神应劫后的新世代中,已然没有神使这个神职,因神使乃是一种血契,与其主同命相连,第三代天君也就是三殿下他老父慈正帝以为此乃不正之术,因此在即位之初便将其废黜了。神使与其主同命相连,说的是神主既逝,神使则亡,反之亦然。霜和是祖媞的神使,霜和既然重现人世,那么真实之神祖媞或许并未真正羽化。

祖媞神生于光中,传说她为护养人族而步步生莲化光而去,这仿佛是她已羽化的一个实证。但光乃不生不灭之物,生于混沌又归于混沌,即便是已逝之光,哪一日再生于混沌亦未可知。这些天生天化的洪荒之神,他们的命途和机缘,一向都不好揣度。

三殿下将整个洞府都查看了一番,却并未感到此处还有什么其他神迹的遗留。转身瞧见玩累了的成玉已歪在水塘边打起瞌睡来,便走过去顺手摘了塘里居中的那朵红莲,又抱起成玉来带她出洞。

祖媞大约真的复生了,但霜和尚在沉睡,这说明即便复生,祖媞她的神性亦尚未苏醒。若祖媞神性苏醒,自然会召霜和前去随侍。

这一位除开是凡人的母神,能化养万物外,她还能溯回时光,这是谁都想要的逆天之能。若有一天祖媞归位,到时候四海八荒,应是很难再维持现下这副光景了。

夜风清凉,平安城四平八稳地扎在山下不远处,能瞧见城中还有依依的灯火。自鸿蒙初开,八荒中初有了凡人,到少绾、祖媞合力将他们送来这些凡世,凡人的繁衍存续着实不易。彼时这些凡世自然不会有高壮的树木,青青的山头,华美的房舍,抑或是柔和的灯火。人族并不像如今这样安居乐业。

不知两位女神目睹今日凡世形状是否会欣慰快意。

连三面无表情地看着眼前这一切。

这竟然是凡世。

月上中天,他站了会儿,便要带着成玉下山。偏头时见趴在他肩头的成玉半睁开了眼睛。他停下了脚步,就见她反应了一会儿似的,那双黑瞳在全然睁开后透出了一些亮光,而她的眉头在此时蹙了起来。

她离开了他,愤愤地挪到了一丈开外:"我想起来了!"她抿着唇。

连三不动声色地看着她:"想起了什么?"

她一脸控诉:"连三哥哥你今早说一直在等我逛青楼,等了很久,却一直没有等到我,搞得我很内疚。可我想起来了,上次我们在手艺小店分手时,你根本没有告诉我你住在什么地方,因此你根本不可能等着我去约你。你都在骗我,一直把我骗得团团转!"

连三愣了一会儿,他方才还全意想着祖媞复归这桩事,这是何等大事,此时她却同他说这个。但这样的对比却令他感到了乐趣。

他走近了一步:"我的确一直在等你,"他停了停,"在琳琅阁中等着你。"

成玉怀疑地眯起了眼睛:"难道你还天天在琳琅阁中等着我不成,"她的唇线抿得平平的,笃定道,"又是骗人,我会去问小花的!"

"我想着你也许在琳琅阁的时候,就会去琳琅阁等着你。你可以去问花非雾,那之后我去了琳琅阁多少次。"说着他又走近了一步。

成玉顿时不知该如何回答了。这根本没有办法回答,因为只有连三自己知道他去琳琅阁是为了什么。她简直都有点钦佩连三了,平日看着话不多,但说出来的话句句让人不知如何反驳。她冥思苦想:"那,那……"

便见连三手中那把折扇的扇柄突然落在了她的肩头。她从未见过他打开那把折扇,此时那把扇子却被打开了一点,他的拇指落在启开的两片扇骨之上,月光照在洞开了一点点的漆黑扇面之间,那扇面竟似兵器般泛出了锋利而冷淡的银光。

可他的动作却是温和的。扇子轻轻点在她的肩头,他的身体随着那缓缓施力的扇面压了过来,而后他的嘴唇挨近了她的耳郭:"不要胡思乱想,误解别人。"那一定是极近的距离,因那话音就像是耳语,她听得清清楚楚。

她觉得他应该还低低地笑了一下,"会让人心伤。"他说。五个字竟像是生了钩子,粘在了她的耳郭。她一边觉得那声音好听,一边不知该怎么办好。恍惚间那扇子啪的一声在她耳边合上了,扇柄掠过她的肩头,他退到了原来的距离,只那么清清淡淡地看着她。但眼神中却是含着一点笑意的。

他明明已退了回去,"会让人心伤"那五个字却带着比耳郭更高的温度,缓慢地灼烧着她的耳根。成玉简直有些蒙,既搞不清这是怎么一回事,也不知连三的话是什么意思。隐约觉得应该是抱怨她,不相信她伤了他的心,可……她无意识地抚着耳垂,半晌,含糊道:"连三哥哥你是在戏弄我吗?"

"你说呢?"

她不明白"你说呢"这三个字意味着什么,莫名地抬头看他,但只见到了他的背影。她只好软软地抱怨:"你怎么这样啊!"

"我应该怎么样?"他在前面问她。

她认真想了一会儿,却没有想出来,她也不知道什么样的连三才该是连三,冷淡是他,温和是他,挑剔是他,难以捉摸是他,咄咄逼人是他,令人生气也是他,对她好的还是他。

她深深叹了一口气,含糊道:"我也不知道,可能什么样的连三哥哥,都是连三哥哥吧。"说着赶紧跟了上去。

她不知道连三对这个答案是否满意,因为他没有再说话。而挨着他时,她突然瞧见了方才在山洞中他摘下的那枝红莲正在他的手中,奇异地发现明明是离根之花,花蕊中却突然浸出一些水泽来。就像是幽幽夜色中,一朵花在悲伤落泪。没来由地,竟让她也感到了一点哀伤。

第七章

次日成玉被朱槿关了禁闭，说是夜不归家眠花宿柳有失德行。

她头一晚躺在连三的马车上，一路从小瑶台山睡回了平安城，三殿下叫她不醒，便顺道将她放进了琳琅阁托给了花非雾。

花非雾左手接过成玉，右手就派了个小婢子去十花楼通传，说她许久不见花主，十分想念，留她一宿说些体己话。

花非雾自认为自己在人间混了四年余，凡俗世情以及这人世间的礼节该是个什么样，她已把握得滴水不漏，这桩事她办得极妥。因而甫听闻成玉归家后仍被朱槿拘了，很想不通，当场便撇了下来邀她游湖的尚书公子，急奔去了十花楼。

得知成玉其实被关在仁安堂，又转奔去了李牧舟的仁安堂。

至于关禁闭这回事，玉小公子这回有点淡然。但同时她又有一点凝重。

仁安堂后院的小竹楼里，玉小公子面前摊了个抄书小本儿，正拿一笔狗爬般的楷书照着抄《古文尚书》，显然又是在做她的抄书生意。

花非雾坐在一旁骂朱槿："……若他不喜花主你歇宿在我那里，昨夜他大可遣人来将你领回去，何必隐忍一夜，而后却诬赖你一个眠花宿柳的罪名？眠的是什么花，宿的又是什么柳？他又不是不晓得你是个女儿身,你如何眠我宿我? 他便是花主你真正的兄长,管束你也太严苛了些,何况他还不是花主你的兄长! 如此行事,太过可恨!"

若是往常,成玉早附和上花非雾了,今次她却欲言又止了好半晌:"你不要责骂朱槿,朱槿他吧,他其实那么喜欢关我禁闭,不过就是……"她鼓起勇气,"我觉得他就是想有机会多来看一看小李罢了。"

花非雾道:"哈?"

成玉语焉不详:"我从前其实很想不通为什么好多次朱槿他关我禁闭都要关在仁安堂。"

花非雾道:"不是因为朱槿他自个儿没有那么多空闲看着你,牧舟日日待在仁安堂,方便看着你吗?"

成玉看了她一眼,压低声音:"其实每次我被关过来,朱槿日日都会来看我,有时候能从清晨坐到午后,更有时候,他还要在这里过上一夜。"她沉默了一下,待花非雾将一张檀口张得碗口大,继续道,"比之将我关在十花楼,我觉得他这样行事,可能要更加费神一些,"又问花非雾的意见,"小花你觉得呢?"

小花没有什么意见,小花合上嘴巴沉默了。

此时楼下传来脚步声,竹楼不大隔声,两人齐齐屏住了呼吸,就听见李牧舟的声音飘飘而来:"往常禁闭头一天,阿玉总要淘些气想法子溜出去,今儿倒奇了,我去瞅了三趟了,只在看书练字,是个知错的样子。你上去再教训她一顿,差不多了就将她放出来吧。"李牧舟这是在帮她说好话,这等好话是说给谁听的,她同花非雾对视一眼,气息不约而同地敛平了。

果然接着就响起了朱槿的声音:"阿玉那里……我不大急。"又道,"今日风好,你陪我在此坐会儿?"

李牧舟道:"我前头还有些事,要么我给你沏壶茶来,你饮着茶自个儿坐坐?"

朱槿停了一停:"方才进来时看到你新采的草药,竟有许多我都不认得，在此闲坐也是闲坐，先去前头帮你切切药材，待你有空了再教我辨识辨识那些草药，你看如何？"

李牧舟的毛病是好为人师，一听朱槿有求教他之处，一颗传道授业的心怦然而动，十分欢欣地从了这个安排。

两人一路说着话远去。

花非雾看向成玉："朱槿他一个花妖，凡间的草药，他能有哪一株识不得？这显然是篇胡……""胡话"二字未及出口，也算是在风月机关里闯荡了四年余的花非雾蓦然回过味来，一脸震惊。

成玉道："小花你怎么了。"

小花道："天哪。"

成玉道："小花你淡定。"

小花道："天哪天哪。"

成玉递给小花一杯凉茶压惊。

小花接过茶盏道："朱槿他不晓得李牧舟一直思慕着梦仙楼的赛珍儿，还筹谋着替她赎身这件事吧？"

成玉道："天哪。"

小花一把扶住她。

成玉道："天哪天哪。"

小花将手里的茶盏复还给成玉压惊，成玉撑着桌子坐下来："那我们朱槿怎么办啊？"

两人凝重地对视了许久。

朱槿的意思是要将成玉关足十五日。

成玉在仁安堂中写写画画，有时候还和来看她的小花相对而坐，说说小话同情同情朱槿，日子也并不难挨，一转眼，十天过去了。

这日一大早，梨响匆匆赶来仁安堂，说因天子将率群臣前往皇城外的行宫曲水苑消夏，同行的太皇太后念叨成玉，玉口亲点了她伴随凤驾，懿旨一早递到了十花楼，因此托太皇太后娘娘的福，她的禁闭提前结束了。

成玉打着哈欠系着衣带子站在一旁，任梨响收拾她的衣物和赖以赚钱的一个绣架及几个小抄本儿。这件事并没有让她很开心，因为去行宫中伴随太皇太后的凤驾和在此关禁闭到底哪个好受些，还真不好说。

成玉她昨夜抄书抄得晚了些，今日起早困乏，跟着梨响出竹楼，到得李牧舟坐诊的大堂时眼睛尚有些睁不开。

时候已经不早，堂中李牧舟正替一位病老翁切脉，走在前头的梨响上前向小李大夫告辞道谢，还在闹着瞌睡的成玉则在后头同一条将她缠挂住的门帘做斗争。

有个人上来帮了把手，替她解开了被门帘上一个小钩缠挂住的衣扣，成玉从布帘中脱困，人也没看清便胡乱拱手道谢："多谢多谢。"谢完了才想起来抬头看看恩人。这一看瞌睡立时没了。

她十日前曾在雀来楼下的大街上见过两位故人：一位是季明枫季世子，一位是他新聘的世子夫人。此时她跟前站着的正是一身白衣的世子夫人秦素眉。

秦素眉见她认出自己，微微一笑，款款开口："前些日在朱字街上碰到郡主，本该过去拜见，只是事体有些特殊又仓促，不意今日竟在此处见到郡主，便择简向郡主问安了。不知郡主这半年多来，一向可安好？"

秦素眉是丽川王爷亲批过的温良贤惠识大体，说话处事一向亲切周全，但即便为亲切周全故，她方才说这话以她世子夫人的身份而言也算过谦了。

但成玉并没注意到这个，她本心中不欲同丽川相关的任何一人打交道，听秦素眉问安，不觉间皱了皱眉，只在嘴中敷衍道："劳夫人挂念,红玉诸事皆安,想必夫人你也十分安好,方才多谢你。"眉头很自然地又皱了皱,"不过此时我有些急事,需先辞一步了。"说着脚上已跨出两三步去。

秦素眉面容微惊,成玉自然没看到,只听到她在身后追问:"郡主如此,是当真对丽川毫无留恋?"

成玉的脚步顿了一顿,终究没有留下来,也没有否认秦素眉的话,低头迈出仁安堂时同人撞了一下。她垂着头让过来人,口中胡乱抱歉了两句,与那人擦身而过。

她没察觉出来被她撞了的人是季明枫。

季明枫甫进仁安堂便被成玉撞了满怀,他右手本能地扶了对方一把,松手时才发现撞了他的人是谁,一时怔在那里。直到成玉走到隔壁的书画铺子,季明枫似乎才回过神来抬眼望住了她的背影。

秦素眉前几日伤了腿,来仁安堂是看腿伤,此时她一条腿还有些不便,慢慢走到季明枫身边,分辨他的神色,低声道了句:"郡主似乎对我有些误会,"又缓缓斟酌,"怕郡主她的确是有什么急事才走得这样匆忙,倒不见得是在躲我,或者是躲世子您。"

季明枫微垂了眼睫,他没有回她的话,望着成玉背影的身姿像是一棵玉树,却是立在悬崖边的一棵树,从骨子里透出了孤独感。

成玉匆匆而行,是要杀去琳琅阁。因她终于想起来,禁闭前她允诺连三一个月带他逛十回酒楼。可禁闭这些时日,日日同小花担忧着朱槿和李牧舟,居然忘了这件事。连三这人,挑剔又难搞,脾气还不大好,她整整十日音讯全无,必然又会让他记一笔账。想到这里她不禁心如死灰。她其实也不知该去何处寻他,唯有琳琅阁这么一个地方,她觉着去了他应该就能晓得。

在禁闭中还不觉得,也没怎么想起过连三。可一旦被放出来,站在这人来人往的大街上,瞧见这久违的街景,入得脑海的第一幅画面竟是那日小江东楼下他拦住自己的去路,抬头时见他微微含笑的样子。

她也没想过这是为什么,但心中未免搅动,一边叹着气匆匆而行,一边恨不得还能有从前的好运,在街上随意逛逛便能再同他来一场偶遇。

结果没碰到连三,却在离仁安堂五百步的绸缎庄前,碰上了连三的侍女。

一时两人都有些怔然。

天步初见成玉时便很震惊,再见依然震惊,但今次与上次的震惊不大一样。天步上下打量了她足有三遍,才缓缓开口:"玉……姑娘?"

成玉今日一袭白衫裙,图着方便,只让梨响简单将头发给她编了发辫,在发辫上簪了一二白玉钗环。虽装束得简单,但只要眼神没大问题就能认出这是个少女,而非少年。

成玉很高兴天步将她认了出来,将天步身周数丈都扫了一遍,没瞧见连三,有些失望,又同她确认:"连三哥哥不在呀?"

天步一边得体地回应她:"公子不在,只奴婢一人来绸缎庄闲逛买些布匹,玉姑娘找公子是有事吗?"一边在心中感叹:是个少女啊。自上回在雀来楼中见过成玉后一直悬着的心终于松了下来。其实彼时天步便瞧出了连三对成玉的不同。三殿下对一个少年那样不同,让作为忠仆的天步这些时日想起来就甚觉揪心。今日始知成玉原来是个姑娘。成玉她是个姑娘,这可真是谢天谢地啊!

成玉却不知这短短一瞬间天步内心的波澜起伏,想了想道:"我原本想去琳琅阁找连三哥哥的,没想到在这里遇上了姐姐,那烦请姐姐带个话给连三哥哥好了,就说我……"她弯起食指揉了揉脸颊,像有些不好意思,"就说我被关了十日禁闭,今日刚被放出来。"她抬眼看了看天步,说话时又将眼睫垂下去,不大确定似的,"想约他明日逛酒楼,不知他有没有空?"

天步的目光全然被成玉的小动作所吸引。她这么一副少女打扮,眉梢眼角都是灵动表情,令天步不由自主便瞧得入迷,心中忍不住想这姑娘生得如此好看,便是三殿下果真要待她不同,她也很匹配这份不同。作为一个凡人,她在身份上固然与三殿下不大般配,但那些神女们,身为神仙长得还没一个凡人好看,又真的能匹配三殿下了?也不尽然。

难为天步她内心中演着一场辩论赛,耳中竟还听清了成玉在说着什么,还能有条有理地回答她:"公子这几日都十分忙碌,难以见得他影踪,明日得不得空,这个却不大好说,需问了公子才知晓。不如奴婢寻机去问问公子,得了准信再来通传玉姑娘?"

成玉呆了一下,有些落寞:"那就是说他没有空了。"凝眉想了想,她让步道,"那,那就不将日子定在明日吧,太急迫了,还累姐姐来回通传。我过几日要去看我……祖母,这四五日其实都空,若连三哥哥何时得了空闲,便差人来……"她又想了想,回头看了一眼仁安堂的牌匾,指着晨曦之下的医庐道,"便来仁安堂通传我一声好了。"

回想了一遍,觉得这个办法很妥帖,抿起嘴角同天步笑了笑:"姐姐便这么同连三哥哥说吧。"

梨响在绸缎庄不远处候着自家郡主,虽然成玉同天步谈话声低,但梨响是个妖,耳力总比常人好些。

大熙朝是个祖上曾出过女皇帝的王朝,至当今天子成筠他爷爷一朝,朝中还有好几位权重的女官。虽到成筠他老爹一朝,女官们都被他老爹给搞去后宫了,但直至今日,大熙朝女子的地位仍然很高,男女交往上大家也不拘束,都看得很开。

故而,当梨响听明白她家郡主新近似乎结交了一位什么贵公子时,并不在意。反倒是立在仁安堂门口,似一株孤独玉树的季明枫季世子,

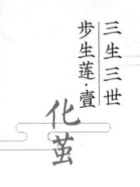

让梨响挑了挑眉。

"这位可是丽川王府中的季世子？"她三两步踱到了季明枫跟前，敷衍地同他施了个礼。

直至梨响离开，秦素眉依然十分惊讶季明枫竟能容一个奴婢在他跟前如此放肆。

大熙开朝之初，封了六位异姓藩王，迄今唯留丽川季氏一脉。

季明枫是当今丽川王最器重的嫡子，乃丽川季家第十四世孙。

秦素眉她爹是王府主簿，她自小同季明枫一起长大，懂事起便开始崇拜季明枫。在秦素眉心中，季明枫霞姿月韵，允文允武，是当世最为杰出的俊才，甚而有时候她觉得丽川若有十分灵气，这十分灵气便都汇在了季明枫一人身上。只是这十分灵气生成的季世子大约在降生时单缺了一味日暖之息，因而生得性子寒冰也似。

可能因他爹是颗情种，曾为情误事，寒冰也似的季世子生平最恨红颜误事，于女色上的不上心，比个和尚也差不离。能同季世子走得近的女子，在秦素眉印象中只得三人，一个她，一个红玉郡主成玉，还有一个后来的诺护珍。

据她所知，红玉和季世子的缘分，始于去年春日。彼时红玉郡主游玩丽川时遭遇强匪，同家人离散，被路过的季世子顺手搭救，又顺手带进了丽川王府中。

在秦素眉的记忆里，这位郡主被救后，有很长一段时间，十分倾慕季世子，无论世子去往何处，她总爱沾前沾后地跟着，左一声世子哥哥右一声世子哥哥。世子不搭理她，她也不怎么生气。

因她缠得多了，后来世子似乎也同她亲近过一段时日，但那段时日并不很长。

不久后世子便救回了那位异族姑娘诺护珍，世子对诺护姑娘很是另眼相待，之后便同郡主越来越疏远了。郡主似乎很是伤心了一阵。

而后便发生了南冉古墓之事。这位郡主不知做了什么，惹得一心想征服南冉的世子大怒，世子当夜之怒连她都是平生仅见，竟将闯祸的郡主关在了王府中。

再然后，便是这位郡主不告而别。

在那之后，秦素眉便放宽了心，并不觉得季明枫对成玉有什么别念。有时候她还会想，无论开初有没有情分，到成玉离开丽川时，季明枫应该多多少少是有些厌憎她了。若不然，在发现成玉不告而别的当夜，他为何什么表情都没有，表现得那样平静？且那之后他也没有派人去寻找过成玉，甚而在王府中的半年多来，他连提也不曾提起过这位在丽川王府中暂居了半年的郡主。

可此次入京再次逢见这位红玉郡主，世子的态度却让秦素眉的心中波澜顿起，觉得过往有些事，要么未曾留意，要么留意过的那些，她看得不够分明。

她脑海中又响起方才那美貌丫头一番咄咄逼人的高谈。

"郡主在丽川流落时，幸得世子大义相救，又允郡主在丽川王府中暂居了半年，我们十花楼十分感谢，本应着厚礼相酬。但南冉古墓一事，贵王府却不厚道，看我们郡主孤身落难在王府，便以狠言羞之辱之，又以威权迫之压之，着实欺人。不过恩怨两重，就算两相抵过吧，这些事我们十花楼也不再计较。只希望世子往后若再见到我家郡主，便如今日一般只做陌路视之罢了，正巧我们郡主也只想同你们丽川之人做回陌路……"

世子竟没有恼怒，只是打断了她的话："你说，她想同我做回陌路？"

那伶牙俐齿的婢子冷笑了一声："我们郡主就在前头，世子若是觉得我妄言，不如直接过去问问她本人如何？"

世子沉默了许久，绸缎庄前成玉已结束了与人的交谈，没有回头，径自朝前面的街角走去，那婢子便对他们哼了一声，然后小跑着跟了

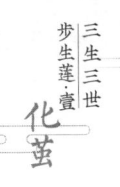

过去。季明枫一直一言未发。

他们在那儿站了许久,直见到成玉和那婢女均消失在街角,又站了会儿,季明枫才领着她进了医堂。

季世子和红玉郡主之间到底如何,秦素眉原以为自己看得清清楚楚,此时却又觉得扑朔迷离模模糊糊。

或许扑朔迷离的从来不是他们之间曾发生了什么,她想。

扑朔迷离的,只是季明枫的态度。

天步回府时,听婢子说烟澜公主来了府上,正在书房中同三殿下弈棋,天步愣了愣。

方才在绸缎庄时她并非诓骗成玉。近些时日三殿下夜夜晚出日日晚归不知在忙些什么,在府中休憩也不过午时前后的个把时辰。烟澜公主虽来过几次寻他,次次皆是错过,今日这个时辰他竟在府中,天步也感到十分稀奇。

在书房中伺候的小婢子下来换茶时悄悄禀她,说公主此次是来求字,公主她带了幅"蝶恋花",栩栩如生一幅画呈上来请公子给题几个字儿。公主原本的兴致像是很高,还帮着公子研墨濡毫,公子的兴致也像是不错,公主请他题字,他就题了。

小婢子说,她不识字,因此并不晓得公子题了什么,只瞧着那些字龙走蛇行,体骨非常,是很好看的字,公子还题了整整四行,她想着公主是该高兴的。可公主读完那四行字脸色顿时就不好看了,默默收了画,喝了一盏茶,又续了一盏茶,虽欲言又止,最后却也没说什么,只是请公子再陪她下局棋。她印象中烟澜公主求的事,公子很少不依的,故而两人一直下着棋,直下到此时。

小婢子说评书似的同天步禀完,很有些为自家公子鸣不平:"公主想要什么,公子可都依她了,但公主的脸色却一直没好起来过,"她偷偷向天步,"奴婢觉得,公主的脾气是越发古怪了。"

天步叹了口气。小婢子禀的这桩事，显见得是烟澜她以画传情，结果落花有意流水却无情，因此落花自伤罢了。这倒让她忆起一桩旧事。

当年长依恋着桑籍时，忍到身如枯木，心如死灰，也曾作过一幅"春莺啼绣阁"图请桑籍题字。

拿"春莺啼绣阁"喻她对桑籍的一段闺阁之情，确是太文了，也含蓄得忒狠了，倒不怪桑籍没瞧出来，竟在上头题了一句"春莺喜闹新柳绿，晓风一拂青天白"。

长依揣着这句诗回去解来解去，也不过解出这幅传情图可能激发了桑籍的一些大志，使他想如晓风一般涤荡八荒，重建一个清明天地这样的意思……

长依很神伤。

天步走了一会儿神，暗道入凡后的长依，别的一概忘了，性子也变了许多，唯一保留的，竟是爱以画传情的这份小心思，着实令人感叹。

烟澜还在书房中同连三耗着。

甫入此凡世，三殿下便吩咐了让她多看着些烟澜，天步琢磨，那就是说烟澜的一举一动她都该了如指掌，那今日烟澜呈了什么图，三殿下题了什么字，她似乎也该了解一下。

小婢子在一旁嗫嚅："彼时是兰问姐姐在一旁伺候公子笔墨。"兰问是连三案前的笔墨侍女。

兰问来到天步跟前，神色很是复杂，先给她做了一点铺垫："当是时……烟澜公主摊开画来请公子题字，是幅'蝶恋花'，蝶戏秋海棠，乃是前朝刘子隆刘才子的大作。公子沉默了一下，问公主题什么，公主含蓄地说题一些对这幅画的注解便可。"

天步点了点头："'蝶恋花'，若配注解的诗词，当然该配两句彩蝶如何恋秋花的艳词。"她在心中佩服烟澜，这暗示颇为大胆，以烟澜的性子，定是鼓了许久的勇气才能做到这个地步。天步不禁好奇三殿下究竟题了什么竟能让烟澜脸色立变，她向兰问："你在旁伺候着，有瞧见公子他题了什么吗？"

兰问语重心长："奴婢方才有没有提过，那幅画上画的是秋海棠？"

天步不解："你是提过，不过这关秋海棠什么事？"

兰问面无表情地背了起来："秋海棠，多年生草本，兰月开花，桂月结果，块茎可入药，多治咳血、衄血、跌打损伤。"

天步的脸色逐渐凝重："你不要说它们是……"她没有把话说完。

兰问沉默了一下："嗯，"面现不忍，"就是公子给那幅画题的注解。"又补充道，"因此公主看了脸色不好。"

"……"天步一时竟无话可说。

天步既回了，连三跟前自然是她去伺候着。刚为他二人换上热茶，桌上的一局棋便了了，公主欲辞，天步注意到公主辞别的神情中别有一丝怅惘。

天步很是同情烟澜，只觉烟澜竟还能痴迷地看着连三满面怅惘，说明用情很深。她试想了下要是她违反天条有了心上人，这个心上人却在她摊开来借以传情的名画上写秋海棠多治跌打损伤，她感觉不用天君来棒打鸳鸯，她自个儿就能先和人割袍断义了。

烟澜走后，连三信手在棋盘上重摆了一副残局，又伸手问她要茶。天步趁着递茶的当口上前禀道："今日奴婢去绸缎庄买布时，遇见了那位玉姑娘。"

连三低头喝着茶，闻言停了一下，是让她继续说下去的意思。

天步缓缓道来："玉姑娘认出奴婢来，请奴婢带句话给殿下，说她被关了十日禁闭，今日方从禁闭中出来，想邀殿下去逛酒楼。因殿下这几日难得在府中，故此奴婢照实回了，玉姑娘说那便看殿下的意思。

她因几日后要去探望祖母,大约不在城中,但这四五日,她都很空,说殿下若筹得出时间有那个空闲,便差个人去横波街的仁安堂传个话给她。"

连三搁了茶杯微凝了眉,不知在想些什么。好一会儿,天步听他开了口,语声有些奇异似的:"她穿了裙子?"

这似乎是和他们所谈之事全然不搭边的一个问题。

天步心想玉姑娘她不是个姑娘吗,一个姑娘穿裙子这到底是件多稀奇的事啊?她踌躇着反问连三:"玉姑娘她……不该穿裙子吗?"

连三撑着额角看着棋盘,右手拈着一枚黑子欲落不落,淡淡道:"我没见过罢了。"待黑棋落子后,他才又问了句,"是什么样的?"

偶尔觉得自己善解人意是朵解语花的天步在连三面前经常体验自信崩溃的感觉。因没听懂他在问什么,她鹦鹉学舌一般谨慎地又询问了一遍:"殿下是说,什么……什么样?"

连三看了她一眼:"她穿裙子是什么样?"

天步回想了一下:"好看。"

连三看着棋盘:"还有呢?"

天步又回想了一下,笃定地:"是条白裙子,非常好看。"

连三从棋局上抬起头来,面无表情地自身旁书架上取了一册书扔到她面前:"拿去好好读一读。"

天步垂头瞧了一眼封皮,书封上四个大字"修辞通义"。"那……和玉姑娘的约呢?"她捡起书来踌躇着问连三,这就是天步作为一个忠仆的难得所在了,话题已被连三歪到了这个地步,她竟然还能够不忘初心。

连三一时没有开口。

天步追忆着过去连三身边那些美人们,试图回想当年她们邀约三殿下时,三殿下一向是如何回应的。但印象中似乎并没有谁曾邀约过连三,无论是多么高贵的神女,伴在连三身边时,大体也只是候在元极宫中，等着三殿下空闲时的召见罢了。有些神女会耍小心思，譬如装病诓三殿下去探望，博取他的怜爱和陪伴。但这也不算什么邀约，且很难说三殿下喜欢不喜欢姑娘们这样，有时候他的确会去瞧瞧，有时候他又会觉得烦。总之很难搞清他在想什么。

然三殿下同这位玉姑娘相处，似乎又同他当初与那些神女们相处不太一样……天步打算帮玉姑娘一把，稳了稳神，帮玉姑娘说了一篇好话："玉姑娘说这四五日她都空着，专留给殿下，便看殿下哪时能腾出工夫罢了。奴婢瞧着她一腔真意，的确是很想见见殿下。"

天步自以为这句话虽朴素却打动人，三殿下应该会吃这一套。可惜三殿下铁石心肠，并不吃这一套。

连三不置可否地看了她一眼："她诓你的罢了。"

天步吃惊："……奴婢不解，玉姑娘为何要诓奴婢？"

"是诓我。"就听连三平淡道，"被关的那十天竟忘了让花非雾通知我一声，怕我生气。"

"这……"天步猛然想起来那夜连三自小瑶台山回来后，第二日、第三日，乃至第四日，他日日都要去一回琳琅阁。原是为了玉姑娘。

天步震惊了片刻，又细思了一番："可当奴婢说殿下近日繁忙时，玉姑娘看上去十分沮丧，"她琢磨着，"奴婢还是觉着，她说想见殿下并非是诓殿下，倒真是那么想的。"

"是吗？"连三的目光凝在棋盘之上，嘴角勾了勾。

天步试探着："那殿下……要去见她吗？"

等了会儿才听连三开口："不用，"他笑了笑，摩挲许久的黑子落进了棋格中，"让她也等一等。"他淡淡道。

第八章

四日转眼即过,次日便是国师亲批出来的适宜皇帝御驾西幸的大吉之日。成玉坐镇十花楼中,翘首期盼仁安堂处连三的传信,期盼了四日,没有等到,丧气极了。

好在小李处出了些事故,转移了她的注意力。

小李之事,乃是一些烟花之事。说昨日梦仙楼弹琵琶的赛珍儿姑娘突然出家当了姑子,而花街柳陌有许多传闻,传仁安堂的小李大夫恋慕珍儿姑娘足有两载,一直在痴心地攒银子想替珍儿姑娘赎身。

花非雾担忧小李大夫不堪这个打击,故而特地跑了一趟十花楼,让成玉这几日多看着小李一些。成玉也觉花非雾虑得是,因此躲了朱槿,一径去仁安堂约小李,想着陪他去街上虚逛一逛最好。多逛逛能解愁解闷。

仁安堂今日没什么病人,小李大夫一张白生生的俊脸上的确泛着愁容,见成玉来邀他,竟像是早料到她要来找他似的,一句话没有,闭了馆便同她出了门。

二人一路从临安门逛到清河街,从清河街拐个弯又逛进彩衣巷,彩衣巷尽头坐落的偌大一座楼子便是梦仙楼。

成玉陪着小李在梦仙楼前站了一阵,于冷风中打了两个喷嚏。

小李凝望着楼侧的一棵合欢树:"走着走着竟到了此处。"

成玉想着这是伤情的小李预备同她诉情伤了，就打起精神主动靠近了他。

小李看了她一眼，怅然地指了指方才凝望的那棵合欢树："犹记前年小正月时，我便是在那一处初见珍儿姑娘，彼时她正被个纨绔公子并几个恶仆歪缠，要她在那棵合欢树下弹一曲《琵琶行》。"

成玉竖起一双耳朵听着，并没有什么言语。

小李道："你也说说话。"

成玉她一个性喜蹴鞠的运动少女，对风月之事着实不在行，也不晓得在这种愁云惨雾的悲情时刻可以说点什么，哑了半天，挤出来一句话："哦，书上也写过这种，英雄救美都是这样的开头……那珍儿姑娘她被恶仆歪缠……然后你过去帮了她，你们就认识了？"

小李远望天边："哦不，那个纨绔王公子其实是我的一个朋友，难得碰上，我们就一起逼珍儿姑娘弹了一曲《琵琶行》，又逼她弹了一曲《飞花点翠》，我们觉得她弹得很好，后来就常约着去找她听曲。"小李一脸追思地总结，"这也是不逼不相识了，我也算珍儿姑娘的一个知音吧！"

成玉默道："你们……这种发展好像和书上那种才子佳人的故事有点不太一样……"

小李谦虚："并没有什么特别了。"顿了顿，话锋一转看向她，"如果我没有猜错的话，今日你来找我，是特地来向我打听如何安慰你们家朱槿的吧？"

成玉道："嗯……啊？"

小李高深道："朱槿听我说珍儿姑娘琵琶弹得好，我来梦仙楼他每每必要跟着来，其实那时候我就看出朱槿对珍儿姑娘很不一般了。"他点头赞服自己，"我果然有眼光。"又抬头看成玉，"此次珍儿姑娘出家，朱槿他果然伤痛得很吧？唉，"他叹了口气，"朱槿他生得一表人才，珍儿姑娘又是色艺双绝，两人能修成正果也是一桩美事。但有时候吧，一段尘缘也并非一定就能修出个结果，此次珍儿姑娘她出家，我想她大约是感到了佛缘的征召,既是珍儿姑娘有这段佛缘,尘世之缘便……"说着又同情地摇了摇头,"其实我也不晓得该如何安慰朱槿,你们这几日多顺着他些,看他能不能自己想通吧。"

成玉沉默了一下说:"那个,小李啊,我觉得……"

小李抬头看了一眼天色:"医馆不能关太久,我得先回了,"又切切嘱咐成玉,"就照着我说的,多顺着朱槿一些,别让他更烦恼。医者虽不医心,但朱槿啊我是晓得的,你由着他伤心一阵,说不准就过去了。"看成玉一脸茫然,想了想,又提出一个新的建议,"或者,他要实在就是喜欢弹琵琶的,这么着吧,过几日我空了便领他去快绿园介绍他结识琵琶仙子金三娘。情伤嘛,呵呵,有什么情伤是一顿花酒治不了的?"

成玉道:"我觉得这个事可能……"

小李大手一挥,打断她道:"就算朱槿他坚定一些,一顿花酒把他治不好,我就不信十顿还治不好。我们来十顿的,呵呵,就这样吧!"说着拍了拍成玉的肩,为自己痴情的好友感叹了一两句,抬步走了。

成玉目送走小李的背影,沉吟了片刻,觉着动不动就要请朱槿喝十顿花酒的小李,不大可能再痴情地攒着银子替什么清倌人赎身。而至于小李斩钉截铁地说朱槿恋着赛珍儿这事,成玉想她今日从十花楼溜出来时,正听见朱槿在同姚黄谈大熙朝百年后的国运盈虚,言语间颇有唏嘘之意。她觉得,若朱槿果真如此喜爱赛珍儿,他该把所有的唏嘘都献给自己,他还唏嘘什么大熙朝的国运呢。

朱槿、李牧舟和赛珍儿这一段三角情,她是看不懂了。但总的来说这事里头应该没有人会想不开,也不会出人命,既然不会出人命,那就是没事了。

想通了她就打算回十花楼,抬眼时却看到巷子口一团热闹,两条腿不由自主便迈了过去。

巷口处原来是个老翁在耍猴，两只小猴儿艺高且机灵，吸引了许多人围观。

成玉亦围观了片刻，小猴子演完一段骑木轮后，老翁捧着顶草帽来求赏钱，成玉摸了摸袖子才惊觉今日出门竟未带钱袋子。小猴子同她做了个鬼脸，她讪笑着受了，意兴阑珊地打算一路逛回十花楼。

偏巧老天爷同她作对，所有她平日遍寻不着的趣致物儿都赶着今日堆到了路过的街面：神出鬼没的捏面人的面人赵，在彩衣巷转出来的一条小街上摆了个面人小摊儿；离京好几个月的糖画张，在面人赵隔壁摆了个糖画小摊儿；一月就开几次店的陈木匠，竟也在今日开店展演起了他新制出来的十二方锁。

成玉立刻就想冲回去拿钱……可回去后还能不能再从朱槿的眼皮子底下跑出来，就不大好说了，想想只得作罢了。

她磨蹭过面人小摊儿，将摊儿上的蹴鞠小人儿看了又看；溜达过糖画小摊儿，将摊儿上的蹴鞠糖画也看了又看；流连进陈木匠的木器店，又将那把十二方锁看了又看。这个铺子跟前站站，那个铺子跟前站站，站累了，方没精打采地踱到附近一个凉茶铺子里头。老板同她相熟，请了她一杯凉茶。

成玉丧气地喝着茶，喝到一半，一个十二三岁的小童子忽然冒出来，将背上一个蓝色的包袱嘿呦嘿呦解下来放到她身旁的四方桌上，说是有人送她的。

成玉莫名其妙拆开包袱皮，只瞧见许多精巧的小盒子堆叠其中。打开一个，她瞬间瞪直了眼睛，里头竟是那个蹴鞠面人儿；再打开一个，里头竟是那蹴鞠糖画；她抖着手打开一个稍大些的，花梨木做成的十二方锁跃入眼中，仿佛还能瞧见锁上头她方才留下的指印儿。再将旁的几个盒子一一启开，都是她适才闲逛时在别的铺子里或看过或摸过的趣致小玩意儿。

成玉震惊抬头，欲问小童子话，却不见小童子踪影。茶铺老板哈哈三殿下站在她身后数步外的一棵垂柳下，彼时只能瞧见她的侧脸，但即便这样他也瞧出了她的不开心。他目视着她委委屈屈地从小摊跟前站起来，目光还定在摊上那个蹴鞠面人身上，定了好一会儿才磨磨蹭蹭地走了，走一步还要回三次头。

她今日穿了身浅绿色的公子装，头发束起来，额上绑了个同色白边的护额。而她脸上也如同一个真正的小公子般未施粉黛，但那眉偏就如柳烟，那眼偏就似星辰，那容色偏就若晓花，那薄唇偏就胜春樱，那一张脸丝毫未因无粉黛增妍而折损了颜色。而当她用那张脸做出委屈落寞的神色时，看着的确让人很不忍心。

三殿下自觉自己铁石心肠，他的字典中从没有不忍心这三个字，但一刻钟后他盯着怀中的一大堆盒子，竟有一瞬间很是茫然，不明白自己在干什么。

他方才似乎跟在成玉后面，帮她买了面人，买了糖画，买了十二方锁，还买了她看过摸过的所有小玩意儿。

街头行人熙熙攘攘，三殿下站在街口第一次对自我产生了怀疑。他觉得成玉看上的这些东西，全都很蠢，比他做的佛塔小僧、木刻花旦、牙雕小仙差得太远了，而以他的品位，他为什么要把这些东西买给成玉，这完全是个谜。

正巧一个童儿从他身边经过，他闭了闭眼，想着算了，眼不见心不烦，便给了童儿银钱让他将怀中乱七八糟的东西全给成玉送了过去。

成玉因是一路跑着奔上二楼，到得连三桌前不免气喘。

三殿下抬眼便瞧见了她手中的蹴鞠面人，眉心不受控制地跳了跳。但成玉全然没有注意到三殿下脸上的嫌弃之色，挺高兴地举着那面人凑到他眼前比了一圈，喜悦之情溢于言表："这些东西，都是连三哥哥你给我买的吗？"

三殿下不动声色地往后退了退，大约实在不想承认自己在这种蠢玩意儿上花了钱，他没回答她的问题，只转而问她："怎么每次我碰到你，你都在为钱苦恼？"

成玉捏着面人坐在他身旁，想了会儿："也不只你碰到我的时候了，"她诚实地回答，"你没碰到我的时候，我也在为钱苦恼。"她像一个饱经沧桑的老妪一样叹了口气，"我从十三岁开始，就在为钱苦恼了。"仿佛很懂人世艰难似的，老气横秋道，"但这就是人生啊，能如何呢？"说完她沉默了一下，"人生真是太难了，你说是不是？"

三殿下看了她一阵，从袖子里取出一沓足有一寸厚的银票，递到她面前，看她怔在那儿不接手，倾身帮她装进了袖袋中："人生的事我不太懂，难不难的我也不知道，你拿着一边花一边慢慢思考吧。"

成玉抬着袖子，瞪着里边的银票，动作有点滑稽，语声里充满了疑惑："这是……给我的零花钱？"

三殿下给自己倒茶："是啊。"

成玉捏着装银票的袖子，不可置信："可我的亲表兄亲堂兄们，还有朱槿，他们都没有给过我这么多零花钱呀！"

三殿下搁下了茶壶，壶底碰在桌上啪的一声响。他皱眉道："我也很好奇，他们到底是怎么能容忍你一直为钱犯愁的？"

成玉感到不能让连三误会她的亲人们待她苛刻，硬着头皮帮他们辩驳："那大概也不怪他们了，可能我是个败家子吧，在乱花钱上头，总是让他们防不胜防。"她有些期期艾艾，"可……连三哥哥，这个钱，太多了，我……是不是不该拿……"

三殿下从茶杯上抬眼："这段对话有点耳熟。"

成玉立刻想起来当初连三送她牙雕小仙时的强硬态度。"可……"她试探着发出了一个音节，立刻不出所料地看到了连三凉凉的眼神。

她就发愁："可我总是这样，是不是不太好啊。"

"总是怎样？"

她支吾了一会儿："就是吃你的用你的，现在还拿你的……"

三殿下看了她一眼："你有钱吗？"

她琢磨着关禁闭时攒下了多少钱，含糊道："有、有一点吧。"

三殿下淡淡道："有一点，那就是没有了。"又看了一眼她一直握在手中的那个蹴鞠面人，"喜欢我给你买的这些东西吗？"

她诚实地点了点头："喜、喜欢的。"

三殿下淡淡道："那就是很喜欢了。"他继续道，"想将它们退回去吗？"

这次她没有出声。

三殿下看着她："没有钱，却有很多爱好，要想过得好，除了吃我的用我的，你自己觉得还能怎么办？"

成玉想了一会儿，没有想出办法来。

"唉。"她叹气，"所以我说，人生真的太难了。"

三殿下一锤定音，给此事画了句号："那就这样吧。"

成玉显然觉得就这样也不太妥，她低着头又想了一会儿，趴在桌上问连三："那……连三哥哥你有没有什么特别喜欢的东西？"她侧着头看着他，轻声问他，"我学东西特别快，学什么都特别快，你有喜欢的东西，我学了做给你啊。"

三殿下看了她好一会儿："唱曲能学吗？"

成玉默了一下："就只有这个我如何都学不会，连三哥哥你换一个。"

三殿下换了一个："跳舞？"

成玉又默了一下："就只有唱曲和跳舞我如何都学不会，连三哥哥你再换一个。"

三殿下再换了一个："弹琴？"

成玉再次默了一下："就只有唱曲跳舞和弹琴……"

三殿下无奈地打断她："你不是说你学什么都很快？"

成玉飞快地看了他一眼，又低头，脚尖在凳子底下画圈圈："那再聪明的人都有短板了……"

三殿下道："你的短板还挺多。"

成玉敢怒不敢言，想了半天，提议道："我射箭不错，我给连三哥哥猎个野兔子吧。"

三殿下笑了笑："我射箭也不错，能给你猎头猛虎。"

成玉哑了一下："那……那我还能过目不忘。"

三殿下挑眉："真是没有看出你有过目不忘的本事。"

成玉想起来自己在连三跟前的确常忘东忘西，几乎次次见面他都能挑出她新近又忘了什么与他有关之事，她感到了话题的难以为继，很是无力地为自己辩驳："那……我要走心才不会忘，可能很多时候……我不太走心吧……"

"哦，不太走心。"三殿下道。

成玉立刻明白自己说错了话，硬着头皮补救："或者有时候我喝醉了，或者想着别的重要的心事，那也会……"

今次三殿下比较宽容，没有同她较真，只道："但就算你过目不忘，对我又有什么意义呢？"这倒是切切实实的。

成玉感到讨好连三真是太艰难了，她几乎绞尽脑汁，终于想起来还有一项绝技："那我……我会绣花啊！"为着这项绝技她几乎要雀跃了，"连三哥哥你总不会绣花吧！"

话刚落地，被连三伸手用力一带。她适才懒懒趴在桌子上，整个身子都没用什么力，连三握住她的手臂将她带往自个儿身上时，她像一只懵懂的飞蛾扑向火焰一般，全无自觉、全无道理，也全无抗拒地就扑进了他的怀中。

回神时，她才发现堂中一片嘈杂，原是上菜的小二路过他们后头那一桌时被桌椅绊倒了，将手中一盆菜汤洒了一地。她方才坐在过道旁，幸得连三及时拉了她一把，才没有被汤汁溅洒了衣裳。

恍惚中她听到连三问她："你还会绣花？"

定神时才察觉和连三挨得极近，接着她震惊地发现自己竟坐在连三的腿上，像个小虾米似的微微弓着身子，一只手握紧了连三的右臂，而连三的左手则放在她身后稳稳地托着她的脊背。

在意识到应该不好意思之前，她的脸先一步红了，是本能的、无意识的脸红，因此那红便有些懵懂。红着的月季一般美丽的脸，漆黑的眼珠透出惶惑来，看上去有点羞赧。但羞赧也是天真的羞赧。

她坐在他腿上，没有忘记回答方才他的提问："我会绣花啊，还绣得很好呢。"声音软软的，稍稍一拧，就能滴出水来一般。

她显然对自己这突如其来的害羞感到不可思议，有些难堪，又不解地咳了一声："连三哥哥，你放我下来。"她轻声道。

三殿下却并没有放开她，他琥珀色的眼睛捕捉住了她，就像一头猛虎捕捉住了一只美丽的梅花鹿。成玉本能地有些恐慌起来，挣扎了一下，想要起身。连三的右手猛地按住了她的腰。

她疑惑极了，眸子里全是惊异，不明白他这个动作是为何，但她的腰在方才的挣动之间挺直了，因此她再不用仰视他，几乎可以平视他了。这微妙的高度上的差异，令她不再觉得自己像只梅花鹿了。

她终于敢正视连三的脸，还有他的目光。然后她发现那张脸上竟是没有什么表情的。没有表情的一张脸，却在她看向他的一瞬间，于眉眼之间突然浮出了一点笑容，微热的气息靠近她的耳郭："既然那样会刺绣，就给我绣个香囊吧。"

"可……"她羞赧得不行，只能凭着本能行事，声音仍是软的，含着一点抱怨之意，"不要欺负我不懂啊！"她轻轻推了他一把，当然没有推动，她低声认真地同他解释，"因为鞋帽赠兄长，香包赠情郎，给连三哥哥你，是要送鞋子的。"

他那好看的凤目中仍含着笑意，右手依旧按着她的腰，他竟学着她也低声道："可我就想要个香囊。"微凉的声线刻意放低了，就如同藏在月夜中的溪流，仅凭着那一点神秘的潺潺之声，令人依稀辨明它在何处。有一种不能言说的幽昧之感。

那声音能蛊惑人似的，她不知该怎么办，只好轻轻又推了他一把："连三哥哥你要讲道理啊。"

他握住了她推他的手，她极轻地颤了一下，不知该做何反应时，他却已经放开了她。"我的正事来了。"他笑了笑，将她放在了一旁的条凳上，帮她整理了一下褶皱的衣袖，"自己去逛街吧。"又将那个混乱中被她遗落在地上的蹴鞠面人捡起来递给她，像什么事都不曾发生过。

成玉如在梦中地离开了酒楼，回到凉茶铺时才有些清醒。清醒后，她对自己产生了疑惑，照理说连三哥哥只是哥哥，他帮她一把，她不小心坐进了他怀中，这全然是个意外，她怎么会脸红呢？

她皱着眉头拷问自己，直坐到凉茶铺中生意多起来老板嫌弃她碍事了，她才得出了一个似是而非的结论。可能是因为那时候在连三怀中坐得跟个小虾米似的，自己潜意识里觉得这动作很幼稚很丢脸吧。

虽然是这样离奇的借口，但她竟说服了自己，还感到了释然，并且松了一口气。果然是一个没有任何风月经验的无知少女。

三殿下的正事是国师。成玉走后，倚窗候着国师上来的三殿下又是早先那位清冷雅正、孤身饮茶赏花、独自来偷浮生半日闲的三殿下了。只是视线偶尔会飘到对街的凉茶铺，直到国师坐到他跟前了才略有收敛。

国师粟及是先帝朝封的国师。国师被他师父哄骗下山辅佐先帝是在四十年前，彼时先帝还是个少年，国师也还是个少年。如今先帝坟头的松树苗苗已经长到三丈高，本该垂垂老矣的国师瞧着却还是个青年，因此满朝文武对国师都非常敬畏。

看到他那张脸就不得不感到敬畏。

国师被他师父捡上山修道那一年正逢大旱闹饥荒。彼时国师拜师不过为了一口温饱饭一个暖被窝，并没有想到要证道飞升那么长远。

然抵不住他天生好根骨，道途就是要多平顺坦荡有多平顺坦荡，以至于后来年成好了他想下山回老家镇上开个糕点铺子，求了许多次他师父都不同意。

直到有一天求得他师父烦了，师父就信手将他扔进了先帝朝中做国师。

先帝这个人，是个很拎不清的皇帝。纵然彼时朝中亦不缺贤明的文官和骁勇的武官，但先帝是个能把贤明的文官和骁勇的武官统统搞进后宫的先帝，遇到这种皇帝，要保得国朝平稳，也真的只有信玄学，靠国师了。

因此国师在先帝一朝活儿一直很多，压力也一直很大，朝中传言他脾气不大好，那也着实是脾气不大好，直到先帝驾崩之后，国师的脾气才变得温顺了一点。

成筠登上帝位后，为大熙朝带来了新气象，少年天子，清明有为，国体朝事之上治痼疾养故病，颇有些能为。而因朝廷整肃，慢慢成了一个清明朝廷，国师也就愉快地过上了养老的日子，每天看一看古书研究研究糕点，等着将成筠这一朝对付过去，如果还没到飞升的机缘，他就回老家镇上开他的糕点铺子。

当今天子是个有心的天子，知道国师的爱好，帮国师开糕点铺子他虽做不出来，但时常给国师赏赐点珍本古籍是可以的。近日丽川王入京述职，呈上了许多南冉珍宝并南冉古书，天子就将新得的南冉古书挑了几册送去给了国师。

国师今日拿来请教三殿下的，正是其中一册述史之书。

国师将书册摊在三殿下面前请他一观，指节叩住一处，道："便是此处。"书册上是南冉文字，粟及边译边念道，"……人祖阿布托率族众移于此世，初至只见天地渺茫，无四时，无五谷，亦无生灵，族众望此皆泣：'我辈死于此矣。'泫然哀啕。忽有神女自光中降，身披红衣，足系金铃，其美如朝云托赤霞，其态若寒月吐清辉。阿布托尊之祖神那兰多，携众叩拜……"

跳过几行续道："献祭之日，那兰多裁风雨权作护法之幡，剪素云以为登天之桥。风幡动摇，天桥乍起，桥中忽起万千刀尖，密如梳篦。祖神那兰多挽乌发，披红衣，赤足行于尖刀之上，行过处金铃动，红莲开，鸿蒙生辉。天桥百里，红莲万盏，那兰多行至天桥彼岸而忽化作垂天之光，光似彩凤垂翼，俯照寰宇，渺茫世界顿然清明，四时化出，草木俱生，鸟鸣兽走，与八荒无异。而族众号啕，哭祖神那兰多舍身之赐。人祖阿布托大悲，寻祖神仙体三月，得一红莲子——"

国师念到此处停了下来，正欲启口问连三他想问之事，见三殿下主动将书页翻过，欲往后看。次页却是一片空白。三殿下再翻了一页，倒是有字，上头记载的却已是另一桩事体。三殿下皱了皱眉，抬眼看他："你是想要问我，此中记载的那兰多是谁，对吗？"

粟及道："正是。"

"南冉语中的那兰多，我想，"他停了停，"应该可以译作祖媞。"

方才粟及所念的这一段着实令连三有些震动，似这样完好的关于祖媞的记载，八荒中已不可得，便是将这册书递到东华面前，怕帝君都要另眼相待。然而赏玩此册已久，且将这一段同三殿下朗朗读过一遍的粟及，在听到祖媞这两个字时却并没有什么震动，反而还有点茫然。

三殿下瞧着一脸茫然的国师大人道："看来你并不曾听说过祖媞神的名讳。"又道，"想必此前连那兰多你也未曾听闻过了。"

粟及沉吟："实不曾听闻。"疑惑道，"不过，照此文中所述，凡人当是被一个叫阿布托的君王从什么地方带到了这个世间，但彼时此处却很凋敝，其后有了那兰多的舍身祭祀，才有了天地化育四时五谷，使得凡人们能生存衍息。照此说，那兰多该是我等凡人的母神了，可关于天从何处生，人从何处来，各族虽有各族的传说，我从前却没有听闻过这样的传说。中原引为正统的传说，乃是盘古开天，伏羲女娲兄妹和合而诞下凡人，为我等凡人调风顺雨丰饶五谷的也皆为此二神。"

三殿下停了一会儿："我所知的伏羲神女娲神未曾诞下过凡人，但南冉族提到的这位那兰多，"三殿下改口，"这位祖媞神，却是我们神族一直供奉的尊神，也的确是你们凡人的母神。"

粟及一脸震惊。

三殿下将那册子又翻了两页："这看着并非原本，墨是新墨纸页非陈，乃是个抄本，"叩住那空白一页道，"这一页是抄漏了？此书的原册可借我一观否？"

粟及曾辅佐了先帝整整一朝。先帝是个肚子里没什么墨水却偏爱问十万个为什么的皇帝，粟及被他折磨三十多年，早已养成了但凡碰到一个疑问就要把和这疑问相关的祖宗十八个疑问全部搞清楚的习惯。

因此三殿下一问，国师便有对："殿下说得没错，这是个抄本，但皇上赐来的，原就是这个抄本。"

三殿下没来得及问的，国师大人还有对："历代丽川王都想要收服南冉国，南冉接壤丽川，可说是西南夷族中最神秘的一支，擅用毒蛊之术，又擅奇门遁甲，南冉国内还山泽众多，幽秘难测。说这一代丽川世子打探到南冉有个古墓，古墓中藏有载录南冉山川地理奇方奇术的许多古书，因此差人探入古墓中抄誊了最为要紧的几册书，意欲图个知己知彼，百战不殆。"国师修长手指点了点桌上白底黑字的书册，"此册便是当日抄誊的其中之一。但据说原册加了秘术，遇风则化为扬尘，所以如今世上也没有原册，只有抄册了。"

三殿下目光在书册上的空白处停了一停："所以，要知道此页上记载了什么，唯一的办法是找抄录之人探问了？"

粟及点了点头："丽川王治下甚严，虽未从他府中打探到此册的抄录之人，但我越是把玩这些文字越感熟悉，竟像是出自一位我识得的小郡主之手。那位小郡主聪明绝伦，精通数族语言，有一年以一十三种文字抄经为太皇太后祈福，这十三种文字中便有南冉文。而这位郡主，此前也正是在丽川游玩。"

三殿下的手指有一搭没一搭敲在"人祖阿布托大悲，寻祖神仙体三月，得一红莲子"这一行字上头，淡淡道："那便去问问这位郡主，'红莲子'之后，当日她还看到了什么却忘了抄录。"

问也流利答也流利的国师大人此时却卡了一卡，咳了一声："这个……"

三殿下抬眉。

国师大人又咳了一声："这个……殿下你还是别说出去是你想问这个事吧，若这事传到那位郡主耳中，便是我去问，小郡主也不一定告知我了。"

三殿下皱了皱眉："看来是个脾气不太好的郡主。"

国师道："小郡主……脾气其实是好的，但是对殿下，可能……"

三殿下略有诧异："我一个外朝之臣，还能同一个养在深闺的郡主有什么积怨？"

国师大人沉默了片刻："殿下你退过她的婚。"

三殿下道："我……"然后三殿下就想起来了，的确有这么一桩事。还朝之初，太皇太后赐了他一桩婚，但他一个天神同凡人成什么婚，他就拒了。拒了他就忘了。

三殿下皱着眉，也沉默了片刻，然后道："没有退过，只是拒了罢了。"

粟及叹了口气，很真情实感地点评："那对于一个姑娘家来说，也没有什么太大分别了。"

第九章

曲水苑建在京城西郊，倚着景明山造出了两园十六院。东西两园垒奇石以为巧山，集百花以为妙圃；前后十六院有亭台楼阁起龙飞凤舞之势，亦有幽屋小室举古雅清正之风；更为神妙处是最后一院接水院有一方极大的蓄水池，接山水下引灌遍十六院，形成数十道曲水穿园并绕园的盛景，如龙走蛇行，妙趣非常。

如此气派又如此精致，便是连京城里的皇宫都比不上，一看就是先帝爷的手笔。因为不是先帝那样出色的败家子，可以说很难有魄力造出这样的行宫了。

自打在曲水苑安顿下来，成玉在她祖母太皇太后娘娘身边一连伺候了半个月。

太皇太后年纪大了，不大爱走动也不大爱热闹，因此一连十五天她们都静静地关在十六院之一的松鹤院中诵读、抄写，以及探讨佛经，从而让成玉完美地错过了皇帝大宴群臣、皇帝率群臣游园，以及皇帝和群臣同乐一起看戏看杂耍等一系列她非常喜爱的余兴节目。

且太皇太后一心向佛，因此松鹤院中唯有素膳，这一点也令成玉感到苦闷。还好她的手帕交，跟着自家祖母随凤驾也来了曲水苑的崇武侯府将军嫡女齐莺儿齐大小姐，每日都会看着时候过来救济她一只鸡腿或者鸭脖子。

第十六日，成玉终于得以从松鹤院中解脱。因皇帝亲来了一趟松鹤院，同太皇太后陈情，说乌傩素国的王太子携幼弟及使臣来朝，于酒席之间夸耀他那几位女使臣的击鞠术，向他请了一场击鞠赛。他准了。几日后大熙同乌傩素便有一场大赛。代大熙出赛的四位巾帼虽已由沈公公遴选出来，但万一场上出个什么事故，总需有个替补，因此想将击鞠术还不错的红玉郡主借出来一用。

太皇太后准了。

成玉随着皇帝出松鹤院，心中着实雀跃，因此话也格外多。

譬如皇帝问她："同乌傩素的那场击鞠赛，你可知朕为何要专去太皇太后那里找你做替补？"

往常她一般会祭上"臣妹愚驽臣妹不知"八字真言，直接将舞台让给皇帝，皇帝说什么就是什么，因为宫中大家原本就都是活得这样憋屈。

但今日她发言很踊跃："皇兄怜悯臣妹啊！"她眉飞色舞，"臣妹知道皇兄其实根本不觉得臣妹的击鞠术出色，也不是真的要拿臣妹去做替补，皇兄是觉着臣妹在皇祖母那里念了十五日经，吃了很多苦，因此特意拿这个理由来搭救臣妹罢了！臣妹真是感动啊！"

皇帝挑眉："那知道朕为何要专程去搭救你吗？"

她笑眼弯弯，发自肺腑："因为臣妹乖巧懂事啊！"

皇帝被她气笑了："你……乖巧懂事？胡言乱语！"

她认错认得比谁都快："那臣妹知错了。"

皇帝瞧着她，也生不起什么气来，咳了一声，提起正事："朕既搭救了你，你也帮朕一个忙，回头见到大将军，不要闹脾气给朕找事。你若能做到，便是真懂事了，朕也便欣慰了。"

成玉费解皇帝为何突然提及大将军，但看皇帝的模样是不想她发表什么高见，她就顺从地没有发表任何意见，只点了点头："嗯，臣妹懂了。"

皇帝叹了口气："朕知你心中委屈，但大将军是国之栋梁，'北卫未灭耻于安家'这句话，不是专为了同你过不去立下的誓言，这是一个将军的大决心，朕亦时常为之感动，你也该崇敬着些才是。"

北卫未灭耻于安家。这八个字挺耳熟。

成玉狐疑地在脑子里过了一遍，突然灵光一闪，想起了一桩旧事：她刚回平安城时，有个将军退了她的婚。

成玉她母亲静安王妃去世时，给她母亲做法事的一个老道曾为她推过命格，说她今生有三个灾劫：病劫，命劫，情劫。渡过病劫，有个命劫，渡过命劫，还有个情劫，一劫套一劫，无论哪一劫上有闪失，都将伤及性命。三劫齐渡过去，她方能求个平安得个顺遂。在她的种种劫数里，老道尤其提到的是情劫，说此劫应的是远嫁和亲，一旦远嫁，郡主命休矣。

故而成玉在婚姻大事上是没有什么计较的，于她而言，只要不是和亲便是好婚姻。是以初时听太后赐婚，她有一瞬觉得命格终究对她网开了一面，后来又听闻那位将军拒婚，梨响气得不行，但她却没有什么看法，只觉天意如刀，命格终究还是那个命格。

彼时她不觉这桩事于己是什么大事，因此未放在心上。不过两月，已全然忘怀。此时皇帝提及，她才想起来，其实，这该算是一桩大事。

然后，她聪慧地感觉到了在皇帝的心目中，她此时应该是个因被那位将军退了婚而怀恨在心的幽怨少女。而显见得今次那位将军亦将来曲水苑伴驾，皇帝怕她闹出什么事来失了皇家体面，令他脸上无光，故而提前来告诫她。

但皇帝毕竟还是感到愧对她的，因此才告诫得如此语重心长。

这……

这很好啊！

她立马就入了戏，愁苦地抹着眼泪向皇帝："那……一个被退婚的郡主，真的……很苦的，很难做人了的……可皇兄让臣妹安分些……"她哽咽着,"那臣妹也没有什么别的可想了。"她哽咽得抽了一下,"听人说前几日皇兄宴客群臣时,招来的戏班戏唱得很好,看了便能解忧解闷。臣妹的苦,兴许看看戏能够缓解一二……"

皇帝是个日常恐妹的皇帝,最怕妹子们在他跟前抹眼泪,听着成玉哽咽,眼皮立刻跳了一跳,抬脚便要走,嘴上飞快道:"既然如此,让他们再给你开几场罢了。"

成玉拭着眼角,脚上却先一步拦在了皇帝的前头,挡住了他继续哽咽:"臣妹话还没有说完啊,"她哽咽得又抽了一下,"臣妹想着,这个时节,看戏的时候要吃南方上贡的那种甜瓜才好,皮薄瓤厚,清甜汁水又多,不知道他们今年进贡上来没有……"

被虚拦住的皇帝头皮直发麻,继续飞快道:"今晨刚贡上来,回头给你拿两个。"

成玉还拭着眼角,空着的那只手比出了五根手指头:"五个。"

皇帝根本不想再多做停留了:"那就五个。"

成玉自松鹤院中放出来,吃着皇帝送她的甜瓜,听着皇帝御批一天唱三次专唱给她的戏文,日子过得逍遥无比。戏听腻了,她才想起来自己是个替补,还是需要去那支将代大熙出战乌傩素的击鞠队中露露脸。

击鞠,是打马球。

成玉她自小玩蹴鞠,也玩击鞠,十花楼的后园有个朱槿给她弄出来的击鞠场,她时常驱马在其上飞奔,十四岁时已能在疾驰的马背上玩着许多花样,将木球打进球门中,女子中算是击鞠水平很高了。但因她从未在宫中打过马球,故而皇帝并不知晓她的本事。

沈公公费了大力气选出的击鞠队一共六人,除了成玉和齐大小姐,还有另一位贵女并三位宫中女官。

因大赛在即,这几日球练得很密。成玉只是个挂名的,故而没有什么上场练习的机会。她自个儿也觉得在一旁看看就好。她是这么考虑的,照场上这几位的水准,她若是贸然上场,除了齐大小姐还能扛得住,她很难不将其他四位打得丧失信心,这对整个球队来说可能并不是一件好事……

齐大小姐的水平同样高出另四位许多,出于同样的责任感,也很少去场上练习,不是迟到就是早退,练也不好好练,大多时候脸上盖本破书在成玉身边睡大觉。成玉不管,沈公公也不好管。沈公公觉得自己可太难了。

如此练了几日,次日便是大赛。

未时末,皇帝领着百官亲临明月殿前凡有大赛才开场的击鞠场,观鞠台上座无虚席。

三殿下今日安坐在了国师身旁。

三殿下前几日奉皇命在京郊大营练兵,前夜才入曲水苑,因而座中乌傩素一干使者,以及大熙一干被太皇太后和太后召来消夏的诰命小姐们,大多并不认得他。但这样一位翩翩公子,如此俊朗不凡,他又坐在国师右侧的尊位,可见位也很高,自然惹人欣羡好奇。

烟澜远远望着连宋,瞧连宋并未抬眼看向鞠场。国师正同他说着什么,他偏头听着,也没有答话,手中的折扇有一搭没一搭地点着椅子的扶臂。

烟澜心中一动,在她那些模糊的关乎九重天的梦境里头,她有时候也能瞧见这样的连宋。九重天上总有各种宴会,三殿下不拿架子,要紧的公宴他总是出现,但也总是像这样,不怎么将注意力放到宴会上头,大多时候都一副漫不经心的神态。

无论是何时,或是在何地,三殿下总是那个三殿下。她觉得这样的三殿下令人难以看透,却也令人难以自拔。

手臂被人碰了碰,烟澜转头,瞧见坐在她身旁的十七公主。十七公主拿个丝帕掩着嘴,挨过来同她搭话:"好些时候未见大将军,大将军风姿依旧哇。"不等她回答,又神秘道,"方才我还同十八妹妹絮叨来着，想起来大将军是烟澜妹妹你的表兄，那妹妹你一定知道，皇祖母曾有意给红玉那丫头和大将军赐婚吧？"

烟澜没有说话。

十八公主扯了扯十七公主的袖子，十七公主浑不在意："都是姊妹，这有什么不好问的，"向烟澜追问，"此事妹妹可曾听大将军提过？"

烟澜静了好一会儿："姐姐消息灵通，此事我却没有听表哥提过。"

十七公主不大信，挑眉瞧着烟澜，却见烟澜始终不言，也不好再逼问下去，给自个儿找了个台阶道："那便是大将军护着红玉名声吧，大将军倒是个有义之人，只是皇祖母也太过偏爱红玉，才将此事弄得这样尴尬，婚姻大事，大将军自然不能接纳一个整日只知玩闹，什么也不懂的小丫头片子做夫人，故而……"捂着嘴笑了一声。

长着一副胆小眉眼的十八公主瞧瞧烟澜又瞧瞧十七公主，嘴唇泛白地劝阻十七公主："十七姐姐你不好胡说啊，皇祖母赐婚大将军，公主之下便是郡主的身份最尊，大将军因是重臣，不能尚公主，自然该赐到红玉头上，这却不是皇祖母偏爱谁不偏爱谁……"

十七公主又说了些什么烟澜没有在意，她将视线放到鞠场上，虽面上一派波澜不惊，然心口却一径地发着沉。太皇太后赐婚三殿下同红玉之事，及至三殿下抗旨拒婚之事，她的确都有过耳闻。

红玉郡主其人，烟澜知道，那是静安王爷的遗孤，因着太皇太后对静安王爷的喜爱，故而红玉在太皇太后跟前亦有几分宠爱。红玉她年纪尚小，不过十六，然容色非常，有倾国之姿，性子也很活泼，故此皇帝也很喜欢她。但她同红玉却没怎么说过话。

初闻太皇太后赐婚时，她的确有几分惊讶，但她也料中了三殿下定会拒绝。

九重天上的仙姝们无不容色过人，亦未见得三殿下如何，况一红玉乎。但太皇太后的赐婚，却让她开始真真切切考虑三殿下可能会有的婚姻大事了。

她想过许多回，然每想一回，她心中就沉一回，正如十七公主所言，照朝例驸马不能出任重臣，故而太皇太后赐婚连宋，绝无可能赐到公主头上，她同三殿下不会有什么可能。

若说此生于她还有什么幸事，大约唯一可庆幸之事，便是这世间任何人同三殿下都不会有可能吧。

因这是凡世，他们目中所见皆是凡人。这世间不可能有一个凡人能那样打动三殿下，令三殿下宁愿背负违反天宫禁令的重罪也要娶她为妻。

近日她对往事忆起来很多，忆起来越多，她越清楚三殿下看似风流，其实最是无情。

但，他无情最好了。

终归在他的无情之前，这世间还有个长依对他来说算是特别。

而长依，可算是她的前世。

烟澜不禁再次将目光投向斜对面，落在连三身上。她看到许多人的目光都在他身上，但他没有将目光放在任何一人身上。

这就够了。

连三今日并非是来看击鞠赛，而是来办正事。

这些日子于他而言算得上正事的有且仅有那么一桩，便是探寻祖媞。而关乎祖媞的一条重要明线便是南冉国的那册述史之书中提及的红莲子。

这颗红莲子的下落，红玉郡主可能清楚。

找红玉郡主聊一聊这事原本包在国师身上，但郡主自入曲水苑就被关在松鹤院中。松鹤院是太皇太后的地盘，须知太皇太后信佛，但国师他是个道士，佛道有别，太皇太后和国师积怨甚深，国师等闲连松鹤院大门都近不得，勿论见成玉。

看国师处着实推进艰难，空下来的三殿下便将此事扛了，也是放国师一条生路。而因传言中红玉郡主今日会代大熙出战，故而三殿下来此候她。

然待金锣鸣起正式开球，红玉她也未出现在赛场之上。探子去了一会儿，回来凑着国师的耳朵禀了片刻。

国师向三殿下转述探子们的消息："殿下同我今日算是白来了。"国师蹙着眉，"说小郡主惹了祸，被关在皇上的书房里罚跪，四个宦侍看着，皇上下令要跪够三个时辰才许放她出来，那无论如何是赶不上这场比赛了。"

三殿下凝目赛场，头也没回："她惹了什么祸，皇帝竟连比赛也不让她出场了？"

国师静了半天："说是她昨日午后在院子里烤小鸟，被皇上撞见了。"

"什么烤小鸟？"三殿下终于回了头。

"就是字面意义的烤小鸟，"国师做了一套非常生动的动作，"就是生起火来，把小鸟的毛拔掉，刷上油烤一烤，蘸点孜然粉……这样的烤小鸟。"

三殿下有些疑惑："这对于一位郡主而言，是有些调皮，不过也不算惹祸，皇帝为何会罚她？"

国师再次静了半天，沉默了一下："可能是因为小郡主烤的是皇上那对常伴他左右，被他唤作爱妃的爱鸟吧。"

三殿下回头看着赛场，半晌，道："……哦。"

国师煽情道："听说皇上赶到的时候，他的一双爱妃穿在木棍上被小郡主烤得焦香流油，小郡主正兴高采烈地叮嘱她的同伴待会儿吃的时候一只放辣一只不放辣，放辣的时候用个网漏撒，能撒得均匀些。"

三殿下点头："很讲究。"

国师："……"道，"可这对皇上而言，着实就太残忍了，听说皇上快要气糊涂了，指着她直道好胆量，亲自葬了一双爱妃后便罚了小郡主，就是如此了。"又问连三，"郡主既来不了，殿下还要继续看吗？"

三殿下撑着腮坐那儿："坐会儿吧。"

成玉也是冤枉，万万没想到院子里飞进来两只鸟，她随便烤一烤，就烤了皇帝的一双爱妃。幸好从小到大跪习惯了，在皇帝的御书房中将整场比赛跪过去，也没觉得怎么样，就是膝盖有点痛。

被放出来时比赛正好结束。抄近路跑出来的成玉远远望见皇帝带着群臣离开观鞠台，她警醒地在马栏附近一棵大树底下蹲了会儿，待看客走得稀稀落落，才翻围墙溜进了鞠场。

方才比赛的一堆人马仍在场中，瞧着是在争吵什么。齐大小姐照约定正在场边等着她，离人堆稍远，身旁立了匹枣红骏马。

成玉眼中一亮，急向齐大小姐奔去，同仍吵闹着的七八个球手擦肩时，耳中无意飞进两队球手的几句争论，大体是乌傩素不服今日之赛，扬言若不是她们队长昨日吃坏了肚子下不了床今日未上场，熙朝绝无可能获胜之类。

大熙竟然赢了，成玉一方面为皇帝感到高兴，一方面觉得这个比赛应该也没有什么看头。

正是酉时三刻太阳西斜之时，观鞠台上仅余一二人，鞠场上东西两方倒是割据了两拨人马，乌傩素和大熙的球手是一拨，成玉、齐大小姐和齐大小姐的忠仆小刀是一拨。

黄昏一向是宁静时分，可鞠场上并不宁静，乌傩素和大熙的球手们一直在吵吵。成玉和齐大小姐并肩赏马时她们在吵吵；成玉和齐大小姐跨上马沿着半个鞠场疯跑时她们在吵吵；成玉和齐大小姐跑够了开始玩一刻钟里连着将十个球全打进球门时，她们仍在吵吵；当成玉和齐大小姐双双在一刻钟内连进十球后，她们的吵吵声才终于小了一些；而当成玉开始玩"飞铜钱"这个游戏时，小刀惊讶地发现，鞠场上居然安静了，且吵吵的人群全围到了她身边，有几个还围到了她的前头。

成玉和齐大小姐原本便是为了让吵吵的球手们有足够的空间能认真吵吵，才只划了半个鞠场自娱自乐。此时瞧见原本站在东边的球手们竟齐聚了过来，齐大小姐虽然不清楚她们搞什么名堂，本着善意还是提醒了一句:"有时候郡主打出的铜钱会乱飞,退远些,小心伤了。"

成玉此时却没有发现鞠场上这个新动静,她正凝神让胯下的骏马、手中的球杖和马匹左侧垒在地上的五枚铜钱"同为一境"。

所谓"飞铜钱",乃是指将铜钱垒于鞠场之上,而后飞马过去扬杖击钱,每次只击出一枚。

相传不知何朝有位击鞠天才,鞠场上颤巍巍垒起十余枚铜钱,天才飞马而去,每扬一杖必打出一枚,而余者不散,且所击出之钱均飞往同一方向,还全是七丈远,一分不增,一分不减。

成玉一直很向往这位天才的神技,自个儿悄悄练了许多年,但一直没练到这个造诣。上一回成玉同齐大小姐玩儿这个游戏还是去丽川前,彼时她仅能挑战一下五枚垒成的铜钱柱,虽能一杖一钱而余者不散,但如齐小姐所言,她击出的铜钱是要乱飞的,且距离也是没个定数的。今日难得遇到明月殿前先帝爷花大钱造出来的这方豪奢鞠场开封,她一心要在此挑战成功击出的五枚铜钱能朝着同一个方向飞,因此十分专注。

小刀眼尖,退到八丈开外了还能瞅见成玉一脸凝重,因此她谨慎地又往后退了几步,还一片好意提醒前头乌傩素的球手:"我们郡主用起力气来,打出的铜钱飞个七八丈远是常有的,"尔后又心有余悸地补充了一句,"打在身上真挺疼的,你们还是退后好些。"

站在小刀正前方的是乌傩素的一个前锋并一个后卫,矮个儿后卫往后头退了两步,挪到了小刀身旁,瞧着像是想同小刀搭话,但方才同大熙吵了半日,不好意思拉下脸来开这个口,因此神色有点纠结。还是小刀分了一点神出来:"你是不是肚子痛?"

矮个儿后卫头摇得似拨浪鼓:"没有没有。"

"哦。"小刀点了点头。

矮个儿后卫黏糊了一阵,试探着向小刀道:"你们说这个游戏叫飞铜钱,飞铜钱的意思是,飞马拿球杖去击打地上那柱铜钱是吗?这是帮助练习瞄准?"

小刀一直关注着成玉的神色，瞧郡主的神色越发凝重，经验丰富的小刀又往后头退了两步。她也没太听明白矮个儿后卫方才说了什么，含糊地回了一句："嗯，是要瞄准才能打得出去。"

估计看小刀挺配合，矮个儿后卫信心大增："这个我们队长也常练，"又矜持又自得地道，"不过这个铜钱柱还是太大了些，你们郡主要练瞄准，可以拿更小的东西挑战一下嘛，譬如我们队长就用一个葡萄大的小球练，就说我们队长眼神好，球技超群，策马而去，每一杖……"话未完脚下场地忽动，小刀拉了那小后卫一把，两人站定时只见驭马向着龙门跑了一段儿的白衣少女正灵巧地调转马头。

小刀目测调转的马匹同那五枚铜钱呈一直线，而后少女忽然俯身扬杖策马飞奔，马匹似一箭发出，有破风之势，转瞬已近至钱柱。眨眼之间球杖落下，一枚铜钱飞出，而飞奔的马匹未有丝毫停顿，向着龙门而去，再行半圈，而后再向余下的四枚铜钱而来。

就像飞驰的流星沿着同一轨迹五次划过天门，五枚铜钱便在这五次反复中被依次打出。

千步鞠场，马踏黄昏。因成玉自策马之始，至将五枚铜钱击打而出之终，从未停过疾行的马蹄，因此在场诸位都只觉那绝色少女贴在马背上的五次挥杖发生在顷刻之间。而破风的铁蹄中，大家唯一能看清的也只有白衣少女的五次挥杆，以及被打出的铜钱最终身在何方罢了。

以铜钱柱为原点，被打出的五枚铜钱飞出七丈远，均落地在正东方向，一分不增，一分不减，排成了个"一"字。

全场寂然。

成玉勒住马，立马在龙门之前，遥望数丈开外那一列排成"一"字的铜钱，习惯性地撩前襟擦汗，发现穿的并非男子的蹴鞠服，就拿袖子随意揩了揩。她似乎还沉浸在方才淋漓尽致的挥杆中，并没有太在意鞠场上蓦然而至的寂静，只在擦净额头上的汗水后，手中闲捞着球杖，跨在马背上慢悠悠朝着齐大小姐踱过去。

齐大小姐在成玉向着自己走过来的那一瞬反应过来，鼓掌道："漂亮！"

大熙的球手们也反应过来了，但估计是被镇住了，且被镇得有点儿猛，一个个屏气凝神，定定地瞧着成玉。

而瞧过成玉玩儿这个游戏多次的小刀，一向觉得郡主总有一日能练成今日这般神技，因此如同她家小姐一般，小刀震惊中也有一分淡定，还能继续同乌傩素的小后卫聊天："对了，方才你似乎在同我讲你们队长，你们队长怎么了？"

小后卫脸红了一阵又白了一阵，默默无言地看了小刀一眼，正巧站在前头的高个儿前锋也红红白白着一张脸转身欲走，小后卫就疾跑两步跟着自家前锋一道走了。

成筠一朝，国师虽已开始养老，但偶尔也会被皇帝召去议一议事。皇帝今日有兴致，击鞠赛后又召了国师议事。国师进书房时正逢着两个宦臣向皇帝禀报红玉郡主的动向，说郡主刚跪满时辰便撒腿跑了，他们跟去瞧了瞧，郡主是去了鞠场。

皇帝只点了点头，像是意料之中，也没有说什么。

既晓得了郡主的动向，国师想着要堵她一堵，因此一盏茶后他便寻机匆匆赶回了观鞠台。

已是红云染遍西天的酉时末刻。观鞠台中，国师却惊讶地发现三殿下竟还坐在他原本那个位置上。

鞠场尚未被封，也无甚赛事，只几个少女并几匹骏马占了西北角，几个人似乎在说着什么话。

国师在三殿下身边落了座，顺着三殿下的目光看过去，骑在一匹枣红骏马上的白衣少女便落入了国师的眼中。

国师微讶，那确然是红玉郡主。

他虽已数年不曾见过红玉郡主，但那张脸，真是无论如何也难以忘记。几年前那张脸的美还似含在花苞之中，今日今时却已初绽，那种含蓄竟已长成了一种欲语还休之意。红玉郡主她，是个成年的少女了。

国师斟酌了一下："殿下是认出红玉郡主了？"

三殿下虽回了他，却答非所问："她该穿红裙。"

国师怀疑自己没有听清，愣了愣："殿下说……什么？"

三殿下没有再开口，只是撑腮坐在椅中，面上看不出他对目中所视的鞠场，乃至对目中所视的红玉郡主的态度，国师觉得这样的三殿下难以捉摸，不知他在想着什么高深之事。

白裙亦可，但她还是该穿那种全然大红的衫裙。这就是三殿下此时想着的东西。可以看出绝没有什么高深之处。虽离得远，但他却将鞠场上一身白裙的成玉看得十分清楚。

她身下骏马走了两步，带得她脚边雪白的纱绢亦随之而动，堆叠出的波纹如月夜下雪白的浪。那浪花一路向上，裹出她纤细的腰身，再往上，便是整个她。那纱绢是很衬她的，裹住她如同裹住晨雾中一朵白色的山茶。美，却是朦胧的。使她还像个不谙世事的少女般，含着天真。白色总让她过于天真。

三殿下思量着，因此需要大红的颜色将她裹起来，那便实在了。大红色贴覆着她时，当使她更有女子的韵味。想到此处，三殿下的目光移到了她的脸上。

血阳之下她脸颊微红，额头上有一层薄汗，眉心一朵红色的落梅，显然今晨她妆容精致。此时却残留得不多了，只能辨出眉是远山黛。那有些可惜。但额上的那一层薄汗，却使她的肌肤泛了一点粉意，更胜胭脂扫过，天然地动人。

此时她身旁有人同她说话。她微微偏头，很认真聆听似的，然后就笑了。笑着时她浓密的睫毛微垂，微微一敛，而后却缓缓地抬起来，就像一只自恃双翼华美的蝶，吝惜地拢住双翅，而后却又一点一点展开，戏弄人、引诱人似的。那种笑法。

三殿下的眼神蓦地幽深。

她自然美得非凡，但因年纪尚小之故，世人看她，或许都还当她是个孩子。他初次见她，未尝不是同世人一般，只当这是个美得奇异的孩子。可不知从什么时候开始，他看着她时，眼中便不再是孩子，而是妩媚多姿的女子了。平心而论，她妩媚的时候其实不多，且当她做出那妩媚的姿态时，还常常不自知。但这种不自知的妩媚，却更是令人心惊。

国师因见三殿下沉默了许久，着实想问他几句郡主之事，故而试探着叫了他一声："殿下？"

三殿下收回了目光，却还有些发怔似的，半晌，他突然笑了笑，扇子轻轻在座椅的扶臂之上点了点，问国师："她脸上的妆容叫什么，你知道吗？"

国师莫名其妙，他本来预感三殿下要同他谈的是如何从成玉口中套出红莲子的下落，乍然听到这离题十万八千里的一个问句，感到了茫然。好半天，才十分不确定地问连三："殿下是说，红玉郡主的……妆容？"

三殿下玩味似的念出了那个名字："红玉。"

国师稀里糊涂地隔着大老远遥望郡主许久，凭着伺候后宫三千的先帝时增长来的见识猜测："落、落梅妆？"

"落梅妆？冰绡为魄雪为魂，淡染天香杳无痕，一点落梅胭脂色，借予冬日十分春。"三殿下笑了笑，"倒是很衬她。"

国师虽然是个道士，但文学素养还是够的，隐约觉得这几句咏梅诗不像是在咏梅，倒像是在咏人。再一看场上的郡主，国师的眼皮一跳，那一张脸肤光胜雪，殷红一点落梅点在额间，可不就像是在那难描难画冰雪似的一张脸上增了几分春意？

三殿下站了起来，似乎打算就这样离开了。

国师眼皮又一跳，不禁上前一步，诚恳规谏："殿下，您候在此处的初衷应该不是来夸赞郡主美貌的吧？您在这里待这么久，不是为了堵住她会会她吗？"

三殿下头也不回："改日吧。"

暮色已然降下，国师孤零零一个人站在暮色中，他感到了蒙圈。

第十章

是夜有宴，成玉没有出现。皇帝来曲水苑是为着消夏，关乎游兴，故而时不时便要宴一宴大臣，宴上一向还有杂耍和歌舞助兴。皇帝晓得成玉是爱这个的，但宴上却没瞧见她人影，皇帝气笑了，向沈公公道："她居然还知道躲朕。"

沈公公替成玉谦虚："小郡主也是个有羞愧之心的人。"

次日，太皇太后召了公主和诰命们听戏。皇帝同臣子们议事毕，太皇太后派人前来相请，皇帝便携了几个亲近臣子同去，半途碰上了丽川王世子，皇帝亦顺道邀了世子。

到得戏楼，看台上略略一望，居然还是没瞧见成玉，皇帝疑惑了，向沈公公道："这也不大像是在躲朕了。连戏也不来听，小赖皮猴这是转性了？"

沈公公是个细致人，从不在自个儿没把握的事情上胡乱言语，因此很谨慎地回道："要么老奴去打听打听？"

被皇帝顺带着携来听戏的除了丽川王世子外，还有几个方才在议事堂议事的要臣，包括大将军，东西台的左右相，吏部礼部工部的尚书，还有国师。

今上是个后宅很清净的皇帝，家事也是些很清净的家事，除了嫁公主还是嫁公主，因此今上议论起家事来从不避着外臣。不过外臣们也不大在皇帝的家事上头给主意，成筠议起家事来，一向也只沈公公能奉陪一二。

但今日大将军竟插了一句话进来："是不是病了，她？"

举朝皆知大将军是十九公主烟澜的表兄，听一向不爱管闲事的大将军此时竟有此一问，只以为方才皇帝口中所提乃是烟澜公主。

皇帝显见得也如此想，因向连三道："爱卿无须多虑，烟澜她倒是没有什么。"

将军抬眼，倒似疑惑："皇上方才说的，不是红玉吗？"

一直静在一旁的丽川王世子神情中有明显的一怔，直直看向连三。被连三直言反问的皇帝愣道："朕方才问的确然是红玉，"奇道，"不过爱卿怎么知晓？"

将军淡淡道："臣不过一猜。"沉吟道，"郡主爱宴会，又爱听戏，昨夜大宴上乃至今日戏楼中，却都不见她人影，"将军微微垂目，"臣还是觉得，她是病了。"

丽川王世子瞧着连三，微微蹙了眉，皇帝亦微微蹙了眉，但两人显见得不是为同一桩事蹙眉，皇帝道："她昨儿下午还骑着马在鞠场飞奔，没看出什么生病的征兆，照理说……"

将军却已从花梨木椅上站起了身："臣代皇上去看看郡主。"

丽川王世子似乎也想起身，手已按住椅子的扶臂却又停了下来。世子终归还是顾全大局的世子，晓得此种场合什么该做什么不该做。

在座诸位大臣却没有意识到王世子的这个小动作，大臣们目瞪口呆地瞧着坐在座上沉吟的皇帝和背影已渐远去的将军，只觉皇帝和将军方才一番对话十分神奇。他们印象中将军话少，议事时同皇帝基本没有话聊，当然和他们也没有话聊，着实没有想到有一天能听到将军当着他们的面跟皇帝聊女人，聊的还是那位红玉郡主。

红玉郡主同将军有过什么瓜葛，太皇太后虽严令宫中不许再提及，但……可当日大将军为了能拒掉这门婚事，连北卫未灭何以家为的名目都搬出来了……肱股要臣们压抑着内心的波澜涌动面面相觑。

大臣们八卦且疑惑，皇帝其实也有点疑惑，但皇帝嘛，怎能将自己的疑惑轻易示人，因此待臣子们都散了后，才向沈公公道："连三同红玉是怎么回事？"

沈公公是个说话很趣致的人，只听他笑答："那陛下是希望将军同郡主有事呢，还是无事呢？"

皇帝喝了口茶："连三若是不娶，也好。若是要娶，为着成家的江山，他最好是娶我成家的宗女。"成筠平生第一次感觉嫁妹子这个话题不是那么的沉重，但想起这个堂妹其实是个什么德行，又忍不住丧气，"红玉她也十六了，眼见得一天天就知道胡闹，骑马爬树，她还烤小鸟，"提起这一茬儿成筠的心又痛了，平复了半晌，"就那张脸还能看，这种时候朕就希望连三他能尽量地肤浅些，为着红玉那张脸，破誓将她给娶了。"

沈公公有些担心："但据老奴所知，大将军他并非是个肤浅之人。"

成筠心绞痛要犯了。

沈公公凑近轻声："老奴听说昨日小郡主在鞠场玩耍时耍出了'五杖飞五铜钱'的绝技，引得乌傩素的球手尽皆拜服。小郡主彼时真个是顾盼生姿，神采飞扬，大将军其时在观鞠台上瞧见了，似乎也很是赞赏。老奴猜测便是如此，将军对小郡主才有了今日的留意……"

成筠因不擅击鞠，并不明白"五杖飞五铜钱"是个什么概念，因此并没有理解昨日成玉出了多么了不得的一个风头，听沈公公说起顾盼生姿之语，越加无望道："顾盼生姿，神采飞扬，说白了还是那张脸。"问沈公公，"若连三他瞧见红玉翻墙爬树烤小鸟，他还能迷上红玉？"

沈公公虽然是个公公，也并不能想象什么样的男人能迷上这样的姑娘，因此沈公公选择了沉默。

成筠也沉默了一阵，又问："连三平日那些红颜知己都是些什么样的？"

沈公公在这上头颇有当年国师伺候先帝时的百事通风范，立刻对答如流："将军似乎偏爱文静的姑娘，说起话来温言软语，行起路来弱柳扶风；又要才高，素手能调丹青，还要能弹瑶琴，将军的数位知己都是如此。"

皇帝听得"数位"二字，叹道："若红玉能嫁得连三，朕竟不知对她是坏是好。"

沈公公道："皇上宅心仁厚。"

但皇帝只宅心仁厚了半盏茶，茶还没喝完已经决定把成玉给卖了，抬头向沈公公道："连三既爱琴爱画，宫中的画师和琴师，挑两个给红玉补补课去，好在她聪慧，学什么都快。"

沈公公意会，笑道："如何说话行路，老奴亦找宫人匡一匡郡主。"

成玉的确病了。惊悸之症。是个老症。昨夜犯的。

十花楼中的紫优昙这几日便要自沉睡中苏醒，须得朱槿坐镇，而优昙花的族长醒来是个大事，成玉就让梨响也留了一留。

成玉一个人入了宫，太后拨了几个宫侍给她暂用着。因她一向不爱有人跟着自个儿，太后跟前的宫侍又哪里有梨响的高艺，因此昨晚在去夜宴的半道上就把她给跟丢了。最后是齐大小姐将晕过去人事不知的成玉给抱着送了回来。幸好梨响忙完十花楼的事体赶回来得及时，这事才没有惊动太皇太后、皇太后和皇上。

梨响踩着夜色急匆匆回城去仁安堂架来了刚脱衣睡下的李牧舟。小李大夫闭着眼也能诊治成玉，被梨响提着来给成玉扎了几针，又打着哈欠揉了几颗香丸子给她点在香炉中，他就功成身退，被梨响拎着又重新送了回去。

昏睡中的成玉并不知道自己病了，也不知道自己在昏睡中，当她于昏睡中陷入梦乡时，她也不知道自己是在做梦。因为一切都挺真的。

　　梦里她刚在鞠场同齐大小姐分了手。她今日挑战成功了"五杖飞五铜钱"，她自个儿做了一次，大熙球队里担任后卫的太后娘家侄女柳四小姐又央她来了一次，两次她都表现得很精彩。但做这个耗力气，又耗神，因此天一黑下来她就困上了。

　　可齐大小姐说行宫养着的杂耍团里有两只会拜寿的狮子，将在今晚的夜宴中助兴。这种新奇她是绝不能错过的，因此强忍着困意，约了齐大小姐半个时辰后在接水院的假山旁会面，一同去赴宴看狮子。

　　她打着瞌睡回松鹤院换衣衫，却没想到刚绕过明月殿后面的游廊，就瞧见了立在一株槐花树下的季明枫。

　　其时暮色吞没了天边最后一丝霞光，宫灯亮起，映出长长的游廊来。

　　她站在拐角处看过去，一身黑衣的季世子半身隐在暮色的暗影中，半身现在宫灯的明光里。风中飘来槐花的香味。

　　她知道槐花长什么样，有人曾画给她瞧过，它们像串起来攒成一簇的小小铃铛。丽川的小孩子都喜欢在手腕脚踝绑那样的小铃铛，叮当，叮当，铃铛响起来时，常会伴着孩子们的欢笑。蜻蛉曾送给她一套，银子打成的小小铃铛，系在她的手腕上，一动起来就发出叮当叮当的轻响，蜻蛉眉眼弯弯："郡主果然很喜欢这个。"

　　晚风拂过，她眨了眨眼睛，眨眼间像是再一次听到了铃铛的响声，她握住了自己的手腕，手腕处却什么也没有。

　　南冉古墓。

　　铃铛不在了，蜻蛉也不在了。

　　困意刹那间消散，她苍白着脸站那儿发了好一阵呆，直到一队提灯的宫女轻移莲步行过季明枫时停下同他行礼，才打破了这一幕静画，驱赶走了那些无休无止的铃铛声，将她拉回现世。

回过神来时，她觉着季明枫不一定瞧见了她，因此后退两步退到了转角的一棵桂树旁，打算绕路避开他。却听到青年的声音忽然响起："你是在躲我吗？"

她定住了。季明枫缓步来到她的面前。那一队提灯的素衣宫女亦正好行到她的身边，宫女们停下来同她礼了一礼后方鱼贯而去，摇曳远去的灯光就像晨星碎在海里。她僵了片刻："没有躲你啊。"

季明枫就那么看着她。

她终归是不擅撒谎的，在季明枫的视线下选择了沉默。

她当然是在躲他。那时候朱槿带她离开丽川王府时，她有一瞬间想起过季明枫，在那短暂的一瞬里，她却只想起季明枫最后留给她的那些话："你真是太过胆大包天恣意妄行，错一百次也不知道悔改，今日蜻蛉因你而死，来日还会有更多丽川男儿因你此次任性丧命，这么多条人命，你可背负得起？"还担心这些话刺得她不够疼似的，"或许你贵为郡主，便以为他们天生贱命，如此多的性命，你其实并不在意？"

故而，她觉着季明枫是不可能想见她的。她再不通人情，这一点还是知道。她想着为彼此计，他二人做回陌路才是最好，但今日他却让她有些迷惑，季明枫似乎是专在此候她？

再见面有什么好说呢，一次次提醒她她身上还背负着一条人命吗？

她靠着木栏，茫然地看向季明枫，心想，是了，说不定他就是这样想的。

她久不开口，季明枫也静了一阵。

最终是季明枫打破了沉寂，轻声问她："方才我看到你和朋友们在鞠场击鞠，你打得……很好。在丽川时却不见你如何喜爱这项活动，季明椿邀你，你从不理他。"季明椿是季明枫的哥哥，侧室生的浪荡公子，日日游手好闲，斗鸡走狗无所不精。他缓缓道："那时你只爱看书，两月不到,我书房中的书被你来来回回翻了两遍。"语声中竟透出了一丝伤感和怀念,"你现在,比那时候要活泼很多。"

成玉没有开口,她垂着头看着长廊上的树影。

季明枫亦随着她的目光看向那些轻轻摇曳的树影,半晌,叹了一声:"许久不见,阿玉,你就没有什么话想和我说?"

她依然没有开口。

季明枫停了片刻,微微皱了眉:"那时候你虽然文静,但……"

她终于开了口。她打断了他,重复着他的话:"那时候。"她轻声,"世子总想让我想起来那时候,是因为世子觉得,我没有资格过得开心吧。"

季明枫怔在那儿。

有清风过,她觉得自己又听到了铃铛的轻响。她试了好几次,终于说出了那个名字:"我没有忘记蜻蜓。"

她没有去看季明枫,远远望向蜿蜒的游廊深处:"那时候,世子说我的任性会害死很多人。"她停了停,"最后虽然没有成真,但我一直没有忘记,我的确害死了蜻蜓。"她的眼睛睁得大大的,轻皱的眉头让她看上去有些像要哭出来,但她的声音很稳,"世子说我贵为郡主,便不在意人命,世子可能不相信,我其实……"她眨了眨眼,眼尾泛上来一点红,"我其实,不要说那么多条性命,就连一条性命,我都背负不起。"她紧紧咬住了嘴唇,终归是没有哭出来。

风突然大起来,这将是个凉夜,小小的桂叶被吹得沙啦作响,季明枫的目光极深,他向前一步:"我说的那些话……"

她退后一步道:"我其实很希望同世子做回陌路,但我也知道世子觉得我不配有这种希望。世子问我难道就没有什么想同你说,"她的脸上显出一点困惑,"我从没想过此生会再同世子相遇,因此并不知道该说什么。我……"她停了一停,像是有点茫然,"世子见我一次,便是折磨我一次,世子可能觉得我就应该被这样折磨,但……"

她将视线移向季明枫，可她什么都没有看到，只觉得脑袋里铃铛声愈响，从最深处传来针扎似的疼痛，她轻声道："请世子怜悯我。"

季明枫的脸在一瞬间变得苍白。她却没有看到，因她的眼中已模糊一片，季明枫在她的眼底，不过是个黑色的影子罢了。眼珠也开始刺痛，她胡乱拿手揉了揉，在那一刹那，她察觉季明枫似乎想要上前来，她不确定他想做什么，本能一躲，居然躲过了。

她匆匆说了告辞，说告辞的时候并没有看到季明枫的表情。季明枫没有尝试拦住她，她快步离开时他也没有追上来。

接着她糊里糊涂地回了松鹤院，吃了两粒宁神丸，发了会儿呆，想起了同齐大小姐之约。她就带了个小宫女出了门，连衣服都忘了换，汗湿的白裙裹在身上，逢上凉夜中夜风一吹，半道她就开始打喷嚏。小宫女折回去帮她拿披风，她站在个避风处等候。

百无聊赖时，抬眼瞧见不远处飘来许多灯光，她记得那是个湖，想来该是谁在放河灯。闲着也是闲着，她就踱了过去。

湖边立着许多石灯座，路过第七个石灯座时，她隐约看见了那些放河灯的少女们。似乎是几位被邀来行宫消夏的贵女。

湖风吹过，那几个贵女中突然传出争辩声来，声音有些模糊，但又急又厉。她对这种事没有什么兴趣，转身欲沿原路折回去，却突然听到一声尖叫："救命，我们家小姐落水了！"

她本能地回了头。回眼的一瞬，望见了湖面上挣扎的人影，和她慌张扑棱的手臂掀起的破碎水花。那水花是白色的。并不清晰的画面，却像一把重锤猛地敲过她的脑子，她眼前一黑，那因不会水而在湖面上慌乱挥舞的白色手臂像是突然来到了她的眼前，用力一撕。

封印解开。

一片瘆人的漆黑中，她又看到了南冉古墓。仿佛再一次回到了那条遍种着毒草的墓中小道。

蜻蛉牵着她的手在那条小道上飞奔。从古墓深处传来点鼓的轻响，咚，咚，咚咚，鼓声召唤了无数毒虫紧紧追随在她们身后。前面就是化骨池，化骨池上有一座木制的索桥，只要过了桥砍掉桥索阻断那些毒虫，她们就得救了。

她压住胸口，仅是片段的回忆便箍得她喘不过气来。她伸手胡乱抓住身旁的月桂树。不可以想起来。她哆哆嗦嗦地告诫自己，但被撕开的记忆却似许久未进食的恶虎，一旦确认了目标做好了攻势，便带着要将她吞噬殆尽的凶狂猛扑而来。

她跌倒在月桂树旁。

无边的静寂中，她听到蜻蛉的声音响在她身后："郡主，快跑！"她猛地回头，看到不到十六岁的自己摔倒在了断掉的索桥旁，而面前的化骨池溅起来丈高的水花。那水花是白色的。她听到自己失声惊叫："蜻蛉！"

她站不起来，绝望顺着脊骨一路攀爬，穿过肩颈，像一张致密的丝网要挤碎她的脑髓。她一边哭喊着蜻蛉的名字一边爬向化骨池，那冰冷又恐惧的时刻，有一只手伸过来盖住了她的手背。那只手非常温暖。

她睁开了眼睛。

有微光入眼，昏黄的亮光，就像是南冉古墓中长明的人鱼灯。但此处并非南冉古墓，因她看到了头顶的床帐。帐顶上有繁星刺绣，成玉恍惚中明白过来自己此时是身在春深院自个儿的屋子里，躺在自个儿的床上，方才她是在做梦。

她睁大眼睛回想方才的梦境，梦中一切都是真实，她的确遇到了季明枫，的确着了凉，也的确在湖边看到了一个放河灯的少女落水，然后她……是了，她承受不住那一刻的恐惧，晕倒在了一棵月桂树旁。

记忆一开闸就很难再将它们重新封印，晕倒那一瞬的可怕回忆再次袭进她脑中，那些回忆也全是真的，除了一处：森然的古墓中当她发疯似的爬向化骨池时，在那个绝望的时刻，并没有谁伸手给她。

只有那是假的。

她缓缓坐起身来，茫然地看向床前。

有脚步声响起，六扇屏风上突然映出了个男子的身影，因会在这种深夜出现在她房中的男子除了朱槿再不会有别人，因此她什么也没想。

朱槿应是持了灯烛，房中比方才亮堂了些，她低头揉着眼睛，便是在她揉眼的空当，他绕过屏风来到了她的床前。灯被放在了床边的小花几上。

她恹恹地抱膝坐那儿，不抬头也不说话，是拒绝的姿态。但朱槿并未知难而退，反倒坐在了床边她身旁，下一刻一张浸湿的白丝帕已挨上了她的脸。

她垂着头躲过："我不是故意去回忆，是看到了……"她停了一下，"封印……被触发，自己解开了。"握着丝帕的那只手在她的话音中收了回去，停了停，然后丝帕被叠了两叠。

朱槿并没有这样文雅的习惯，但她此时却没有想到此处。她强自平稳着吐息，继续道："你封住了那些事，这一年来，我再不会主动想起它们，所以才能无忧无虑地生活这许久，但也许我是不配这种无忧无虑的……"

她哽咽住，伸出右手捂住了眼睛："我……很想念蜻蜓，就一晚，"她停了一会儿，"我不想被封印，也不想要任何人待在我身边，就一晚。"

叠好的丝帕被放在了搁灯的小花几上，四四方方一小叠。油灯的灯窝里突然爆出一个灯花，啪的一声。朱槿没有回答她。那只手轻轻拉开了床头装小物的小屉，从里头取出把银剪子来。油灯被笼住，灯芯被剪了一剪，火苗瞬间亮堂起来。这时候成玉才听到对方开口："朱槿他，封印了什么？"是熟悉的，却绝不应在此时出现在此地的微凉嗓音。

成玉猛地抬头，侧身坐在她床边的青年正放下剪刀，用那张方才预备给她拭泪的丝帕低头擦着手。感觉到她的目光时，他抬起了头，目光掠过她。

下一刻他的手伸了过来，拇指触到了她的眼睛，似乎预料到她会躲避似的，他空着的另一只手握住了她的肩膀，轻轻一拽，是轻柔的力度，她却不受控制地倾了过去。只来得及抬手抵住他的胸膛。

她懵懂地抬眼看他。他似对那只紧贴住自己胸膛以示拒绝的手掌毫无所觉，那抚触着她眼睛的右手轻柔地来到了她的眼下，然后拇指顺着眼角一点一点，拭去了她眼下的泪痕。

意识到青年是在帮自己擦拭眼泪，成玉立刻想要自己来，抬起的手却被青年拦住了。

"让我来。"他说。

他的拇指来回抚过她的眼下，嘴唇轻抿着，那使他的神色看起来有些过分认真。

成玉的脸却一点一点泛白了，因她在那一刻的静谧中，想起来了方才她在青年面前哭着说了什么。她说了朱槿的封印。那是秘密。她整个人都有些紧张地轻颤："连三哥哥……我不是……"

他的手指还停留在她的眼尾，拭去了最后一丝泪痕，他低声："不想告诉我朱槿在你的意识里封印了什么，是吗？"

她僵了一下，立刻反驳："不是你想的那样，我刚才说的封印，它实际上……它其实是……"

"是一种法术。"他接住了她的话，看着她湿润的眼睛，"宗室皆知红玉郡主有病劫，靠十花楼中百花供养而活，也知服侍红玉郡主长大的侍从是静安王寻来的不凡之人。"他淡淡道，"一个不凡之人，会个

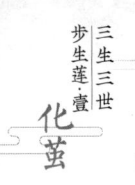

把法术并非什么离奇之事。"

成玉再次僵了,她垂下了头,她的脸终于离开了连三的手指。他并没有挽留,顺势松开了她。许久,她才重新抬起头来轻声道:"连三哥哥你……什么时候知道我是红玉的?"

"昨日。"

她静了一瞬,抱着双膝讷讷解释:"我没有骗过你,我只是没有告诉你,但你也没有问……"突然想起连三似乎问过她是哪家的阿玉,又立刻改口,"你也没有使劲追问。"

他笑了笑,"我也没有告诉你我是谁,我们扯平了。"

她摇了摇头:"我其实知道你是个将军。"

她的确知道连三是个将军,但她从未费神想过他是个什么将军,那似乎并无必要。此时细思起来,大熙朝共设十七卫统领天下兵马百万雄军,其中有四卫常年戍卫平安城,除此外皇帝还有支分成天武、元武、威武三军的亲卫部队亦常年待在京城中。既然她常在街上碰到连三,这说明连三很可能是个内府将军,奉职于这三军四卫之中。

不料连三却叹了一声:"你不知道我是谁。"

"可你是谁都没有关系,我知道你是个将军就够了。"她坚定道。

他像是愣了愣,停了一会儿才问道:"所以,是大将军也没有关系?"

平安城中的三军四卫泰半是从勋爵子弟中挑选出来,而连氏乃是大熙名门五姓之一。大熙朝各军各卫都设了大将军及将军之职,七个大将军里有一个出自连氏,这并不稀奇。

她惊讶了一瞬:"是大将军吗?"三军四卫的七位大将军,皆位居正三品,连三这样年轻,却已是个正三品的将军,她此时的惊讶皆出自叹服,但同时她也有些莫名,"是大将军又有什么关系呢?"

连宋看了她一阵:"你以为我是三军四卫中的大将军?"

成玉有些疑惑："那……除了三军四卫……难道你是其他十三卫的将军吗？"她想了想，又摇了摇头，"别骗我，其他十三卫的将军这时候随皇帝堂哥来行宫的几率，我觉得不太大。"

"十七卫上面，不是还有别的大将军？"连宋问她。

十七卫正三品的大将军上面的确还有别的大将军，且不止一个大将军。成玉她是个常常帮着皇城内外的子弟们代写课业赚零用的郡主，大熙的军制她当然比其他的郡主们更懂一些。正三品的各种大将军上面还有个从二品的镇国大将军，一个正二品的辅国大将军，以及掌鱼符统帅百万兵马的正一品大将军。是了，他们大熙朝武将的最高官阶其实没有它下头的那些官阶华丽，前头没有什么定语，就是三个字，大将军。

大将军。成玉啊了一声，猛地想起来那位幼时从军年少拜将七战北卫出师必捷的帝国宝璧，正是姓连。

成玉呆呆地看着坐在床沿的青年："你是……那位大将军。"

三殿下点头："对。"

那位大将军，是帝国唯一的那位连大将军，是退了她婚的那位连大将军。

看成玉震惊地傻在那儿，三殿下静了一瞬："你没有什么话想和我说？"

"有、有啊。"她吞了一口唾沫，试探着问他，"这几日乌傩素的使臣们来朝，你说他们看到你长这个样，有没有为我们大熙朝的未来感到忧虑啊？"

三殿下笑了笑："看到我这么健康，他们可能会对乌傩素的未来更感到忧虑一些。"

"哦。"成玉干巴巴地，"那我就放心了。"

三殿下冷静地看着她："除此外，我想你应该还有别的话想和我说吧。"

"我没有啊。"她回答。

"你有。"

"我没……好吧，我有。"成玉眼神飘忽，"我知道连三哥哥你想让我说什么。"她停了一下，"你想知道那时候你退了我的婚，我有没有怨你，现在知道了你是退我婚的人，有没有重新怨上你，对吗？"

像是知道他不会回答似的，她抱着双膝，偏头看着他："这件事我从未在意过，就算那个时候我不知道是你退了我的婚，我也没有生过你的气，此时就更不会了。"似乎感到好笑似的，她抿起了嘴角，"但此时想起来，差一点就要被皇祖母逼着娶我的那个人居然是连三哥哥你，有些好笑。"她的侧脸枕在膝头上，不由失笑，"要是我和连三哥哥成婚了，会是怎样的呢？一定很奇怪吧，因为连三哥哥是哥哥啊。"

她兀自感到有趣，却听到他突然开口，嗓音有些冷："我不是你哥哥。"

他背对烛光坐在她的床边，脸上没有一点表情。

她呆了一下："可……"

他没有让她的反驳说出口。"你听清楚了，"他看着她，整个人都有点不近人情的冰冷，"我不是你哥哥。"

她眨了眨眼，察觉他是生气了，可她根本不知道何处惹了他生气："可你自己说，你是我哥哥啊。"

他突然笑了，那笑却也是冷冷的："我说什么就是什么？"

她不知所措，憋了半晌："是的吧？"

他抬眼："那我说我是你的郎君，你就认我做郎君了？"

她愣了一愣："……不能吧……"

他居高临下看着她："那为何我说要做你哥哥，你就让我做了，要做郎君，你却不让我做了？"

她呆呆地:"我又不傻啊,哥哥和郎君,能一样吗?"

"有什么不一样?"

她脑子突然转得飞快:"那假设都一样,连三哥哥你又为何非要计较是哥哥还是郎君呢?"

"嗯,你是不傻。"他似乎被气笑了。

他并没有正面回答她的问题,但她也不是真的想要他回答。她斟酌了一下:"所以我想,连三哥哥你那时候拒婚,是因为你注定要成为我的哥哥呀,我们之间的缘分,乃是兄妹之缘,这是上天早就注定好了的呀。"说完她想了一遍,自觉没什么问题,抬头看向连三时,却只接触到他冰凉的眼神。仅看了她一眼,他便像受够了似的转过了头,冷笑道:"天注定,就你还能知道什么是天注定?"

她心里咯噔一声,感觉他这是气大发了。

她一点一点挪向床沿,挪得靠他近了些,试探地伸出手来抓住了他的手臂。他垂了眼,目光落在她作怪的手上,但并没有拨开她。她就自信了些,鼓励了自己一下,挪得更加靠近他,又试探着将脸颊挨过去。她轻轻蹭了他的手臂一下,仰着头抬起双眼看他,声音软软的:"连三哥哥,你不要生气,我错了。"

她其实根本不知道自己哪里错了,但她明白只要她认错他就一定会消气,伺候太皇太后时,她若犯了错,只要这样撒娇,她老人家就一定会原谅她。

她感到了连三的手臂有一瞬的僵硬,她也搞不清这僵硬是为何,但他既不言语,身体也没有给出要原谅她的信号。她不禁再接再厉地又蹭了一下他的手臂,还顺着手臂向下,将脸颊移向了他的手掌。

不用她再做什么额外的小动作,他的手掌已摊开,因此她的左颊很轻易地便接触到了那温热的掌心,她在那掌中又蹭了蹭,侧着脸轻声问他:"连三哥哥,我们难道不要好、不亲了吗?"

他依然没有回应她，但他的目光却没有离开过她，他的瞳色有些深邃。

她其实已经很久没有这样同人撒过娇，但这招撒手锏百试百灵，她很有自信，并不真的担心连三会哄不回来。

在连三的凝视中她闭上了眼，嘴角微微抿起来："我知道连三哥哥并没有真的生我的气，我们还是……"话还没有说完，她感到贴住她脸颊的手掌动了动。

她立刻睁开了眼。他的手指已握住了她的下巴，他用了巧劲，迫使她的上身整个挺直了，她的脸便靠近了他。

"你错在哪儿？"他问她，声音低得仿若耳语。而那样近的距离，她不由得不将所有注意力都集中在他那张脸上。她头脑发昏地想，哪里错了，我怎么知道我哪里错了。

"既然不觉得自己有错，那道什么歉？"他继续追问她，语声却不是方才那样冷淡了，她心中想，是我的撒娇起了作用，所以还是要道歉，还是要撒娇。然后她感到他的手离开了她的下巴，却沿着下颌的弧线，移到了她的耳垂。

他像是在体味一件工艺品，手指划过沉香木圆润的弧面似的划过她的肌肤，带着品评和赏鉴。她难以辨别抚触着自己的指尖是否含着什么情绪，她只是感到耳垂有些发痒，可身体却被定住了似的，不能抬手去抚摸确认。

在他深邃的眼神之下，她颇有些不知今夕何夕的荒谬感，不由得喃喃："连三哥哥……"

他笑了一下，更加靠近她，他们的面颊几乎要相贴了，他在她耳边低声："并不觉得自己有错，只想靠撒娇过关，是吗？"她隐约觉得他们贴得太近了，他身上的白奇楠香让她有些头晕目眩。当他转过脸来正对着她时，她的眼只能看到他的双眼。

他的眼睛很好看。她有无数比喻可以用来形容此时他那双凤目，或者他的目光。那目光是克制的，却也是惑人的，就像柔软的树脂蓄意收藏一只蝴蝶，只待她一不小心跌进其中，便要将她永远定格似的。那些琥珀，便是那样成形的。

她感到了一点慑人的压力，因此闭上了眼睛，但却没有忘记回答他的责问："我的确没有说错啊，都是注定的，"她想了想，又轻声道，"难道放在今日，皇祖母再赐婚，连三哥哥你就会改变想法娶我吗？"

话出口时，她感到他屏住了呼吸。这可太过稀奇，每一次都是他将自己吓得要屏住呼吸，他也被她提出的这个假设惊吓住了吗？

她一瞬间便忘记了他带给她的那些压力，有些想笑。她偷偷睁开了一只眼睛，继而是另一只眼睛。

然后她看到了他的表情。他有些怔忪。

"你不会想娶我的。"她笑了，有点得意似的，"你也会觉得奇怪啊，因为你认识我的时候，我就做了你的妹妹。"

连三怔忪的目光终于聚焦，落回了她的脸上，他一点一点松开了她。

他看了她好一会儿，但对她的结论既没有表示赞同，也没有表示反对。

灯花又爆了一声，他静了片刻，转身再次取了那把银剪。他剪了灯花，却没有再回到她的床边，只是站在鹤形灯旁沉思了一会儿，然后道："那么，我们重新回到最初我问你的问题上吧。"

他不生气了，成玉就挺高兴，又向他确认："所以连三哥哥你消气了是吗？"

他白了她一眼："我原本就没有生气。"

成玉揉着裙角干巴巴道："好吧，你没有生气。"想了想，"所以最初的问题是……"然后她慢慢变了脸色。她想起了最初的那个问题。他问她，朱槿封印了什么。

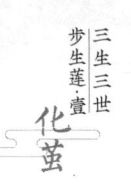

许久，她低声道："我不想说。"右手却有些神经质地握住了胸前的衣襟，眼中重又聚起了水光。似乎有什么东西带给了她巨大的痛苦，而她的所有活力和颜彩也在一瞬间被什么吸食殆尽。她自己知道，是封印移开，便令她无时无刻不感到负疚的那些可怕的回忆。

　　她的脸色再次变得苍白起来，她看着面前的青年低声祈求："你不要逼我，连三哥哥。"

第十一章

春深院因紧邻着太皇太后的松鹤院，布防甚严，故而粟及在成玉的屋子外头瞧见季明枫时略有惊讶。

这种时刻，季世子不大能从防护重重的院门进来，那多半同他一般是跳墙进来。国师虽不是个八卦之人，但他是个联想能力十分丰富之人。他远远瞧见季明枫，就想起红玉郡主曾在季世子坐镇的丽川游玩了一年有余，而下午时分三殿下将自己从皇帝身边召过来，让他帮忙引开梨响时他又听说红玉郡主确然是病了。

显然季世子星夜来此并不是酒醉走错路，可能是来探病的。

但深夜擅闯一位未出嫁的郡主香闺，这事并不是个修身君子该做的，因此季世子对着国师沉默了一瞬。国师一派高人风范地向季世子淡淡点了个头："世子站在这里，怕是什么也瞧不见吧？"

季世子："……"

国师又一派高人风范地提点了他一句："世子若是担忧走近了被将军发现，大可不必，你我刚踏进这院子时他就知道了，没什么反应就是无所谓的意思，那么你站得近站得远其实根本没有分别。照我说，你想认真看两眼红玉郡主，那不如站得近些好了。"

季世子："……"

季世子怀疑而又警戒地看向国师："我是来看红玉的，那国师你一个道士，深夜闯红玉的闺房，却又是所为何事，不要告诉我你也是不放心她，来探望她的。"

国师面上维持着"我是一个高人不和尔等凡夫计较"的高人风范，心里白眼已经翻上了天：你也知道我是个道士啊！但国师只是淡淡地又向季世子点了个头，矜持地："世子不必介意，我不过是来向将军复差而已。"

厢房门是开着的，窗也开着。

国师走到门口便听到了三殿下的声音，无头无尾的一句话："是我的错，你不想说就不说。"国师这辈子也没听三殿下同谁认过错，不由一愣。

房中三殿下继续："刚醒不久，想吃东西吗？"对方大约是拒绝了，三殿下不以为意，"那我陪你出去转转，接水院中正有一片紫薇花林，他们将它打理了一番，适合散步。"

同样地，国师这辈子也没听三殿下哄过谁，不由又是一愣。愣完之后国师沉默了，觉得此时不是进去的时候，步子一移，移到了窗旁。

然后他听到房中终于有个姑娘回应："我觉得行宫里没有什么好转的。"那声音带一点软，还有一点微哑，像是哭过，听上去不大有兴致，像是不想说话的样子。这应该就是红玉郡主了，国师心想。

很快地，那姑娘又大胆地补充了一句："我想一个人待着，就在这里，不出去。"

这是道逐客令。国师的眼皮跳了跳，暗自在心中佩服这位小郡主，敢主动开口对三殿下下逐客令的高人，她是他这辈子知道的第一个。

房中有片刻寂静，片刻寂静后，三殿下缓缓道："这是赶我走了？"

郡主像是迟疑了一下："我……"终于很没有底气地，"……就一会儿……"

"一会儿？"

郡主继续很没有底气地："就一小会儿。"

三殿下缓了一缓："你这个样子，还妄想一个人待着，就算一小会儿，你觉得我能同意吗？"国师感觉自己竟听出了几分循循善诱来，不禁揉了揉耳朵。

郡主有气无力地回答："……不能同意。"

三殿下建议道："去街上吧。"

郡主明显愣了一下："什么？"

三殿下解释："今夜是乞巧节，街上应该很热闹，你不是爱热闹吗？"这样耐心的三殿下，让国师不禁又怀疑地揉了揉耳朵。

好一会儿，郡主轻声回应："那应该有很多姑娘做乞巧会。"像是有些被这个提议所吸引。

三殿下不动声色道："对，会很有意思。"

郡主却又踌躇了："可皇帝堂哥不许我随意出宫的。"

三殿下似乎很不可思议："你为什么要告诉他？"

郡主就很沮丧："可我不告诉他，也有可能被发现的，若是那样，该怎么办呢？"

三殿下顿了一顿："若是那样，便推到我身上。"

郡主微讶："那推到你身上，皇帝堂哥就不会怪罪了吗？"

三殿下淡淡："不会怪罪你，但会怪罪我。"

郡主担忧："那……"

三殿下不甚在意："我会推给国师。"

兀自揉着耳朵的国师跌了一下，扶住窗台站稳，鼓励自己要淡定。

一路尾随着连三和成玉出行宫来到夜市最繁荣的宝楼街，国师寻思着自个儿还得跟多久这个问题。

多半个时辰前，三殿下领着小郡主出春深院时，国师想着梨响被他困在西园的假山群中，不到明日鸡鸣时分不得脱困，仅为回禀这事在此时去打扰三殿下，似乎不太合适。三殿下他总不至于要将小郡主带出去一整夜,那禀不禀的可能也没什么,国师就打算撤了。

不料季明枫却跟了上去。眼见季世子神色不善,国师担心出事,只好也跟上去。

平安城今夜极为热闹。

天上一轮蛾眉月,人间三千酒肆街,此处张灯彼处结彩,瞧着就是个过节的样子。

街中除了寻常卖野味果食糕点的小摊,还多了许多卖应节之物的小摊,呈出的都是这几日才有的趣致玩意儿:譬如以金珠为饰的摩睺罗土偶、用黄蜡浇出的"水上浮"、拿红蓝彩丝缠出的"种生",择各种瓜果雕出的"花瓜"等。

连三犹记得数日前他在街上偶遇成玉时,她对着街边的趣致小物一派痴迷的模样。今夜她虽也走走停停,一会儿看东一会儿看西,但她今日看着这些小玩意儿的模样却同当日判若两人。她的目光中并无那时候的神采。

前头有个卖"谷板"的小摊。成玉随着人流站在摊边打量其中最大的那块上头做了小鸡啄米的谷板,看了半晌。她今夜散淡,话也不多,连三率先打破了静默,问她:"想要这个?"

她却像是自梦中突然被惊醒似的,愣了一会儿才答非所问:"唔,逛逛其他的。"说着已转身离开了谷板小摊,随波逐流地站到了另一个摊子旁。

三殿下瞧着她的背影双眉微蹙,良久,唤她道:"阿玉。"

站在隔壁摊子的成玉懵懂回头,见连三抬手:"手给我,别走散了。"

街上人虽多,但远没到不牵着走便要走散的地步,成玉却也没什么疑惑,乖巧地走回来主动握住了连三的手。

便在握住连三的一瞬间,长街中突然有狂风起。

成玉迷茫地抬头,入眼只见连三白玉般的脸,和那一双明亮的眼。

那琥珀色的双眼深邃却不含任何情绪，嘴唇自然地微抿，他的面目是平静而漠然的。与他的平静相对的却是他身后席卷整个黑夜的狂风，那狂风有着吞噬一切的威势和武勇，有些可怕。成玉突然想起太皇太后于宫中供奉的那些玉制神像，便是那样美，那样庄重，又那样无动于衷。

越过连三的肩头，她看到整个夜市仿若变成了一片深海，远近的灯笼在风中摇曳着欲明欲灭，似海上若隐若现的渔灯。她的脑子一片昏沉，不知自己是在现实还是在梦中。夜在顷刻之间浑浊了，她和这夜、这深海好像融为了一体。昏夜中有什么潜进了她的思绪，她的身体中仿佛出现了两个人，她不由得感到害怕。"可怕。"她微微发颤，但并没有说出声来。

连三琥珀色的双眼蓦地一敛，他伸手揽住了她。"我在，别怕。"他在她耳边轻声说。她看不见他的表情，不知那张俊美的脸是否一如方才那般漠然无情，但他的声音是安抚的，他的手揽住了她的肩，让她整个人都埋在他胸前，令她感到了安全。

可她不知道的是，是他令她感到安全，却也是他令她感到害怕。

因在这狂风大作她牵住他的转瞬之间，他潜进了她的思绪之中。通过禁术藏无。那些令她失常的事她不愿意告诉他，他便用了自己的方法。

他不是任她含糊一二便可糊弄之人，譬如所有那些待她好的凡人好友，什么小李大夫齐大小姐之类。如她自己从前总结，他挑剔自我，不容他人违逆。他的确如此。他是百无禁忌的水神，他想要知道什么，便总要想办法知道。

似成玉这样无忧无虑的小女孩，她内心该是什么样，迈过成玉的心防，三殿下瞧着展现在他眼前的碧云天青草地，以及草地上奔跑的鲜活灵动的小动物们，觉着同他设想的也差不离。

能看出这是春日。三殿下环视一圈，却未发现成玉，她不在这里。

前方隆起一座大山，转过隘口，日丽春和在此换了一番新模样，天上呈出烈日，地上遍植高木，有鸟鸣婉转，此是夏日。

成玉依然不在这里。

走出山谷又即刻迎来满目红枫，三殿下此时终于明白，这个女孩比他先前所想的要更复杂一些，她的心底拥有四季，四季并存。

万万年来，三殿下对他人的内心思绪其实从未有过兴趣，因此关乎藏无，也只是在他幼时初学这法术时为着实践施用过几次。

他瞧过元极宫中当差的仙使的思绪，瞧过彼时暗恋东华帝君的小仙娥的思绪，也瞧过被困在二十七天锁妖塔中的恶妖的思绪。跨越他们的心防是最大的难关，但一旦越过那道心防，便是最狡猾的恶妖，他也总能立刻在他们的内心找到他们的本我所在。比之成玉，他们的心防更难突破，似乎所有的意志都被用来构建那道防住别人的高墙。而成玉，她的心防就太好突破了一些，然而在那道敷衍的心防之墙后，她却描出四季来藏住了自己。

心防的存在本是为了防范别人，就像连三曾以藏无探看过的那些人，可成玉的心防，却似乎是为了防住她自己。

三殿下踏过眼前秋色，所见是秃山长河；行过秃山，便是白雪覆黄沙，此种萧瑟比之大雪封山还要更为凄冷，如此景致同成玉着实不搭，但这的确是她心中的景色。

此处依然没有成玉。

三殿下在封冻的长河旁站了好一会儿，低声道："阿玉。"他找不着她，这里是她的王土，只能让她来找到他。

当他的声音散入风中，四季的景色瞬然消失，同现世中今夜一般的夜市似一幅长画在他眼前徐徐铺开。他终于看到了成玉。

她或许对他并不设防，因此她的潜意识令他看到了她此时真实的内心模样。

她孤孤单单地立在长街之上。街仍是那条街，灯笼仍是那些灯笼，节物摊也仍是那些节物摊，但拥挤的人群却不知去了何处，整条长街上唯她一人。

"今日过节啊。"她怕冷地搓着手小声道。是了，此时也并非夏日，在她搓着手的当口，有北风起，夜空中飘起了细雪。

"哦，是过乞巧节，"她一边走一边自个儿同自个儿唠叨，"乞巧节要做什么来着？是了，要在家中扎彩楼，供上摩睺罗、花瓜酒菜和针线，然后同爹娘团坐在一起奉神乞巧。"她絮絮叨叨，"乞巧啊，说起来，娘的手就很巧呢，蜻蛉的手比娘的手……"她突然停住了脚步，风似乎也随着她停下的脚步静作一种有形之物，细雪中飘摇的灯笼间突然有个声音响起来，那尖厉的声音告诫她："别去想，不能想。"是她的潜意识。

连三瞧见低着头的成玉用冻红的手笼住半张脸，好一会儿没有说话，但似乎遵循了那句告诫，当她重迈出步子来时已开始同自己叨叨别的。眼圈红着，鼻头也红着，说话声都在颤抖，话题倒很天马行空，也听不出什么悲伤，一忽儿是朱槿房中的字画，一忽儿是梨响的厨艺，一忽儿是姚黄的花期，一忽儿又是什么李牧舟的药园子。

但她并没有说得太久。在北风将街头的灯笼吹灭之时，她抱着腿蹲了下来，他尝试着离她更近一些，便听见了她细弱的哭腔："我不想想起来，所有离开我的，爹、娘、蜻蛉，都、都不想想起来，不要让我想起来，求求你了，不要让我想起来，呜呜呜呜……"那声音含着绝望，压抑孤独，又痛苦。

连宋不曾想过那会是成玉的声音。他只记得她的单纯和天真，快乐是为小事，烦闷也全为小事，明明十六岁了，却像个永远长不大的孩子，从不懂得这世间疾苦。

凡人之苦，无外乎生、老、病、死、怨憎会、爱别离、求不得、五阴炽盛这八苦。三殿下生而为仙，未受过凡人之苦，靠着天生的灵慧，他早早参透了凡人为何会困于这八苦之中，然他着实无法与之共情。

因此今夜，便是看到成玉在噩梦中失声痛哭，他知道了她的心灵深处竟也封存着痛苦，但他并不觉那是什么大事。他是通透的天神，瞧着凡人的迷障，难免觉得那不值一提。世间之苦，全然是空。

他的目光凝在成玉身上，看她孤零零蹲在这个雪夜里，为心中的迷障所苦，就像一朵小小的脆弱的优昙花备受寒风欺凌，不得已将所有的花瓣都合起来，却依然阻挡不了寒风的肆虐。他心中明白，成玉的苦痛，无论是何种苦痛，同优昙花难以抵挡寒风的苦痛其实并没有什么区别。

但此时，他却并未感到这苦痛可笑或不值一提。

他看到她的眼泪大颗大颗滚落在地上，她哭得非常伤心，但那些眼泪却像是并未浸入泥地，而是沉进了他心中。他无法思考那是否也是一种空，她的眼泪那样真实，当它们融进他心底时，他感到了温热。他从未有过这种体验。

他愣了好一会儿，最终他伸出了手。

便在他伸手的那一刹那，眼前的雪夜陡然消失，冬日的荒漠、秋日的红枫、夏日的绿树和春日的碧草自他身边迅速掠过。穿过她内心的四个季节，他终于重新回到了现世的夏夜。

在这现世的夏夜里，她仍乖巧地伏在他的怀中，而她的左手仍在他掌心里。柔软白皙的一只手，握住它，就像握住雨中的一朵白雪塔，丰润却易碎似的。

他松开了她，可她的手指却牵绕了上来，她抬起了头，有些懵懂地看着他。他的手指被她缠住了，就像紫藤绕上一棵青松，全然依赖的姿态。他当然知道她只是依赖他，她被吓到了，但似乎无法克制空着的那只手抚上她鸦羽般的发顶，当她再要乱动时，便被他顺势揽入了怀中。"不要怕，"他抚着她的头发，温声安慰她，"风停了，没事了。"

风的确停了，长街两旁灯火阑珊，行人重又熙攘起来。她靠在他的肩上，右手覆在他的胸前。胸骨正中稍左，那是心脏的位置。她惊讶地抬头看向他，有些奇异地喃喃："连三哥哥，你的心脏跳得好快。"

他立刻退后了一步，她的手掌一下子落空。她跌了一下，疑惑地看着自己的手指，又看向他："连三哥哥，你怎么了？"

"没有什么。"他飞快地否认。

"不是吧……"她不大相信,"因为跳得很快啊。"

前面的巷子里突然一声鸣响传来,七色的焰火腾空而起,成玉转头看了一眼,但因更关心连三之故,因此只看了一眼便将目光重放回了他身上,却见他侧身避开了。这个角度她看不见他的脸,只听到他若无其事地说:"你喜欢看烟花吧,我们走近看看。"话罢快步向巷子口而去。

成玉追在后面担忧:"不是啊,连三哥哥你别转移话题,你心跳那么快,你不是病了吧?"

国师和季世子跟在连三和成玉身后有段距离,因中间还隔了段喧闹人流,故而听不见他二人在说什么。国师在来路上已经弄明白了,连三和小郡主定然是有不一般的交情,但国师也没有想太多。

方才风起时,因前头堵得太过,他们就找了棵有些年岁的老柳树站了片刻。

季世子屈膝坐在树上,不知从何处顺了壶酒,一口一口喝着闷酒。

季世子喝了半壶酒,突然开口问国师:"大将军不是不喜欢阿玉吗?"

国师静默了片刻,问:"你是在找我讨论情感问题?"季世子默认了。

国师就有点怀疑人生,近年流行的话本中,凡是国师都要祸国殃民,要么是和贵妃狼狈为奸害死皇帝,要么是和贵妃她爹狼狈为奸害死皇帝。国师们一般干的都是这种大事。没有哪个干大事的国师会去给别人当感情顾问,哪怕是给贵妃当顾问也不行。

国师没有回他,对这个问题表示了拒绝。

季世子一口一口喝着酒,半晌:"我是不是来晚了?"

国师有点好奇:"什么来晚了?"

季世子也没有回他。

在他们言谈间,异风已然停止,国师心知肚明这一场风是因谁而起。月夜是连三的天下。国师只是不知连三招来这一场狂风所欲为何。

一旁的季世子仰头将一壶酒灌尽，道："来京城前，我总觉得一切都还未晚。"

国师觉得看季世子如此有些苍凉，且世子这短短一句话中也像是很有故事。但国师也不知道该说什么，因此只仙风道骨地站在树梢儿尖上陪伴着失意的季世子，同时密切注意着前头二人的动向。

前方三殿下领着小郡主离开了人群熙攘的长街，过了一个乳酪铺子、一个肉食铺子、一座茶楼，接着他们绕进了一条张灯结彩的小巷。

国师默了片刻，向身旁的季世子道："你知道我是个道士吧？"

微有酒意的季世子不能理解国师缘何有此一问，茫然地看着前方没有回答。

国师并不介意，自顾自道："不使法术的时候，我其实不太认路。"

季世子依然没有回答。

国师继续道："世子你来京城后逛过青楼吗？"

季世子脸上终于有了一点表情："……"

国师道："京城有三条花街最有名，彩衣巷、百花街、柳里巷，皆是群花所聚之地，百花街和柳里巷似乎就在这附近。"

季世子："……"

国师用自个儿才能听见的声音自语："不过，带姑娘逛花街这种路数我在先帝身上都没有见到过……"不太认路的国师不确定地偏头向季世子，"你觉得方才将军他领着小郡主进的那条巷子，是不是就是三大花街之一的柳里巷来着啊？"

国师没有等到季世子的回答，"柳里巷"三个字刚落地，季世子神色一凛，立刻飞身而起飞檐走壁跟进了那条巷子中。

国师虽不擅风月，但侍奉过那样一位先帝，其实他什么都懂。什么都懂的国师觉得自己能理解季世子，但他突然想起来自己并不是季世子一边的而是三殿下一边的，国师陡然一凛，也赶紧跟了上去。

三殿下的确领着郡主进了花街,二人不仅入了花街,还进了青楼。

时而逛逛青楼,这于三殿下和郡主而言,其实就是个日常。

但国师初次遭遇这个场面,不由感到崩溃。国师感觉季世子应该也是崩溃的,因为他眼睁睁看着世子一路追着二人,有好几次都差点从快绿园的院墙上栽下去。这令国师感到了同情。

成玉坐在快绿园中临着白玉川的一座雅致小竹楼上,听着琵琶仙子金三娘的名曲《海青拿天鹅》,并没有觉得自个儿一身裙装坐在一座青楼中有什么不对。

方才她同连三在柳里巷看完焰火,一仰头就注意到了一旁屋舍上的牌匾,见楠木匾上金粉刷出"快绿园"三个大字,她忽地想起来快绿园中有个琵琶弹得首屈一指的花娘叫金三娘,便问了连三一句,没想到就被连三带了进来。

她今夜一直有些心不在焉,譬如方才在街上时,她瞧着那些应节的小摊,面上是有兴致的,但她的心思并不在那一处。又譬如此时,听着那铮然的琵琶声,她原该是专注的,却依然拢不住自己的心思放在琵琶上。

年节时分,一向是她的萧瑟时刻,何况今夜,那封印还解开了。

她闭上了眼睛。

她今年虽不满十七,但这已是个可以嫁人的年纪,其实不小了,她又聪慧敏锐,故而旁人如何瞧她,她其实心中有数。他们瞧着她,都只觉她身尊位贵,便是个孤女,有太皇太后的垂爱,烙在她头上的"孤"字也算不得什么,她的人生应是无忧亦无苦,活得就如她平日里呈在他们眼前那样的自在无拘。

但她六岁丧父七岁丧母,这个"孤"字并非只烙在她头上,供人知晓红玉郡主乃是忠烈之后,她是为国而"孤",此种"少年而孤"乃是勋荣。这个"孤"字更深的是烙在了她自己心中,她知道无父无母是怎么回事,懂得合家团聚的年节时分,她却只能跪在宗庙中面对两尊牌

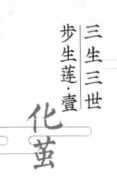

位时心中的委屈和荒凉。

她长到十六岁，并非无忧亦无虑，悲为何、痛为何、孤独为何，她其实都懂。而后她遇到蜻蛉，南冉古墓中蜻蛉为她而死时她十六未到，说大不大的年纪，无法承受因己而起的死亡，悔为何、愧为何、自苦为何，她其实也懂。

脉脉七夕，何等良宵，如此佳夜，她心中却一片萧索，着实难以快乐起来。但所幸今夜是连三伴在她身旁。

她并没有思量过为何连三伴在她身旁于她是可幸之事，她只是感到，若非要有个人在今夜陪她一块儿待着，那个人必得是连三，她才能有此刻的平静。她也没有思量过这是为何。只是今夜，自她在春深院中睁眼见到他，她想，或许他也曾像往常那般待她严厉过、挑剔过，还戏谑过，但她说的每一句话，他都放在了心上。今夜他没有拒绝过她，哪怕一次，虽瞧着仍是一副淡然模样，但他待她格外温柔。

静水深流的白玉川旁，上有清月下有明灯，有色入目有声入耳，似乎身在人间至欢娱之地，但成玉全然没有这种感受，倒是在两支曲子后，被河川对岸乍然而起的另一场烟花吸引了注意力，便趁着金三娘收拨来为他们倒酒的空当，偷偷溜下了楼。

连三没有拦她，直待她跑出了小竹楼，他才抬起折扇随手一拨，拨开了半掩的轩窗，扇子从左到右轻巧一划，白玉川上陡生白雾。那雾并未升腾，紧贴着江面蔓延，很快便铺满了江畔的草地。

连三瞧着站在雾色中惊讶了一瞬的成玉，看到她觉得好玩儿似的伸腿踢了踢萦绕在脚踝的那些白雾，再看到她不以为意地在河边坐下来，他收回了目光，端起桌上的白瓷杯随意抿了一口。

眼看成玉在河畔落单，蹲在附近一棵榉木上的季世子立刻便要飞身而下，被同蹲在一棵树上的国师险险拦下。国师的右手握住了世子的左臂，而世子未出鞘的长剑横在了国师颈侧。

世子目光极沉："此处是青楼后院，时而便有浪荡子弟流连，带她一个闺秀来青楼已是不该，任她一人落单，更是大大不该！"

国师感到今晚跟着三殿下出门是个很重大的错误决定，但此时再撤显然已来不及，连三多半就是因他跟在后头收拾，行事才如此没有顾忌。

国师遥望着郡主周围那以白雾为形，将土地公公都给逼出来了的霸道结界，有点想骂娘。若放任世子去接近郡主，当他发现无论如何都入不了那白雾时，试问他该如何同世子解释这种神奇而玄妙的现象？

眼看季世子就要动武，国师想不出别的办法，只好捏了个诀将他给定住了。季世子难以置信，一脸愤怒："你……"国师又捏了个诀封了世子的声音。

世界终于清静了。国师同一不能动弹二不能言语的季世子谈心："我觉得郡主她此时可能就想一个人待着，你这样贸然出现，她生气怎么办呢，你说是不是？"

没法言语的季世子根本没有办法说不是。

国师继续同季世子谈心："你一路跟着她过来，我想你也是担忧她，而绝不是为了惹她讨厌的对吧？因此我是在帮你啊，世子。"国师语重心长，"你先冷静冷静，郡主的安危我来看着，"又喃喃，"我也需要冷静冷静。"

话罢，国师蹲在树杈上开始沉思起来。他思考着三殿下和郡主到底是个什么关系。

他也不瞎，三殿下这一路的做派，全然像是喜欢极了成玉。可问题在于连三他并非凡人，他是个神仙。神仙怎会喜爱上凡人？

相传世间最早为了这玄天黄地洪荒宇宙而生的神祇们，其实并无七情亦无六欲，他们应天而化只是为了确立天地秩序，令四时错行、日月代明、万物并育。因此通透的圣人们形容神明，才有"天地不仁，以万物为刍狗"之说。

于这世间最初的诸位神祇而言，的确无所谓仁亦无所谓不仁，他们看凡人同看虎豹虫豸之类其实并无两样。凡人常以为自己有诸多特别，比之虎豹虫豸们更不知要高出多少个等级，其实只是凡人的错觉。神仙看凡人，亦如看虎豹虫豸；看虎豹虫豸，亦如看凡人。三殿下虽是后世所生之神，但神格其实更类于远古之神。

国师无法想象这样的三殿下会喜爱上一个凡人。试想一下皇帝跨越物种爱上了一只百灵鸟？但国师立刻想起了皇帝那双被成玉给烤了的爱妃，算了，皇帝也不是什么正常人。

国师感到了茫然。这种茫然，是一种世界观和价值观双双受到挑战的茫然。

快绿园前园莺声燕语，切切丝弦，直要将浮华人世都唱遍，后园金三娘独居的这一隅倒仅有一竹楼一花舍并一苗圃，此外便是拦入园中的一段白玉川，景闲人亦闲。

白玉川对面最后一颗烟花在半空凋零后，连宋才起身自竹楼下来，亦来到了河岸旁。

烟花已逝，成玉却仍躺在岸边的草地上，双手枕在脑后，呆呆地凝视着天空。空中不过半盏冰轮几个残星，轻云似茶烟缥缥缈缈，其实没有什么看头。

他垂眼看了她一阵，在她身边坐下。

她偏头看了他一眼。

他在她身旁躺了下来，亦同她一般，用手枕着头，只是闭着双眼。

"刚才的烟花好看吗？"他问。

她看着天空："还行。"

"还行？"他依然闭着双眼。

成玉爱看烟花。但这其实不算她的爱好，而是她娘亲静安王妃的爱好。

有些人在亲人逝后，为着寄托心中哀思，下意识就会行亲人所行，爱亲人所爱，成玉便是如此。静安王妃去世后，她才有了这种爱看烟花的习惯，便是夏夜里那些富家小童子们玩闹时点的小烟花棒，她也能瞧得挪不动步子。

其实也无所谓好看不好看，她看的时候心中想的也不是那些。

她静了一会儿，自言自语："我看过比这些烟花都美的烟花。"

"很久以前我母妃的生辰，父王为她在十花楼上放过一次烟花，春樱、夏莲、秋菊、冬山茶，挨个儿盛开在平安城的上空，照亮了半个王城，那真是好看，之后我没有再见过比那更好看更盛大的烟花。"

若论闻音知意，再没有人能胜得过三殿下。

成玉提起她幼年这一夜，虽说得十分含糊，他也立刻明白了她说的是何夕何年。

的确有过那么一夜，王城上空燃放起可与九天仙境媲美的焰火，天步当夜还赞过，说凡人所制的烟花竟能做出几分大罗天青云殿天雨曼陀罗花时的神韵，凡人其实不容小觑。

但第二日放烟花之人便被言官拿去皇帝跟前参了一本，说此乃骄侈暴佚之行，宗室中不应有如此豪奢之举，有违先祖之训。彼时在位的先帝虽然骄奢淫逸出了花样，但连先帝他本人也从没放过如此奢侈的烟花，因此先帝顺了言官，罚了违制的这位宗室禁闭，还夺了他半年薪俸。这位宗室就是静安王爷。

而那一年确有个多事之秋，北卫新主方定，挥师南下，掠夺熙卫边境，静安王奉命出征逼退北卫，却不幸在梓蘅坡失利，战死沙场。静安王夫妇鹣鲽情深，王妃不堪这个打击，听说缠绵病榻，不久亦郁郁而去。静安王府唯留下一个稚嫩孩童。彼时老忠勇侯还叹过那个孩子可怜。

但那时候，老忠勇侯不过那么一叹，三殿下也不过那么一听，此事于他而言，不过是无意义的烟云。

但这个孩子此时就躺在他的身边。

她同他提起那一夜，尽量装得云淡风轻，但他瞧过她内心中的四季。

也不知此时她又躲在了自己心底的哪个季节。她那个样子，有点让人心疼。

三殿下就抬起了手。

伴随着鸽哨般的脆音，似淡墨勾描出的天幕中忽然现出万千光珠，光珠爆开时的震响似要倾覆天河，漫天流云皆被惊散。便在这声声巨响中，七彩曼陀罗花怒放于整座南天。天幕有如奇丽幻景，七彩曼陀罗在瞬息间凋零，优昙婆罗又循着前花凋零的痕迹次第盛放，而后金婆罗花俱苏摩花等种种妙花亦接踵而至怒展芳华……这是又一场烟花，比十年前那个春夜更加盛大的一场烟花。

一直蹲在光叶榉上关注着三殿下动向的国师从树杈上摔了下来，带得季世子也摔了下来。

凡人所见，可能只觉这一场烟花盛大无匹，于无声之处乍然而起，顷刻间照亮了整座王城，很了不得。但在国师看来，这不仅仅是王城被照亮了，这是整个人间都被照亮了。他看得出来，钦天监的官儿们也不是吃白饭的，当然也看得出来。

河川旁成玉被美景震慑，仰头看着漫天花雨喃喃："我的天……"

国师和成玉喃喃出了同样的台词："我的天……"要知道先帝驾鹤西去之后国师就再也没有被谁逼出过"我的天"这三个字。

这烟火，着实不太像凡人的手笔，加之明日钦天监一上报，皇帝定要将这事当作祥瑞来讨问自己。皇帝要问他些什么国师也很清楚，无外乎上苍降此瑞兆，乃是有何天示？他总不能告诉皇帝，这并非什么天示，一切只因神仙们也要过日子，也需要讨漂亮姑娘们欢心吧？

国师抑郁地想，哼，幸好方才封了季世子的嘴，否则此时季世子问他这是什么，他一时半会儿还真想不出如何回答。

想着此事不禁看了季世子一眼，但季世子就是有这种本事，他的眼神非常清晰地表达了"这是什么"这个疑问。

国师很是发愁，思考片刻，找了块布把季世子的眼睛也给蒙上了。

河川之畔，成玉虽很震惊，却在震惊之后纯然地高兴起来，伸手去捕捞烟花凋零时坠落下来的光点，发出不可思议的轻叹："这是天上哪位神仙做生辰吗？好大的排场。"

三殿下面无表情地嗯了一声。

然而哪位神仙做生辰也搞不出这样大的阵仗来。譬如天君陛下有一年过生辰，想瞧一瞧各种佛花的幻影，指名时年代掌百花的三殿下责理此事，他也没将阵仗搞得这样大，只在三十二天宝月光苑中意思意思罢了。那还是三殿下他亲爹。

三殿下愣愣地看着自己的手指。方才，他的手怎么就抖了？

他原本只想在河对岸随意弄一场小烟花，将兴许又沉浸在凄冷的内心中不能自拔的成玉带出来。但彼时正好有微风过，因他俩靠得近，夜风带着成玉的发丝不小心拂触到了他的右脸。那轻微的痒意令他心中一动，正在施法的右手不禁一颤。

三殿下已经三万多年没有在施术法时出过差错。且是在这种雕虫小技上出差错。

结果一出差错就搞出了这么大的动静。

凋零的烟花化作无数光点洒落人间，萤火虫一般的微小光点，却是有色彩的，又像是有意识似的，在半空中追逐嬉戏着。成玉试探着伸手去捕捉它们，可这些小光点却比真正的萤火虫更加难以捕获，但她发现了它们留恋她的裙角。

它们爱聚在她的裙边，当她移步时，它们亦随着那轻移的裙裾游移，像是一条有生命的多彩光带，她快时它们也快，她慢时它们也慢。

她禁不住便逗惹起它们，牵着裙子转起圈来，飞舞的裙裾就像起伏的波浪,慢慢地,越来越快,越来越快,那些跟随着她的光点果然像昏了头似的,就要受不了那速度自行散开来了,成玉开心地大笑起来。

三殿下在那笑声中回神,抬头时,正瞧见漫天优昙婆罗的背景下,白衣少女牵着裙子快乐地旋转。烟花消散后的光点附在飞舞的裙角,如同将月光绣在了裙边。

她的确不会跳舞,只是由着性子,像是要摆脱那些光点似的旋转着。那外罩轻纱的白裙因此像足了一朵浪花,款款将她拢住了。他常觉得白色让她过于天真,但此时却也正是因这白色,才让这样幼稚的举措显得动人。

她猛地停了下来,微醉似的扶着额头,瞧着裙边的光点蓦地散开,如同浪花撞上礁石散成一片水雾,真心感到快乐似的再次笑出了声来:"真好玩。"白绸和纱缎堆叠而成的裙裾却仍是摇曳的,缓缓起伏在她脚边,像是细碎的海浪。

但若是海浪,那浪花之上,还欠一点微蓝。三殿下没有意识到自己抬起了扇子。

下一瞬成玉猛地睁大了眼睛,惊奇地瞧着方才散开的光点汇成了一片微蓝缓缓爬上自己的裙摆。裙底是白色,往上却是浅蓝,再是深蓝。蓝的是海,白的是浪,那是海的模样。

她只惊讶了一瞬,不自禁地又转了两圈,停下来时,却见那浅蓝的过渡中有银色光点勾出了一笔鱼尾,像一条真正的鱼隐在了海浪之中。

她震惊地俯视着自己的裙子,好一会儿,试探着伸手去触摸那美丽的鱼尾,不料立刻便有一条银色的小鱼从裙中一跃而出,缠住了她的手指,接着滑到了她掌中。

成玉高兴极了,珍惜地拢住双手保护好那条银色的小鱼,急匆匆地便要过来呈给连三炫耀,却在跪下来时一不小心踩到了裙角。今夜三殿下原本就有些心不在焉,见她迎面扑来,只来得及伸手扶住她的腰。

下一刻,他已被她压在了地上。

他躺在地上，右手搂着她的腰，令她不偏不倚整个人都压在他的身上。她的双手依然拢着那条银色的小鱼，隔在他们的胸口之间。反应过来现下自己的处境，她一点一点先将双手挪了出来，偷偷看了一眼，确定那条小鱼仍被保护得很好，才就着那个可笑的姿势抬起了头。

夏日衣衫单薄，他能感觉到这具躯体的一切，是温热的，柔软的，带着清甜气息的。

怕惊动手中的小鱼似的，她并没有立刻起身，而是小心翼翼地先给他看了那条鱼，带着天真的神气问他："是不是很神奇？"

他看着她，却没有回答。她脸上的笑敛了敛，有些失望似的。她准备爬起来了，先细心地将小鱼放在了一旁的草地上，然后撑起上身，便在她要起身时，他的右手猛地握紧了她的腰。

她吓了一跳，呆了一下，然后立刻为他这动作想出了一个理由："啊，是我方才扑下来，让连三哥哥你摔了是吗？你摔疼了吗？我是不是碰到你的伤处了？"

他眼睛里有情绪激烈翻滚，但终究平静下来，渺无波澜地回答她："没有。"

她不太相信："胡说。"但也不敢再动，想了想，就着那个姿势试探地伸出手来，向他身上抚去。

那白皙的手指有些紧张地一点点爬上他的肩头，抚触和揉捏都带着试探，格外轻柔。却正是这种试探，似一种要命的诱惑。她的手揉过他的肩头，他的肩胛骨，无意中碰到了裸露的颈侧，似火星抚触过那片肌肤。他忍住了没有动。她语声担忧："都不疼吗？"手指顺着他的颈侧和胸口滑下来，移到了他的背侧，而后是他的腰。

她的动作似在诱惑着他。她的脸也是。她的额头有一层薄汗，是方才同那些光点玩闹之故，眉骨和脸颊也有点薄红。似乎被他的眼神困惑住了，她轻轻咬了咬嘴唇。贝齿咬过下唇，唇色在一瞬间变得殷红。眉、眼、嘴唇，还有那带着热意的薄汗，都近在咫尺。是绝色。

三殿下眼神暗了暗。

他从来便知道她是绝色。

他记得第一次见到她是在何时。

两年前的孟春时节，他游湖归来忽遇时雨，瞧见了幽在小渡口旁一个小亭中的油伞摊子，因此走进了亭中。彼时她正守着她的小伞摊瞌睡。他起先并未过多注意到她，待打着瞌睡的她迷迷糊糊醒过来怔怔望着他时，因那视线的灼目，他才自亭外的孟春薄雨中分了些神放在她身上。亭外风雨缠绵，亭中却很静，她微微仰着头看他，那一张脸虽还稚气未消，但真是很美。他就怔了怔。但那时候，他没有想过这张脸，这个人，有一天会如此令他……令他如何呢？

抬眼时他撞上了她的目光，便在那一瞬间，他的心突然沉了底，便是她的动作诱惑着他，她的脸也诱惑着他，可那双眸子却是清明无比的。

清明无比的一双眸子，天真的，单纯的，不解世事的。

他突然推开了她。

成玉傻在了那里。看着他缓缓起身，不发一言地整理衣袖，她本能地感到他是恼怒了。他又恼怒了，他喜怒无常是常有的，那其实挺可怕的，但她从来没有惧怕过，令她感到烦恼的是她根本不知他在恼怒什么，因此她微微蹙了眉，试探着问他："我碰疼你了吗连三哥哥？"

他静了好一会儿，才淡淡道："没有。"说着便要转身离开。

她几乎是本能地拉住了他的袖子："那连三哥哥你要去哪里呢？"

他没有转身，半响，答非所问道："今晚你原本想一个人待着，我跟了你太长时间，你应该烦了。"

她有些惊讶："我没有烦。"她脱口而出，将他的袖子抓得更牢，脸上没有什么表情地抬头看他，像是不明白似的，"连三哥哥，你把我一个人扔在这儿，想去哪里呢？"

"我只是回楼上坐坐。"他伸手要解开她紧握住他的手指。

她却没有松开他,她的手指绞紧了他的袖子,她低声:"是你烦了。"

"什么?"连三一时没有听清。

她突然抬了头,委屈地大声重复:"我没有烦,是你烦了!"

他的手顿住了。

她继续道:"因为我今晚没有控制好自己,一直闷闷不乐,所以你烦了。"

他的确有些烦乱,那烦乱感令他陌生,却不是因她今夜的无数个沉默,不是因她深埋却不愿示人的痛苦,也不是因她那些克制的哽咽和泪。他知道那是因为什么。他终于叹了一口气:"不是你的问题。"

"不是我的问题,那是谁的问题呢?"她像是真正地疑惑,眼中又出现了那种天真的神气。她从来便是天真的,十花楼中花妖养大的孩子,不沾尘事,眉间一点灵慧,现在眼中,是旁人学不来的纯然无邪。最开始,他是喜欢她这种天真的。

但近来,那神情却总让他生气。她眨了眨眼,还要不解世事地逼问他:"连三哥哥,那是谁的问题呢?"

便更让他生气,因此他出尔反尔地冷漠道:"对,是你的问题。"还硬是解开了她的手,收回了自己的衣袖,准备回竹楼上静一静。

她突然抬高了音量:"不许走!"

但那并没有能够成功阻止他的步伐。

"我就知道,"四个字而已,她的声音竟显得不稳,她急促道,"没有人会喜欢愁眉不展、哀哀戚戚的我,可我控制不住,今晚,我……"

他陡然停住了脚步,才明白她是要哭了,那声音的不稳是因她努力抑制着喉头的哽咽。

最后一朵优昙婆罗花在天幕中凋零,白玉川畔那些萤火虫似的小光点亦随之消散。人间重陷入唯有清月相照的静寂,小竹楼上却有琵琶声起,在陡然静谧的夜色中,调子有些幽咽。

她重新开口,已压抑住了哭腔:"我知道我什么都不说让你烦心,你说得对,的确是我的问题。"

他转过身来,便见月光之下,她眼睫湿润,鼻头微红,但硬是忍住了没有哭,她双手用力绞紧:"你想知道朱槿封印了我什么,对吗?那些事我不愿意告诉你,是因为我不想回忆。"

她的双手肉眼可见地绞得更紧,似鼓足了极大勇气:"所有无法挽回的那些事,我都只想将它们封印在很深很深的心底。我也没有办法那么勇敢地去回忆,或者告诉你,因为太过难过,我一定会哭出来,你不会喜欢那样的我,我也不喜欢那样的我。"

她慢慢抬头:"但是连三哥哥你一定要知道的话,我可以告诉你。"

她搞错了他生气的缘由。

但他看着她,并没有纠正她的错误。兜兜转转,他们竟又回到了今夜最初的那个问题。在她的内心四季中他也没有寻到那段被朱槿封印的过去,他原本想着可能得用一些其他方式,没有想到她会主动告诉他。阴差阳错的。

他叹了一口气,问她:"你打算告诉我多少呢?"

"全部。"她咬了咬嘴唇。

他的目光停在她的脸上好一会儿,又落在她绞紧发紫的双手上。良久,他伸出手去将她的十指分开来,将那一双手握在了自己手中。他看着她的眼睛:"那件事我想让你说出来,不是为了让你痛苦,阿玉,"他沉静道,"是为了让你面对。"

"我,"她哽了哽,想要抬手捂住眼睛似的,却不可得,因此只好闭上眼,"我是不能面对。"她轻声回他,含在眼角的那一滴泪,终于落了下来。

第十二章

成玉不能面对亦不能去回想的那段过往，其实并非什么遥远往事。那些事就发生在去岁秋季的第二月。是月在丽川被称之为桂月。

前朝有个生于斯长于斯的名才子曾作了一首词，词中有"桂月无伤，幽思入水赴汉江"之句，故而后来丽川人又将此月称为无伤之月，意思是这个月在丽川的地界上绝计不会发生什么坏事。

这是蜻蛉告诉成玉的。

但蜻蛉却死在了这个月。死在了这个照理绝不会发生任何坏事的无伤之月。

丽川王世子季明枫有十八影卫，蜻蛉是十八影卫中唯一的女影卫，也曾是季明枫最优秀的影卫。

丽川位于大熙最南处，接壤南冉、末都、诸涧等诸蛮夷小国，汉夷杂居数百载，些许民风民俗其实同中原已十分不同。

成玉在丽川王府暂居了半年，关乎丽川的种种古老习俗，一半是她从书中看来：季明枫的书房中什么都有，绘山川地理有各色江河海志，论陈风旧俗有许多旧录笔谈；另一半是她从蜻蛉处听来：蜻蛉是个地道的百事通，奇闻如街头怪谈，逸事如诸夷国秘闻，她全都知晓。

在丽川的那段过去，成玉如今再不能提及，如她同连宋所说，因她没有勇气。她背负着沉重的伤痛和愧怍，每一次回忆，都是巨大的折磨，若没有朱槿的封印之术将那些情绪压在心底，她便不知该如何正常生活。

如今的她再不像十五岁时那样的乐观无畏，逍遥不羁。很多时候她假装还是那时候的自己，但其实已经不是了。

蜻蛉刚死的那一个月，每天她都会责问自己，为何要出这趟远门，为何要离开平安城来到丽川？为何明明是一段开端愉悦的旅程，最后会是如此残酷的结局？

其实世间悲剧，大多都是从幸福和喜悦中开出花来，最后结出残酷的果实，因没有开端之喜，怎见得结局之悲？上天便是要世人懂得这个道理。成玉那时候却并不明白这些。她还是太小，没有走过多少路，见过多少人，历过多少事，在十花楼长大的这十五年里，她一眼都不曾觑见过这真实的人间。而真实的人间里，往往有许多悲苦别离。

便将一切都溯回到敬元三年，春，去岁。正月十五上元节，这便是这段故事里那个好的开始。

正月十五，上元天官赐福，宫中有灯节，京中亦有灯会。这一日乃是天子与百姓同乐之日。此大庆之日后的第二日，便是红玉郡主生辰。元月十六，成玉年满十五。

成玉命中有病劫，当年国师观紫微斗数，排五星运限，勘郡主年满十五后方能渡过病劫，可出十花楼。但成玉之运，却与他人之运不大相仿，因时因势，总有大变。须知自静安王爷去后，国师已数年不曾私下面晤过成玉，自然不能为她重排运限。故而元月十七，自以为万事大安的朱槿便带着她和梨响出了王城，一路向南，直往成玉一直想望的灵秀丽川而行。

是年是个冷冬寒春，灯会的节氛一过，极北的平安城中仍是高木枯枝苦挨余雪的萧索，南行之路上却渐有碧色点入眼中，看得出春意了。翻过横断南北的赣岭，更是时而能于孤岭之上或长河之畔瞧见二三绝色美人遗世并立，皆是次第渐开的春花。

成玉十五年来头一次踏出平安城，翻过或秀丽或奇巍的山峦，蹚过或平缓或湍急的长川，穿过或繁华或凋零的市镇，才明白书中所谓"千峰拥翠色"是何色，"飞响落人间"是何声，"参差十万人家"又是何景。一路所见种种都新鲜，因此成玉日日都很有兴头。

踏出平安城城门初识这花花人间的玉小公子，如鱼遇水马脱缰鸟出笼，怎"自在"二字了得。她一路撒着欢儿，几天就将月例银子用得只剩下两个铜子儿了。看朱槿生她的气不同她说话，她也无所谓，典了翡翠镯包了个见多识广的评书老头专陪她唠嗑。看朱槿更生气了，还不许梨响和她说话了，她还是无所谓，卖了刚换下的裘衣就自个儿跑去胡人酒馆，听胡人歌姬唱小曲儿了。看朱槿终于气习惯了，不在意了，她就更加无所谓了，还趁机办了件大事：她当了朱槿的玉华骢，帮个穷秀才将相好的从胡人酒馆里给赎了出来……

朱槿跟在成玉身后一路赎镯子、赎裘衣，还赎自个儿的玉华骢，每从当铺里头出来一次就禁不住问苍天一次，再问自己一次，他为什么要将这个小祸头子从平安城里放出来。再一看小祸头子自个儿还不觉得什么，挺开心地在后头跟评书老头唠叨什么地瓜的二十四种吃法，朱槿就恨不得将小祸头子就地扔了，一了百了。

但没想到他没将成玉扔了，成玉反将他扔了。

那是二月十五夜。

二月十五夜，他们三人为赏"月照夜壁"之景而前往绮罗山夜壁崖闲玩。

乡野传闻中，绮罗山深山中多山精野妖出没，常有修道之路上欲求速成之法的野道妖僧前来猎妖炼丹，增进修为。但所谓山精野妖抑或炼妖化丹之类，毕竟同凡人的生活相隔悬远，因此其实没有凡人将这则传闻当回事，只以为不过是先人编出来为着诓骗吓唬夜哭的幼儿罢了。成玉他们也未将此事当一回事。

然，当他们三人攀上夜璧崖时，却果真遇上了来此猎妖的一伙野道人。

几个道人确有根骨，修为也不同于等闲道士，一眼便看破了梨响的真身，亦看出了朱槿的不凡，道人心邪，哪管什么善妖恶妖，只觉二人灵力丰沛，乃百年难见的好猎物，当即摆开了猎妖之阵，要将他俩捕来炼丹。

成玉眼中的朱槿一向无所不能，然连她也知道这样的朱槿亦有死穴。朱槿的死穴便是十五月圆夜：因数百年前曾受过大伤，此伤其实从未痊愈，寻常时虽没甚妨碍，然月圆夜这种养息之夜里却会令他法力全失。

可以想见这一场斗法是何结果：朱槿身负重伤，三人不得已披月而逃，然道人们却紧追不舍。

其时朱槿因重伤而昏沉难醒，梨响的法力也不过只够敛住二人的灵气，背着朱槿携着成玉，在道人们的穷追不舍之下暂且护得三人小命罢了。眼见得梨响力渐不支，再一味强撑着苦逃也不过是逃往死地。

如此绝境中，一向瞧着还是个孩子的成玉却显出了难见的沉着，利索地剥下了朱槿身上的血衣穿在自个儿身上，压低声音向梨响道："梨响姐姐，给你三个任务，"她比出一根手指，"第一，将我变作朱槿的模样，"加了一根手指，"第二，给我一匹至少能坚持一炷香时间的健马，"无名指也竖起来，"第三，待我将他们引开后，给你一炷香的时间寻时机将朱槿带去安全之地，你能做到吗？"说这话时她声音很稳，脸色虽然苍白，眼中却无一丝波澜。

梨响喘着气死命拉住她的衣袖，她定定瞧着梨响："梨响姐姐，这是我们的唯一生路，他们即便捉住我也不会拿我一个凡人如何，不过是些皮肉折磨，待月亮隐去朱槿醒来，你们寻机来救我。"说罢一把推开梨响，猫着腰潜出了藏身之处，一路朝着密林深处奔去。

成玉是了解梨响的，梨响不比朱槿固执，且她还一遇上大事就没个主意，无法挽回之时定会就范。

果然，便在她跑过一棵老杉之时，清晰地感到自个儿的身量倏地抽高，而月光之下亦有雪白骏马蓦然自丛林中一跃而出，扬起四蹄直朝她奔来。

成玉虽不会武，射御之术于宗室子弟中却是首屈一指，以耳辨音于飞奔中翻身跃上马背之时，那一群道人正好御剑翻过一个小坡撞进她眼中。眼见着磷火幽幽映出道人们森然的面孔，成玉瞬刹也不曾停留，调转马头直向绮罗山深处而去。

倒是几个野道人愣了一瞬，却也未做停留，御剑匆匆跟上。

成玉自小在十花楼中长大，身边最亲密的泰半是妖，因此妖有什么习性，成玉其实挺懂。世人爱将妖分为善妖恶妖，但他们妖类自个儿却只将妖分为有格之妖和无格之妖。妖有妖格，有格之妖中也有食人的，但此等妖只为修炼吞法身道骨，不为果腹食肉体凡胎。意思是妖有格，便吃有法力的僧人道人修炼之人，不吃没法力的凡人，只有那无格之妖，才连肉体凡胎这等没趣之物也入得了口。且越是有格之妖，越是爱住在人迹罕至的深山密林中，这便是成玉御马直往密林中狂奔的因由。

宗室中她是个郡主，兴许旁人便忘了她还是个将门子，自小兵书便读得透彻，知晓三十六计中有许多计策无论何时用都是好计策，譬如李代桃僵，树上开花，还有借刀杀人。

马入深山，因这匹如雪白驹乃是梨响点山中野兔所化，故而对山中路径十分熟悉，加之深山之中确然住了许多专爱食修炼者的山妖，受道人们气息所感，纷纷现形横杀出来，的确如成玉所愿，将野道人们紧追她的步伐绊住了。

白驹载着成玉一径往前,再从另一面出山,身后妖物们同道士的打杀之声隐在绰绰树影之中,已听不见了。

原本成玉还有些担忧自个儿打的算盘会否太过如意了些,因绮罗山这样的荒野之山,有有格之妖,难免也有无格之妖,她为着借刀借势闯入深山,其实亦是桩拿自己的性命犯险之事。她对梨响说她的办法是他们的唯一生路,但其实这也有可能是她的死路,她都明白。危急时刻,她同天意赌了一把而已。

十五岁时的成玉便是如此,平安城中天不怕地不怕的玉小公子,心中自有云卷云舒,赌得起,亦输得起。她自觉今夜赌运甚佳,而揣在她胸口锦囊中的那片朱槿花瓣亦很鲜活,可见朱槿也没事。

白驹带着她来到绮罗山山后的一条大道上时,成玉终于松了一口气。

但这口气才刚松到一半,斜刺里便冲出来一伙挥刀弄棒的粗汉莽夫。乃是扎在隔壁安云山中据山打劫的山贼。

巧的是方才出山之时,梨响用在成玉身上的变化之术便到了时辰,因此山贼们瞧着她并非一个青年男子,而是个年华正佳的孤身小美人。

戏文话本中但凡有落单佳人路遇强匪,皆要被抢上山去做压寨夫人,成玉跟着花非雾看了好几年这种戏文,这个她是很懂的。

世间只有未知才值得人恐惧。玉小公子她自恃聪慧,一向傲物轻世,觉着山妖野道她都用计摆脱了,还怕几个区区凡人吗?

因此成玉被一伙莽夫捆住双手双足捉起来时并未感到害怕,心中还想着,这伙山匪其实是很本分的山匪,做的事也都不出格,老老实实、勤勤恳恳地据山打劫,劫不了财就劫个色,比起动不动就将人吃了炼了的妖怪或妖道还是要好上许多,总还是她比较了解的领域。

面对的是正常人,事就好办,等闲的正常人里头还有比她更聪明的吗? 很难有了。

然她惊吓了一整晚,此时的确有些累,不能立刻同他们斗智斗勇,她打算先稳一稳神，休憩片刻。但她心中却很感慨，觉得今夜真是精彩。

十五岁的成玉彼时就是如此无畏、洒脱，且自负。

但显然这夜的精彩不能就此打住。

这群莽汉今夜因轻轻松松便劫得成玉这样如花似玉一个美人回去压寨，内心自得，一不留神犯了冒进主义错误。抬着成玉回山的途中遇到一个落单的青年公子，连青年一身装束都未看清，他们便又一窝蜂地拥上去预备打劫这位公子。

但不幸在于，这位公子，他是个佩剑的公子。

两个小喽啰抬着成玉压在匪队最末，因此成玉并未瞧见青年的面容，只注意到青年自腰间提剑而出时，剑柄上一点似青似蓝的亮光。

成玉正琢磨着月夜之下能发出如此光芒的定是价值连城的宝石，半天之上的圆月突然被流云挡了一挡。视野暗淡的一瞬，立刻便有刀剑撞击之声入耳，那声音有些钝。

成玉猛地眨眼再睁开，以适应月光被遮挡的幽暗，却见不远处青年反手持剑，已突破贼匪的重重包围，而他身后的山贼如拔出泥地的萝卜一般，早已倒作一片。一切似乎就发生在顷刻之间，只是流云挡住月光的瞬时片刻。

原本殿后的几个山贼以及看守成玉的两个小喽啰这才醒过神来，知道此行是劫了修罗，呜哇哇惨叫着逃进树林保命。青年身姿凌厉，静立在那儿，瞧着不像要追上去，倒像是打算收剑离开的样子。

成玉完全忘记了自己双手双脚还被捆着，若是一个人被扔在这儿其实十分危险，这会儿她首要该做的事应是向青年呼救。

她整个人都陷在震惊之中，震惊中听得身旁一个小小的声音："你看到没有，他自始至终都未拔剑出鞘，听说顶级的剑客若觉得对方的血不够格污了他们手中之剑，在对招时便绝不拔剑，原来都是真的。"

成玉这才回过神来,小声向路旁的绒花树道:"你是在和我说话吗?"

绒花树笑起来:"嘘,高手的听觉都格外灵敏,他听不见我说话,却能听到你的声音啊,咦,他过来了。"

青年到得成玉身前时,正逢清月摆脱流云,莹莹月辉之下,眼前一应景色皆清晰可见。

成玉微微抬头,月辉正盛,青年亦微垂了头,目光便落在她沾了血污的脸上。

就着如此角度,成玉终于看清了青年的模样,疏眉朗目,高鼻薄唇,俊朗精致,面上却无表情,模样有些疏冷。但此种冷淡又同朱槿不想理人时的冷淡有所不同,带着疏离与锋利,似北风吹破朔月,又似雪光照透剑影。

自小长在十花楼的红玉郡主见惯美色,实在难以为美色所惑,因此看到青年的面容和冷淡目光,别的没有多想,倒是反应过来她需要青年搭救一把。

"麻烦你帮我解开绳子。"她将一双捆着绳子的雪白手腕抬起来亮在青年眼前,带着一点她恳求朱槿时才会有的乖巧笑容。

青年没有立刻动手,只是道:"你不怕?"

她好奇地反问青年:"我该怕什么?"

青年道:"也许我也是个坏人。"

成玉心想得了吧,你一个凡人能坏到哪里去呢。她那时候还是单纯,不知妖若坏,也不过是食人化骨,总还给你留一线魂;而人若坏,不能让你神魂俱灭,便要让你生死不能。人其实比妖厉害。

她内心不以为然,嘴上却道:"你若是个坏人,要抓我回去压寨,我若是逃不掉,你长得这样,我也不吃亏。"彼时她说出此番言语,乃是因她真如此想,她便真如此说,并没有调笑之意,她也不知此话听上去像极了一句调笑，有些轻浮。青年皱了皱眉。

"季世子怎么这样容易生气？"她不知自己言语中惹了青年什么忌讳，有些困惑。

青年挑了挑眉："你见过我？"

她两只手指了指青年腰间的玉佩："敬元初年，新皇初登大宝时，百丽国呈送上来的贡物中，有一对以独山玉雕成的玉佩十分惹眼，我一眼看中那个玉树青云佩，去找皇帝堂哥讨要时，他却说好玉需合君子，丽川王世子人才高洁，如庭前玉树，与玉树青云佩相得益彰，他将此佩赏王世子了。"

她抿唇一笑："我没见过世子，却见过世子的玉佩，我喜欢过的东西一辈子都记得。我和季世子也算是有过前缘了，所以季世子……"她将一双皓腕往前探了探，乖巧地笑了笑，"你帮我解开绳子呗。"

季明枫不动声色，看了她好一会儿："你是哪位郡主？"

她一双手抬得挺累："我是十花楼的红玉，"将双手再次送上前，"绳子。"

季明枫低声道："红玉，成玉。"冷淡的唇角弯了弯，便在那一刻季明枫俯下了身，因此成玉并没有看到他唇角那个转瞬即逝的浅淡笑容。

成玉便是这样认识了丽川王世子季明枫。

她要找个安全的地方等候朱槿前来寻她，因此季明枫将她带回了丽川王府。

那一夜她本是为"月照夜璧"之景而跟着朱槿前来绮罗山，但经过夜璧崖，瞧见清月朗照夜璧的胜景时，身旁之人却换作了季明枫。

他那时候行在她身旁靠前一些，月光将他的影子投在夜璧之上，挺拔颀长。而夜色幽静，那一块玉树青云佩在他行走之间撞击出好听的轻响。

君子佩玉以修身，说的乃是以玉响而自我警醒，若佩玉之人行止

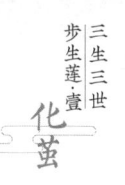

急躁，玉响便会急切杂躁；若行止懒缓，玉响又会声细难闻。

成玉在月色中打量季明枫，他的侧脸在月光下瞧着格外冷峻。

她想，这是个身手了得的剑客，却又是个修身修心的君子，她从前所见的剑客难得有这样修整的礼仪，她所见的那些有修整礼仪的读书人却又没有这样的身手。

她就十分敬仰了，想着她皇帝堂哥说得没错，季王府的世子，他的确是一棵庭前玉树。

成玉敬仰季明枫，心中满存了结交之意，一路上都在思索当朱槿找来王府时，她如何说服朱槿在王府里多赖上几日。

不承想，于王府扎根两日，也未候得朱槿前来会合，只在第三日等来一封书信，乃梨响亲笔。

大意说朱槿此次之伤有些动及故病，虽算不得严重，却也需尽心调理，丽川府附近并无灵气汇盛之地适宜他调养，她需同他去一趟玉壶雪山，而郡主肉体凡胎，受不得这一趟急旅的辛劳与苦寒，便请郡主在丽川王府暂待半年，待朱槿好全了他们再来接她云云。

看完信，成玉摸了摸心口那瓣朱槿花瓣。花瓣完好，他的确无事了。她思考了一下，朱槿他一个花妖，无论去哪儿，他要真心想带着她，难道会没有什么办法？多半是这一路上她将他烦透了，因此故意将她扔这儿了。

她茫然了一阵，然后高兴地蹦了起来。

自由，真是来得太突然；惊喜，真是来得太突然。来吧，造作吧！

如成玉所料，朱槿的确是故意将她扔在王府中的，但也不只是因她将他气得肝疼。

实则脱险后的次日朱槿便寻到了王府。他隐了身形在数步之外观察成玉，见她言谈是轻言细语，走路是缓步徐行，没了他同梨响的相伴和纵容,她竟变得稳重有样子许多。朱槿欣慰之余觉得这是个机会,留成玉一个人在王府待一阵,说不定她能懂事一些。

但这着实是个误会。成玉如此文静,并非因朱槿和梨响不在,纯粹是因她想要结交季明枫季世子。

她同季世子一路归程,世子将寡言少语四字演绎到了极致,任她如何善言健谈,也难撬开世子一张嘴令他多漏出几个字。但回到丽川王府,她瞧着他们府中一个叫秦素眉的姑娘却能和世子说上好些话,而秦姑娘她是个雅正淑女的款式。

她就了悟了,原来季世子对文静的姑娘要耐烦一些。

她那时候也没有同龄姑娘们那些善感的心思,想若她扮文静了,其实是掩了自个儿的真性情,就算季世子终于欣赏她了,欣赏的也不是真正的她如何如何的。她只觉自己真是可以上天了,怎么这么能干,什么样的人设她都驾驭得住,且驾驭得好。她觉得什么样的自己都是她自己。

虽是以落难之名孤身处在这丽川王府之中,成玉却适应得挺好,只是水土不服了几日。人说病中最易生离愁思故乡,她却没有这种文气的毛病,她病中还挺精神。

季世子日日都来瞧她一瞧,念在她是一个病人,她没话找话时他也没有不搭理她。虽然仍是惜字如金的风格,但好歹多少陪她说两句。

成玉总结下来,整个王府中,世子也就会和两个姑娘说点无关紧要的话,一个是性情柔婉的秦姑娘,一个是病了的她自己。她好着时连见世子一面都难,更不要提和他说话。她就此悟出了"生病"这事对自己的重要,病全好了还拖在床上硬生生又挨了几日。

但一个水土不服能在床上拖几时?没几天这病就装不下去了。

她正琢磨着还有什么好法子能助她亲近季世子,世子就将蜻蛉带到了她暂居的春回院中。说是王府中亦非处处安全,故而为她挑了个

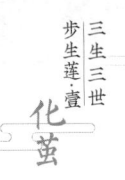

护卫，能文善武，既可同她做伴，又可护她周全。

彼时正值仲春之末，尚有春寒，春回院中有瘦梅孤鹤，她拥着狐皮裘衣，目光盈盈直向季明枫，蜻蛉却只一身轻衫，手中持着一支紫竹的烟管，那其实是有些奇异的装束。

她那时候并未十分注意蜻蛉，因季世子方才提到了护卫，让她猛然醍醐灌顶。

她两眼弯弯向季明枫："世子哥哥周到，请个护卫姐姐来护我周全，不过最近我想着，出门在外的确要有些拳脚功夫防身才好，十五那夜世子哥哥手中三尺青锋使得出神入化，令人神往。"

她抿了抿唇："那我自然不敢肖想有朝一日能将剑术练得如世子哥哥一般了，因此也不指望什么更深的指点。"她笑眯眯道，"我觉得你练剑时能顺便教我几招基础就蛮好了，那明日你练剑时我来找你哈！"

是了，不到十日，她已将对季明枫的称呼从季世子跳到了世子，再从世子跳到了世子哥哥。她还有种种小聪明，因此求季明枫教她剑术时，用的并非"世子哥哥可否教我几招剑术防身"这样的问句，她直接就将这事给定下了，说定了明日要去找他。

她一脸天真地望向季明枫。

冷冰冰的季世子却并不吃她这一套："蜻蛉剑术仅次于我，你若想学，让她明日开始教你，你不用来找我。"

成玉在心底叹了口气，想这的确是季世子会有的回答。她一边觉得季世子真是难搞，一边觉得高人可能都比较难搞。不过无妨，小李大夫和齐大小姐当初也不大好搞，可最后也都成了她的知交好友。来日方长。

她顺从地点了点头："那世子哥哥你没空的话，就让蜻蛉教我好了。"她还给自己找了个台阶下，补充了一句，"世子哥哥的影卫嘛，剑法自然是没得说，必定能教得好我的。"

季世子有些异样地看了她一眼："我方才有说过，蜻蛉是我的影卫？"

成玉点头："是啊。"

"我没有说过。"季世子平静地否认。

成玉怀疑地看了他一眼，嘟哝："是你刚才亲口说的呀。"

"是吗？那我是如何说的？"

成玉皱了皱眉："你不是说蜻蛉姐姐是个护卫，她能文善武，剑术高明，且仅次于你？"

一直静立一旁似个活雕塑的蜻蛉终于开口："仅凭这两句话，却何以见得我是世子的影卫呢？"

这有什么好问的？

成玉她虽未曾拜过严师受过高训，但她长在十花楼，为人间国运而生的牡丹帝王姚黄就住在她隔壁。十花楼中，朱槿除了例行每日训导她镇压她，格外的就是和姚黄开樽小饮，谈诗弈棋论人间国运。

她抄个课业他们在隔壁论北卫如何如何，她绣个锦帕他们在隔壁论乌傩素如何如何，她描个蹴鞠阵他们在隔壁论西南边夷如何如何。日日浸淫其中，耳濡目染，便是个智障也能对天下时局明了三分，何况她还不是个智障。

季世子坐镇的西南边夷此时是个什么态势，不说十分，八分清楚她是有的。

此西南边夷之地，临丽川府者，有十六夷部。大熙开朝之初，太祖皇帝论功行赏，封百胜将军季葳为王，就藩丽川府，坐镇菡城，委之以安抚十六夷部的大任。

自太祖皇帝以降，季葳共有十三代子孙世袭丽川王，收服了十三夷部，唯有势力最大的南冉国是块难以啃咽的骨头。

南冉领着素有姻亲的参业、霍涂两部据着九门山这一险势，截断向南通往盛产香料的蒙日国的唯一陆路，且常滋扰其他十三部，一直

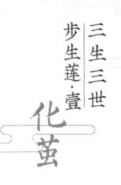

是历代丽川王的心头之患。

这一代的丽川王及王世子，欲建的首要之功便是收服南冉，一统十六夷部。

朱槿理事谨慎，丽川之行前做足了功课，其中自然包揽了丽川王府。说南冉国多山多水多奇林险泽，兼之南冉人又擅蛊毒巫术，丽川王府为能攻破南冉，自十五年前便开始培养影卫，以诸秘法训之导之，终养出一批良才，供王府查探南冉及其他十五部隐事秘闻。朱槿还提了一句，说如今归于王世子手中的十八影卫，与其说是影卫，毋宁说是丽川王呕心培出的艺术杰作，便是皇宫之中也难以寻觅出那样一组良才。

综上，此题的答案难道不是显而易见吗？蜻蛉问"何以见得"，成玉觉得这简直是道送分题，只要不瞎就能见得。

"世子哥哥说蜻蛉姐姐是个护卫，且能文善武，剑术高明，"她回答，"那她一个柔弱美丽的姑娘家，如此寒春冷天，一身薄衫却能在此处一站半晌毫无动静，皇宫中尚且没有这样的普通护卫，蜻蛉姐姐当然不可能是个普通的护卫。"

她心中自有裁量，王府中不普通的护卫，那便是影卫了，最优秀的影卫皆归于季明枫，若果真如季世子所说蜻蛉厉害如斯，那必然就是他的影卫了。

季明枫和蜻蛉都没有说话。成玉看着二人，狐疑地皱了皱眉："难道我猜错了？"一想，也有可能蜻蛉是个什么别的奇人异士吧。猜错就猜错了，她也不是很在乎，很随意地耸了耸肩："我随便猜的。"

季世子一张冰块脸看不出什么表情来，目光在她脸上却停留了好一会儿，然后转头向蜻蛉道："将她交给你了，从此后该当如何，应该不用我多说。"

蜻蛉并未像从前成玉所见的那些护卫一般对主上恪守尊卑礼仪，立时便跪下来同季明枫表明忠心。蜻蛉只是盈盈一笑，声音温和："从此后郡主若有危难,蜻蛉便是一死亦会护得郡主周全。"

因成玉在十花楼中难得听到死不死之类言语,偶然听到此类以死为誓之辞,不免觉得惊心。但彼时那种惊心,也不过只在她心上过了一过罢了,并未多得她的注意。

蜻蛉这番话似乎令季明枫满意,他点了点头,又看了成玉一眼,却没再说什么,转身走了。

成玉目送着季明枫的背影,怅惘地叹了口气。直到目送季明枫的背影越过院门再瞧不见,方收回目光,将注意力转移到了即将同她做伴的蜻蛉身上。

蜻蛉仍是带笑看着她,成玉这才发现这女子笑起来时竟十分好看,只是她一只眼波光潋滟盈盈动人,另一只眼却似一张空洞镜面渺无一物。她手中的那支紫竹烟杆上缠了个蜜糖色的玉穗子,那玉一看便知是个老物。

不及她出声,蜻蛉已先开口:"郡主方才的妙算,倒令我对贵族小姐们有些刮目相看,有些信了世子对郡主的评断。"

成玉抓住的重点是:"啊? 我猜对了啊。"

蜻蛉盈盈一笑:"但我有些好奇,不知郡主可算得出,王府中能人如许之多,为何世子却专派我来伺候郡主呢?"说这些话时她微微垂着头,如葱白一般的纤长手指有意无意地摆弄着烟杆上的白玉,唇角勾起来一个浅笑,模样鲜活,体态风流,仿佛一座玉雕突然自春寒料峭之中苏醒。

成玉瞧着蜻蛉,觉得这王府里倒个个都是精彩人物。她笑着摇头:"这我可真不知道,请姐姐告诉我。"

蜻蛉更深地笑了一下:"世子说郡主是个小百事通,王府中能同郡主说得上话的,大约也只有我这个老百事通,我来同郡主做伴,大约郡主才不会嫌烦。"

她那么款款地立在那里,身姿轻若流云,声音暖似和风,令人不自觉地便想要与之亲近。

这便是成玉同蜻蛉的初见。

这一年蜻蛉二十七岁。

成玉是在后来才知道,蜻蛉曾是季明枫十八影卫中最优秀的那一位,因在任务中伤了一只眼睛,再担不了从前之职,季明枫才派她来做她的护卫。

蜻蛉去后,成玉常想起这一段初见,她的确第一次见到蜻蛉时就喜欢她。

那时候她在丽川王府,最喜欢的是季明枫,第二喜欢的,便是季明枫派到她身边的蜻蛉。

第十三章

已知的是,学剑之说,本就是成玉一片私心一点小聪明。她原本想着为了能在季世子跟前兜住,起早一些跟着蜻蛉意思意思学几日也不妨事,几日后拿自己着实没有根骨这个借口将此事废掉便罢了。

然当她次日提着把小剑去找蜻蛉时,在院中小塘旁喂鹤的蜻蛉看到她却挺惊讶:"郡主这个时候,怕是不应该来找我学剑吧?"

成玉一头雾水:"我来早了吗?那我等蜻蛉姐姐你喂完鹤再来。"

在她提剑欲走之时蜻蛉叫住了她:"郡主知道有个擅打探消息的影卫做你的护卫,有什么好处吗?"不及成玉回答,她自顾自道,"世子院中有两个书房,一个南书房一个北书房,北书房是议事之地,在拒霜院最里侧,一向把守甚严,旁人难以靠近;而南书房,可谓整个王府中藏书最丰之地,前临烟雨湖后倚松涛小阁,因此处不存什么要紧文书,故而守得也不如北书房严密。世子他闲暇时爱在此处消磨时光。"

蜻蛉停了一停,一双笑眼望向成玉:"今日,世子便有许多闲暇。"又道,"其实近日,世子都算闲,可能要闲好一阵。"

成玉愣了好一会儿,睁大眼睛:"咦?"

蜻蛉将一尾小鱼扔给展翅近前的孤鹤,好笑道:"咦什么咦,难不成郡主竟是真心想同我学剑?"她转身看向成玉,目光在那一张漂亮小脸上流转了一会儿,笑言,"我只问一个问题,郡主此时是想同我学剑，还是想去找世子？"

成玉讪讪地："蜻蛉姐姐你看出来了啊。"

蜻蛉含笑。

成玉提着剑柄在地上画圈圈："我是想找世子哥哥玩啊，可他是冰块做的，就算你告诉我他此时在书房，那我要是师出无名地去找他，也一定会被他扔出来的，他一定还会质问我为何不好好同你练剑。"她叹了口气，"他啊，他很难搞的。"

大概是她稚气的言语和天真的情态取悦到蜻蛉，蜻蛉抿了抿唇，手指在她额头上轻轻一敲："小笨蛋，难搞，是因为你欠一点策略。"

世人有许多词汇，用以形容遇到一个天生便与自己相合之人，譬如"一见如故"，譬如"一拍即合"。

成玉觉得自己同蜻蛉便是天生相合。成玉是静安王府中的独苗，没有哥哥姐姐也没有弟弟妹妹，但她从小就想要个姐姐。

她想象中的姐姐美丽聪慧，下能御王府，上能制朱槿，对她疼惜怜爱，会给她大把钱花，还从不关她禁闭，自己有什么心事就说给她听，她都会帮自己拿主意。

蜻蛉虽然不能给她很多钱花，但是她聪慧多思，了解成玉的心事，还愿意帮她出主意，因此她从一开始就没有将蜻蛉当作护卫，而是将她看成自己的姐姐。

因在丽川王府中，除了交好季明枫外，她其实也没有什么别的心事和愿望，因此蜻蛉帮她出的主意基本上都围绕着一个主题——如何搞定季世子。

而因蜻蛉她原本就是季明枫的影卫，对世子可谓了解甚深，更要命的是她还精于打探消息，故而一旦出卖起季明枫来，简直是一出卖一个准。

成玉非常明显地感觉到自从蜻蛉来到她身边后，她在搞定季明枫这桩事情上的如虎添翼。

譬如蜻蛉教给她的去书房歪缠季明枫的小策略，就十分有用。

"学剑这个借口如何了结？这个简单，你去书房见着世子时，便推到我头上，说我教了你一招两式后见你着实没有根骨，不愿再教你。既然没有根骨，你便也断了此心，但在春回院中闲得无聊，想找他借几册书打发时间。

"两三册书世子他自会借你，但此时还不宜提你想在他书房中待着看。你将书拿回来，两个时辰后还回去，就说你阅得快，已看完了，想再借几本。这一次得了书，你半个时辰后就还回去，说这次挑的书不如人意，你挑着看了几页，不是很有兴致，想换几本。

"世子自会允你换书，换完后你假意翻几页，说不晓得是不是真的有趣，若拿回去看，最后却觉得没有意趣，又要走一段长路来找他换，来来回回挺麻烦，不如就在南书房中看一会儿罢了。"

成玉照着这个法子，这些说辞，竟果然在季明枫的南书房中赖出了一席之地。

且第二日她再去南书房，挑了书假装自然地坐在昨儿落座的圈椅上垂目翻阅时，世子也没有赶她。世子只是看了她一眼，便重新将目光落在了手中的书信上。

蜻蛉吩咐过她，便是世子不赶她，也不可得意忘形，这几日切忌主动同世子搭话，一定要装出个真心向学的模样，这样才能长久赖在南书房中。赖得长了，时机自然便有。中途也别想动什么小脑筋行什么小聪明，因这些对世子统统不管用，能得世子高看一眼的，唯"耐心"二字罢了。而时机，世子什么时候愿意主动同她搭话，什么时候便是时机。她耐心候着便是。

成玉很赞同蜻蛉这个见解，她是个有毅力的人，因此即便季明枫寡言到她若不开口，南书房中便能整日无声这个地步，她也愣是忍住了自个儿想说话的欲望。

头两日的确难挨，但第三日她发现了南书房中某本小册竟是以她不识得的文字写成，令她大感新奇，一心想要读懂此书，不知不觉倒将一个假向学弄成了一个真向学，一不留神就在南书房中向学了六七日。

第七日上头，当成玉已全然忘记了自个儿来书房的初衷，只一心埋头苦读时，蜻蛉所谓的时机，默默然降临在了她的头顶。

申时初刻，秦素眉秦姑娘莲步轻移来到了南书房中，给世子送来了一盅百合莲子甜糖水。

成玉前两日才搞明白她如今研读的文字乃霍涂部的古文，这几日为了便宜查阅资料，她泰半时候都将自己埋在与梁齐高的书架之间，据守在查书的高座之上。若有一个外人进入书房，其实压根儿瞧不见她。因而秦姑娘入内时便没有瞧见她。

秦姑娘在外头一边盛着糖水一边同世子说了两句贴心话："方知近几日你都在南书房中习字看书，你身边那两个伺候的小厮心粗，料定记不得你春日里爱喝糖水。虽晓得你看书时不爱被人打扰，便是我惹人烦吧，想想还是照着你的喜好炖了一盅给你送来，莲子是我自采，百合亦是自种。便是季文记得吩咐厨房做给你，估摸厨房也炖不出这个口味，你尝尝看。"

季明枫尝了一口。秦姑娘轻声问他："还成吗？"

季明枫回道："不错。"

"真的？"秦姑娘语声中含着显见的和悦，"那明日这个时候我再炖一盅送过来吧。"却又轻呼了一声，"哎呀，差点忘了明日我要陪王妃去报恩寺进香，只有后日再炖给你了。"

季明枫道："随你有空。"

秦姑娘笑道："那后日还是莲子百合？"

秦姑娘的声音缓缓飘入成玉耳中，成玉只觉那声音十分柔婉，如春风送绿，令人闻之心怡。

自成玉踏入丽川王府，虽见秦素眉也有好几次，但其实没怎么在近处听过她开口。此时真切听得秦姑娘玉口开言，她自觉终于明白为何连千金难买一言的季世子也愿意同她多说话了。

秦姑娘她着实有把好嗓子，光听她说话便有调丝品竹之乐。

成玉在心中暗暗赞叹。

她一边赞叹，一边站到了书梯顶端，欲取一部束在书阁最高处的霍涂古语诗集。不料手一滑，偌大一册书啪一声摔在了地上。

秦姑娘轻喝一声："谁？"

成玉扶着书梯下来捡书，听到这声轻喝正要应答，却听季明枫声无波澜："大约是老鼠。"

老鼠？她一个不小心最后一阶没踩实，啪嗒自个儿也摔了下去，所幸最底下那一级离地不高，摔下来其实不疼。

她揉着脑袋坐起来，有些愤愤，心里很不可置信：老鼠？我？老鼠？

便在此时，季明枫的声音自她身后传来："说你是只老鼠，你还真跑地上打滚去证明你自己了？"

成玉回头，季明枫绕过第一排书架走过来，一只手捡起落在地上的古诗集，另一只手递给她，握住她的手轻轻一拽，将她从地上拽了起来。

成玉对季明枫说她是老鼠这事很是愤慨，但又不敢太过愤慨，指着身后的梯子小声辩驳："做什么说我是老鼠，我又不是故意弄出声响，刚刚我从书梯上摔下来了，摔得还挺疼呢。"

季世子上下打量她一眼："整日在书阁中窸窸窣窣翻来翻去，那就是老鼠。"又道，"果真摔疼了便让蜻蛉带你回去，找个大夫看看。"

她当然不想让蜻蛉带她回去，立刻道："哦，那其实也没有摔得那么疼了。"撇着嘴揉了揉手腕，这时候才注意到一同站在书架旁的秦素眉。

秦姑娘神色里含着震惊，但在与她目光相接之时已压下了这份震惊，弯了弯嘴角朝她有礼一笑，又有礼一福，声音温温和和道："不知

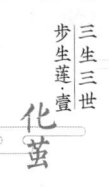

郡主亦在此处，却是素眉失礼了。"

成玉揉了揉鼻子："秦姑娘何处失礼，倒是我取书时不大留意，扰了二位畅谈之兴，且不用管我，你们谈你们的，我还有本书要取一取。"

季明枫问她："还有哪本书要取？"

成玉道："《霍涂语辨义》，"有点疑惑，"可秦姑娘不是还有话同世子哥哥你讲吗？"

季明枫将目光移向秦素眉，秦姑娘也看了一眼世子，脸白了一下，但立刻又恢复了容色，现出个温婉笑容来向着成玉道："我其实无事，本打算这就走的，因听到此处响动，才多耽搁了一时片刻。"矮身向成玉一福，"那么素眉不打扰世子同郡主读书，便先告退了。"转身时脸上仍带着方才的温婉笑容，但仔细留神，会发现那笑容有些僵硬。

不过成玉彼时并没有注意到秦姑娘的神色，秦素眉关上书房门时，季世子飞身攀上书架抽取了一本挺厚的书册，落地时随手扔给了她，成玉低头一看，羊皮封面上正是"霍涂语辨义"五个大字。

她谢过季世子，爱惜地将书册上的灰尘拍了拍，抱着两册书跟着季明枫绕过书架去到外室，在往常看书的圈椅上坐定，便开始翻阅起来。

直读到第二十页，成玉她才突然想起来，她来此处，似乎不是来念学的。她终于记起了自己的初心，又反应过来世子今日竟破天荒同她说了好几句话。

照蜻蜓的意思，世子主动开口之日，便是她可以耍点小聪明去亲近他之时了，这时候绝不至于她一开口同他套近乎，他就将她赶出书房。

意识到这一点，她不禁啪一声合上了书，坐在窗旁的季明枫闻声看了她一眼。

唔，不可忘形。她咳嗽了一声，假装无事地捡起那本《霍涂语辨义》掩住了自个儿半张脸，待世子收回目光，才越过书缘又偷瞄了他两眼。

季世子一边喝着糖水一边临窗阅书。

窗前有青槐绿柳，堪将吐翠新枝列于户牖，似一副绿帘揽住门窗。慵懒日光穿过帘隙游入室中，平将一间端肃的书室扮出几分和暖春意来。

便连季世子这么个冰块在这一室暖意一室春意之中，看上去也没那么冰冷难近了，故而成玉瞄着瞄着就忘了遮掩自个儿的目光。

季世子被她盯了半炷香，抬起头来："想喝？"

成玉眨了眨眼。季世子看了眼自己面前的瓷碗，又看了眼她。

成玉立刻蹭了上去，没有错过这个同季明枫搭话的时机，自以为亲近且不失自然地开口："世子哥哥请我喝糖水吗？"抓起汤匙来给自己盛了多半碗，"谢谢世子哥哥了，那我就尝一尝吧！"

季世子看着她这行云流水的一套动作，听着她这行云流水的一套言辞，默了一下："我应该没有表达出邀请你品尝的意思吧？"

成玉愣住了。但盛都盛了，她盯着手里的瓷碗，干笑着给自己找台阶："呵呵，盛都盛了，一碗糖水嘛，世子哥哥你不要小气。"顺势喝了两口，糖水入喉，立刻皱眉，"我的天，这也太甜了！"

季明枫看了她一眼："我觉得刚好。"

"这样甜，还刚好吗？"七个字脱口而出时成玉才想起来，方才秦姑娘说这一盅甜汤乃是照着季世子的喜好所炖。也就是说，季世子就是喜欢这种甜得发腻的口味。只有小孩子才爱吃甜得发腻的甜食，季世子竟然也爱吃这样的甜食。

成玉觉得这可太新奇了，她就像发现了新大陆，捧着瓷碗探过去一点儿，与季明枫仅一书之隔："世子哥哥你居然喜欢吃甜食啊，你有点可爱啊！"

季明枫："……"

成玉退回去，将只喝了两口的糖水放回托盘，"你喜欢这么可爱的口味，但我就不太喜欢这种小孩子的口味，太甜了，我不喝了，谢谢啊。"

她说完这一番话，看季世子始终没有回应，觉得可能是因为在季世子那儿，每天和自己说多少话是有额度的，方才他已经和她说了好几句话，今天的额度用完了，因此他又不想理她了。她也没有太失望，来日方长嘛，她就打算退回去重新看书了。

没想到季世子竟拦住了她："喝完。"

成玉的第一反应是，咦，今天的额度居然还没用完吗？第二反应是："呃，喝什么？"

季世子用指节在瓷碗前叩了一下："你自己盛的甜汤。"

成玉盯着那甜汤看了半晌，选择了拒绝："我不喜欢这么甜的。"

季明枫无动于衷："我知道，"他抬起头看着她，面色冷淡，唇角却弯了弯，"你不喜欢，才请你喝，不喝完明天就别来看书了。"

成玉呆了呆："你……"她有些反应过来了，双眉蹙起，狐疑道，"我不喜欢喝，世子哥哥却一定要我喝，是不是因为我刚才说了你可爱，你才非要灌我喝这个啊？"她赶紧为自己辩解，"但是可爱，其实是一句称赞人的好话来着，我是因为……"

季世子打断她："你是还想再喝一盅吗？"

她立刻摇头。

季世子淡淡："你不想喝，也可以不喝，不过明天就别来南书房了。"

成玉懊恼："怎么可以这样！"

季世子没有理她。

成玉磨蹭了一会儿，还是端起了那只瓷碗，捏着鼻子将一碗甜糖水灌尽，又立刻摸到一只大茶缸，将一缸子茶水也灌进肚才缓过劲来。

终归还是不服气，不禁小声嘟哝："但是你很可爱，这真的是一句好话，我们用可爱这个词，难道不是称赞一个人的时候，才用这个词的吗？世子哥哥你为这样一句好话难为我，真是太小气了。"

季世子翻了一页书："看来你真的想再喝一盅。"

成玉没忍住做了个鬼脸："你不要再拿这个威胁我，已经没有糖水了。"又摇头唏嘘，"你这个人啊，真的是不讲道理。"

季世子放下书，看着她："此时我可以让素眉再炖一盅。"目光落在空了的托盘上,"比这个还甜,然后我定住你,给你灌下去。"

成玉愣住了:"你不可以这样!"

"我可以这样。"季世子神色淡然,"因为我这个人真的很不讲道理。"

"你……"成玉恹恹地垂下了头。

季世子问她:"还要继续和我辩论吗?"

她又恹恹地摇了摇头。

季世子满意地点头:"不辩了就回去好好看书。"

这一日在南书房中剩下的时刻,二人便全然在看书中度过了,一下就看到了酉时二刻华灯初明。

在出拒霜院的路上,成玉回忆了一下自己下午的表现。然后,她反省了很久。

那之后,季世子再没同她说过话,连她方才离开书房同他道别,他也只是嗯了一声。

她觉得,她大概率是惹季明枫不高兴了。而且她很快找到了症结所在。

她可能真的不该说季世子爱吃甜食很可爱。

季世子他是个身长八尺的英伟青年,为人处事又冷峻凌厉,似他这样的青年,可能确实不喜欢别人说他可爱。

唉。她有些烦闷地挠了挠头。

像秦姑娘就很懂世子,适才她虽没有觉得秦姑娘同世子说的那几句话有什么特别,但事后回想,秦姑娘说话可谓句句都能熨帖到世子心中。

譬如秦姑娘知道世子看书不喜旁人打扰,送甜汤来时便说是自个儿惹人烦才要给他送来;再譬如她留秦姑娘同世子继续攀谈,秦姑娘听世子说要帮她取书,便含笑先说自己要走,不搅扰他二人读书。

她虽没听过秦姑娘同世子说更多的话,但已可以料想,秦姑娘应是不同世子抬杠的,也不专挑世子不喜欢的话凑上去讨没趣。

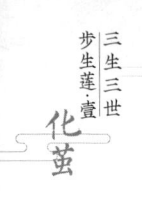

可她，她就委实太愁人了。

唉，今日，今日已然这样了，只好明日再接再厉吧。

可明日她见着季世子又该说什么不该说什么，这也是个难题。她也不知道他到底爱听什么。

她满怀心事地一路走出拒霜院，面上糊着一片愁容。

她这满面的愁容被躺在拒霜院外的早樱树上一边喝着酒一边等她的蜻蛉瞧了个正着。

成玉同蜻蛉倾诉自己的愁绪，一愁世子不好捉摸，二愁自个儿不够善解人意，当然主要还是愁世子不好捉摸。

蜻蛉将手中的酒葫芦荡了几荡："依我看，你们今日处得甚好呢，再好没有了。在世子面前，你本心想说什么便说什么，本心想如何对他便如何对他，着实没有必要像秦素眉那样刻意讨好。"一笑，"世子他……不一定喜欢你像秦姑娘那样待他。"

蜻蛉的话让成玉有点糊涂，但她也没有深究，见蜻蛉一副尽在掌握之中的模样，自个儿也有了一点信心，高高兴兴和她一道回春回院了。

次日成玉并未如往常一般一大早便去拒霜院。因昨夜和蜻蛉对饮，蜻蛉同她说起菡城城郊青雀山庄的莺啼乃是丽川府春景一绝，言彼处绝非俗地，年年总有许多才子娇客前去听莺。

蜻蛉话不多，但极善言，因此讲起这一处踏青圣地来令人有身临其境之感，仿佛果真瞧见游人以酒求诗，才子扶醉联句，而佳人调弦相和之景。

成玉对才子们联诗没有什么兴趣，但对歌姬们的唱和大有兴致，被蜻蛉之言勾得心里直痒痒，次日一早便和蜻蛉前去青雀山庄听莺去了，至申时三刻才回到府中。

因她是个运动少女，并无一般小姐们的娇弱，走了大半日玩闹了大半日，也不觉十分辛苦。回府后想着平日在南书房中看书要看到酉时,她此时过去还能赶得上到季明枫跟前点个到,因此也未想什么便去了拒霜院。

是日天好,成玉踏进拒霜院,老远便望见了季明枫。南书房挨着烟雨湖,湖畔遍植烟柳,杂了几株杏树,绿丝霏霏,春杏馥馥,一派春好之景。

成玉走得近些,瞧见季世子一身蓝衫,手握一卷,临窗而坐,清俊非常。但世子的目光并未落在书页之上,世子他微蹙眉头远望着湖景,不知在想什么。

成玉隔着好远便挥起手来同季明枫打招呼:"世子哥哥!"

得她声音入耳,季世子微微一怔,从湖上收回目光望了她一眼。但世子并没有回应她,目光在她身上只停留了一瞬便移开了,又重新投向了湖中。

成玉揉了揉鼻子,全不在意地朝书房门走去。世子不搭理她是个常事,她并不在意,至于世子方才皱眉观湖……季世子今日可能不大开心。

那她不应该来打扰季世子啊今天,应该让他独处,人不开心时不是都喜欢独处吗? 可来都来了,转身就走也不大好,或者应该先进书房问候一下季世子,然后再找个借口离开? 对,这么办很妥当。

她就推开了书房门,问候了一下季明枫,接着在自个儿的圈椅跟前胡乱磨蹭了两下,忽然想起来似的:"啊,答应了蜻蛉姐姐今日要和她一起绣双面绣,我怎么又跑到南书房来了? 世子哥哥,我还有点其他的正事,今日就……"

季明枫看了她一眼,不客气地打断她:"那算什么正事。"顿了一顿,伸手点了点桌面,"过来喝糖水。"

成玉一愣,果见季明枫身前的书桌上摆了只白瓷汤罐并一只白瓷碗。她不大明白他叫她喝糖水是什么缘故。难道她昨日说他一句可爱他竟记恨到了今日,晓得她讨厌喝甜糖水,因此备好了这个专在此候她? 他不至于如此吧……

成玉狐疑地探身过去,季明枫已将糖水盛好,摆在了她面前。他自己则执笔开卷,在方才翻阅的书册上批注什么。

成玉虚瞟了一眼,世子察觉到她的目光,亦抬眼看她,她赶紧收回了目光,磨蹭着顾左右而言他地夸赞起世子那一笔书法来:"一般来说用软毫笔写小楷容易将字写得没精神,但世子哥哥你这一笔字却是形神俱得,你可真厉害啊!"

世子没有理她这一茬,右手笔耕不休,左手食指在盛着糖水的白瓷碗前点了点,言简意赅道:"喝。"

成玉又磨蹭了会儿,许久,她道:"世子哥哥,我其实不太喜欢吃甜食……"

世子的笔停住了,抬头看着她:"所以?"

"所以我觉得,"但见季世子眉峰蹙起,她突然想起来今日世子不开心。不是昨日才反省过自己吗,便是没有秦素眉解意,她也不能这种时刻上去触霉头啊。她立刻打住了,直挺挺地转了话锋,脸上硬是挤出了一个笑容,"所以我觉得……虽然我寻常时候不爱甜食,"她挖空心思想出了一句,"但这是你给我留的糖水,既然是世子哥哥专门给我留的,我就不该挑食啊。"说着一边观察着季明枫的神色一边端起了白瓷碗,见季世子一瞬不瞬地看着自己,一点空子也钻不了,她只好破釜沉舟地抿了一小口。

糖水沾唇,她咦了一声:"这个百合莲子糖水怎么是凉的?"

季世子淡淡:"你来迟了,糖水凉了,是糖水的错?"

她认错认得倒快:"是我的错。"但终归还是不想喝。

她踌躇了半晌,又给自己找了个理由:"不过我想,既然凉了,我还是不喝这碗糖水为好,"她神色真诚,"这也是为世子哥哥着想,因为,"她探过去一点,为他讲解这事的内在逻辑,"你看啊,这个凉了的糖水,万一我一喝,真的喝病了,最后会麻烦谁来照顾我呢,当然是世子哥哥你啊,岂不是又给你添麻烦了?"

季世子看也没看她一眼,提笔蘸墨,波澜不惊道:"麻烦不了我,齐大夫就住在你隔壁院子,他治吃坏肚子很是在行。"

成玉心里咯噔一声。呃,她大意了,世子不像小花和梨响那样好骗,她一个在山匪窝中还能安之若素,又跟着他一日一夜赶路也全然无事的郡主,要让他相信自己突然娇弱得能被一碗凉汤放倒,的确是为难他。

她端起那白瓷碗,不情不愿地嘟哝:"那我喝就是了。"

然糖水入腹,才发现竟然还挺好喝。成玉很是吃惊,狐疑地向季世子:"今天这个怎么不太甜的? 是你和秦姑娘讲不要炖那么甜吗?不对,秦姑娘今天不是去进香了吗?"

季世子闻言顿了顿笔墨:"天底下只秦素眉一人会炖汤吗?"

"哦,不是秦姑娘炖的,那这是谁炖的呀?"她小口小口地边喝边问,看季世子不回答,她开了句玩笑,"总不可能是世子哥哥你炖的吧。"

季世子突然抬头:"怎么不可能是我炖的?"

成玉没有立刻回答。成玉呛着了。呛着了的成玉咳嗽着问了季世子一个问题:"世子哥哥你专门给我炖的?"

世子没有回答。

成玉拍着胸口试图让自己从呛咳中缓过来:"真、真的吗?"

季世子终于受不了似的回道:"炖给自己喝,炖多了。"

成玉总算停住了咳嗽,不解道:"可你喜欢吃很甜很甜那种很可爱的口味啊。"

季世子挑眉:"你再说一个可爱试试。"

成玉不说话了。

季世子淡淡:"我今天不想吃那么甜了,不可以吗?"

成玉点了点头:"那好的吧,那是可以的。"

但世子在甜汤上的口味始终令她好奇,成玉忍不住问:"你也喝甜的也喝不太甜的，那你觉得不太甜的好喝一些还是甜的更好喝一些？"

今天世子竟没有嫌她话多，反而问她："你觉得哪一种好喝？"

她将手里的白瓷碗抬起来："当然是这个好喝啦。"又没话找话，"从前我总以为若论炖糖水，我们梨响才算炖得好，没想到世子哥哥你也炖得很不错啊。"

季世子垂头在书上写了几笔，待她将一整碗糖水都喝完，突然淡淡道："那我做的和你们家侍女做的，相比如何？哪一个更好？"

成玉脱口而出："当然是梨响……"眼看季明枫神色不善，她机敏地顿了一下，"她比不过世子哥哥你了。"

季明枫停笔看了她好一会儿。成玉在心里给了自己一个嘴巴，季明枫又不是傻子，她如此说话在傻傻的小花跟前蒙混得过去，在季明枫跟前怎么蒙混得过去。

看着季明枫冰冷的面色，成玉内心不无感慨，今天，她又惹季明枫不高兴了，她可真是个天才啊。算了，今天先回去吧，跟蜻蛉取取经，明天再接再厉好了。她将碗放回去，在季明枫能冻死人的视线里垂下了头："我可能还有点事，我先……"

季明枫冷冷道："回去坐好，看书。"将方才批注的书册扔给她，便低头忙别的再也不看她一眼了。

厚厚一本书册砸进成玉怀中，她觉着有点眼熟，翻到封皮一看，正是她这几日忘我学习的那本《霍涂语辨义》。她随手往后翻了翻，便见到季明枫的小楷注解，全是难点释义。越往后翻越是吃惊，她不禁开口："世子哥哥你……"

季明枫冷冰冰打断她："想学霍涂语便好好学，一时去听莺一时又去刺绣，何时才能学会？"

成玉愣了愣："我其实是学着玩儿，没有那么……"

季世子看着她，眉眼间俱是严厉："要学就好好学，没有什么学着玩儿。"

成玉努力理解着季世子的隐含之意，半晌，有些疑惑地问："那世子哥哥的意思是，我现在，不可以回去是吗？"

季世子揉着眉心："这是个好问题，你说呢？"

成玉默了片刻，又问："那明日……是不是也需早早过来呀？"

季世子面无表情地看着她："好好学习该是如何一回事，我觉得应该不用我教你，闻鸡起舞，悬梁刺股，凿壁偷光，囊萤映雪，你可能都听说过。"

成玉愣愣抬头："闻鸡起舞就不用了吧，卯时就鸡叫了，即便我那时候就来南书房念书，世子哥哥你也一定不在啊。"她一头雾水，"又不是上学馆，那样早我就一个人跑到这里来念书，太傻了。"

季世子另取了一册书，低头翻了几页："你怎么知道我一定不在？"

"因为南书房不过是你闲暇时候消磨时光的一个地方罢了，哪有人闲到卯时鸡叫就开始消磨时光的。"

季世子淡淡："也许我就是那么闲。要不然我们试试看？"

成玉默了一默，季世子这就是要和她较劲了，和季世子较劲她是赢不了的，她立刻就放弃了："那我还是不试了……"她想了一会儿，硬着头皮，"但是我觉得世子哥哥你日理万机，更应该多多休息，我们着实没有必要闻鸡起舞，所以……"

季世子将手中翻了几页的书合上，递到她手中："将此书看熟了，你再来同我谈条件。"

成玉低头一看，季世子专为她挑拣出的书册上头印着斗大几个字——霍涂部千年古事。是本史书。看这个书名，是记载了霍涂部整整一千年历史的一部史书。

成玉分开拇指和食指量了一下书册的厚度，足有三寸，她觉得此书这个厚度对得起一千年这个时间跨度，同时她也对丽川的书册装订技术感到了由衷的敬佩。

成玉兀自对着自个儿左手分开的拇指和食指发蒙，季世子看着她：

"怎么了？"

她发愁："这个厚度……还全是霍涂古语……我感觉我一时半刻可能看不大完……"

季世子理解地点了点头："所以你要加油。"

"……"

这一日成玉在南书房中直坐到点灯时分，季世子才准许她离开。

自此，成玉过上了每日伴着东天的启明星前去拒霜院南书房画卯念书的可怕生活。

熟识成玉的人都知晓，红玉郡主她虽有种种不靠谱之处，但她颖慧绝伦，一岁能言，两岁识字，三岁时静安王爷教她文章，她便能过耳成诵。虽因长在十花楼之故，一天学塾没上过，只是跟着朱槿读读书，但到八九岁时她已将十花楼中上千藏书翻了个遍。翻完十花楼的，又去宫里借历代皇帝藏于皇家藏书室源远阁中的。旁人看书一字一吟，她看书啪啪啪一顿猛翻，一目十行乃至一目一页，还能过目不忘。

一句话，红玉郡主在念书这档子事情上头，天赋极佳，慧极近妖，故而，季明枫逼她上进念学，她是不怎么怕的。但她长这么大，一向是个晚睡晚起早睡也会晚起的少女，从没有在辰时之前起过床，基本不知道启明星长什么样，此番季世子却要她伴着启明星去南书房画卯，她怕的是这个。

蜻蛉督促着她早起了四五日，四五日里她被蜻蛉提到南书房时季明枫皆已安坐于窗边揽卷阅书。她很佩服季明枫。

因日日难以饱睡，成玉动不动就要在书桌上打瞌睡，奇的是季世子牢牢卡着她上书房的时辰，却对她打瞌睡这事漠不关心，她就算在书桌上一睡半日，季世子也无可无不可，有时候她睡醒了揩着口水从桌上爬起来，给自个儿倒茶的季世子还能给她也倒杯热茶喝一喝。

她就搞不太懂季世子了，有一回实在没忍住，去季世子桌前领热茶时问了一句:"你刚才看见我在打瞌睡吗,世子哥哥?"

季世子看了她一眼:"你想说什么?"

她鼓起勇气坦白:"我其实每天早上都在书桌上打瞌睡来着,你都看见了吧?"

季世子道:"所以呢?"

"所以,"她斟酌了一下,"我觉得,既然你都能忍得了我打瞌睡,我是不是卯时来念书应该也无所谓了。再则我这么早来念书,日日都睡不足,你看着这样子的我,难道没有对之前的那个决定有点后悔或者内疚什么的吗?"

季世子笑了笑:"你看我像是在后悔或者内疚的样子吗?"

"……不太像。"

季世子点了点头:"知道就好。"又看了她一眼,"愣着做什么,你可以坐回去用功了。"

成玉磨蹭了半天才回到自己的书桌,将老厚一本《霍涂部千年古事》翻开时,不死心地又挣扎了一句:"那我要怎么样才能迟一个或者半个时辰来书房呢?"她叹了口气,"早起真的太困难了啊!"

季世子垂目喝茶,平静无波地回答她:"不是告诉过你,将你手中那本书读熟了再来和我谈条件吗?"

季世子指出的这个方向,令成玉看到了一丝脱离苦海的曙光。

接下来的两日,她不仅闻鸡起舞,她还悬梁刺股;不仅在书房中用功,还把书借回去用功。幸好王府中灯火足,不用她凿壁偷光。

蜻蛉瞧她如此,好笑地指点她:"小笨蛋,世子他其实并非是要拘着你念学,不过是找个借口想让你早早去书房罢了;让你熟读霍涂部那本古书,也不过一句戏言,你新学霍涂语,他知道那样厚一本书你便是再聪慧,没有几个月也读不下来,你倒是当真了。"

成玉在此番含义幽深的指点之下有点茫然,咬着笔头看向蜻蛉:

"他为什么想要我早早去书房？我早一点去书房晚一点去书房有什么区别吗？"

正在半月桌前温酒的蜻蛉闻言一笑，将一只翡翠荷叶杯推到成玉面前，和暖烛光之下，只见翡翠无瑕，玉杯润泽，成玉认出来这是蜻蛉常玩赏的一只酒杯。

蜻蛉抿唇道："我其实有许多酒具，但你常见我玩赏的不过这一只罢了，你道为何？"不及成玉回答，已执起空杯，将手放在窗边，使手中玉杯能烛月同浴。

她瞧着在莹润月光沐浴下更为青碧可爱的翡翠杯："因为我最喜欢这只杯子，觉着它有千种精致，万种可爱，在灯下是一个样，在月下是一个样，在日光下又是一个样，瞧着它我就心生欢喜，恨不能一眨眼便瞧着它。"她带笑看向成玉，"郡主聪慧，我这样说，郡主可懂了？"

成玉傻了好一会儿："你是说世子哥哥他因为挺喜欢我，挺愿意见到我，所以才令我早早去南书房画卯来着？"

蜻蛉笑道："郡主果然聪慧。"

成玉趴在桌上琢磨："我一心交好他，这么说，我们已经算是……交好了？是朋友了？"她想了一会儿，又摇了摇头，"不对，如果是朋友了，就应该如我同小李一般，我可以邀他喝茶看戏逛街吃果子，谈天说地携手玩闹……我们都是平等对之，可我和世子哥哥……都是他说什么就是什么，我不可以有意见也不可以反驳，我也不敢约他去喝茶看戏逛街吃果子，更不要说谈天说地一起玩笑……"

蜻蛉撑腮看着她："那明天你约他试试，喝茶看戏逛街吃果子，都约一约，你怎样待小李，便怎样待他，"口吻中充满鼓励，"你若想同他玩笑，明天也可以试一试。"

成玉想了好一会儿，有点担忧："那他不会揍我？之前，有一次我想和他聊天，约他来着，他和我说不许聊天，那样子像我再多说一句话他就会揍我一顿似的。"

蜻蛉瞧着她皱成一团的小脸忍俊不禁，同她保证："从前是从前，但明天他不会。"又面色神秘地补充了一句，"以后他都不会。"看她表情仍旧纠结，再补了一句，"要不要同我赌一赌。"看了眼桌面，"就赌这个翡翠荷叶杯。"

成玉合上书，赌这个字，她太熟了。

那就赌呗。

次日自然又是在南书房中用功。

蜻蛉昨夜点化了成玉许多言语。为着蜻蛉的点化，成玉今日见着季明枫，有点高兴，又有点紧张，破天荒没打瞌睡，三心二意地握着书册，鬼鬼祟祟地在书册后头偷瞄季明枫。

她功夫不到家，偷瞄了几眼就被季世子发现。她有点不好意思，但是也没有尴尬，很大方地向着季明枫笑了一笑。季明枫没有理她。结果没多久又逮到她偷瞄自己，被发现后她挠了挠脑袋，又对自己咧嘴做出个大大的笑脸。

季明枫莫名其妙："你今日是睡傻了？笑成这样，是想要干什么？"

成玉也很莫名其妙："不干什么啊，"她慢吞吞地，"我就是觉得今日看到世子哥哥你，就感到特别的亲近。我坐在这里，看你在灯下看书，觉得真是好看，就想多看两眼，但是被你发现了，所以就对你笑一笑啰。"

她天真地剖白自己的心迹："因为世子哥哥最近对我很好，我很高兴，特别是今天，我看着世子哥哥你就觉得开心，我想你看到我也应该是……"她没有将这句话说完，因为季明枫此时的神情有些奇怪。

他看着她，但那目光却没有凝在她身上，似乎穿过了她。他像是在发愣。

成玉试探着叫了一声："世子……哥哥？"

他没有回她。

成玉踌躇地站起来，想过去看看他是怎么回事，结果不留神踩到地上一个圆润小物,一滑,她惊慌中欲扶住一臂远的季明枫的书桌,伸手却抓住了桌上的砚台。啪,砚台摔了。啪,她也摔了。

此时季世子才从愣神中反应过来,他垂目看着成玉,眸中神色难辨。半晌,他绕过书桌站到了成玉面前。成玉正皱着眉头扯着袖子看上头的墨渍,季世子走过来时她首先看到的是季世子脚上那双皂靴。然后,她看到了这双精致皂靴旁摔成了两半的那方砚台。

好吧,季世子书桌上就属这漕溪卧佛砚最为名贵,她摔什么不好,偏要逮着这个砚台摔。她耷拉着脑袋丧气地坐在那儿等候季世子教训。

良久,却并未等来季世子的教训。

她忍不住抬头,目光正好同季世子的眼神对上。

季世子看着她,像是在沉思,虽然没有说话,但好像也没有生气,她胆子大了点,主动开口赔罪:"摔了世子哥哥的砚台,很对不住,不过我家里有和这个一样的砚台,我以后赔给你。"

她手指绞着袖边:"不过刚才你要是肯搭一把手,我就不会摔坏你的砚台了,连带着将我自己也摔得好疼啊。"这是她的小聪明,明明是她的错,她却偏要将此错推到二人头上,她还要卖一句可怜,显得季世子再要开口训她便是不厚道。

这是长年在朱槿手下讨生活令她无师自通而来的本领,但她也知道自己强词夺理,故而又有些心虚,看季世子依然没有说话,就有些忐忑。

她忐忑季世子是不是已拆穿了她的把戏,故此才不理她。越是脑补越是忐忑,因此刚抱怨完被摔疼了,又赶紧做小伏低地挽回补救:"但、但其实也没有那么疼,就是刚摔倒时疼了一下,倒是没有什么。"说完还自个儿乖乖从地上翻了起来,做得好像她从头至尾都是这么的懂事听话,根本就没有蛮不讲理使过什么小聪明。

季世子仍没有出声。她在朱槿的镇压之下无师自通的手段统共不过这几板斧,施展完后就不知道可以再做什么了。她有点尴尬地站了片刻。

许久也没有等来季明枫只言片语的回应,她小声地咳了咳:"那、那我回去看书了。"

到这时候,季世子才终于开了口,却问了不相干的话:"我适才问你为什么那样笑,你回了我什么?"

成玉不解。她想了想。她方才说话的声音挺大的,他当然不至于未听清她回了他什么,却冷肃着一张脸这样问她,是不是、是不是在以此问提醒她,她方才的所言所为十分逾礼,她很没有规矩呢?

想到这里,她心一沉,一下子有点慌。

她今日之所以会逾礼,因她满心满意地相信蜻蛉所言,认为她已和季明枫很是亲近了。却哪知蜻蛉昨夜说给她听的那些话,原来都不对。蜻蛉看走了眼。世子并没有挺喜欢她,也并没有和她成为朋友,世子并不是她可以与之嬉笑玩闹之人。

晨风拂入,烛火轻摇。她一时又是后悔又是委屈,期期艾艾地开口:"我、我忘记我说了什么,可能、可能我今日说了世子哥哥不喜欢听的话,但我、我就是会常常说胡话,世子哥哥可不可以不要当真?"

烛火又晃了几晃,所幸天边已有微曦,并不需灯烛房中便依稀清明。只是暮春时节,清晨仍有薄雾,春雾入窗,和着将褪未褪的黎明暗色,将房中之景渲得皆如淡墨晕染过。

朦胧朝曦朦胧景。

一派朦胧中,令成玉觉得清晰的,唯有季明枫那似玉树一般的身形。那身形似乎在她说话的一瞬间有些僵硬,她拿不准,因为在她再次抬头看他时他全没什么异样,问她的话也很正常,是他会问她的话。

他问她:"你不想要我当真?"

季明枫这个问法,略熟。这是一种在和朱槿斗智斗勇的过程中她经常见识的套路。她必须要说不想,然后朱槿斥责她一句:"不想要我当真,不想惹我生气,就需懂得自我约束,下不为例,去禁闭室领罚吧。"事才能了了。

季明枫在她低头思忖时又催问了一句:"你不想要我当真,是吗?"

"不想不想,"她赶紧,"本就是没规矩的胡话,一千个一万个不想世子哥哥当真。"

她说完乖乖垂着头等待季明枫的斥责,等着事就这么了了。但季明枫并没有斥责她,事也并没有就这么了了。季明枫看了她好一会儿,声音有些哑:"哪些话是胡话?"

季明枫并没有重复朱槿的套路。

成玉迷茫地看着他。

季明枫走近一步:"觉得我好看,喜欢看着我,看着我就觉得开心,这些话是胡话吗?"他的声音并没有刻意提高或压低,仍是方才的调子,连语速也是方才的语速,但不知为何,成玉却能感觉到其中暗含的怒气。

她方才的确说了这样的话,彼时她还说得分外爱娇:"我就是觉得今日看到世子哥哥你,就感到特别的亲近,我坐在这里,看你在灯下看书,觉得真是好看……"此时想想,其实这些话有些佻薄。

她自小跟着花妖们长大,同亲热的人说话,一向没分寸惯了。但季明枫是个重礼教的修身君子,修身君子,可能觉得此种言语对他们是极大的冒犯和唐突。

她很是惶然:"我不知道那些话让世子哥哥你……"

季世子平日里耐性十足,此时却像是全无耐性,沉声打断她道:"我的问题没有那么难以回答,也不需要长篇大论,你只需要回答我是或者不是。"

她轻轻颤了一下:"我错了。那些都是没规矩的胡话。"

季明枫一时没有回应。

她十分小声:"世子哥哥,你不要烦我,我都是胡说的。"她咬了咬嘴唇,"对不起,我以后绝不再胡乱说话,你不要生我的气。"

她不知道道歉可不可以挽回,能不能令季明枫满意。她觉得他应该不满意,因为他看着她的目光很是冰冷。可她已尽了最大的努力,她不知道自己还能再说什么。

她垂头站在季明枫跟前等候他发落，良久，却听到无头无尾的几个字在头上响起："我原本以为……"不过季明枫并没有将这句话说完整，过了片刻，她又听到饱含愤怒的半句话，"你连我为什么……"但他依然没有说下去。这些欲言又止，像是对她极为失望。但她却茫然地根本不知道他在失望什么。

室中一时静极，许久之后，季明枫唤了她的封号。

"红玉郡主，"他道，声音已回复了惯常的平淡，平淡中含着真心实意的疑惑，"你处心积虑想要待在我的身边，这一点我不是不知道，你如此费心地每日都来见我，留在我身边，究竟是想要做什么？"

"我……"成玉抬头看向季明枫，触到他冰冷的目光，瑟缩了一下，"我没有想做什么，我只是……"

被季明枫打断，他不耐地抬手揉了揉眉心："说实话。"

"想和你做朋友。"她小声道。

"做朋友。"季明枫重复这三个字。他抬眼看向窗外，一时未再开口。辰时已至，窗外一湖烟柳已能看清，清雾一天一地，却只能将湖畔碧玉妆成的翠色遮掩个两三分，倒是幅风流图景。

好一会儿，季明枫问她："做怎样的朋友？"六个字听不出喜怒。

她垂着头："就是一起玩的朋友。"

季明枫仍看着窗外："你有多少这样的朋友？"

她依旧垂着头："不太多，有几个吧。"

"听起来多我一个不多，少我一个不少。"

她立刻抬头辩解："不是，没有，世子哥哥你……"

他却再次打断了她，他终于将目光自烟雨湖中转了回来，淡淡道："郡主，你想要和我做朋友，可我不想做你的朋友。"

她愣了愣："可世子哥哥你前些日子没有觉得我烦，蜻蛉还说你挺愿意见到我，今天你只是、只是……"她"只是"了半天却"只是"不出个所以然来。

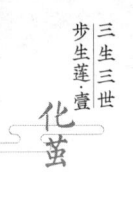

季明枫将她的话接住，平静地看着她道："只是从今日开始，我觉得你烦了。"

季明枫离开书房许久后，成玉仍待在原地。她其实有些被吓到了。

玉小公子胆色过人，驭烈马如驯鸡犬，闯蛇窝似逛茶馆，什么妖物也不曾惧过，便是朱槿是她的克星，她其实也未曾真正怕过朱槿。但今日的季明枫却令她感到有些害怕。

她害怕季明枫生气，季明枫真的生气了，又让她更加害怕。她其实并不理解季明枫为什么会气成这样，她虽犯了错，但她觉得那并非多大的过错。

她不想让季明枫生气，因此最后季明枫问她的那些问题，她全是据实以答，可令她茫然的是，这些实话里，竟然也没有一句话令季明枫满意。

她从未有过这样的遭遇，要如此小心翼翼地去揣摩一个人的心思，谨小慎微地去讨好和逢迎；她没有交过如此难以捉摸的朋友，没有过如此令人胆战心惊的交友经历。

她早知道季明枫难以接近，因此十分努力，但今日不过行差踏错一步，她和季明枫的关系似乎又回到了原点。

她觉得伤心，也觉得灰心。

她呆呆地在南书房中坐了整整一日，一忽儿想，季明枫不想做她的朋友，那就不做朋友呗，她心底是遗憾，但这也没有什么，这一辈子她总要遇上一两个她十分喜爱但却又交不上的朋友。她还老成地安慰自己，人生嘛，就是这样充满遗憾了。

但过不了一忽儿，她又忍不住想，也没有道理这样快就灰心，何以见得季明枫他不是在说气话呢？虽然初识时季世子也觉得她挺烦人，但自她来了南书房，这半个月来他显见得没觉着她烦了，他还帮她在书册上写过批注，这就是一个证据。虽然今天她说错了话，让他又开始烦她,但说不准明天他气消了就又改变看法了。

她一忽儿极为乐观,一忽儿极为悲观,自我挣扎了一天,最终,还是选择了乐观面对这件事。因为在书房中思考到最后,她不禁问了自己一个问题:要是她真如此讨人嫌,那最烦她的人其实怎么着也轮不上季明枫,必定该是朱槿;但朱槿恨不得一天揍她三顿也不愿意抛弃她,不就是因为她也很可爱吗?

她被自己说服了,认为季明枫一定也只是说说气话。

酉时末刻她离开书房时,已下定决心要慢慢将季世子哄回来。却不料她刚回春回院,院中便迎来了季明枫院中的老管事。

随行的小厮将一大摞书呈到她的面前,顶上头是那本她今日留在书房中未取走的《霍涂语辨义》。老管事压着一把烟枪呛出来的哑嗓子,不紧不慢同她解释:"世子吩咐老奴将郡主近日观览的书册全给郡主送过来,世子还说郡主明日起便不用去南书房中用功了,若是还想要什么书册,让蜻蛉去南书房中取给郡主即可。"

她愣了好一会儿,试探地问老管事:"那……世子哥哥的意思是说,他气消了我才可以再去南书房中是吗?"

老管事沉默了片刻,斟酌着道:"老奴以为,世子的意思可能是,郡主今后都不要再踏足南书房为好。"

此事瞒不了蜻蛉,自然,连同日间在南书房中闹出的一场风波,也瞒不了蜻蛉。

成玉也未曾想过瞒骗蜻蛉。她孤身一人来到这丽川王府,也没有旁的熟人,多半月来同蜻蛉日日相处,早已十分亲近,在心中将她视作姊姊。她什么心事都愿意说给这个姊姊听,因她聪慧解意,丽川王府中没有她看不透的事体,也没有她解答不了的难题。

果真蜻蛉并未将季世子今日的生气当一回事,灯影下似笑非笑地瞧着她:"世子会同郡主生气,无外乎……"却又住了口,只将葱白似的手指十分悠闲地撑住左腮，"世子不让郡主去南书房，郡主便先顺着世子两日罢了，这也并非什么大事。让世子他先气两日，过了这个风头，再由我去探探世子口风，看看世子究竟想要郡主如何赔礼，也省得郡主走弯路，如此岂不妙哉？"说罢不知想到了什么，又忍俊不禁道，"世子闹这个脾气，其实闹得有些好笑。"

成玉在此事上并没有蜻蛉的洞悉和胆量，因此并不敢觉得季世子今次发脾气发得可笑，她只觉得可怕。不过蜻蛉如此镇定，也不免给了她更多信心，认为季世子应该终归是哄得回来的。

但心中也不是没有一丝忐忑。

因着这一丝忐忑，第三日一大早，成玉便催着蜻蛉前去拒霜院寻季世子。蜻蛉一出门，她又立刻犯了紧张，来不及多想，已循着蜻蛉的足迹追了上去。

遥遥跟个小尾巴似的缀在蜻蛉身后时，她心里暗暗思忖，就偷偷地、远远地看一眼季世子，看看他今日脸色是不是比那日好些，看看他是不是还那样生着气。

蜻蛉在拒霜院门口撞见了季世子。

蜻蛉似对世子说了什么，成玉瞧见世子抬头朝她所在处望了一眼，那一眼十分短暂，她来不及反应，世子已转身向前头一个六角亭而去，蜻蛉亦跟了上去。

成玉也慢吞吞跟了上去，但她不敢站得太近，因此在亭前草径的尽头处便停住了。这样的距离，她既听不清二人言语，亦看不清二人面容，但再走近些她又疑心季世子可能不会再忍耐她，因此叹了口气，蹲在那里扒着草根候着他们。

他二人倒并未攀谈许久，不过一盏茶的工夫，季明枫已步出木亭，成玉赶紧扔掉手里的草根站起来，规规矩矩立在草径旁。季世子走近时她咽了口唾沫，小声道："世子哥哥，我……"季世子面无表情与她擦肩而过，视线未在她身上停留一瞬。

她愣了愣，立刻转身向着季明枫的背影又叫了一声："世子哥哥。"世子却寸步未歇，像是方才什么都没有看到，而此时他什么也没有听闻。

直到季世子已步入拒霜院，蜻蛉才来到她身旁。素来笑不离唇的蜻蛉此时竟没有笑，眉间拧成了个川字。她不曾见过蜻蛉如此烦恼的模样，心中发沉，许久才能开口："世子哥哥果真厌了我，一刻也不想见到我了，所以已经没有赔礼的余地了，是吗？"

她其实是希望蜻蛉立刻否认的。

但蜻蛉并没有立刻否认。

她心中发沉，有些透不过气。

蜻蛉见她伤心，立刻柔声安抚她："郡主如此聪慧可爱，这世间怎会有人对郡主心生烦厌呢？"

但蜻蛉也知她并非三岁小儿，任人夸赞两句便能立时遗愁忘忧，蜻蛉斟酌着同她解释："往日我赞同郡主结交世子，是因世子对郡主确有许多不同，世子是喜……不反感郡主的。世子朋友少，性子又严厉冷淡，郡主性子活泼，正可以暖一暖世子的性子，郡主想做世子的朋友，我以为这样很好。但……郡主和世子性子差得太远，可能的确不适合做朋友。"

蜻蛉勉强笑了笑："郡主也无须烦恼执着，不交世子这个朋友，又能如何呢？"

成玉沉默了好一会儿，方才开口："不能怎的，我只是……"她黯然道，"我只是私心里想待在世子哥哥身边，觉得如果能和他做朋友就太好了。"

蜻蛉神色深沉，问她："郡主想要待在世子身旁，可世子又不愿做郡主的朋友，那郡主有没有想过，其实世子妃，也是能一直待在世子身边的角色……"

成玉蓦地抬头："世子妃？"

蜻蛉看了她好一会儿,摇头苦笑:"当我没有说过,是我想得太多。"

成玉十分惊讶:"难道蜻蛉姐姐觉得我做不了世子的朋友,却做得了他的世子妃吗？这太没有道理了,做朋友他都嫌我烦,况且,"她认真道,"我是个郡主,我将来有极大可能是要被送出去和亲的,不可能做你们丽川府的世子妃。"

蜻蛉勉强笑了笑:"那不过是我的想法罢了,做不得数。世子他觉得,"她顿了顿,"您也并非世子妃的好人选。"

成玉点了点头:"这就对了,我知道的。"

蜻蛉叹了口气:"今次世子他着实有些……"

成玉咬了咬嘴唇:"我明白的。"她轻声道,"有时候一个人突然就会讨厌另一个人,这没有什么理由的。"

她的眼圈微红,带着一点大梦初醒如在云雾的愣怔与恍惚,又带着一点后知后觉勘透现实的灰心与伤情:"世子哥哥是彻底厌弃了我,我不该再缠着他,那样只会让他更加恼怒我。"

蜻蛉瞧着她发红的眼圈和泛着水色的双目,再次叹息了一声:"世子他……"却皱着眉未将此话说下去,转而道,"郡主便当作是这样吧,但也不用再想着世子,丽川还有许多趣致风物,明日我便领着郡主出门游山玩水去,过不了几日,郡主便又能开心起来。"葱白的手指将她下垂的嘴角微挑起来,轻声安慰她,"如人意之世事,世间能有几何？随意随缘,潇洒度日,方是快事。遇到世子之前,郡主不就是这样度过的吗？"

第十四章

此后数日，王府中的确很难见到春回院中二人的身姿。

蜻蛉日日领着成玉外出。

东山有高楼，蜻蛉领着她登楼赏景，楼中启开一壶十八年女儿陈，二人对坐醉饮，山景悠然，清风徐来，蜻蛉问她，郡主可感到悠然吗，成玉觉得这是挺悠然的。

西郊有碧湖，蜻蛉领着她游湖泛舟，以湖心之水沏一瓯莲子清，再听隔壁画舫中歌女唱两支时令小曲，袅袅茶香中蜻蛉问她，郡主可感到怡然吗，成玉觉得这也是挺怡然的。

蜻蛉有情趣，又有主意，带着她四处作乐，成玉也就渐渐将季明枫放下了一些，没怎么再想起他了。

十来日晃眼即过。十来日后，成玉才再次听人提起季明枫。

那是个薄雾蒙蒙的清晨，成玉因追逐飞出春回院的仙鹤，不意撞见两个丫鬟倚着假山咬耳朵。小丫鬟说，前些日季世子出了趟门。

季世子出了趟门，从外头带回来一位娇客，姑娘人美如玉，有月貌花容，只是世子将她护得甚严，不知是个什么来路。

成玉站在假山后头想，两个月前季世子从绮罗山将她捡回来，两个月后季世子不知从哪儿又捡个姑娘回来。季世子看着冷若冰霜、端

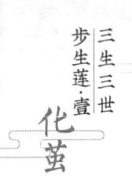

肃严苛，想不到这样救苦救难、乐于助人、能捡姑娘。

头顶大鸟振翅，她回过神来，继续撒开脚丫子追仙鹤去了。

这天是四月初七。

四月初七，成玉听人提起季世子。没料到，次日她居然就见到了季世子。

这日是四月初八，四月初八是佛诞日。佛诞之日，需拜佛、祭祖、施舍僧侣、去城外的禅院参加浴佛斋会等等。

但成玉今年不在京中，故而这些事统统不用做，她就花了一整天的时间在街上瞎逛。逛到日落西山时，听说初夏正是新酒酿成的时候，菡城中二十四家酒楼将于今日戌时初刻同时售卖新酒，每家酿的酒还不是一个味儿，她精神大振，携着蜻蛉便往酒肆一条街杀过去了。

她二人挨着酒肆街一家酒楼一家酒楼喝过去，喝到第十二家时，蜻蛉没什么事，她却有点飘，中途跑出来吹风醒神，结果碰到了紧锁双眉坐在隔壁首饰铺子门口的秦素眉。

秦姑娘见着她时双眼一亮，急急唤她："郡主。"屈身同她行礼问安，行礼的姿势有些别扭。

秦姑娘出门，其实是给在越北斋喝茶的季世子送伞的。秦姑娘行礼别扭，乃是因途中走得急，把右脚给崴了。秦姑娘出门仓促，也没带个丫头，崴了脚，也没谁能替她送伞或将她送去医馆，她只好坐在相熟的首饰铺子跟前犯愁。见着成玉，秦姑娘如见救星，千求万求地托付她，请她代跑一趟，给世子把伞送过去，以防他归途淋雨。事情就是这么个事情。

成玉抬头朝天上一望，确有浓云一层层掩过中天月轮，是有雨的征兆。

她就应了秦姑娘，连折回堂中同蜻蛉打个招呼都不曾想起，便径向越北斋而去了。

若成玉清醒着，这事她多半不会这样处理，可她此时犯着糊涂，虽知季明枫不想见她，但酒气激发之下，她是这么想的，她觉得自己也不是故意要去见季明枫碍他的眼，她是帮秦姑娘送伞嘛，师出有名啊，季世子大约也能体谅她吧。

成玉抱着伞，一路逛进清远街，迷了两次路，终于找到了越北斋。接引的侍女要去楼上季明枫的雅室帮她通传，请她在楼下稍等。她懒得等，尾随着侍女上了二楼，直接去了尽头的兰室。

侍女刚将兰室的门叩开，她已幽魂一般抱着两把伞飘了过去，单手撑住半开的门扉，微微皱眉："我和世子哥哥何时生分至此了，我只是来替秦姑娘送个伞，料想不需要层层通传。"

却没有得到回音。

季世子一向不爱搭理她，十来日前他还当她是个透明人，此时这个反应也在她意料之中。她揉着额角抬起头来："世子哥哥你不必如此，我……"一个"我"字卡在了喉咙口。

这时候她才发现门里站着的并非季世子，却是个貌美姑娘。姑娘一身白衣汉装，但高鼻深目，眉似新月，唇若丹果，面容冶艳，并不似汉人长相，是个夷族女子。

成玉一愣："哦，走错了。"边说边回头，回头看见静立一旁的侍女，又一愣，"是你领我过来的啊，"她疑惑，"你没领错路吗？"

侍女正要回话，门后的白衣女子开了口："可是红玉郡主？"

成玉转过头："姑娘是……"便在此时，一身玄衣的冷峻青年自房间深处缓步行出，挡在了白衣女子面前，冷淡目光自成玉面上扫过，未做停留，抬手便要关门。成玉赶紧将半个身子都卡进门框里，"世子哥哥此时要关门，就压死我好了。"

房中静了片刻，季明枫没有再尝试抬手关门，他也没有再无视她，但语声极冷极沉："海伯说得还不够清楚吗？"海伯是拒霜院中的老管事。

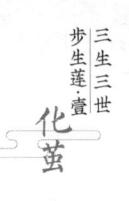

无头无尾的一句话，成玉却立刻听出来其中含意。

季明枫不再将她当个透明人，她觉得这是一种进步，但季世子这句话却有些来者不善，她抬头觑了季明枫一眼："世子哥哥……"季明枫也看着她，眼中全无情绪，听到世子哥哥这四个字，还微微皱了眉。她就有点怂了，即便有酒意撑着，亦做不出来再像方才那样横。她有些颓废地低了头，嗫嚅道："海伯只是说，让我不要再去南书房。"又飞快道，"我没有再去过南书房。"

"你一向聪明，"季明枫回她，声音平静，"当然知道举一反三，明白'不要再去南书房'这句话还有什么意思。"

她当然知道，但是却很认真地摇了头："我不聪明，我不知道。"

这一次季明枫沉默了许久，许久后，他盯着成玉："不要再出现在我面前，这个意思，有那么难以理解吗？"

越北斋这个茶楼，比之成玉在平安城常逛的其他茶楼，有个十分不同之处，越北斋很静。楼中没有堂座，仅有雅室，客人们也不吵闹，便是伙计们来来往往，也皆是悄声言语，因此当同室茶友不再攀谈时，楼中便只能闻得二楼一副竹帘子后头传出的古琴声。此时成玉便只能听到那古琴声。她听出来琴师弹奏的是《秋风词》。

季明枫仍看着她，眼神十分淡漠。

季明枫问她有那么难以理解吗。

其实并没有那么难以理解。她多么聪明，他是什么意思，她其实一直都懂。

但此时她却不禁喃喃："就是那么难以理解。"又认真地重复了一遍，"就是那么难以理解。"然后她看到季明枫蹙紧了眉头，蹙眉是烦恼和不认同的意思，她想。只在眨眼之间，他蹙眉的神色便在她眼中模糊了。她立刻明白自己哭了。

她也很清楚自己为什么哭。她一直知道季明枫不希望她再出现在他面前，可能连看她一眼都嫌烦，但此前只是她心中如此想罢了，并不觉得十分真实。此时听季明枫亲口道出,这突如其来的真实感,就像一把细针密密实实扎进了她的心口。她没有忍住这猝不及防的疼痛。她本来就怕疼,所以她哭了。

但显然季明枫并不懂得她的伤心,他嗓音微哑地斥责她:"别再像个小孩子,稍不顺意便要哭闹,你虚岁已十六了。"

是了,他厌了自己,因此连她的伤心他也再忍受不了。

她突然感到十分愤怒。她同蜻蛉说她很明白,有时候人就是那样的,一个人会突然讨厌另一个人,没有理由,但她其实还是想要个理由。他为什么一下子这样讨厌她,连一点点机会都不再给她。他才是不可理喻的那个人。

这愤怒前所未有地刺激到她,她突然将手里的两把紫竹伞用力摔在季明枫面前,用尽力气向他大吼了一声:"我就是个小孩子!我就是笨!我根本不知道你在说什么!我伤心了,连哭一哭也不行吗!"

言语颠三倒四,她也不知道此时自己在说什么,但是季明枫却像是被她镇住了,一时没有出声。

不断掉落的泪水挡住了她的视线,她看不清季明枫的表情,但她心中还抱着一点隐秘的渴望,希望从季明枫的神色中辨出一点言不由衷来。她也不妄想他会因为她的伤心也感到一点痛心,她一向乐观,又好哄,因此只要一点怜悯就可以。

她努力抹了把脸上的泪水,又拿袖子揩了揩。

泪水拭尽后成玉终于看清了站在她面前的两人的表情:首先入目的是季明枫身旁的白衣女子。白衣女子神色中含着探究,打量她的目光中带着五分不屑,五分可怜。而后才是季明枫,季明枫依然蹙着眉,察觉到她停止了哭泣,他抬手揉了揉额角:"你今夜闹够了,回去吧。"

不要再出现在我面前。

别再像个小孩子。

你今夜闹够了,回去吧。

成玉怔了好一会儿，突然觉得今夜所有的一切都毫无意义，又令人厌憎。她从前是那样难得忧愁的小姑娘，大多时候觉得世间一切都好，并不知厌憎是何意，今夜却突然想起来，这世上原有个词叫厌憎，而那正是自己此刻的心情。

　　她静了半响。半响后，她轻声道："嗯，是该回去了。"她怏怏地，"我今晚可能有些可笑，这样纠缠，太失礼了，大约是来路上喝了些酒的缘故。"她抬起头来，"世子不必觉得烦恼，此时我觉着我酒醒了，今夜，"她微微抿了抿嘴唇，"让世子和这位姑娘见笑了。"她不再说那些爱娇又任性的言语，这样说话的她前所未有地像个大姑娘，端严、得体，还客气。

　　季明枫动了动嘴唇，但最终，他什么都没有说。

　　可成玉并没有注意到，像是思考了一瞬，她百无聊赖道："那就这样吧，我走了。"说完真的转身走了。

　　直走到楼梯处，她听到季明枫在她身后开口："就这样，是怎样？"

　　她停下脚步来，却没有转身，但仰头看着房梁，像是思考的模样，最后她说："就是世子希望的那样吧。"然后她下了楼。楼梯上传来咚、咚、咚、咚的脚步声，不疾不徐，是高门贵女应该有的行路之仪。

　　她没有再叫他世子哥哥。

　　自此之后，成玉再也没有叫过季明枫一声世子哥哥。

　　后来当朱槿将她重带回平安城，她更是彻底忘记了这个称呼。

　　那夜菡城一宿风雨，成玉回府已是三更，回首才发现蜻蛉竟在后头不远处跟着她，大雨中两人都是一身湿透。

　　开门的小厮惶恐地盯着她瞧，待视线往下时，吓得话都说不大利落："郡、郡主这、这是……"她也顺着小厮的目光瞧了一瞧，瞧见自个儿半幅裙摆上全是泥渍，软丝鞋边上亦糊着稀泥，鞋尖上却沾着半片红花，花色被小厮手中的风灯一映，倒有些艳丽。

是在清远街上摔的。她记得。

初夏的雨来得快,彼时她步出越北斋没多久,便有落雨倾盆。出了清远街,她才发现竟走错了方向,于是又折了回去。

重走近越北斋时,却瞧见季明枫正携着那白衣女子步出茶楼。她在雨中停住了脚步,遥见季世子撑开紫竹伞步出屋檐,然后将伞斜了斜,那白衣女子单手提一点裙摆步入伞下,那个小动作是还不习惯汉装的模样,季世子的伞朝着那姑娘又斜了斜。两人共用一伞在大雨中徐行远去。

成玉在雨中打了个冷战,待他们走出一段距离,她才重新举步。身子被冷雨浇得哆嗦,举步时一不小心跌了一跤,目光着地,她才发现街道两旁的榴花被这场四月落雨摧折下来好些。

入目可见的石榴花树们皆是被雨水浇得颓然的少年男女模样,而她能瞧得见的花朵,不过就是这满地的乱红落英。如此萧瑟情境,衬得她也有些萧瑟。她在地上坐了好些时候,自己都不知道脑子里在想什么,直到打了个喷嚏,才站起来辨别方向,朝王府而去。

便是有这么个插曲。

当夜蜻蛉伺候着成玉洗了个热水澡,又灌了她满满一碗姜汤,还给她点了支极有效用的安神香。她捂在被中一夜安眠,再睁眼时已是次日巳时。

室中唯有冷雨敲窗之声,蜻蛉坐在她床前,见她醒来,轻声向她:"世人有云'昨日种种譬如昨日死,今日种种譬如今生',郡主昨日委屈了一场,痛哭了一场,又被雨浇了一场,昨日种种,郡主希望它是生还是死呢?"

成玉打了个哈欠,平静道:"我希望昨日种种,譬如昨日死。"

天子成家,无论姑娘儿郎,性子都烈,有时候连娶回来的媳妇儿性子都烈。成家性子最烈的是二十几年前的睿宗皇帝。大熙开朝两百余年,自开朝便和北卫是死敌,历任皇帝在位时均和北卫有战有和,还派公主去和亲。唯有睿宗皇帝他说干就干,然后和北卫至死方休干了一辈子;睿宗皇帝在位时,熙卫边境唯有王子埋骨,从无王女和亲,便是如此烈性。而这位睿宗皇帝,是成玉她爷爷。

须知红玉郡主成玉她平生最崇拜的就是她爷爷,其次才是她老子爹。秉续她爷爷的风骨,成玉虽然年不满十六,较真起来,也是相当烈性。她说昨日种种譬如昨日死,那就真的死干净了,是绝不可能再抢救一下的了。

定义昨日种种已死干净的成玉在房中读了几天书,不晓得从哪个犄角旮旯找出来一本皱巴巴的《幽山册》,里头说菡城城外好几座深山里都藏着玄妙的幽洞暗窟。成玉对这本书爱不释手,读得如痴如醉,读完就拽着蜻蛉跑去访幽探秘了。

整个四月,她们都在深山老林里度过,战天斗地劈豺狼砍猛虎,影卫出身的蜻蛉根本没有觉得这有什么问题。直到四月底,季世子找蜻蛉谈了次话,大意是说如果她再带着红玉郡主出门犯险就将两个人都禁足,算是给了城外深山老林里的豺狼虎豹们一条生路。

二十来日,成玉同季世子王不见王。蜻蛉同她谈及季世子的干涉时,她也只是点了个头,道客居在此,主人有令,自当遵从,方是客居之礼。然后规规矩矩去后花园看书喂鱼去了。

蜻蛉从未瞧过她这样一面,一时倍感新鲜。她不知道她眼前这位郡主被自由的花妖们养大,也被威严的皇庭所规束,她天真时十分天真,任性时非常任性,规矩起来时,也可以做到极其规矩。

五月,成玉一径待在府中花园里溜达,因此碰到过好几回季世子以及季世子领回来的那位夷族姑娘。季世子同她还是那样,倒是世子身旁那位喜着白衣的夷族姑娘对她很有些不同。

有时候这位姑娘同季世子一道,同季世子一道时她会学着季世子,目不斜视当成玉不存在。有时候这位姑娘一个人，她一个人时，却会假装不经意自成玉喂鱼的凉亭前走过，将眼风轻飘飘扫到她的身上。

成玉是个逢年过节需在皇宫里讨生活的倒霉郡主，宫里头最不缺的便是女子的心机，她品得出来姑娘眼风中的探究和轻视。但成玉觉得这其实也怪不着人家，谁叫她那夜在越北斋不顾体面地闹了一场又哭了一场。

白衣姑娘是什么来历，府中有一些传说。

下人们嘀咕的版本，说这姑娘姓诺护，单名一个珍字，是季世子在十三夷部之一的月令部从一群马贼手里救下的；马贼灭了姑娘满门，世子怜她，故而领她回府，她若伺候得好世子，便要抬她做妾。

成玉觉得季世子他选朋友挺严厉，但抬妾倒是挺随意的。

不过蜻蛉在此事上和她意见不太一致，蜻蛉觉得，下人们口中这个版本，应是世子他特意放出来的障眼法，为的是迷惑有心之人。季世子选朋友严厉，抬妾也不会随意。

成玉就和蜻蛉赌了五十两金子。

为了这五十两金子，蜻蛉很快探出了一个全新的版本。说这位诺护珍姑娘的确是世子从月令部寻得，但并非是从什么马贼手里救下来。这是四个影卫努力了七年才努力出的结果。

说珍姑娘乃是十五年前南冉国宫变之中唯一活下来的南冉先王遗珠。因是南冉孟氏之后，真名其实该叫孟珍。季世子将她带回来，为的是南冉古墓中所藏的集南冉整个部族千年智慧的南冉古书。

南冉人擅毒蛊之术，又擅奇门遁甲，故而在十五年前南冉政局飘摇时，那样好的时机之下，丽川王爷也没能将南冉收入彀中。但若能进入南冉古墓得到那些古书，破译掉南冉的奇方奇术，大败南冉便是计日可待。

打开南冉古墓需要圣女之血，而南冉国的圣女，乃是天选。这便是季世子在孟珍身上花费如此多心血的缘由：南冉这一代的圣女，便是这位隐居月令部，化名诺护珍的孟珍公主。

而如今的南冉王自十五年前弑兄窃位后，也一直在寻找这位失踪的圣女。

讲完这个故事，蜻蛉替世子感叹了一句：幸好世子他抢先了一步。又发表了一下自己的预测：可见下一步世子他准备准备便要去探南冉古墓了。

蜻蛉一席话毕，成玉稍稍掩住了口，有些惊讶。为了五十两金子，蜻蛉她就把季世子给卖了，还卖得利利落落的，一丝犹疑都没有。她有些为蜻蛉感到担心："你就不怕世子他知道了会削你吗？"

蜻蛉点头回她："是的，世事一向是这个道理，知道得越多，死得就越快，"幽幽看向成玉，"郡主此时和我知道得一般多了……"

成玉哭丧着脸："我根本不想知道得这么多，我装什么都没有听见还来得及吗？"

蜻蛉扑哧一声笑道："郡主英明。"又颇有深意道，"所以珍姑娘若是有一日挑衅郡主，郡主你也不要理她，您既知道世子在她身上花了多少心血，便该知道一旦您和珍姑娘争执起来，世子为了他的大业和大局，便是郡主您有道理，他也不会站在郡主您这头的。"她叹了口气，"世子他是做大事的世子。"

成玉怔了片刻，表示理解世子的事业心，也理解世子对孟珍的维护，还理解孟珍对她的轻视，但完全不能理解孟珍为什么会挑衅自己。

蜻蛉斟酌道："难道郡主未看出来珍姑娘视郡主为劲敌吗？"

成玉觉得奇了怪了，她为什么要视自己为劲敌？

蜻蛉看着她非常发愁，好半天，怜惜地摸了摸她的头："郡主不用理解为什么，听我的话就对了。"

成玉从未怀疑过蜻蛉的颖慧，也钦佩蜻蛉素来识人有道且有术。但蜻蛉对孟珍的那句预言，她却并未放在心上。直到四日后。

四日后的清晨，成玉斜倚在花园小亭中一张软榻里，头发束起，额前扎一条藏青护额，手里握一把泥金扇，和着面前红衣歌姬的唱词有一搭没一搭打拍子。

这几日天上雨落得勤，她原本有些在后花园待不住了。寻常人可能觉得玩赏雨中娇花也是一种雅趣，但成玉踱步其间，打眼望去一院子都是被雨水浇得落魄的美人。蜻蛉在一旁感叹："瞧这株四季海棠微雨中含羞带怯多么醉人……"成玉却只能瞧见几天的冷雨将一个橙衣美人打得都要厥过去了……她觉得只有苍天能明白她的苦。幸而蜻蛉自府中挑出个曲儿唱得好的歌姬陪她打发时间，并且她待的这个亭子周围也不种什么花花草草。她就在这个亭子里待了四天。

红衣歌姬弹着琵琶正唱到"琼花摧折，冷香尽谢，西风只向无情夜"，本该和她没什么交集的孟珍走了进来。

歌姬落音，成玉坐正了些笑问孟珍："珍姑娘这是听怜音姐姐她歌声曼妙，故而也动了兴致到此一坐……"看孟珍笔直得跟株杨柳似的站她跟前，又半途改口，"到此一站吗？"

孟珍秀眉蹙起，冷冷看着她："郡主是熙朝的郡主，却为何将低贱的伶人也唤作姐姐？"

成玉将扇子抵在额头前。她其实不仅将伶人唤作姐姐，她也将伺候她的侍女唤作姐姐，甚而平安城青楼里的小娘们，凡她见过的，她都叫过姐姐。姑娘们觉得她嘴甜，又难得是个一掷千金的败家子，因此都喜欢她，她从来没觉着这是个什么问题，头一回被人如此指责，一时间有些蒙圈。

孟珍继续道："近一月来，我见郡主在此赏花观鸟，畜禽垂钓，如今竟还同伶人厮混在一起，郡主便打算日日如此吗？"

成玉觉得自己这样已算十二分修身养性了，须知她在平安城中要能做到如此，朱槿是要开心得每天烧高香的。她笑了笑，扬眉向孟珍："我这样难道还不够好吗？"

孟珍从上到下打量了她一遍，眼中浮现出轻视意味，微微挑高了眉："郡主想过这样的日子，便不应待在丽川王府中。丽川王府同京城中的王府别有不同，容不得一位富贵逍遥不解世事的郡主。郡主在此迟早要拖累世子，不如早一日回你的静安王府，如此，对郡主、对世子、对王府，都是桩好事。"

成玉用扇子尖儿撑着下巴尖儿。

孟珍淡淡："还请郡主仔细考虑。"话罢不待成玉回应，已移步迈出凉亭，于微雨中淡然而去。

红衣歌姬怜音随意拨弦，重弹起方才那支小调来，成玉还用扇子抵着自己的下巴尖儿，半晌道："蜻蜓姐姐说珍姑娘会来挑衅我，怜音姐姐，我怎么觉着珍姑娘这不像是在挑衅我，是在赶我出王府啊。"

怜音微微一笑："郡主用'赶'这个字，算不得是个好字，奴婢以为委婉一些，用'劝'这个字，听着要好听些。"

成玉刷地摊开折扇，半掩住脸，动作端的风流，轻轻一叹："都是想我走啊。"

怜音抱着琵琶幽幽然唱了一句："琼花折，冷香谢，西风只向无情夜。"弯眉一笑，"郡主同奴婢联词联曲为乐，何苦为他事多费神思。郡主择的这一曲本就有哀调，配郡主这句词，倒显出十分的伤怀来，奴婢便将这句词减了两个字，郡主可觉得是否不那么寥落了？"

成玉扇子一收，乐出声来："怜音姐姐不愧词曲大家，是个炼字之人。"

但成玉回头还是想了想离府这事。

她待在丽川王府，乃是因她欲同季世子结交，加之恰巧她的忠仆朱槿那阵子觉得她很讨人嫌，顺势把她给扔这儿了。

朱槿的意思是半年后再来接她。她初来王府时二月中，此时才将将五月中。

她同季世子走到这一步其实很没有意思，她再待在王府的确有些说不过去。但丽川不比平安城太平，她就这么贸然离开王府，若她出事，皇帝的态度不好说，但朱槿一定徒手将丽川王府给拆了……若如此，着实是给老王爷夫妇添麻烦。

她觉着还是待着为好。

此后每每同孟珍相逢，瞧着对方隐含着"你怎么还没有离开"之意的眼神，她都当瞧不见了。

有一回为了捉一只飞去花园中那座流泉瀑的彩蝶，成玉蹑手蹑脚地跟过去，一耳朵听到山石一侧孟珍同她的侍女用南冉语闲话，有几句说的是她。

那侍女道："世子殿下这一月来每日都要来花园中走一走，姑娘你……"

孟珍没有说话。

那侍女恨恨道："那红玉郡主为何还不离开？道理姑娘都同她说明白了，她便安心在王府中当一个拖累世子殿下的无用之人不成？她是未听明白姑娘的意思还是……"

孟珍开了口："她明白，"淡淡道，"只是中原女子，大约骨头都轻。"

说着二人步出山石，一眼看到她，那圆脸侍女一脸慌乱，孟珍倒是颇为镇定，还皱了皱眉。

成玉展颜一笑，竖起手指来放在唇间，同她们比了个嘘声的姿势，又指了指停在一朵大红色佛桑花上头的彩蝶，蹑手蹑脚地靠近那朵佛桑花，似只捕食的鹞子猛朝那彩蝶扑了过去，又立刻从花丛里爬起来烦恼道："咦，这样都能叫你跑了！"一路追着翩飞的彩蝶而去。

柔和软风中听到身后那圆脸侍女松了口气："幸好她不懂南冉语。"

孟珍淡淡道："能听懂又如何。"声音中微含怒意，"便是这样一个玩物丧志之人！"

成玉追着彩蝶而去的脚步没有丝毫停顿。

若是在平安城，有谁敢说她骨头轻，她能将对方打个半身不遂，别说打一个蛮族公主，便是打当朝的公主都不在话下。但念及她今日是在丽川王府，如蜻蛉所言，孟珍于季世子有大用，季世子同她虽然这样了，但总是救过她。且她蒙丽川王府殷勤照拂了三月，因朱槿是个说半年后来接她就必定会在半年之后才来接她的说话算话之人，因此他们还得再照顾她三个月。

终归丽川王府对她有恩。

她愿意为了这个恩，多担待一些孟珍对她的莫名敌意。

季夏时节，三伏里赤日炎炎，花园中待着嫌热，蜻蛉便领着成玉出门听说书了，倒是很少再看到孟珍。蜻蛉提了一句，说近日前府事多，世子十分忙碌，成玉并不多问，蜻蛉也就不多说。二人只是听书看戏，玩物度日。

结果那个月末，出了事。

季世子领着精兵良将去探了南冉古墓。前去十八人，回来只得两人。一个是孟珍，一个是为了救她而身中剧毒的季世子。

季世子身中剧毒，生死一线，照理说这是个缓和季成二人关系的好时机。

蜻蛉瞧了古往今来许多话本，于此深有心得，明白即便世子认为二人间有什么迈不过的沟壑天堑，只要郡主她以泪洗面日日服侍于世子榻前，病弱的世子怎能抵挡得住，必然就从了。

她前些时日冷眼旁观，觉着郡主着实是个看得开的人。自以为郡主天真童稚不能与他并肩的是世子，因此而将郡主拒于千里之外的是世子，但隐痛着看不开的那个人，也是世子。她觉着自己有这个打算其实是为世子好。

但问题就在于季世子驭下太严太有手段，以至于蜻蛉探得季世子他中毒这个消息，已是三日之后；待她刚在心里头勾出一幅借此时机助郡主世子冰释前嫌的大好蓝图时,她又很快探知世子的剧毒已解了。

的确如话本中的套路,翩翩佳公子命悬一线之时是有佳人陪伴照顾还痛哭的,但那不是成玉。

为世子配出解药的是珍姑娘。

守候服侍在世子榻前的也是珍姑娘。

世子醒时在他跟前哭得梨花带雨的,还是珍姑娘。

蜻蛉觉得,世子和郡主怕是要彻底凉凉了。

成玉得知季世子中毒的消息是在世子回府后的第七日,倒并非全然自蜻蛉口中获悉,乃是听拒霜院门口那株樱树提了几句,她再去问了蜻蛉。

成玉在书房中坐了片刻,翻箱倒柜地找出了前几日她读得如痴如醉的那本《幽山册》。那上头她拿蝇头小楷密密麻麻做了许多笔录,添记了平安城外她探过的许多奇山妙岭,与册子上记载的菡城山泽遥遥呼应,蜻蛉看过,也觉得很有趣。

她将册子揣在怀中,便领着蜻蛉去拒霜院探病了。

她们在外堂候人去内室通传,正碰到孟珍自内室出来,瞧见她二人,皱了眉,却没有说什么,端着药碗出了外堂。未几便有小厮出来请她二人入内。蜻蛉随着小厮走了两步,才发现身后成玉并无动静,回首时瞧见她左手端着茶盏右手撑在圈椅的扶臂上,眼睫微微垂着,不知在想什么。

蜻蛉开口唤她:"郡主。"她才终于回过神来似的,却依然没怎么动,只将撑着额角的右手手指缓缓移到了腮边,垂着的一双眼睛淡淡看过来。因沉默和迟滞带出的些许懒态,与平日之美大不相同,配着微蹙的一双眉,清泠泠的。

蜻蛉在心中叹息,想若她是世子,便为着这一张倾城国色的脸,也狠不下心推开她。

"其实我来得有些草率,"成玉缓缓开口,情绪不大高的样子,"竟忘了季世子一向嫌弃我,见着我总要生气,此番他卧病在床,静养时节,应该少生点气。"

她顿了顿:"方才我瞧珍姑娘面色里已无担忧,想来季世子已无甚大碍,既然来了,那蜻蛉姐姐你进去瞧一瞧世子吧,我去外头逛逛,在园子里候你。"话罢搁了茶盏便要起身,目光落到放在一旁的那本《幽山册》上,愣了愣。

蜻蛉见她这个模样,斟酌着道:"世子卧床定然无聊,那这本书我替郡主捎给世子?"

她沉默了片刻,将书拾捡起来:"过我手的东西,季世子他定然也难以瞧得上,算了。"拢着书册出了外堂。

蜻蛉在后头静看了她的背影好一会儿,轻轻叹了口气。

季世子这一方拒霜院,乃因院中种着许多拒霜花而得名。但因这一院拒霜花的花期比寻常拒霜花要晚些,只见绿树不见花苞,故而误入这片花林的成玉也不觉头大,只觉自己误打误撞,竟难得寻到了一个清幽之地。

她走走停停,肆意闲逛,没注意到此时身处的柳荫后半掩了一扇轩窗。

轩窗后忽传来低语:"正事便是如此,那我说说旁的事吧。"却是蜻蛉的声音。成玉停住了脚步,接着听到蜻蛉一句,"她是担忧你的。"

成玉好不容易舒展的眉头重新拧了起来,她想起来那扇轩窗后仿佛是季明枫的内室,同蜻蛉说话的,应当是季明枫。

蜻蛉仍在继续:"她此时就在院中,为何不进来,大约……你也明白。同她走到这一步,便是殿下你想要的吗?殿下其实,并不想这样吧?"

成玉怔住了。她当然明白蜻蛉说的是她。

季明枫刚拔出剧毒,正值病弱,察觉不出她在外头是有可能的,然蜻蛉是何等灵敏的影卫,必定知道她此时正立于屋外柳荫中。她却偏同季明枫提起她,想来是以为她不会武,站得又有些距离,绝无可能将二人言谈听入耳中。可偏生她耳力素来比常人强上许多。

她觉着自己应该赶紧离开,终归事已至此了,她不该想知道他们为何竟会谈起她,也不该想知道季明枫私下里究竟如何看她。

却在举步时,听到了季明枫微哑的嗓音自轩窗后响起:"她只能做一个天真不知世事的郡主,我却不能要一个天真不知世事的郡主。"压住了一声咳嗽,"她没有能力参与王府的未来,早日离开才是好事。"

成玉停住了脚步。

屋中重回静默。

半晌,蜻蛉再度开口:"那孟珍,便是有能力参与王府未来的人吗?"

季明枫没有回答。

蜻蛉低低一叹:"其实是我多管闲事,但承蒙殿下一直当我是朋友,我今日便僭越地多说一句吧。世事如此,合适你的,或许并非是你想要的;你想要的,或许并非是合适你的。殿下你……既然执意如此选择,只希望永远不要后悔才好。"

这一句倒是难得地得到了季明枫的回应。

季明枫咳了一阵:"红玉和我……我们之间,没什么可说的,你今后也不必在此事上操心了,她在王府也待不了多少时候。"停了一停,放低了声音,似在自言自语,但成玉还是听到了那句话,"她离开后,也不大可能再见了。"

房中又静默了片刻,蜻蛉轻声:"殿下就不感到遗憾吗?"

季明枫的语声如惯常般平淡,像是反问又像是疑问,他问蜻蛉:"有何遗憾?"

那就是没什么遗憾了。

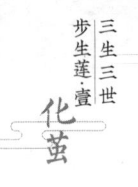

成玉微微垂眼，接着她快步离开了那里。

季明枫和蜻蛉的对话，有些她其实没太听懂，譬如蜻蛉那两句什么合适的并非想要的，想要的并非合适的。若这话说的是交友，似乎交朋友并不一定要考虑这许多。但季明枫的那几句话，她倒是都听懂了。

原来季世子突然讨厌了她，是因她"天真不知世事"。一个"天真不知世事的郡主"，对他、对形势复杂的丽川毫无助益，而他不交对他没有助益的朋友。

季世子大约还有些看不上她，觉得她弱小无能，他也并不希望她在丽川王府长待，甚而即便往后他们因各自身份再见一面难于登天，他也不感到什么遗憾。

哦，他原本就挺烦她，往后二人再不能相见，他当然不会有什么遗憾。

她从前倒不知道他是这样看她的。但其实也没什么分别。

方才她为何要停步呢？

蜻蛉问季明枫，殿下其实并不想这样吧？他会如何回答，大体她也能料到，着实没有留下来听壁角的必要。果真他回答蜻蛉的那些话便没有什么新鲜之处。

但再听一遍总还是令人难受。

可那时候她却停了步。

明知会难受却为何还会停步呢？难道她还指望着他面上表现出的那些对自己的厌弃是缘于什么不得已的苦衷？

走出那片拒霜花林后，她拿一直握在手中的那本《幽山册》敲了一记额头，敲得有些沉重，脑子嗡了一声，然后她责骂了自己一句："你倒是在发什么梦呢？"

日暮已至。拒霜虽未到花期，但园中自有花木盛放，被夏日的烈阳炙了一整日，此时再被微凉的暮色一拢，一凉一热之间，激起十分浓酽的香气。是白兰香。

成玉想起来前头的小树林中的确生着一株参天白兰，乃是棵再过几十年便能化形为妖的千年古树。她日日上南书房那会儿，很挂念这棵树开花时会是如何卓绝的美人。微一思忖，也不急着去外堂同蜻蜓会合了，踏着浓酽花香一路向着那株古白兰而去。

只是没想到今日竟很有听壁角的运势。

依稀可见那株古白兰飘飘的衣袂之时，有两个熟人在前头不远处挡住了她的视线。负手而立的是孟珍，拿个药铲正掘着什么的是那日成玉在流泉瀑扑蝶时与她有过错身之缘的圆脸侍女。

二人今次依然用了南冉语交谈，依然提了她，依然是圆脸侍女在狠狠地抱怨她。

大意还是那么个大意，说世子的大事里头瞧不见她这位郡主，世子中毒命悬一线之时瞧不见她这位郡主，如今世子安然了她倒是假惺惺来探病了，便是用着一张天真而又故作无知的面孔纠缠世子，真是十分可恨讨厌。

成玉因曾无意中听过一回孟珍同她的侍女议论她，明白孟珍自恃身份，其实不愿多评点她。但令成玉感到惊讶的是，今次孟珍竟破了例，忍着厌烦与不耐说了老长一段话："中原女子便是如此，素来娇弱无用。中原确是英雄辈出，男子们大体也令人敬佩，但中原的女子，却不过是男子的附庸罢了，被男子们护着惯着，个个都养成了废物。"露骨轻蔑透出话音之外，"连天子成家的贵女也不过如是，自幼养尊处优安享尊荣，"冷冷嘲讽，"那张脸倒长得好，不算个废物，是个宠物罢了，不值一提，今后也大可不必再提起她。"

圆脸侍女诺诺称是，又道中原女子们的确没有志气，鲜见得能有与男子们并肩的女子，便同是贵女，府中此时供着的那位郡主又岂能比得上她家的公主。譬如季世子要做翱翔天际的鹰，她家公主便也能做鹰,季世子要做雄霸山林的虎,那么她家公主便也能做虎,那位徒长得一副好面孔的懒散郡主,也着实不必一提了。语中有许多意满之态。

孟珍笑了笑,没有再说什么,只叮嘱了那正掘药的侍女一句,让她别伤了药材的药根。

成玉靠着那株三人方能合围的凤凰木站了会儿,瞧那一双主仆一时半会儿没有出林子的意思,摸了摸鼻子,另找了条偏路,仍向着在月色下露出一段飘飘衣袂招惹自己的古白兰而去。

连着这次,已是两次让成玉撞见这位南冉公主在背后怠慢轻视她。这事有些尴尬。她其实从前并不如何在意孟珍,但今日,却有些不同。

因今日她终于知道了季世子究竟是如何看她。而季世子的见解同孟珍的见解本质上来说竟然颇为一致。因此孟珍这一篇话就像是对季世子那些言语的注解,让她每一个字都听了进去。

在平安城无忧无虑做着她的红玉郡主玉小公子时,成玉从不在意旁人说她什么,因世人看她是纨绔,她看世人多愚驽,愚驽们的见解有什么重要呢。

但季世子是她认可过的人,在意过的人。这样的人,她生命中并不多,一只手掌能数得过来。正因稀少,故而他们说的话,她每一句都听,每一个词都在意,每一个字都会保留在心底。而又正因她对这些言辞的珍重,故而一旦这些言辞变成伤害,那将是十分有力的伤害。

能伤害她的人也不多。

这无法不令成玉感到难堪,还有愤怒。

她打小皮着长大,吃喝玩乐上头事事精通,瞧着是不大稳重,兼之年纪又着实小,些许世人便当她是个草包,能平安富贵全仗着有个为国捐躯了的老父。世人却不知这位郡主还是十花楼的花主,十花楼中蓄着百族花妖,而仅靠着一个为国捐躯的老父,成玉她能做成大熙朝的郡主，却做不成百族花妖们的花主。

百妖们为何能认她一个凡人当花主，光靠命好是不行的。花妖虽是妖物中最温驯的一类，然但凡妖物便总是有些肆无忌惮不拘世俗。花妖们爱重这位小郡主，绝非因她有朱槿、梨响两个护身符。他们爱重她如雏鹰般天真英勇，如幼虎般刚强无惧，他们爱重她无穷的胆量和惊人的魄力，他们还爱重她一等一的决断力。

有事当前，成玉很少拖泥带水，她一向是有决断的。

幽幽月色下，成玉倚着棵寻常垂柳，瞧着在她眼中已化作黄衣美人的古白兰，玩转着右手大拇指上一个玉扳指，笑了笑："这个扳指姐姐你可能没有见过，但我想你应该听过。"

古白兰原本带着好奇的目光肆无忌惮地打量着成玉，闻言惊讶："你……是在同我说话？"

成玉换了个姿势靠在垂柳上，抬头看她："姐姐生得很美。"左手手指抚着右手大拇指上光华流转的玉扳指，漫不经心转了两圈，"它有个名字，是牡丹帝王姚黄给起的，叫希声，说是大音希声。"

离地三尺浮在半空的古白兰双眼圆睁，盯着那白玉扳指直发愣，口中喃喃："牡丹……姚帝，希声。"良久，将惊异目光缓缓移到成玉身上。

菡城建城不过七百年，这株古白兰却已在此修行了两千余年，虽修行至今尚不能化形，但因很早便开智，因此天下之事，她知之甚多。

凡人看这俗世，以为天子代天行权，苍天之下，便该以他们人族天子为尊，正所谓普天之下莫非王土，率土之滨莫非王臣。但这只是人族的见识罢了，对于生于凡世的妖物们而言，人族有人族的王，但同他们不相干；人族有人族的大事，与他们更不相干。他们妖物也有自己的王，也有自己的大事。

各类妖物中，只花妖一族的情形有些特殊。世间各妖族均有妖王，仅花妖一族，无王久矣，许多年来只是在各处凡世选出万千花木中有灵性的一百位族长代掌王权，行花主之职。

在古白兰听过的传说里，其实他们花妖一族原也是有王的。那时候他们还没有堕为妖物。他们有过两任花主。

第一任花主虽并非自他们族中遴选而出，但身份极尊崇，乃是九天之上天君之子、掌领天下水域的水神，那位殿下当年代领九重天瑶池总管之职，顺道做了他们的花主。

第二任花主出身虽没有那么贵重，却十分传奇，自幼生于魔族，乃是株魔性极重的红莲。魔性重到那个程度，又是株红莲，本就为神族不喜，想要修仙，难于登天。但她偏偏修成了仙，还做了瑶池的总管，成了所有花神、花仙和花妖的宗主。九重天上有一十二场千花盛典出自她手，每一场都精彩纷呈，曾载入仙箓宝籍；第三十六天有七百二十场天雨曼陀罗之仪由她主理，深得挑剔的东华帝君赞誉；而她自培的五百种花木曾助力药君新研出一万三千个药方单子，无量功德惠及六界苍生⋯⋯她在位时，世间花木常得万千尊崇加身。

一十二场千花盛典，七百二十场天雨曼陀罗之仪，是九重天上的七百二十年。

这位花主共在位七百二十年，而后却因闯二十七天锁妖塔搭救友人而死。天君震怒，她虽身死，亦革了她花主之位意欲另立新主，未曾想万花不从，竟甘愿堕为妖物追随供奉已逝之主，惹得天君更为恼怒，原本要将万花灭族，幸得东华帝君拦劝，才只将他们革除仙籍四处放逐罢了。

但从此世上便再无花仙花神，万千花木便是如何修炼，也只能修成个妖物。九重天也再懒得管他们的死活，而他们自己，在凡世中久远的时光流转里，也再没有立过一位花主。

可十五年前，便是在这一处凡世，他们的百位族长竟重新迎立了一位新主。

这位新主还是个本该同他们妖物全无关系的凡人。

这是唯有他们花木一族才知晓的私密,皆知不可与外族道之。

听说这位新主虽是凡人之躯,却生而非凡,因初生之躯不能承受体内的非凡之力,故而百族族长合以千年修行,铸成一枚封印扳指令小花主常年佩戴。

那枚扳指由百族族长中最具声望的牡丹帝王姚黄亲自结印,亲自命名,名字就叫希声。

白兰瞧着眼前的白衣少女,见她微微垂着眼,月光下侧面有些冷淡,但格外美。若世间有一个凡人够格做他们的花主,那这个凡人必定是该这么美的。

少女微微抬头,眼睫眨了一眨,她年纪小,看着原本该有些天真,但那眸子却似笑非笑,又很是沉着,令白兰心中一颤,只觉那美竟给了她许多压力,不自觉地便自半空中跪伏在地,嘴唇颤了几颤:"花主在上……"

少女微扬了扬手:"行什么虚礼呢?"平缓道,"《丽川志》《十七道注》《幽山册》《寂梦录》……谈及丽川地理风物的这些书我大体都看过,大约知道姐姐是整个南边修行最久的一棵花树。"她停了停,"姐姐虽未化形,不能离开扎根之地,但数千年来随风而至的花种,南来北往的鸟群,一定给你带来了许多消息吧。"

白兰定了定神,嗓音中再无犹疑:"请花主示下。"

少女微微一笑:"我想知道,南冉古墓,姐姐熟不熟呢?"

白兰停顿良久:"两百年前南冉族曾有大乱,大乱之后,再没有一个凡人能活着进入那座古墓深处。"声音缥缈,"我知道这座王府的主人想要得到墓中的古书,但终归不过白白送命罢了,他们拿不到那些书册的。"

少女挑了挑眉:"那你觉得,我能拿到吗?"

白兰讶声:"即便是花主您,也要耗费无穷心力,不过是凡人间的无聊争斗,花主何必插手呢?"

　　少女漫不经意:"丽川王府待我有恩,"她的目光放在未可知的远处,"这恩,是要还的。"

第十五章

蜻蛉觉得自她们去拒霜院探病归来后，成玉便有些不同了。

她话少了些，笑也少了些，整日都有些懒懒的。

上个月天儿不好，十日中有七八日都风大雨大，那些风雨亦将她熬得有些懒，却不是如今这种懒法。那时候她要么让自己作陪，要么让伶人作陪，看书下棋听小曲儿，是公子小姐们消磨时光的寻常玩法。

如今她却爱一个人待着，找个地儿闭目养神，屈着腿，撑着腮，微微合着眼，一养起来便能动也不动地待那儿半日。

蜻蛉将这些一一报给了季明枫。

季世子倚在床头看一封长信，闻言只道："她没有危险便不需来报了。"

如此孤僻了十来日，有一天，成玉有了出门的兴致，说想去访一趟漕溪。

漕溪县位于丽川之南，背靠一座醉晨山，醉晨山后头就是南冉。

天下名砚，半出漕溪，成玉她平日里爱写两笔书法，想去漕溪瞧瞧无可厚非。

去一趟漕溪，马车代步，路上要走两日，这算是出远门，且漕溪临着南冉，蜻蛉琢磨着虽然郡主此时还没有危险，但去了说不定就能遇着危险了，这是应当报给季世子的。

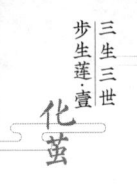

季世子沉默了片刻："她原本便是来游历，出门散一散心也好，让季仁他们四个暗中跟着。"

　　漕溪之行，蜻蛉骑马，成玉待在马车里头。

　　路上两日，风光晴好，因此马车的车帷总是被打起来。自车窗瞧进去，成玉屈腿卧在软垫之上，单手撑腮，微微合目，是同她在府中全然一致的养神姿态。

　　这是蜻蛉头一回如此接近地端详成玉这副姿态，心中却略有奇异之感，觉得她这副神态不像是养神，倒像是在屏息凝神细听什么。

　　她听力算是卓绝了，亦学着她闭眼凝听。但除了远方村妇劳作的山歌、近处山野里婉转的鸟鸣，却并未听到什么别的声音。

　　到得漕溪县后，成玉终于恢复了初到丽川王府时的精神，日日都要出门一逛。

　　先两日她访了好几位制砚大家；第三日特去产砚石的漕溪领教了溪涧风光；第四日她意欲进醉昙山一观，不过蜻蛉同她进言山中不太平，她便没有强求，只在山脚下歇了个午觉，便同蜻蛉重回了镇中。

　　后头几日她日日去街上瞎逛，今日买几颗明珠一壶金弹，明日买一张弹弓两匹绸布，后日又买一把匕首几双软鞋，没什么章法，瞧着像是随便买买，碰到什么就买了什么。

　　而后又有一天她突然问蜻蛉，孟珍是不是很擅长制毒解毒？蜻蛉答是，次日便瞧见她不知从哪里找来本毒典，日看夜看，一副誓与孟珍比高低之态。因她们下榻的客栈附近便有个药铺，药铺子也就成了成玉常待的地儿，时而见她从药铺里搞些药材回来捣鼓。

　　蜻蛉并未怀疑什么。

　　她着实想不到别处，因在她心中也是全然地赞同着季世子，认为成玉的确是一个天真不知世事的郡主。便是成玉已来到了醉昙山下，她也未料到这天真的小郡主其实是为探南冉古墓而来。

因照常理，这不满十六的小姑娘根本不可能得知南冉古墓正是隐在醉昙山中；且照常理，她便是有什么机缘得知了墓葬方位，也不可能那等鲁莽地去孤身探闯这座刚折了季世子十六个高手的凶险古墓；再照常理，没有圣女之血，她根本破不了墓门入不了墓中。

因蜻蛉将万事都用常理量度了，故而犯了一生中最大的一个糊涂，让成玉在她的眼皮子底下，不紧不慢地集齐了探闯南冉古墓的所有工具以及药物。

八月初二夜，成玉拎了壶桂花陈，爬上了客栈的东墙，躺在墙上喝着小酒看月亮。

花妖们最爱重他们这位花主的勇直无畏，但成玉她并非是个孤勇之人。季世子在古墓中吃的亏令她十分明白墓中的凶险，故而今次她慎之又慎，且不惜摘下了希声。

同季世子院中那株古白兰长谈之后，她便摘下了希声，那正是一月之前。

因此她已有一个月不曾歇个好觉了。

算命的说她这辈子有三个劫，第一个是病劫。她周岁上犯了这个劫，国师虽没算出来她到底得了什么怪病，但算出来要治她这个怪病得靠她老爹去求取百种花木，立楼供奉。然后说不准是她老爹寻到了朱槿还是朱槿主动找到了她老爹，接着一百位族长也一一被请进了十花楼中，事就这么成了。

其实她到底得了什么病她爹娘一直稀里糊涂，在他们浅显的认知中，一直以为她是撞了邪。

她也是长大了才听朱槿提起。

那不是病，是生为花主的非凡之力觉醒罢了。而那所谓的非凡之力，乃是能听闻天下所有花木言语心声的能力。他们花木一族管它叫

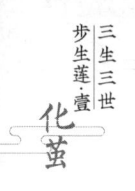

全知之力。

因为成玉不爱八卦，因此根本不知道这种能听到天下花木心声的能力有什么作用。让她自个儿选，她更希望来得俗套些，御剑飞仙这种她也不强求了，她就想要个点石成大额银票的能力。可惜没得选，老天爷只赐给了她这个什么用都没有，且净带给她苦头吃的全知之力。

犹记那时候她还是个周岁小儿，幼小且脆弱，那能力苏醒时如有千万个声音跨越千里万里响在她的耳畔、灌进她的脑海、搅乱她的心神，她无法躲避也无法承受，亏得朱槿和姚黄他们动作快，为她造出了希声，在她受不住差点一命呜呼之时，颤巍巍捡回了她一条小命。

希声是封印，戴上它便能封印体内的异能，令她安然成长。

希声也是修行重器，要日日吸食百花之长们的灵力，好在她一个肉体凡躯之内再塑花主灵身，使她终有一日能掌控花主的全知之能。

朱槿说若掌控了这灵力，便是摘下希声，那千万个声音再次涌进她的心中，她也将再无烦恼痛苦，反而能自由地徜徉于心海之中。万千花木便有万语千言她也能在瞬刹之内听闻，在瞬刹之内辨出，且在瞬刹之内领悟。她若想知道得更多，还能在心中与万里之外的花木交谈，真正是居于幽室而能闻天下诸事，的确可说得上是一种全知之力。

希声需吸食百花灵力十五年以塑花主灵身。

这就是成玉需在平安城待十五年的缘由。

而这被禁锢的十五年，说成玉离不开十花楼，其实是她离不开希声。

希声离不开十花楼，她因此亦无法离开十花楼。

此时希声被成玉挂在那白瓷酒壶的壶嘴上，她喝一口桂花陈，希声便往她的上嘴唇撞一撞。

拒霜院中那株古白兰确然博闻广识，提及古墓中的毒障机栝头头是道，但花木也会说谎，有时候记事还记不大清楚，故而还原南冉古墓全貌，她得听许多意见，做许多准备。

初摘下希声的那一夜，她被脑子里千万种声音逼得差点儿没死过去，还是希声在她体内所塑的花主灵身当了大用。她虽然耳鸣头疼，还双眼充血，却终于没像小时候那样动不动就晕死过去。

苦不堪言地熬了几日，便渐渐分辨得出那些声音都在说些什么了。

直至今日，虽摘下希声她仍旧头疼，且至多只能分辨方圆百里地内花木们传达的信息，但与初时相比，已好了太多。且对探访南冉古墓来说，做到这个地步倒也够了。

她折腾了自个儿一个月，南冉古墓里头是个什么样，她基本上已打探清楚。来漕溪的路上，她觉得最大的问题只剩下如何取得孟珍的圣女之血好破墓门了。

季世子着实将孟珍护得严，王府中二十天来她都无从下手。她借着览砚之名来漕溪，原本是想向附近百里的花木打探打探还有没有别的法子可以破墓。

她原本也没抱着什么大指望，想着若不行再回王府从长计议罢了，却没料到这个问题竟很快解决了。

那日她在醉崟山脚下歇午觉时，古墓旁的一棵古柏和深山里的一棵迎客松告诉她，朔日乃一月之始，也是生气之始，便在每月朔日子时至未央时分，以古墓为中心，照着先天八卦的八个方位，依序自天然造化的河湖溪涧中采集映月之水，将八方之水合为一瓶，称作水神灵钥，亦能打开古墓墓门。

昨日便是朔日，她昨晚将蜻蛉迷晕后便将这桩大事干好了，此时左手里的青瓷瓶里就装着那讲究的开墓灵钥。

前些日因为事多，她没有空闲再在脑海中会会那株古柏和那棵迎客松。今日她诸事了结，万物具备，只待明日进山，因此有了闲暇，打算探探他们提给她的这个新奇的开墓之法源自何处。

千万个嘈杂的声音里头，分辨出那株古柏的声音："花主是问为何八方之水亦能启开古墓之门？那是因那兰多神的夫婿，乃是掌管天下水域的水神大人哪。"

成玉琢磨着那兰多神是个什么玩意儿。

古柏善解人意："花主没有听过那兰多神吧？这不奇怪，今世的凡人们早改了信仰，就连妖族里也没有多少还记得那些古早的传闻。"

他解释："古早的传说里，那兰多神乃凡人们的母神，是此处凡世里最初的凡人们所供奉的神。而最初的凡人们的君王名叫阿布托，被称为人主阿布托，是那兰多神的神使。醉罣山中的这座古墓，与其说是南冉族祖先的墓葬，不如说是整个人族祖先的墓葬，因墓中所藏的乃是人主阿布托的遗骨。诚然千年万年的……"

成玉有点跟不上，拧着眉头："你说慢一点。"

古柏调整了下语速："诚然，千年万年的时光流转里，凡人们早已遗忘了，这座古墓中埋葬的是谁，只记得，此乃圣地……"

成玉差不多已能抵挡住脑子里的疼痛，跟上他的速度了，打了个响指："也不要这么慢。"

古柏："……"

古柏恢复了语速："因记得此乃圣地，凡人们对古墓进行了成千上万次的整饬和重修，这让古墓的格局和功用在后世里都变得不成样子了。但即便如此，开墓之法凡人却是无法更改，要么得是人主阿布托在凡世的遗血，要么就得是朔日里所取的八方映月之水。传说这两种开墓之法都是人主阿布托在世时所亲定……"

一旦跟上古柏的语速，成玉的脑子反应是很快的，她立刻抓住了重点："这个阿布托很有意思嘛。如果此墓是那兰多之墓，那倒可以理解为何水神灵钥亦可打开墓门，水神是她丈夫嘛。可此处葬的是阿布托，开墓却需用水神灵钥，难不成这个阿布托也喜欢水神？"

敬业的古柏没忍住卡了一下："花主，我刚才有没有同您提起过，人主阿布托他是个男的，水神也是个男的？"

成玉道："哦，他俩都是男的，我忘了，一个男的是不应该喜欢另一个男的。"

见多识广的古柏不由得要反驳她这个落后的观念："花主您这个观点也不尽然⋯⋯不过阿布托不可能喜欢水神，因为阿布托是喜欢那兰多神的，听说还是真爱。"

成玉："⋯⋯这种八卦你都知道？"

古柏谦虚了一下："无意中耳闻罢了。"一看话题扯远了，咳了一声回归正题道，"此墓虽葬着人主阿布托的遗骨，算是人主的墓，但据说此墓却是建在那兰多神羽化之处。那兰多神乃是自光中化生的神祇，彼时为人族而羽化后，也是回化作了垂天之光，消失在了混沌之中。

"人主阿布托曾是那兰多神的神使，长年跟随那兰多神，那兰多神羽化后，阿布托怀念她，著了一册，录了那兰多神生平许多言语。

"那册中记载那兰多神曾与阿布托有过一次关乎为她建墓的交谈。那兰多神曾告知人主：'你若为我建墓，那就让所有能进入墓中之人都崇奉水神，这样我便是羽化了，我的最后一束不灭之光，也将降临在那座墓中。'"

因信息量太过丰富之故，成玉有一阵没反应过来，消化半天，她总结道："所以说，这座古墓其实并非阿布托一人之墓，或者并非阿布托之墓，它只是收殓了阿布托的骸骨罢了。此墓真正的墓主其实是那兰多，这是阿布托为那兰多所建之墓。"

成玉疑问："他期望终有一日，羽化的那兰多能够在收殓了他骸骨的这座墓中，降下她的最后一束不灭之光，是吗？"

古柏唏嘘："人主情深啊。"

成玉喃喃："'你若为我建墓，那就让所有能进入墓中之人都崇奉水神，这样我便是羽化了，我的最后一束不灭之光，也将降临在那座

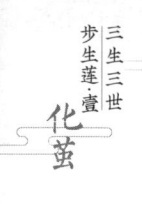

墓中……'"

她好奇："就算阿布托对那兰多情深，可那兰多喜欢的是水神吧？"

古柏高深莫测："谁知道呢？据人主的笔记记载，说那兰多神羽化之时，她的丈夫水神还没有降生呢。"

"……"成玉感觉自己白脑补了一出三角大戏，一头雾水道，"所以水神他们家是跟那兰多神定了娃娃亲？"她吃惊，"听你的意思，那兰多也是十分了得的一位古神了，怎么就能答应且认定一个未出生的孩童做丈夫呢？"

古柏婉婉道来："谁也无法逼迫得了那兰多神，那兰多神认定水神，乃是因她有预知之能。人主的笔记中说，那兰多神曾做了一个梦，醒来后她便告知人主，说数万年后诞生的水神将要成为她的丈夫。"

成玉叹了句："封建迷信造的孽。"又问，"那兰多她怎么什么事都告诉人主？"

她提问的角度有点新颖，古柏一时不知道该如何回答，半天之后，道："……可能也没有什么别的朋友吧……"

成玉哦了一声，又问："那兰多神她到底做了个什么梦？"

古柏有问必答："什么梦不知道，人主并没有载录。"

"花主不知羽化是何意，因此不知此事的关窍其实并不在那兰多神做了什么梦。

"须知天神若是羽化，便是神魂俱灭，湮灭灰飞，再无可能复生的。可那兰多神却在为人族羽化之前做了预知梦，说她自己未来会嫁给水神，这其实是说她即便羽化了亦会复生，因此阿布托建造这座古墓，并非只为了求得那兰多神的最后一束不灭之光，他是想让那兰多神在这座古墓中复生。"

成玉沉默了片刻，再次做出了总结："南冉古墓到现在还好端端立在那儿为难意欲进墓之人，可见那兰多还没有复生。"

她突然想起来："不过，那位那兰多认定的水神大人，他如今降生了吗？"

古柏静了好一会儿："可见花主并没有好好熟悉我花木一族的历史过往啊，"他意味深长，"花主难道不知道，我族的第一任花主，便是那位水神大人吗？"

成玉饮完了酒，听完了古柏说给她的这个睡前故事，爬下了东墙，又重新套上了希声。

她预备睡了。

往常便是只摘下希声半个时辰，她也要在床上颓起码一个半时辰方能入眠，还睡不踏实。今次古柏那个神神道道的传说甚吸引她，因此她摘了希声整整一个时辰。

她预感今夜无法安眠，只能在床上闭眼养一阵神罢了，却未料到竟很快就入睡了。睡前她又想起了那兰多的那句话。

"你若为我建墓，那就让所有能进入墓中之人都崇奉水神，这样我便是羽化了，我的最后一束不灭之光，也将降临在那座墓中。"

她觉得这句话很有意思，像是有些情深的样子，但明明那兰多从未见过水神，却说得出这样郑重又情深的话，听着让人有些遗憾，或许还有点心伤。她想着那兰多那时候到底做了个什么梦，想着想着就睡着了。

然后她就做了个梦。

成玉知道自己在做梦，但在梦中，她却并未想过要醒过来。

恍惚间她行走在一段漆黑的长廊上。她什么都看不见，却知道如何才能走到长廊尽头。她似乎走了许久，终于瞧见一点白光，回神时她发现自己已赤足站在一片戈壁之上。

碎石将她的脚底硌得生疼，那感觉十分真实。

月轮巨大，挂在天边，天却极近，银光覆盖了整片戈壁。胡杨树点缀其间，尽管是在夜里，金黄色的林木却仍带着阳光的灼热。风从林木中来，贴住她的脸庞，拂起她的裙角，竟是温暖且柔软的。

这是深秋的戈壁，她虽从未去过戈壁，却知戈壁上深秋的夜风绝不该如此温柔。那些边塞诗人们常有好句描绘这荒无人烟的边陲之地，那些句子从来便如刀刃一般冷硬锋利。她想象中戈壁上的一切都该是像离群索居的孤兽一般凶猛又萧瑟，但此时这月、这金色的胡杨林、这林间追逐着草木香气的轻软和风，却似乎比春日的平安城还要温柔，令人沉醉。

这温柔的一切萦绕在她微微扬起的裙边，挠得她一双赤足微微发痒。

月也温柔，风也温柔，像是整片戈壁都被谁驯服了。

她禁不住闭上了眼睛，便在闭眼之时，她听到了自己的声音，似在同谁喃喃低语："那你要怎么弥补我？"那声音极轻，极软，带着半真半假的埋怨。

她不记得自己会这样说话，她也确信自己没有开口，但那确实是她的声音。

她猛地睁眼，眼前竟出现了一座精致的木舍。

男子的低语声自木舍中传出，回应着那句埋怨。"送你一句诗，好不好？"男子道。那声音有些哑，有些微凉，是很好听的音色，可她并不熟。

"什么诗？"她自己的声音竟也自那木舍中传出。

男子低笑了一声："明月初照红玉影，莲心暗藏袖底香。"

"你不要糊弄我啊。"依然是她的声音，依然极轻、极软，猫挠似的令人心痒，响在那木舍之中。

她忍不住去推门。

木门缓缓打开，她终于看清房中的情景。一盏昏灯，一张大床，重重白纱被床头的银钩懒懒钩起。因她将房门推开了，有风进来，那一点昏黄的灯火便摇曳了起来，那白纱的床帐亦随着微风和烛火轻轻舞动。

幽室之中暗生旖旎。

但躺在床上雪白绸缎中的两人却像是并没有注意到那忽然洞开的房门，以及站在门口的她。当然他们也没有注意到突然吹进室内的，这深秋的，带着奇异温暖的夜风。

成玉倚在门旁，迷茫地看向那躺在下方的女子，目光随着包裹住她纤长身躯的鲜艳红裙一路向上，停在了她幼白的颈项上。

再往上便是一张雪白的脸。她每天清晨梳妆时都能在镜中瞥见那张脸。她自己的脸。本该是十分熟悉，却又并不那么熟悉。

因她从没有见过那样的自己。

昏灯全不中用，月光倒是明亮。

明明月光里，那一双杏子般的大眼睛里含着水汽，眼尾泛着红。那薄红微微挑起，一直延到眉尾，就像是抹了胭脂。湿润的双眼衬着那胭脂似的薄红，看人时眼风便似有了钩子。

她心里狠狠一跳。

就见那躺在白绸缎上的她轻轻咬住了下唇。明明咬住的仅是下唇，可当牙齿松开后上下唇都变得榴花似的鲜红。榴花她是见过的，当它们落在地上，被雨水浸湿，就有一种纯洁却又放纵的美态。

她心里又是狠狠一跳。

她看到她说话了，还抬起右手不大用力地推了伏在她身上的青年一把，嘴角微微抿住，便有些天真："不要糊弄我。"又像是在生气，可就算是生气也像是假的。

"你不要糊弄我啊。"

"不要糊弄我。"

每一个字，每一个吐息里都带着挠人的钩子。

成玉一张脸涨得通红，若不是倚着门，便站也站不稳。但躺在床

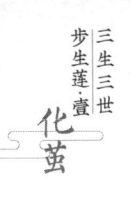

上的那个她却似乎很是自然地，便做出了那样的姿态。

她听到那伏在上方的青年轻声回道："怎么会。"接着她看见青年白皙的手指抚向床上那个她的耳畔，一副明珠耳坠蓦然出现在那一双小巧耳垂上，青年低声道："明月。"那手指在耳垂处略一停留，缓缓下移，便在此时，成玉只感到天旋地转，再次定神时却发现是她自个儿躺到了青年的身下，而她似乎和床上那个她合为了一体，但她的视线却有些模糊。

她终于能感到那手指的温度，带着高热，烫得她有些战栗，但一时也不知道究竟是青年手指的温度还是她自己的温度。那手指移到了她的颈项，伴随着青年的低语："红玉影。"被青年抚得发烫的脖颈上一凉，那是项链的触感。

明月，红玉影。明月初照红玉影。

然后那手指滑到了她的指尖，轻轻捏了捏她的无名指，青年的声音再次响起："莲心。"她偏头，那是一枚戒指。

她的手指和青年的手指缠在了一处，都同样的白皙，定睛看去，她却觉得也许青年的手指更白一点，像是白瓷，又像是玉。她的手指原也是白皙的，只是在他的轻揉之下不受控制地红了起来，泛着一层薄粉。

青年又捏了捏她的手指，才将右手潜进她袖中，手指绕着她的腕骨抚了一圈，便有手链的触感，她灵光一闪，抢先道："袖底香。"

莲心，袖底香。莲心暗藏袖底香。

明月初照红玉影，莲心暗藏袖底香。

他说送她一句诗。却原来诗不是诗，是一整套首饰。

青年闷笑了一声："我们阿玉很聪明啊。"手指却依然没有停下来，顿在她火红的裙衫上，顺着她的腰线、她的腿，一路滑到了她的脚踝，最后终于抚上了她裸露的足踝骨。他握住了她的足踝，掌心发烫，有些用力。

她整个人更胜方才十倍地烫起来，几乎啜泣，但她用力咬住了嘴唇，没有让自己发出任何声音。

她微微动了动右腿，听到了极微弱的铃铛声，脚踝处有细绳的触感。她脑子发昏，哑着嗓子问青年："诗里只有四件首饰，这一条足链，又叫什么呢？"

青年的手指终于离开了她的身体，他似乎低头看着她，他的左手就撑在她右肩肩侧，她偏头便看到了他白色的衣袖。她甚至能看清那衣袖上用银色的丝线绣了雅正的瑞草流云纹，但当那视线攀着衣袖一寸一寸移上去，移到他的脸上时，她却无法看清他的模样。

她睁大眼睛，也只能辨清他的嘴唇和下颔：肤色白皙，像是冷玉，嘴唇的弧线瞧着很有些冷峻。他似乎笑了一下，那弧线便微微勾起来了，因此也不见得冷了。

她只能瞧见那样一点面容，但也可以想见当那面容全然呈现出来时，一定十分英俊。

然后她看到他俯下了身，接着她感到他贴住了她的耳郭，吐息灼热，微哑的嗓音擦着她的耳根灌进了她耳中。

"这是……步生莲。"青年说。

成玉突然就醒了过来。

次日是八月初三。

蜻蛉觉得今日成玉起得很早。郡主她自从和世子闹掰无须上南书房之后，就再也没在卯时起过床。可今日启明星还挂在东天，远处的醉昙山也还只是朦胧晨光下的一片剪影，成玉她竟然就坐在院子里喝起茶来。

蜻蛉问她："郡主你昨夜睡得不好吗？"

成玉在想事情，眼中现出了一点迷茫，瞧着像湿润的双眼中下了一场大雾。闻听蜻蛉之言，她皱了皱眉，语声含糊："昨晚做了

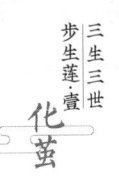

个梦……"

蜻蛉好奇："什么梦？"

她更加含糊："不大好……的梦。"抿了抿唇角，有些烦恼地道，"好了不说这个了，我待一待，我们待会儿去堂中用点粥。"

蜻蛉倒没有再问什么。

成玉在院中又待了一待。

她昨晚突然自梦中惊醒，在床上坐了半天，手抖得厉害，心也跳得厉害。

她自三更坐到黎明，却一直没有平复，以为让风吹吹能好些，才辗转到了院中。被晨风吹了半个时辰，手倒是不抖了，心跳也不那么惶急了，脸却还烫得厉害。

她觉着这是一种不舒服，因此认定导致这一切的那个梦并非什么好梦。

梦里的每一个细节她都记得，稍一动念便令她呼吸紊乱。朱槿和梨响谁都没有教过她这个。谁也没有告诉她世间还有这样的事、这样的梦。

倘若她的挚友花非雾在，便可为她解这个梦。她会告诉成玉，这样的梦，叫春梦，姑娘们到了年纪可能就会发这样的梦，其实并没有什么。

但因为花非雾不在她身边，因此成玉并不知道这其实没有什么。

不过吹风还是有效。

在日光将晨风烤得灼热之前成玉终于恢复了正常。她就给蜻蛉泡了杯茶，茶叶还是用的她贴身藏着的那一瓣朱槿花。

对蜻蛉这样见多识广的影卫而言，世间最顶级的迷药也不一定药得了她。问题是成玉藏着的这瓣自朱槿原身上取下的花瓣虽有迷神之用，却显然不是什么迷药。虽然说一个好的影卫绝不会在同一个坑里栽两次跟头，但因为成玉对她做的事已经完全进入了怪力乱神的范畴，故而蜻蛉毫无悬念地再次栽进了坑里，一杯茶下去，睡得很沉。

　　成玉看着天色，将前些时候买的东西鼓鼓囊囊地装了一个百宝囊，翻身便跨上了蜻蛉的那匹额间雪。蜻蛉这匹马跑起来极快，仅有一个问题，就是烈。但成玉骑马驯马都是好手，故而应付起来并没有花太多心思。令她正儿八经花了许多心思的是一直缀在她后头的那四个用来保护她的暗卫。

　　初离开菡城时，蜻蛉便提起过季明枫放了几个人在她身旁，她就留了心。

　　她不会武，肯定打不过这些暗卫，不过醉昙山林幽木深，是个布阵的好地儿。来武的她不会，来文的和来玄的，就好办很多。她小时候见天觉得自己是个仙女，就是因为她学东西极快。十天时间精通一个幽玄阵法于她而言不太是个事。故而今日，她果然将四个暗卫都困在了醉昙山山脚。

　　似乎一切都依照她的计划发生了，但她也明白她只有这一次探墓的机会，若她失败了，便不会再有第二次。季明枫不会让她有第二次机会。她今次如此顺利，一半靠她筹备得宜，另一半，靠的其实是季世子对她的掉以轻心。

　　成败只在今日，此时，一次。

　　申时三刻，日哺之时，南冉古墓便在眼前。古树参天，鳞次栉比地挨着，硕大的树冠层叠相连，似给半山遮了一条起伏的绿毯，今日芒只得零星探入，无端将墓地方圆数里都笼得阴森。

　　而倚山而建的古墓却并不如成玉想象中那样隐蔽，墓门前竟昭昭然立着两尊凶神恶煞的镇墓兽，似乎根本不惧让世人知晓此地便是南冉族先人埋骨之处。

当成玉往墓门的凹槽里盛放水神灵钥时,守墓的古柏认出她来,斯时斯地,千言万语仅能化作一顿深沉叮嘱:"自两百年前南冉族那位具有盛名的工匠进去修整了古墓后,南冉便发生了宫变,有关古墓机关的秘密也遗落在了那场宫变之中,两百年来,便是这些凡人们打开了古墓,也没有一个人能真正进入最后一层墓室。我们告诉你的有关这座古墓的秘密,皆是两百年前的秘密,并不完全,花主你……定要小心,见机行事,活着回来!"

"活着回来"四个字掠过成玉耳畔,她右手微微一抖,最后一滴水自青瓷瓶中灌进石制凹槽,墓门霍然洞开。

她表情平静地收回瓷瓶,将它放进了肩上的百宝囊。

踏进这道门后非生即死,她很清楚,但她一步也不曾犹豫,不曾停留,也不曾回头。墓门处仅透进去一点光亮,像一张血盆大口,要将所有闯墓者嚼碎了吞进墓中。

要如何才能在这座古墓里活下来?

火把是不能用的,因些微热量便会挥发染在墓壁上的毒素,需用夜明珠。

要轻手轻脚,不要吵醒了沉睡在墓底深处的毒虫。

要留意身边每一个细节,因谁也不知道两百年前那个工匠进墓后又为此处添加了什么新的机栝。

然后沿着主墓道往前走。

走到三分之一,会遇到一汪水池,池中乃化骨之水,上有木制索桥,过桥需十分小心。

索桥之后,可见墓道两旁巨石林立,石上有彩绘浮雕。不可触摸,亦不可以火把探近,因石上每一种色彩都是一种剧毒,极易挥发,通过肌理入侵,若百毒入体,便药石无医。而在这一段墓道之中,便是以明珠为光源,亦不可靠近细看石上浮雕,因画虽是好画,却会迷魂,要摄人魂魄,勾人心神。

若能安然行过这一段危机四伏的巨石长廊，便会碰到一字排开的五个过洞。需选择正中的洞口。若选择其他四个过洞会遭遇什么，这一点成玉不大清楚，花木们没有告诉她。在花木们的记忆中，凡活着走出这座古墓的人，他们无一例外都选择了中间的过洞。

过洞之后该是一方天井。

成玉端详着面前的高墙。按照花木们的说法，此时她面前本该是一方天井。而花木们口中那座巨大天井也正该是整座古墓中最为凶险之地：整个天井都是一个化骨池，七十二个做成不倒翁的铜俑立在化骨池对面，摇晃了正确的铜俑，便会有一条路自池底升上来助人穿过天井，而若摇晃了错误的铜俑，升上来的却将是化骨于无形的池中之水。

该摇晃哪些不倒翁，像是不断变动的密码一般，每一天都不一样。不过这个成玉已背下来了，她还准备好了弹弓和金弹用来射击铜俑。原本她觉着这一关应该不是那么难以通过，可此时她面前却立了一堵高墙，将她和护着墓室的最后一道凶关隔离开来。

若通不过这道高墙，她今日就算已走到此处，大约比近两百年所有入墓之人都走得更远了，却也不过是做无用功。

她当然不能做无用功。

这大概就是两百年前那位工匠新添的机枢，没想到是个大宗。

成玉高高举起手中的明珠，抿着嘴唇细看面前的高墙。

这是座石墙，墙壁上却无半分拼接痕迹，像是原本就是一块方方正正的巨石立于天井之前过洞之后。可天底下哪里有这样巨大的石头。墙面从左至右分成三个区域，以横列十八格的基准，一路绘下来许多格子，密密麻麻，不知何用。其他的倒没有什么特别了。

南冉族惯爱使毒，她不敢徒手试探这座石墙，掏出匕首在边角之处敲了几敲，听见几声空响。这石墙竟并非实心。而不知是否错觉，在她那胡乱几敲之后，石墙似乎朝她这一面斜了几分。成玉一惊，顿住了手。不自禁退后一步，石墙竟在此时肉眼可见地压下来一大截，告知她她走错了路，移错了步子。

低头时她发现自己脚下亦踩着一只格子。

格子。

成玉脑中突然一亮，若说起格子来，她其实一直都在走格子。

此墓巨大，主墓道也极为宽大，她踏上墓道之初，便注意到墓道上横绘了十八个格子，墓道朝墓内延伸，那些格子十八格、十八格地延伸下去，就像一张棋盘连着一张棋盘，一直延到这座高墙之前。

她初时只以为那是墓中的装饰，但也算留了心。此时再瞧石墙之上的三幅棋盘格：第三幅最短，第二幅最长，第一幅是第二幅的二分之一……第一段指的应是墓门到化骨池，那是三分之一的墓道；第二段指的应是化骨池到过洞，那是三分之二的墓道；第三幅指的应是过洞到这段高墙之前，她记得自己一共走了一百二十一步。

她一瞬不瞬地盯着墙上那第三幅棋盘格，一只格子一只格子往下数，横格十八，竖格，一百二十一。

她在原处站了好一会儿，手有些抖。古柏说过造这机关的乃是个颇负盛名的工匠，那便一定是工匠中的天才。够格来此墓中效劳才智的都该是天才。天才们喜欢玩的花样不一定复杂高深，但一定充满机巧。

成玉的额头上渗出了一层薄薄的细汗，她从行囊中取出以防万一的一捆粗绳来，打了个套环，甩上去挂在墓顶一朵莲花浮雕上。她拽了拽绳子，挺稳，便顺着绳子攀了上去，抽出匕首来，目视着石墙上第一幅棋盘格的第一排格子。

良久，她屏住呼吸，拿匕首尾端轻轻敲击了第一排自右往左数的第十二格。那是她进入墓中，迈步踏过的第一个格子。咚的一声，她整个人都颤了颤，石墙内也发出咚的一声，像是回应匕首的敲击。但墙壁却没有像方才她在地上移错步子那样突然往下倾斜。石墙纹丝不动。

她就镇定了些。拿着匕首，就像拿着个鼓槌，在那异形的棋盘上一路敲下去。咚、咚、咚、咚，每一击都是她踏入墓中后所踏过的格子，走过的路。

她有绝好的记性，第一段第二百一十二步时她一步跨了两个格子，第二段第一百一十三步时她踩中了第十三和第十四格之间的实线，这些她都记得。因古柏嘱咐了她务必谨慎，因此便是无用的东西，她也一直很留意。而她留意过的事情，她很少记不得。

敲击完最后一个格子时，轰隆声自地底传来，如困兽的怒吼，整座石墙蓦然陷入墓底，还没反应过来，她已摔在了地上。右臂摔得生疼，自攀上石墙便屏住的气息终于得以松懈。她大口大口喘息起来。

猜对了。这面高墙竟然和整条主墓道相连，而移墙之法竟是闯墓者一路行到此处所走过的路径。这的确是难以言说的巧夺天工。

成玉此时才感到后怕。若没猜错，幸而她今日是一人闯墓，才有这活的生机。

以方才她所经历的来研判，主墓道应是一次只能记录一人的步伐，传至石墙，而后还需得闯墓之人一步不错地熟记来时所踏的棋格，复现在墙壁之上，方能通关。

若再有一人随她而入，怕是石墙机关早被触动，只待他二人踏完最后一只格子来到高墙之前，那石墙便会压下来将他们砸成肉酱。便是她一人来此，若解不出墙上奥秘，要原路返回，重踏上回途的格子，那石墙也势必塌下来将她压得粉碎。片刻前她移步时不意踩中地上的最后一排格子，那石墙忽地倾斜，便是对她的警示。

这的确是又一次非生即死。幸而今日的运势在她这里，她解开了这谜题。

但谁也不知两百年前那位工匠是否还在这墓中留了其他机栝。她已十分明了这位工匠的本事，故而丝毫不敢放松，即便过了此关，依然紧紧地绷着精神。

闭眼休憩了良久，方敢睁眼细辨下一关等待她的又是何物。

夜明珠的微光中，白雾沉浮里，可见一方阴森的天井，一汪浮着白烟的化骨池，以及凶池尽头造型诡异的七十二只铜俑。化骨池旁立着一块石碑，上头一笔连体写了三个字"玉虚海"。

成玉松了一口气。

这是花木们口中那道护着墓室的最后一道凶关，是她熟悉的关卡了。

她镇定地从行囊中取出弹弓和金丸来，瞄准了正中那只面带笑容的骑马射日俑。

初三蛾眉月，深照玉虚海，骑马射日来，金路始铺开。

金弹飞了出去。

成玉在申时三刻入墓，于酉时初刻成功进入了南冉古墓的主墓室。

因传说中南冉古墓所藏之书集整了南冉部千年智慧，故而成玉站在墓室外头时，还想着室中即便不是汗牛充栋之象，那里头要是有具棺材，估计得藏了一棺材的书。

然踏入墓室才晓得，的确是有具棺材，但棺材里装的却不是书，乃是具古尸。

石棺无盖。

成玉看到古尸的一瞬间才想起来，这是座古墓。

一座古墓，它原本就不是用来藏书的，而是用来藏尸的。

她其实有些惧怕古尸骷髅之类，但因今夜所经历的一切都过于凶险，以至于整个人此时都很麻木，瞧着躺在石棺中的古尸也生不出什么惧意来，还不知所畏地俯下身去认真端详了一番。

明珠微光之下，可见那古尸身着黄金盔甲，首掩黄金面具，无数年的黑暗之中，金子的光辉虽已显暗淡，却难掩贵重和华丽。她将明珠移得更近一些，就看清了那黄金面具的模样。她盯着那面具瞧了许久，从那高挺的鼻梁和极薄的嘴唇处瞧出令她惊异的熟悉感来：这黄金面具上闭目沉睡的脸，竟有七八分像丽川王府中那位季世子。

她在怔然中注意到了那古尸躺在棺中的姿势。这样一位一身盔甲威武外露的武士，他躺在棺中的姿势却是极内敛而静穆的：两手置于胸前，黄金指套掩住了那可能已经森然的指骨。武士本该持刀拿剑，便是要在棺中放置明器，于一位武士而言，也该在他手边安放一柄用作礼器的玉剑。但这黄金武士合拢的双手间，却温柔地捧了一朵颜色妖异的红莲。

成玉凑近了去看，那莲以红玉雕成，在夜明珠的微光之下暗生华彩，光晕流转。栩栩如生的红莲，若不细看，只以为它刚刚才被人从覆着晨露的荷塘中采摘而来，纳了清晨的第一缕日光，带着温柔和珍惜，被英俊的武士握在了手中。

这长得像季明枫的黄金武士，武士手中的红莲，这数百年来未曾有人靠近过的古棺，这古墓。

成玉在墓室中找寻了片刻，却并未找到关于棺中所纳之人的记载。

她的确想起来古柏同她提起的那个传说。在那神秘的异族传说里，说在凡世之始，这世上最初的凡人的君王叫作阿布托，被称作人主阿布托，而南冉古墓正是阿布托的埋骨之处。

可若要论及凡世之始，毕竟是太过遥远的岁月，彼时的遗骨如何能保存至今？故而这个念头只在她脑中一闪，便如一朵浮云掠过渺无踪影了。

她琢磨着季世子祖上也同南冉部通过婚，棺中之人约莫是季世子的哪位先祖。

因此很快便不再纠结，专心寻找起南冉族藏在墓室中的古书来。

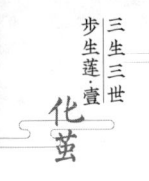

事实上并没有汗牛充栋的一屋子书，也没有一棺材书，连一箱子或者一架子书都没有。成玉找遍整个墓室，唯找出五册书来。

　　极古旧的书，墨运于纸，线装而成，薄薄的五本册子。但其上的墨却数百年不曾陈褪，所用纸张数百年不曾腐蠹，装书之线亦是数百年不曾断裂。

　　这着实令人惊奇，因此即便只找出这五册书来，成玉亦是兴致不减，翻来覆去把玩了好一阵，注意到书封上空无一物，连个书名也无，就打算翻翻看每一册书中都是什么内容。

　　不曾想翻着翻着便迷了进去，大约在子时三刻前，借着夜明珠的幽光，成玉将五册书都读完，才反应过来她在里面待得太久，是出墓的时候了。

　　这五册书，一册《山川地理》，一册《史记传说》，一册《奇门遁甲》，一册《毒典》，一册《蛊簿》。她极喜前两册，后头三册看得似懂非懂，但也觉有趣。

　　在此后的人生中，成玉曾一次又一次地责问自己，为何那时候她会忘记时辰，若能提前离开墓室哪怕一刻，兴许蜻蛉就不会死。

　　但所有的这一切都无法重来。

　　那一夜，她子时末才抱着五册古书离开墓室原路返回，然后在走到那巨石长廊的三分之二处时，瞧见了前面的火光。

　　接着便是在无数个最深的夜里，一次又一次折磨她的那场噩梦。

　　她在墓中待得太晚，自沉睡中挣扎而醒的蜻蛉终于猜测到了她身在何处，来古墓中寻她了。

　　如同每一个不知古墓秘密的探墓之人，蜻蛉点了火把照明。火把的高温和松脂的香味唤醒了墓底沉睡的毒虫，亦唤醒了墓中无处不在的药毒。还好蜻蛉入墓不深，而成玉事先又做了许多解药，能暂解二人身上之毒。

她们一路奔跑,眼看就要渡过墓门近处的那方化骨池,将毒虫隔在墓中找到生路,但池上唯一的那座索桥却不知被谁砍断了。

为了将她平安送到化骨池对岸,蜻蛉死在了化骨池中。

她最后一次听到蜻蛉的声音,是在她背后那句微哑的急声:"郡主,快跑!"

她最后一次看到蜻蛉的身影,是自洞口透进来的微光中,化骨池里猛然溅起的白色水花。

蜻蛉死的这一年,不到二十八岁。

无论是清醒还是在梦中,成玉都不记得这一夜她到底是如何从化骨池畔走到了古墓外。

她的记忆有一段空白。

关于古墓中的记忆,仅能停留在那个极其冰冷而绝望的时刻,她颤抖着声音呼唤蜻蛉的名字,向那灼人的池水探身而去。

清醒时她从不敢去回忆那一刻,因此她从来无法弄清那时候已被蜻蛉推到对岸的她,又哭着爬回去想要做什么。或许她是想要抓住蜻蛉。

贴近池水时她的手便立刻被蒸气灼出水泡来,可见被池水淹没的蜻蛉确然已尸骨无存。她不该那样愚蠢,想要去抓住她,又根本抓不住她。她从不是愚蠢的人。可也许那一刻她也没有办法,她只想抓住她,是生是死,她都想抓住。

然后便是一段失魂一般的空白。

但那空白并未持续太久。

下一段关于墓外的记忆是伴着月光出现的。

彼时天上浅浅一弯蛾眉月,月在中天。仍是夜半。

古墓之外，有两队铁骑一字排开，黑衣的王府侍卫如静谧石雕列于马上，唯手中的火把熊熊燃烧。那暗黄色如同晨曦的光芒，将墓门、镇墓兽，还有墓门前阴森的林地映得不啻白昼。

季明枫骑着一匹枣红骏马立在那些黑衣侍卫之后，成玉看不清他的面目，却能感到他的目光含着冷意落在自己脸上。

片刻后，他缓缓开了口："你究竟在这里做什么？"

她三日前便在街上碰到过季明枫，彼时他正携孟珍上酒楼，未瞧见她。她想他们到此必然是为第二次探墓，故而她在初一夜取到水神灵钥后，只休整了一日便来醉昙山闯墓了。她想赶在他们之前。

便在昨夜，她还想过，若她能带着古书活着出墓，她大概想选一个静夜将那些书送给季明枫，将他的救命之恩彻底了了。她同季明枫结缘是在二月十五的月圆之夜。在一个明月夜结缘，在另一个明月夜将这缘彻底断掉，似乎有一点宿命的无奈感，那是很合适的。

但命运的剧本却由不得她顾自安排。

她活着出了古墓，活着带出了那些古书，但蜻蛉死了。

可她还不死心，她试着开口，找回了自己的声音。她隐在镇墓兽巨大的阴影里，嗓音沙哑地询问数步之外的季明枫："蜻蛉呢？"

马蹄声响起，季明枫近前了两步，他的脸在火光中清晰起来，是极冷肃的面目。她听见他冷酷的声音响起："她死了，因你而死！"

他像是有些困惑："当日你让蜻蛉带你循着《幽山册》去访幽探秘时，我便令她告诫了你不要闯祸，你是真的就算错一百次也不知道悔改，是吗？"

如利剑一般的话语，刺得她重重喘了一口气。

是了，蜻蛉死了。

古墓中蜻蛉落水那一瞬她所感到的疼痛再一次袭遍全身，但这一次她没有发出声音来。她发不出声音，只能用满是血泡的右手用力握紧胸口的衣襟，因太过用力，血泡被挤得破裂，将白色的布料染得一塌糊涂，她却并未感到疼痛。

她喘了好一会儿，但那喘息有一种本能的克制，故而无人注意，当她终于能出声时，季明枫的目光才重新落到她身上。

她像是问自己又像是问任何人："是这样吗？"嗓音仍是沙哑，像是用砂纸擦过一遍似的那么难听。问过之后她又想，季明枫说的是对的，蜻蛉是因她而死。因此她又轻轻回应了自己一句："是的，是这样的，是我的错。"

没有人回答她。火光离她有些远，月光离她却很近，但洒在她身上却让她感觉冰冷。

好一会儿，季明枫终于再次开口，声音不再像方才那样绝然地冷酷，他淡淡道："蜻蛉，"他闭了闭眼，"她为你而死，是职责所在。但她的死总该有些作用。"他遥遥看她，目光中含着逼视，他问她，"郡主，从此后你是否能安分一些，不要再那样鲁莽了？既然自己无法保护自己，能不能不要再自作主张，总将自己置于险境了？"

她反应了很久，有些艰难地道："你想说的是，既然我没用，就不要总是给人找麻烦吗？蜻蛉她……"光是念出这个名字，便让她哽咽了一下，但她忍住了，抑住喉头的巨大哽痛，哑声道，"蜻蛉的死，不应该那样轻，她不应该只是为一个郡主的顽劣和无知埋单，"她嘴唇颤抖，"我们这一趟并非全然无用，我和她，我们一起取回了你想要的南冉古书。"

说着她用已经不甚灵活的手指颤抖地打开了随身的那只百宝囊。在她即将取出那五本古册时，一个女声慌张地插进来："不要！"是一直与季明枫并辔的孟珍。

随着那一声冷厉尖锐的"不要"，成玉眼睁睁地看着五册古书在瞬间化为纸尘，夜风一吹，那纸尘便扬散在无边夜色之中，像是烟花燃过徒留下一片无用的烟灰。

她的目光停留在那纸尘的遗痕上，愣愣的。

巨大的沉默之中，忽听得孟珍咬牙责难："郡主既然能从机关重重的墓室中取出我族的圣书，怎就不知这些圣书只该留在墓室之中待人抄录？怎就不知它们每一本都加了秘术，遇风便要化为扬尘？"

孟珍胯下那匹骏马径直向前行了五六步，她面色铁青："郡主此番探墓探得真叫一个'好'字，硬生生将我们这条路断干净了。依我之见，蜻蛉之死，岂是轻于鸿毛，简直……"

成玉脸色苍白。

季明枫突然开了口，他问她："你究竟在这里做什么？"这是最开初问她的那个问题。她方才便没有回答，此时他像是也不需要她回答，像是不可思议似的继续问她，"你究竟，想要干什么？"

她一个字也说不出来。

他的问题却一个接一个："你来取南冉古书，为何不告诉我？你可知这些书有多重要？有了它们，战场之上能减少多少无辜的牺牲？"

她尝试着开口，只说了一个"我"字。

他却闭上了眼，拒绝听她的任何辩驳，哪怕是忏悔，他像是极为疲惫似的，又像是终于压抑不住对她的愤怒，他的声音极为低沉："红玉郡主，你真是太过胆大包天恣意妄行，错一百次也不知道悔改。今日蜻蛉因你而死，来日还会有更多丽川男儿因你这次任性丧命，这么多条人命，你可背负得起？"他还要冷酷地揣度，"或许你贵为郡主，便以为他们天生贱命，如此多的性命，你其实并不在意？"

这已然不是利剑加身的疼痛。

她坐在那里，迷惘间觉得今夜她也陪着蜻蛉掉了一回化骨池，却被捞了起来，没有死成，但骨与肉已然分离，她还活着，却要忍受这种骨与肉分离的痛，这是比死还要更加难受的事情。

也许只是因她还好好地坐在墓门前，她没有哭，她看上去刚强而冷酷，因此他们便觉得她是足够刚强冷酷的。没有人知道她痛到极处从来就是那样，因此没有人在意她的疼痛。

季明枫像是再也不想看她一眼，在那几乎令她万劫不复的一番话后，便调转了马头扬鞭而去。后头跟着孟珍和他的护卫们。

她想她坏了季明枫的事，他的确是该如此震怒的。

她没有怪他，她只是很疼。

很快古墓前便重归静寂，亦重归了阴森。

月光是冷的，风是冷的，她能听到一两声夜鸟的啾鸣，那鸣声是哀伤的。

她终于支撑不住，瘫倒在镇墓兽笼罩着的阴影里。

她在那阴影里紧紧抱住自己，缩成了小小的一团。

整整一个月，没有人知道她经历了怎样的痛苦和折磨。正如当日古白兰所言，便是她，要取得南冉古书，也要耗费无穷心力。

没有人知道摘下希声之后，她如何度过了一个又一个不眠之夜；没有人知道那些嘈杂的声音是怎样在每一个白天和黑夜令她生不如死；没有人知道取水神灵钥的月夜里她所经历的艰险；更没有人知道今夜。

今夜，在那些命悬一线的瞬间，她其实是惧怕的。

而后蜻蛉的死，忽然化灰的古书，季明枫的那些锋利言辞，她其实没有一样能够承受得住。

她痛得都要死掉了。

她急需谁给她一点温柔，让她别再这么疼痛，但自她来到丽川，只有蜻蛉给过她纯粹的温柔。可此时想起蜻蛉来只让她更加疼痛。近时她还得到过怎样的温柔？在冰冷而沉痛的回忆河流中，只有昨夜那个梦似乎是暖色的，浮了上来，像一颗暖暖的明珠，碰到了她的手指，给了她一点热。那梦里有一片温柔的戈壁，月光是暖的，风也是暖的。那时候有个人在她身边，柔声对她说："送你一句诗，好不好？"那是一个待她好的人，即使只是一个梦里人。

因着这一点点温暖，她终于有力气哭出声来，哭声回荡在阴森的

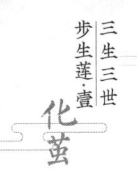

林地中，就像一匹失去亲人的小兽。

而因为没有人在她被自责折磨得近乎崩溃时握住她的手安慰她，对她说，她并没有错得那样严重，蜻蛉的死只是一个大家都不想发生的意外，因此，这回忆中的一点点温暖给予她的力气和勇气，却反而让她在心底接受了让她万劫不复的那套说辞。

是她的任性害死了蜻蛉，而她的无知让蜻蛉的死变得一文不值，这是无法挽回的错误，她要一辈子为之负罪。

故事的后来，于成玉而言依然是有些模糊的。

那夜的后半夜里，好像是王府的人将她带了回去。两日舟车劳顿后，她回到了丽川王府中，然后被关了起来。

她生病了，于恍惚中度日，因此也不清楚究竟被关了几日。

她印象中没有再见过季明枫，倒是有一日听照顾她的丫头说王府中要办喜事了，秦姑娘要嫁进来当主子。她恍惚了好一会儿才反应过来秦姑娘究竟是谁，想着应该是要嫁给季明枫，然后就又犯了困。她那些日子里总是犯困，睡不够的样子。

仿佛是次日，朱槿和梨响就来接她了。他们是悄悄来的。

在看到朱槿时，她的神思才得以清明，不再那么浑浑噩噩。而青年震惊地抱住她，悔恨难当地道："若早知你会受这样的苦，我定然不会将你一人留在此处！"朱槿从来都是刀子嘴豆腐心，瞧着最嫌弃她，但其实最珍重她。而她心力交瘁得只来得及告诉朱槿，让他去她记忆里搜寻那五册南冉古书，抄录下来留给丽川王府。她闯了祸，必须得弥补。说完这话，她便晕了过去。

醒来时她已在挽樱山庄。挽樱山庄是皇家别苑，虽也在丽川，但离菡城很远。

朱槿并没有同她商量，便将那些她清醒时无力亦无法承受的对蜻蛉的愧疚封印了起来。所有那些令她痛苦难当的情绪，和在每一个夜梦里深深折磨她的同蜻蛉死别的幕景,全被朱槿封印在了她的内心深处。因此丽川的一切,好的坏的,在朱槿的封印之术下,于她而言,都只留下一个不带情绪的、笼统的残影。

半年后重回平安城的成玉,便又是十五岁之前未曾迈出过平安城一步的成玉,未曾长大过的成玉。

白玉川旁垂柳依依。夜已然很深了,金三娘竹楼上的琵琶声早已停歇,被琵琶声带走的那些属于花街的欢然气息,也愉快地同子夜告了别,全沉入到了一个又一个风流旖旎的欢梦中。因此整条白玉川都冷了下来,只剩河水还在潺潺地流动,夜风还在轻轻地吹。

连三屈膝坐在草甸之上,单手撑着腮,微微皱着眉头。

成玉便有些惶惑。

这是她第一次如此完整地回忆这段往事,告知连宋的那些过往虽并不完全,但大致便是如此。那些无法示人的秘密无论何时都不可示人,她曾在十花楼中立过誓,因此关乎花主,关乎希声,关乎那些古早传说以及同花木们的交流,以至于包括墓中那古尸,她一概囫囵过去了。又因着一些少女心思,故而关乎一些私密之事,譬如那个戈壁梦境,她也一字未提。

可连三那样聪明,她不知自己在故事中的种种粉饰是否瞒过了他。她也不知如此半遮半掩地同他谈及这段过往算不算诚实地面对了自己。因此她看着他微皱的眉头,心跳便随之而剧烈,她悲哀地想她是不愿意骗他的,只是她不得不。

但三殿下想的并非那些。

他皱眉时想着的,是那个无助的夜里,那阴森的古墓之前,坐在他面前的这个眼眶微红的女孩子,她是如何将自己缩成了小小的一团。是否就像他在她内心四季里所看到的那样,孤孤单单一个人蹲在飘雪的街上,紧紧抱住自己,想要给自己一点温暖。这让他心底发沉。

此时这个封印解除了的成玉，才是真正的成玉，是刚刚长成便被折断了翅膀的成玉。她身上压着的是单凭那稚嫩双肩决然无法承受的痛悔，她却不知如何是好，就像刚破茧便折翼的蝶，被残忍地定格在了那痛苦的蜕变途中。

　　她无法重钻进茧中做一只无忧无虑的蛹，也不能展开双翅做一只自由自在的蝶。她痛苦地静止在了那里。

　　在有些令人发慌的静默中，成玉是先说话的那个人。

　　她问连宋："我是个坏人，是不是？"

　　青年的手指抚上了她的肩膀，月光之下，那手指泛着莹润的光，比最好的羊脂玉还要通透光洁，他轻声回她："不是，他们在胡说。"

　　"可……"她喃喃。

　　连宋的手指点在她的肩侧："将这些情绪和记忆再次封印进你的身体里，你能再次无忧无虑，"成玉迷茫地抬头看他，却突然感到他慢慢靠近，握住了她的手，听到他低声道，"可阿玉，我还是想让你继续长大。"

　　成玉感到那声音擦过自己的耳郭，微微低沉，灌入耳中，有些熟悉，但到底熟在哪儿，她一时没有抓住。随即，便是一阵天旋地转。

第十六章

眼见着白玉川旁三殿下携着红玉郡主凭空消失，国师在心底骂了声娘。

他很庆幸方才自己扯块布蒙住了季世子的眼睛，否则此时如何向季世子解释两个大活人在他眼前凭空就消失了？

今夜唯一算得上好的一桩事是三殿下的消失，也不知他去了何处。国师在心里琢磨着，这大约是三殿下示意他不用跟了。这倒霉的一夜终于熬到了尽头。

可国师还没来得及松口气，却发现两只玄蝶翩翩飞到了眼前，绕着他先飞了个"一"字，再飞了个"八"字。

国师愣了一阵，然后觉得他偏头痛要犯了。他生平第一次痛恨自己这样见多识广，不仅知道这两只玄蝶乃是引魄蝶，来自冥司，还明白它们的效用。

这蝶显见得是连三留给他的。

连三应是带着小郡主去了冥司，而给他留下两只引魄蝶，自然是让他把季明枫也带着跟上他们。他想装不知道都难。

因方才他们蹲着的那棵榉木离白玉川畔有些距离，故而郡主同三殿下说了什么国师并未听清，因此他完全不能明白为何连三要带一个凡人上冥司，还要让他再带上另一个凡人跟着。不过他也着实没有精力去疑惑此事了，待会儿该如何向季世子解释他们将冥司一日游这事，已经要把他给逼死了。

引魄蝶绕着他们二人飞了三圈。玄蝶已至，多思无用，最后要么是勾着他们的魂魄将他们硬带往冥司，要么他们主动点跟上去，入冥司时还不至于魂魄和肉身分离。

国师一边木然地想为何我今夜要在这里受连三的罪，难道是因先帝死得早吗，先帝你死得早啊，你死的时候怎么不把我也带走呢！一边拉住季世子的胳膊，用空着的那只手捏出个诀来，照着三殿下给他的台本，带着季世子随玄蝶共赴冥司了。

凡世有许多关乎冥司的传说，多描述冥司幽在地底，人死后幽魂归于冥司，便是归于地底。

但冥司并非在地底，而是独立于神仙居住的四海八荒和凡人居住的十亿凡世之外的混沌之中，由白冥主谢画楼和黑冥主谢孤栎两姐弟共同执掌。

自创世到如今，宇宙洪荒漫长的衍化过程中，被少绾送来凡世的凡人们早已改变了信仰，自然也已忘却了冥司的真正由来和真正含义，就如同忘却了他们自身来自哪里。

国师算是凡人之中见多识广之人了，关乎冥司，却也只知道一个思不得泉，一个断生门，一个惘然道，一个忘川，一个忆川，一个轮回台，外加一个引魄蝶。一半是从他师父那儿听来，一半是早年他同三殿下请教得来。

国师站在思不得泉跟前发愣。思不得泉虽被称作泉，实则是条长河。因此地既无日月又无星辰，故而很难辨别此河的流向，不知它究竟是从东到西还是自南往北。

借着弥漫在空中的银色星芒远望，仅能瞧见此河似从浓云中来，又流向浓云中去。

国师恍然明白那浓云兴许便叫作混沌。

终于恢复自由身并摘掉了蒙眼布的季世子站在国师身旁，仰头目视河畔足有百丈高的石碑，念出了上面刻着的三个大字："思不得。"又环视了一遍四围，蹙眉向国师道，"……这是何地？"

国师头一下子就大了。

思不得泉乃是冥司第一道关口。过了思不得泉才能到达冥司的真正入口断生门。

国师小时候听他师父讲，冥司的冥主谢画楼和谢孤栁两姐弟，因常年幽在冥司没什么事可做，就爱折腾凡人顿悟。思不得泉便是白冥主谢画楼的得意之作。

凡人死后，幽魂归于冥司，首先要入思不得泉三思：思前尘，思此世，思来生；前尘有何意义，此世有何意义，来生又有何意义？这是助幽魂回溯一生、面对自我、拷问自我的一道关卡。

有悟性的幽魂们在思不得泉中泡个几日，便是前尘有再多痴怨纠葛，上岸也悟得差不多了。譬如一对痴情男女死前约定忘川河畔等三年，基本上先死的那一方入思不得泉泡一泡再爬出来，就会立刻顿悟并先行毁约，根本支撑不了走到忘川。思不得泉就是如此令人发指，由此可见白冥主谢画楼真是世间痴情儿女们的公敌。

见国师长久不语，季世子再次询问："国师大人，这是何地？"

国师沉默了片刻："哦，是这样的，这是你的梦境，你是在做梦，而我为何会出现在你梦中呢，我就是来随便逛逛，"国师故作轻松地将四周望了一圈，干干一笑，"世子你这个梦有点玄幻嘛哈哈哈哈。"

季世子也沉默了片刻："国师大人，我并非三岁小儿，不会分不清自己是做梦还是清醒着。"他看向国师，"传说之中，也有一个地方叫作思不得，是地府的入口，人死后鬼魂皆归于地府，归于思不得。"

国师的笑僵住了："……季世子真是博闻广识，"认识到诓骗季世子有多难，国师选择了自暴自弃，坦然道，"此处的确是你想的那个地方，不过地府一词乃是凡人的说法，世间并无地府，世间有的是冥司；鬼魂也是凡人的说法，冥司中有的并非鬼魂，而是幽魂。"

季世子显然不太能接受这样的现实，平静的表情中出现了裂痕："……你居然把我带到了这种地方。"

国师眼明手快扶了季世子一把。

季世子反应过来后没有拔剑而出砍死将自己带到这里的他，这大大超过了国师的预期，不由得便对季世子和蔼了一些，安慰他道："世子不必担心，你我并非幽魂，此时仍是肉身凡胎，只是有些事，需你我来此走一趟罢了。"

这当然不能安慰到季世子，但好歹转移了世子的注意力，他凝眉道："你是说阿玉她在此处？"

国师对季世子的敏锐感到诧异，但这不是佩服的时刻，他看了一眼对岸，表达了自己的愁思："他们没等我们便过了思不得泉，现在想是已在断生门了。可没有我关门师兄的帮忙……"国师掊着额头，"哦，我的关门师兄就是大将军，这也是为何他能带着红玉郡主闯冥司的缘故了。"

能编到这个程度国师已经拼尽全力，但他突然想起来凡人眼中连三其实比他要小上许多……他静了一静，尝试着修正："对了，我们师门收弟子是看根骨，谁根骨最好谁就做师兄，大将军根骨太好了，因此虽入门最晚，却做了我们大师兄。"

国师瞄了季世子一眼，见季世子并无怀疑，他松了口气："没有大将军的帮忙，我也不知如何过思不得泉，你看这泉上无桥，河中无舟，凫水过去那也是行不通的，思不得泉的水我们碰不得，我觉得……"国师顿住了。

在"我觉得"三个字之后，国师眼见得滚滚思不得泉顷刻封冻，冻结的碧蓝河水似一块巨大的宝石镶嵌于长河之中，在悬空的星芒映照之下，发出深幽的冷光。冰面下许多银色的影子亦被冻结了，那是正在渡河的幽魂。

水神掌天下河川。能瞬间封冻冥司河川，十有八九是水神所为。便是三殿下没有候着他们，也必定是在河畔留下了什么印诀以助他们此时渡河。无论何时，见到连三所施之法，都能令国师感到惊异。这便是天神。

国师目视着封冻的美丽河流，愣了片刻，给方才那篇话做了收尾："我觉得……我们可以直接走过去。"

过了思不得泉，便是断生门。断生门比思不得泉在凡间要有名些，凡人不知有思不得泉，但大多都在传说中听过地府有个断生门，由一只叫作土伯的巨兽守卫。

传说中土伯头生锐角，虎首参目，身若巨牛，形容可怖，据守着断生门，只放行被轮回之钥牵引至冥司的幽魂。

季世子望着面前洞开的古朴门扉。

那是座极高大的石门，门楣亦是石制，上刻"断生门"三个大字。赭色的刻字，字迹开阔风流，左侧搭了个血红的落款：谢画楼书。

已接受现实并冷静下来的季世子看了两眼刻字，又看了一眼卧倒在石门前气息奄奄的锐角巨兽，蹙眉半晌，剑柄指向趴在地上哼哼着爬不起来的土伯："这是大将军的手笔？"

国师也看着巨兽，内心觉得这必定是连三的手笔了，可就算他解释那是他的关门师兄，一个未得正果的凡人，为何能将冥司灵兽伤到如此境地，这说不通的。国师感到了一阵熟悉的偏头痛，他沉默了半晌："怎么可能，"他说，"一定是有别人也来闯冥司了，也不知是敌是友小郡主她会不会有什么事，我们……"

这一招果然有用，季世子一听成玉或有危险，立刻飞身跃入了断生门，匆匆步入惘然道中。

国师遥望季世子的背影，突然想起来，惘然道里有冥兽哇。坏了！

土伯身上的血迹还热乎着，说明连三刚入惘然道不久，十有八九还未将传说中比土伯更为凶残的五大冥兽解决干净。季世子贸然入内，他一介肉体凡胎，要是遇上除了有功德的幽魂不吃以外什么都吃的冥兽，毫无疑问这是一道送命题了。

国师的头皮瞬间就麻了，什么也来不及想，急匆匆跟了上去。

惘然道虽被称作一条廊道，却并不像一条廊道，内里阔大无比，紫晶为地玄晶为壁，极高的挑梁上镶嵌了无数明珠。

大约因空间高阔之故，虽有明珠照亮廊道，人在其中，视物却仍旧朦胧。

踏入其间，国师的脸色忽地变白。他眼前无形无影，也丝毫未感到什么危险相侵，却在他掉以轻心的一刻，有一只无形的利爪狠狠地刺进了他的左臂。剧痛袭来，国师本能地拔剑抵抗，然剑光凌厉处所刺皆是虚无。

无形无影，却能伤人，是冥兽。

国师正要弃剑捏诀，突有白色身影似疾风掠过他身侧。黑色的铁扇点在他的肩侧将他往后一带，国师眼前恍惚了一下，近处忽有猛禽哀啸一声，一缕黑烟自他左臂处脱逃，凝出一只黑鸟的影子来，那黑影又很快在急逃之中消散。是五大冥兽之一的玄鸟。

"看着她。"微凉声音自他身畔掠过，国师感到利爪刺骨的疼痛倏然消失，怀中则猛地一沉，是三殿下将郡主推到了他怀里。

国师只来得及开口唤出"将军"二字，便见一道水晶屏障忽地伸展在他身前数丈远之处，瞬间铺满了从廊顶到地面的整个空间。他眼角觑到不远处持剑跪地的季世子，他似乎也受了伤。乍起的水晶屏障将他们隔离在危险之外，而方才救了他一命的三殿下身姿如风，在小郡主伸手想拉住他衣袖的前一瞬，已急掠至了屏障之后，转瞬便消失在了廊道深处。

虽然三殿下将郡主推到了他怀中,但国师善解人意,明白连三绝不是让他怀抱住郡主的意思。国师伸出右臂来虚虚扶住成玉。

这是自成玉成年后国师第一次近距离接触她,因想着她一个凡人小姑娘,初入冥司,方才又跟着连三同那些冥兽打斗,定然被吓坏了,正想着安慰一二,没料到她突然甩开了他的手,急向连三消失的方向奔去。

国师有一瞬没反应过来,然毕竟道术高超,身体先行地亦紧跟了过去。

成玉跑到了屏障跟前,未如国师所料那般关心则乱地乱敲乱捶,她只是静静地站在那儿,微微抿着唇,注目着廊道尽头。站了会儿,许是发现并无可能看清尽头处连三和冥兽的打斗场,她抬起双手来按压住了透明的障壁,微微偏了头,做出了个侧耳倾听的姿势。

国师感到好奇,他停住了脚步。季世子赶在了他前头,几步行到成玉身前,不由分说便要将她拉离屏障:"此处危险,别靠得这样近!"

在季世子的手伸过去之时,成玉快速地后退了两步,依旧贴着那厚实的水晶屏障。看清季世子后她愣了愣,然后比出了个噤声的手势,贴着屏障轻声:"不要说话。"

国师想了想,也走近了屏障,学着郡主的姿势贴住了屏壁,隐隐听得远处传来打斗之声,他就明白了她在做什么。果然听她低声解释:"我只是想知道连三哥哥他是否安全。"

季世子面色不大好看,僵持片刻后让步道:"那我在这里保护你。"

成玉没有回话,她有些奇怪地看了季世子一眼,像是难以理解季世子为何会关心她似的。

国师对他二人之间的机锋并无兴趣,他看着一心一意担忧着连三的成玉,在心里冷漠地想,与其担心三殿下的安全,我们不如担心担心那些冥兽的安全。

方才国师虽只同连三擦肩,然他确定自己没有看错,三殿下同冥兽打斗时依然只用了他那把二十七骨铁扇。那把以寒铁为扇骨、鲛绡为扇面的铁扇的确也是一柄难得的法器，但那并不是连三的惯用神兵。可见他根本没有认真打，还在逗着那些冥兽玩儿。

廊道深处突然传出猛兽的哀号，该是三殿下占了上风，国师注意到郡主紧绷的神色顿时舒缓了许多。

既然局势稳定了，国师觉得，他们站在这里，也没有什么别的事好干，大家不如聊一聊天。他趁机同郡主攀谈起来，两人一问一答。

"不知将军带郡主来此，可曾告诉郡主此是何地？"

"……此处不是冥司吗？"

"那将军可曾同郡主说起，他为何能带郡主来冥司？"

"……那不是因为连三哥哥他是国师大人你的同门师弟吗？"

国师万万没想到在这件事的编排上他竟然和三殿下心有灵犀了，一时竟无话可说。但他最想问的并不是这两个问题，他最想问的是："那将军为何要带郡主来冥司，郡主知道吗？"

成玉这下子没有立刻回答他了。她突然看了季明枫一眼，季世子抬起了头，她立刻低垂了眼睑，许久，低声道："他说，他带我来见蜻蛉。"

国师不知蜻蛉是谁，这个答案令他一头雾水，却见季明枫蓦地僵住了。

国师道："蜻蛉是……"

便见季明枫僵硬道："我不知道蜻蛉的死让你……"

然后国师看到郡主眼中又出现了那种奇怪的神色，她像是难以理解季世子的回答似的微微蹙了眉："世子怎么会不知道呢？因为，"她轻声，"是季世子告诉我，蜻蛉是因我而死，是我的顽劣和无知害死了她，我是个错一百次也不知道悔改的人。"她的眼眶蓦地有些红，"我知道我要永远背负这罪，我没有忘记那天，你和孟珍，你们告诉我，我必须要永远背负这罪。"

季明枫怔住了，脸色一点一点变得惨白，他似要再说些什么，却在此时，水晶屏障突然被大力撞击了一下。

国师刚来得及握住成玉的手臂，已有黑色的烟雾撞出屏障，将他和成玉一同席卷其中。国师赶紧以印御剑，刺入烟雾中，听得那冥兽呜咽了一声，然而并没有伤到要害之处。

半化出实体的冥兽将他狠狠掼在地上，是只玄狐。他虽被放开了，成玉却仍被那玄狐蓬松的尾巴缠住，劫在半空之中。国师立刻以指血捏出印诀，但落印的速度总差着那灵巧的畜生一截，季明枫的长剑在凡人中已算极快了，可剑到之处，却半分也未伤到那狡猾敏捷的灵兽。

这玄狐竟能冲出连三的结界，也可见出有多么凶残了。国师思忖连三应是被另外四头冥兽缠在了廊道尽头，故而此时无暇来救他们，一颗心不由得提到了嗓子眼。

那冥兽似乎也察觉到此时自己占了上风，不禁得意地化出了人形，在半空布出一道屏障来。在那有些模糊的屏障之后，他的一条尾巴仍缠得成玉无法动弹，留着极长指甲的指尖却抚上了成玉的脸颊，文绉绉地嬉笑道："占不着那位神君的便宜，这么个小美人的便宜，小可却是占定了！"

成玉很害怕，但她没有叫出声，只屏住呼吸用力将头往后仰，想躲开那化形后依然黝黑的男子越靠越近的一张脸。便听那男子逗弄似的同她低语："小美人，不要躲嘛。"成玉隐约明白他要干什么，只能奋力挣扎。可她肉体凡胎，如何挣扎得过。便在恐惧地紧闭上双眼之时，听到极熟悉的声音响在他们身后："找死！"那声音含着怒意。

她猛地睁眼，只看到近在咫尺的玄狐那扭曲的面孔。一柄长枪自他左胸贯过，既而一挑，被逼回原形的玄狐再次被扔进了水晶屏障结成的结界之中，且那屏障在顷刻之间足足加厚了三层。

连三沉着一张脸搂住了失去狐尾缠缚，即刻就要自半空坠落的成玉。不过那拥抱只在一瞬之间，成玉甚至来不及回神，待国师飞身而上接住她时，连三已经放开了她。

可她近乎是本能地追随他，未及思考右手已伸了出去，想要握住连三的手，但只触到了他的手指。即便是他手指的一点点微温，也令惊惧之后的她感到无比留恋，可极短的一个触碰，两人的手指相错而过。她试着想要再次抓住他的手指，只是什么都没有抓到。她刚感到有些委屈，却在下一刻发现连三的手竟回握了上来，他紧紧地握了她一下然后放开，"乖。"他说。

这一切都发生在刹那之间。直到目送连三重新折回屏障中，成玉都还有点呆呆的。

旁观了连三和小郡主在这短暂瞬间所有小动作的国师，感到自己需要冷静一下。但并没有什么时间让他冷静。下一刻，国师眼睁睁看见无数巨浪自惘然道深处奔腾而来，顷刻填满了屏障那边的整个结界。

结界似化作了一片深海。

这世间无论哪一处的深海，无不是水神的王土。

国师感觉自己终于弄明白了三殿下方才那句"找死"是什么意思。

是了，他方才就该注意到，连三手中握着的已不再是那把铁扇，而是戟越枪——传说中以北海深渊中罕见的万年寒铁铸成，沉眠了一千年、饮足了一千只蛟血才得以开锋的一等一的利器，是水神的神兵，海中的霸主。三殿下寻常时候爱用扇子，有时候也用剑，但他最称手的兵器，却是这一柄长枪。这就是说连三他开始认真了。

就像要验证国师的推测似的，最擅长在空中隐藏行踪的无形无影的玄兽们，在水神的深海中却无法掩藏自个儿的踪迹，即便身体的一个细微颤动，也能通过水流传递给手握戟越枪静立在结界正中的连三。冥兽们却毫不自知，自以为在水中亦能玩得通它们的把戏，还想着自五个方向合力围攻似乎突然休战的连宋。尤其是那头被连三一枪挑进结界内的玄狐，拖着伤重的身躯还想着要将连三置于死地。

便在玄兽们起势的一刹那，静海一般平和的水流忽地自最底处生起巨浪，化作五股滔天水柱，每一股水柱都准确地捕捉到了一头冥兽，像是深海之中摧毁了无数船只的可怕漩涡，将冥兽们用力地拖曳缠缚其中。而静立在水柱中间的三殿下，自始至终都没有什么动作。

在这样不容反抗的威势之下，国师除了敬佩之外难以有其他感想，只觉水神掌控天下之水、操纵天下之水的能力着实令人敬畏。此种壮阔绝非凡人道法可比，令他大饱了眼福，但这样非凡的法力，也有一些可怖。

五只冥兽被水柱逼出原形，原是一只玄虎，一只玄豹，一只玄狐，一尾玄蛇和一只玄鸟，大概是常幽在冥司之中幽坏了脑子，不知惹了怎样的对手，还兀自冥顽不灵，高声叫嚣："尔擅闯冥司，教训尔乃是吾等圣兽之职。尔却用如此邪法将吾等囚缚，是冒犯冥司的重罪。尔还不速速解开邪法，以求此罪从轻论处！"

三殿下笑了，那笑意极冷："区区冥兽，也敢同本君论罪。"话音刚落，五道水柱从最外层开始，竟一点一点封冻成冰，不难想象当封冻到最内一层时，这些玄兽们会是什么下场。

五只冥兽这才终于感到了害怕，也忘了遣词造句以保住自己冥兽的格调，在自个儿也即将随着水柱被彻底封冻前，用着大白话惊惧道："你、你不能杀我们，杀死冥兽可是冥司重罪！"

"哦，是吗。"三殿下淡淡道，封冻住冥兽们的五个冰柱在他的漫不经意中忽地扭曲，只听得五大冥兽齐齐哀号，就像瞬间所承受的是被折断四肢百骸的剧痛。

但更为可怖的显然并不是这些，扭曲的冰柱突然自最外层开始龟裂，剥离的冰片纷纷脱落，一层又一层，眼看就要裂至被封冻的玄兽身上。可想若不立刻制止，这五只冥兽也将同那些冰层一般一寸一寸龟裂，最后一片一片脱落在地。它们当必死无疑。

国师脑门上冒出了一层细汗，他摸不准三殿下是不是真打算同冥司结这样大的梁子，就算那只玄狐方才调戏了小郡主，死它一个就得

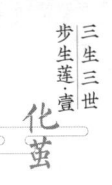

了吧，正要出言相劝，小郡主却行动在了他前头。

这一次成玉没有那么镇定了，她扒着加厚的水晶屏障拼命敲打，企图引起连三的注意："连三哥哥，你不要如此！"

眼见着连三抬头看向自己，成玉正要努力劝说连三别得罪冥主，放冥兽们一条生路，开口时却发现自己的声音被淹没在一个更加清亮的声音之中。那声音自惘然道深处传来，带着慌张和急促："三公子，请手下留情！"

惘然道深处透出星芒织出的亮光来，随音而现的是个玄衣女子，一身宫装，如同个女官模样，身后缀着一长串同色服饰的冥司仙姬。然三殿下头也未回，一个抬手便以冰雪封冻了惘然道来路，一长串冥司仙姬齐齐被拦截在廊道乍然而起的风雪之中。

成玉愕然地望着那些风雪。水晶屏障之后，连三抬眼看着她，目光同她相接时开了口。他的声音很轻，绝然穿不过眼前他设下的厚实结界，但她却觉得听到了他的声音。那微凉的嗓音平静地响在她的脑海中："我没听清，你方才说了什么？"

成玉赶紧回道："我说连三哥哥你不要杀掉它们，不要同冥司结仇。"

"为何呢？"他笑了一下，"是怕我打不过冥主吗？"

"我，"她停了停，"我很担心。"她蹙着眉头，双手紧紧贴在冰冷的屏障之上，好像那样就能靠近他一点似的，"就算打得过冥主，可你不要让我担心啊连三哥哥！我很担心你，"她言辞切切，"别让我担心啊！"

明明那句话说得声并不大，可就在话音落地之时，结界中的冰柱竟忽地停止了龟裂，惘然道中狂烈的暴风雪也蓦然静止，片片飞雪转瞬间化作万千星芒飘落而下。

飘落的星芒之间，结界中持着寒铁神兵的白衣青年微微低头，唇角微扬，五指握紧手中触地的戟越枪略一转动，便有巨大力量贴地传感至五轮冰柱。只见上接屋梁的冰柱猛地倾倒，在倾倒的一瞬间那封冻的寒冰竟全化作了水流，形成一帘极宽大的水瀑，悬挂在廊道的横梁上。

如此壮阔的变化，似自然之力，却又并非自然之力，令人心惊。巨大的水瀑之中，冥兽们总算得以喘息，却再不敢造次。

那一长串冥司仙姬终于自漫天星芒之中回过神来，瞧着被水流制在半空中保住了一条命的冥兽们，齐齐施下大礼："谢三公子手下留情。"

打头的女官在众人之礼后又独施一礼："冥主早立下冥规，世间诸生灵，若有事相求冥司，需独闯断生门兼悯然道，闯过了，冥主便满足他一个与冥司相关的愿望。"

玄衣女官屈膝再行一礼："既然土伯和冥兽们皆阻拦不了三公子，三公子便得到了冥主这一诺。故而，飘零斗胆问一句，三公子此来冥司，却是有何事需我冥司效力呢？"

三殿下已收回了长枪，背对着那一帘囚着五大冥兽的水瀑。待那自称飘零的玄衣女官一篇客气话脱口，躬身静立于一旁等候示下时，三殿下方道："我要去轮回台找个人，请女官带路吧。"他垂头理着衣袖，口中很客气，目光却没有移向那些玄衣仙姬们一分一毫，是上位者惯有的姿仪。

一个凡人，对一众仙姬如此，的确太过傲慢了。国师心细如发，难以忽视这种细节，主动硬着头皮向季世子解释："我关门师兄，呃，他道法深厚啊，常自由来去五行六界，神仙们见过不知多少了，故而才不当这些个冥司仙子有什么要紧，态度上有些平淡，全是这个因由。"他还干笑了两声力图缓和现场僵硬的气氛，"哈哈。"

但季世子没有理他。季世子一直看着成玉。

他看见面前的水晶屏障突然消失，成玉提着裙子直奔向连宋，连三便在此时转身，在漫天星芒之中，他张开手臂，她猛地扑进了他的怀中，紧紧抱住了他。

季明枫从不知成玉跑得那么快，此时突然想起蜻蛉曾同他说过的一句话。

她说世事如此，适合殿下的，或许并非是殿下想要的；殿下想要的，却不一定是适合殿下的。但殿下如此选择，只望永远不要后悔才好。"

蜻蛉同他说这句话时，目光中有一些怜悯，他过去从不知那怜悯是为何，今日终幡然明悟。因为后悔，也来不及了。

成玉在他身边的那些时候，他对她，真的很坏。

其实一切都是他的心魔，是在绮罗山初遇到她时，便种下了痴妄的孽根。

他这一生，第一次那样仔细地看清一个女子的面容，便是在绮罗山下那一夜。

清月冷辉之下，她的脸出现在他的视线中，黛黑的眉，清亮的眼。绝顶的美色。刚从山匪窝中脱险，她却一派镇定自若，抬头看他时黛眉微挑，眼中竟含了笑："我没见过世子，却见过世子的玉佩，我喜欢过的东西，一辈子都记得。"被空山新雨洗润过似的声音，轻灵且动人。

后来有很多次，他想，在她弯着笑眼对他说"我喜欢过的东西，一辈子都记得"时，他已站在地狱边缘，此后陷入因她而不断挣扎的地狱，其实是件顺理成章的事。

而所有的挣扎，都是他一个人的挣扎。她什么都不知道。

为着她那些处心积虑的靠近而高兴的是他，为着她失约去听莺而失落的是他，为着她无意中的亲近话语而失神的是他，为着她的真心流露而愤怒的亦是他。只想同他做朋友，这便是她的真心，是她的天真亦是她的残忍。

但这天真和残忍却令他的理智在那一夜得以回归，那大醉在北书房的一夜，让他明白了自己的那些痴妄，的的确确只能是一腔痴妄。

他是注定要完成丽川王府一统十六夷部大业的王世子，天真单纯、在京城中娇养着长大的红玉郡主，并不是能与他同行之人。她想要做他的朋友，他却不愿她做自己的朋友；他只想要她做自己的妃，她却做不了丽川王府的世子妃。他一向是决断利落的人，因此做出选择并没有耗费多少时间。他选择的是让她远离他的人生，因为一个天真不解世事，甚至无法自保的郡主，无法参与他的大业。

他的挣扎和痛苦，所有的一切似乎都与成玉相关，但其实一切都与她无关，他非常清楚这一点。他只是被自己折磨罢了，可却忍不住要去恼恨她，因此强迫自己一遍又一遍漠视她。

他知道自他们决裂之后，她在丽川王府时没有快乐过几日。可那时候，他没有意识到他的漠视对她是种伤害，也没有意识到过她的疼痛。

她怎会有疼痛呢？她只是个无法得到糖果的孩子，任性地闹着别扭罢了，那又怎会是疼痛？他自小在严苛的王府中长大，对疼痛其实已十分麻木，因此忘了，世间并非只有因情而生的痛，才会令人痛得彻骨。

他们真的，并没有相处过多少时候。

而后便是那一夜她擅闯南冉古墓。

他其实明白，如今她对他的所有隔阂、疏远与冷漠都来自那一夜。是那晚他对她说的那些话让他们今日形同陌路。那个时候，他没有想过那些话会让她多疼。被她的胆大妄为激得失去理智的他，那一刻，似乎只想着让她疼，很疼，更疼。因疼才能长教训。

自少年时代主事王府以来，运筹中偶尔也会出现差错，故而便是她独闯古墓，打断了他的步骤，其实也不过是一桩没有料到的差错罢了，照理远不至于令他失去理智。但偏偏是她做了此事。她再次显露出了那种莽撞与任性，再次向他证明了她无法胜任世子妃这个角色。这令他感到恼怒，痛苦，甚至绝望。他自己知道，他不是个拖泥带水之人，可唯独在关乎她这件事上，他虽做出了决定，却在每个午夜梦回时分，无不希冀着有朝一日，他们还可以有那个可能。他仍在关乎她的地狱中无望地挣扎，寻找不到出路。

他的所有恼怒和痛苦，源于他自己的痴念，但他却忍不住迁怒于她，似乎伤害了她，他就能好过一些。那一夜，他看她的最后一眼，是她孤零零坐在镇墓兽巨大的阴影中，眼中没有丝毫神采，他却在那一刻想起了他们的初见，想起她一袭白裙，一双笑眼，眼中的光彩令月辉失色："我喜欢过的东西，一辈子都记得。"扬鞭调转马头时，他绝望地想，此时我们都在地狱中了。

他这一生第一次喜欢一个人，却被太多的凡念束缚，压抑着自己不能去选择喜欢这个人，所做的一切都是将她越推越远，他以为这才是一种正确。可根本不知该如何爱一个人的他，又怎能知道此事到底如何才算正确？

彼时蜻蛉同他说，殿下如此选择，只望永远不要后悔才好。

永远不要后悔，才好。

有冥姬们引路，过忘川来到轮回台没有花费多少时间。

过忘川时他们不和连三、成玉共乘一船，下船时也是连三领着郡主直去了轮回台，国师和季世子则被冥姬们请在轮回台附近浮空的紫晶莲叶上喝茶休憩。

国师已然怕了让连三和季明枫共处一地，恨不得他俩今晚的距离能一直保持三百多丈。三殿下今夜说话行事全无忌惮，而季世子又不太好骗，有好几次国师都感觉自己在季世子面前根本就瞎掰不下去了，完全是靠着季世子的心不在焉他才勉强蒙混过了关。国师想起这一茬儿就不禁头痛，因此冥姬这样安排，正合他的心意。

哪知坐定之后，却还是听到风中传来轮回台上三殿下同郡主的声音。国师一口茶喷出来，生无可恋地询问侍奉在一侧的冥姬："你能把我们脚下这块紫晶莲叶弄得离轮回台再远一些吗？"

一直沉默不语的季世子此时突然出了声："这样就好。"

轮回台其实离他们说远不远，说近不近。

悬浮于半空的玄晶高台上种着能让幽魂们进入来生的轮回树，巨木参天，直刺入冥司上空，树冠被一团银白云絮懒懒围住，那是去往来生的入口。

树叶上的银芒是附着的幽魂，巨木肉眼可见地生长，不断有枝条探入天顶的银白云絮之中，也不断有新的枝条和树叶附着新的幽魂自树干最底部生出。

三殿下和红玉郡主就站在树下。

季世子自打"这样就好"四个字后便再无言语，似乎在安静地倾听随夜风送来的轮回台上的二人对话声。

国师只见得他一张脸越听越沉肃，不禁好奇，亦搁了茶杯竖起了一双耳朵。

首先入耳的是郡主的声音。国师不知前情如何，却知他们此时谈论的，定然是一桩极悲伤的往事。国师再次听到了蜻蛉这个名字。

微风之中郡主的语声极其沙哑："……你说这世上唯有蜻蛉才有资格评断我是对是错，可连轮回台上也无法寻到蜻蛉，她、她一定是不愿意见我。那夜季世子说得没错，是我的鲁莽和任性害死了蜻蛉，所以她连死后都不愿见我，因为她恨我。"

"他们是在胡说，她没有理由恨你。"三殿下低沉的语声中存着安抚。

但郡主不假思索地做出回答："有理由的，连三哥哥，"她短促地哽咽了一声，"因为我害死了她，因为我……坏。"但她立刻又忍住了哽咽，仿佛自虐似的继续同连三找理由，"因为我无法保护自己，却总要将自己置于险境。因为我是个胆大包天恣意妄行的郡主，错一百次也不知道悔改。因为我……我是个罪人。"那语尾带着一点哭腔，她同连三道，"你看，是不是有很多理由？"

沉默了一会儿，国师就听三殿下道："是那位季世子告诉你这些理由的？"

郡主没有回答他，声音里含着一点微颤："所以，我是个罪人。"她颤声总结，"我知道我是个罪人，应该掉进化骨池的是我，应该死掉的也是我。那一夜，他们将我留在墓前的那片小树林时，我其实一直在想，若死掉的是我就好了，为什么是我活下来了呢？"

又是一阵沉默,良久,国师才听三殿下道:"所以,朱槿才将这段记忆封印了,因为不封印它们,你就没有办法活下去,是吗?"

或许郡主是点了头,或许没有,国师看不真切,只是听到郡主的声音越发地沙哑:"我想如果我足够坏,如季世子所说的那样,我便能背负这一切,还能够好好地生活,可是我并没有那么坏,我……"她的声音颤得厉害,"连三哥哥,我没有办法活下去,是因为我没有那么坏,我没有办法背负蜻蛉的死。"她强撑了许久,很努力地喘了一下,虽没有哭出声来,但是那发哑且颤抖的声音听上去极其绝望,令人心酸。她绝望地向连三道:"我不知道该怎么办,我觉得活着很辛苦。"

国师看到坐在对面的季世子猛地震了一下,原本就不大好的脸色瞬间变得惨白,"不是这样的。"他听到他嘶哑道。那声音带着压抑,又很费力似的,极轻。

自然他这句话轮回台上的二人谁也听不见,而微风之中,几乎是在同一时刻,国师听到三殿下说出了和季世子相同的话:"不是这样的。"

"不是这样的。"是说给成玉的五个字。

但这简简单单的五个字,却让她反应了很久。她抿紧了嘴唇茫然地看着面前的白衣青年,因全然没有想过这件事还有什么另外的可能性,又在片刻的茫然后,她的脸上现出了空白:"如果不是这样,那……又是怎样的呢?"

只听三殿下平静地道:"蜻蛉的死,并不全然是你的错,你也并不是什么罪人,明白吗?"

说这话时他的神情很平淡,就像这原本便是一桩天经地义的事,他所说的可能性才是这桩事原本应有的真实。因着他的从容,她也想让自己相信他所说的那些才是真的,但是她不能。

"不,是我的错。"她停了一下,努力地抑制住上涌的泪意,"我,"她艰难地吞咽了一下,"我也给自己找过借口,想过一次又一次。我告诉自己,入墓之前,我就知道墓里的种种机关,非要亲自去闯,并不完全是因为我的自尊,还因为就算告诉季世子,他们也不一定能成功,因为我所知的也不完全。我可以拿自己的命去赌,却不可以拿别人的命去赌。我曾找过这样的借口。"

他并没有立刻回应她。

她见他抬起了手指,划过她的眼角,轻微地一抚,好像在给她擦泪。她眨了眨眼,眼中的确有些蒙眬。她微微仰起了头,想要将泪水憋回眼中,然后她听到他开了口,声音仍是从容的。他沉定地告诉她:"你说的并非借口,事实便是如此。"

她闭上双眼,摇了摇头:"不是的,这,"她将哽痛咽入喉中,"这只是我给自己找的冠冕堂皇的理由,想让自己的负罪感少一些罢了。季世子说得对,我其实可以选择不闯墓,如果我不去,蜻蛉就不会死。"

他放在她眼角的手指停顿了一下。"又是季世子。"他道,那声音有些不悦。她睁开了眼,她从不记得他喜欢嘲讽别人,可此时那好看的唇角却勾起了一个嘲讽的弧度:"我想他在责骂你时,没有告诉过你,若你不去闯南冉古墓,他也很难再找到谁能成功地取回南冉古书,这只会导致战场上出现更多无辜丧命之人吧?"

她愣住了。的确从来没有人告诉过她这个。

为她拭泪的手指在她颊边停了一停,顺势滑落到了她的左肩,使得她的身体微微倾向他:"能重新寻得失落已久的南冉古墓破墓之法,已非易事;获得那些似是而非的破墓之法,能够准备周全,有胆量去闯墓,更是不凡;在墓中面临那些突然生出的机关时,还能有机巧的应变,若我是那位季世子,"他停住了,她仰头看他,他微微俯了身,附在她的耳畔同她低语,"我只会想,我们阿玉是有多么聪明,竟能平安回来。"

我们阿玉是有多么聪明,竟能平安回来。

喉头发哽,她说不出话来,试着停顿一下,想像方才那样将所有哽咽和疼痛都咽入喉中,但这一次却没有成功。压抑良久的眼泪终于不受控制地涌出了眼眶,先是极小声地抽噎,待他的手臂揽住她的肩时,她终于忍不住痛哭失声。

就像是被风雨摧残的小船终于找到了一个可供停泊的港口,她的双手牢牢握住他胸前的衣襟,将自己紧紧贴入了他怀中。似乎所有的委屈都找到了出口,她哭得不能自已,却仍然忍不住怀疑,抽噎着在他怀里一字一顿:"是、是因为连三哥哥总是向着我,才会如此说……"

"不是的。"他轻声道,"蜻蛉虽然死了,但你却让更多的人活了下来,这原本就不是一桩过错。"他继续道,"我在军前亦会做许多决定。我做的决定常常是让一部分人去死,以期让更多人活下来。我并不觉得这有什么问题,也从未感到有什么背负。如果蜻蛉因救你而死你便有罪,那我是否更是罪无可恕?"

她缓缓从他怀里抬起了头,像是听进了他的话,但眼中仍有迷惑。

这便是凡人的执迷。九重天上和东华帝君坐而论道的三殿下何曾如此啰唆过,但就算他今夜多话到这个地步,似乎也不能让她顿然明悟。放在从前,三殿下必定早烦了,撒手不管了,更不必说凡人的种种苦恼在他看来原本就很不值一提。

但今夜,他却像是突然有了无穷的耐心。他还用心地将自己代入成了一个凡人,用凡人的逻辑和慧根为她指点迷津:"这世间有许多无可避免的死亡和牺牲,阿玉,那些是遗憾,不是罪过。"

她终于有些动摇,似乎信了那不是罪过,但也许那一晚对她造成的伤害太过巨大,从一个结中钻出,她又立刻进入了另一个结中:"就算那不是罪过,可,蜻蛉一定很恨我,只要想到这一点,我就……"

"她不恨你,她甚至连遗憾都没有。"此话脱口之时,三殿下怔了一怔,他终于意识到了今夜自己的可怕耐心。万事无常,无常为空,和"空"计较,这是完全没有意义的一桩事。但此时他却帮着她同这无常,同这"空"计较起来,一贯的理智告诉他,他这样很莫名其妙。可要使她得到解脱,却必须得完成这件莫名其妙的事,他今夜将她带来此处，原本便是为了这个。

他揉了揉额角，尝试着更深入地理解凡人，以排解她的痛苦："不在轮回台的幽魂只有两个去处，一是来生，一是冥兽的腹中。既然往生册上载了蜻蛉的名字，她便顺利通过了惘然道，来到了这轮回台。而此时她不在轮回台，只能说明她已入了轮回。她并不是不想见你，这并非她可以决定的事。"

她睁大了眼睛，不确定地喃喃："是这样的？"

他看着她："你要明白，带着遗憾的幽魂不会那么快进入下一个轮回，蜻蛉她不在这里，说明她没有遗憾。没有遗憾是什么意思，"他耐心同她解释，"就是救了你，她并不后悔，就算再选择一次，她依然会为了让你活下去而牺牲掉自己。在这件事中，除了你自己，没有人有遗憾。"他淡淡道，"连季世子可能都没有。"

她的嘴唇颤了颤，没能说出话来。

他低头看了她一阵，问她："你信我吗？"

许久，她轻轻点了头。

他再次开口："能从这段过往中解脱了吗？"

她依然停顿了许久，却还是点了点头，便在他打算放开她时，她轻声问他："我有那么多遗憾，是我太懦弱了吗？"

这个问题真是天真。

他停止了放开她的动作，顿了一下。

但天真得有些可爱。

他端详了好一会儿她的神情，看到她眼中不加掩饰的疑惑和忐忑，是很笨拙的姿态，但那漆黑的双眸再不是先前那样全无神采。故而虽然她流露出了这样笨拙的模样，亦让他心情好了一些。

他再次揽住了她的肩膀，让她的额头靠在自己的胸前："有遗憾没有什么不对，"他轻声道，"人的一生总有种种憾事，因你而生的憾事，这一生你还会遭遇许多。接受这遗憾，你才能真正长大，"在她抬头之前，他说完了最后一句话，他告诉她，"因为，凡人都是这样成长的。"

蜻蛉的死是一桩遗憾，要接受这遗憾，因为凡人，都是这样成长的。

如何面对这桩悲剧，这是另一个答案，与季明枫和孟珍告诉她的完全不同的一个答案。

那漫长的一刻，成玉其实不确定自己到底在想什么，须臾之间，她像是又回到了南冉古墓前的那个树林。

那残忍的一夜，所有的人都离开了那一片墓地，她坐在镇墓兽的阴影中，相伴的唯有头上明亮却冰冷的月光，和树林中传来的悲哀兽鸣。她冷得要死，又痛得要死，在她紧紧抱住自己痛哭的时刻，这一次，终于有一个人来到了她的身边。

他给了她一只手，一个怀抱，许多温暖。

他告诉她，这一切并非全然是她的错，这是生命中的一个遗憾，要学会接受这种遗憾，这样她才能长大。

静止的蝴蝶终于破茧而出。

成玉紧紧抱住了面前的白衣青年，两滴泪自她的眼角渗出，她想这将是她为蜻蛉、为不能面对过去的自己流下的最后的泪水，她是应该长大了。

齐天的轮回树铺展在他们头顶，如同一片碧绿的云；微风轻动，承着幽魂的树叶在夜风中沙啦作响，似在庆贺着彼此即将新生；而天空中布满了银色的星芒，在夜色中起舞，像无数的萤火虫，给这无边的冥夜点上了不可计数的明灯。

第十七章

因十亿凡世的凡人们死后皆需入冥司，冥司空间有限，为了容下前赴后继的幽魂们，故而冥司在时间上比之凡世被拉长了许多。冥司中并无日夜，单以时辰论之，国师他们所处的这一处凡世里一盏茶的时候，便当得上冥司中的十二个时辰。

这就是说即便三殿下带着小郡主在此处待上个十天半月，他们依然能在凡世里明日鸡鸣之前回到曲水苑中。国师松了口气。须知要是他们不能准时回去，郡主失踪一夜这事被发现后闹出去，毫无疑问，被丢到皇帝跟前收拾烂摊子的必定又是他。

他就是这样一个倒霉催的国师。

一个时辰前，三殿下将小郡主从轮回台上带下来，冥姬们便安排了一处宫室令他们暂且歇下。小郡主倒是睡了，三殿下却一直在院中自个儿同自个儿下棋。

连三一个神仙，精神头如此之好国师并没有觉得怎么，可季世子一介凡人，折腾了一夜，竟然也无心休憩，孤独地站在廊前遥望郡主歇下的那处小殿，背影很是萧瑟。

旁观了一夜，季世子此时为何神伤，国师大抵也看明白了，只感到情之一字果然令人唏嘘，幸好自己年纪轻轻就出家做了道士。

惘然道中那自称飘零的玄衣女官来相请连三时，国师刚打完一个盹儿。

那女官禀完了来意，静立在一旁，三殿下仍在下棋，将手上的一局棋走完后他才起身，见国师候在一旁，随口道："你一起来。"

冥司中有两条河川，一条忘川，一条忆川。

忘川在冥司的前头，教幽魂们忘记；忆川在冥司深处，关乎的则是"忆起"。相传一口忆川之水便能令幽魂们记得前世，而一碗忆川之水，能令幽魂们记得自己数世。问题在于经历了思不得泉和忘川折腾的幽魂们，个个如同一张白纸，根本想不到要往忆川去，因而数万年来除冥主和服侍冥主的冥司仙姬们，基本上没人踏足此地。

遍布冥司的银芒照亮了整条长川。

忆川说是河川，却不见河水流动，满川的水都像被封冻住了似的，但若说水是死水，被冻住了，河面之上却又养着一川开到荼蘼的紫色子午莲。半天星芒，一川紫莲，碧川似镜，清映莲影。星芒与莲影相接之处，一座玄晶的六角亭璀然而立。

玄衣女官就此停住了脚步，只恭敬地做出一个相请的姿势，然从河畔到河川中心的小亭，却没有搭建出什么可行的小路。国师正要开口询问如何渡川，只见连三已先行一步踏足在了那川中的紫莲上，而紫莲却未被踩坏，稳稳地承住了三殿下。国师便随三殿下一路踩着这些紫莲行过去，既觉奢靡，又觉神奇，再次真切地意识到凡世同神祇们居住的世界的确有许多不同，而凡人同天神们也的确有许多不同。

刚走近小亭，便听到亭中传出了一阵轻咳，打断了国师的思绪，一个微哑的声音响起："听飘零说，三公子想要拿到人主阿布托的溯魂册。"耳闻"人主阿布托"这五个字，国师惊讶地望了三殿下一眼。

三殿下步入亭中："上次见到孤州君，还是在七千年前父君的大朝会上。"

亭中之人淡淡一笑："三公子好记性。"那人站在一张书桌前，看样子先前正伏案作画。书桌亦是玄晶制成，只不过更为通透，案头摆了盆幽兰。他随手将画笔扔进笔洗，"实则我已醒了五百多年，只是近几百年三公子都不再参加天君的大朝会，故此你我没有机缘得见罢了。"说完又咳嗽了一阵。

冥司之中能上九重天参加朝会者，除了冥主不作他想。国师目瞪口呆。凡世中称掌管冥司的神叫阎王，阎王庙里供着的阎王像无不凶神恶煞，但眼前这看着很有些病弱的、肤色苍白的英俊青年离凶神恶煞岂止有着十万八千里。国师有点蒙。

三殿下淡淡："大朝会是天君特意开给冥司和凡世的，我掌理四海，与凡世和冥司都不太相干，几千场参加下来，感觉其实没什么必要。"

冥主化出两张玄晶座椅来示意他们入座，又将手边的画作叠了一叠，在空出的桌面上化出一套茶具，边沏着茶边道："八荒之中，也只有三殿下敢在大朝会告假，还一告几百年了。"亲自将茶沏好后，这位脸色苍白，但从发冠到衣饰皆为暗色的冥主再次开了口，"三公子从来明见万里，应是料到了我请你来此是何意吧。"

三殿下低头摩挲着冥主刚递过来的白晶茶碗："孤栩君是想同我做笔交易吧？"国师听出来三殿下虽然用的是个问句，却一点疑问的意思也没有。

冥主又开始咳嗽，咳了好一阵才停下来，神色中增添了几分严肃："不错，神族之中，论在魔族中交游的广阔，数来数去，只能数到三公子头上。若三公子能替我在魔族寻得一人，那阿布托的溯魂册，我必然双手奉上。"

三殿下把玩着手中的白晶茶盖："孤栩君欲寻何人？"

冥主似是忍耐了一会儿才道："青之魔君的小儿子。"

"哦，南荒燕家的嫡子。"三殿下看了国师一眼，"我记得……叫什么来着？"

国师当然回答不了这个问题，国师连青之魔君是个什么鬼东西都不晓得，他无辜地回看了三殿下一眼。

"燕池悟。"冥主代他回答了这个问题，表情却像是完全不想提起这个名字。

"一个神族要寻一个魔族，这魔族的身份还非同寻常，"三殿下笑了笑，"孤柮君寻人的原因是何？"

冥主沉默了好半晌："是家姊寻他。"国师注意到冥主的神色有点咬牙切齿。

三殿下终于将那白晶茶盖放了回去，端起茶盏喝了一口："我是听闻画楼女君当初游历南荒时，无意间救了一个少年。"

冥主微讶："不愧是你，"停了停，"正是这个因由。"皱了皱眉，又是一阵咳嗽，缓下来后继续道，"家姊孤傲，四海皆有闻，我也不知她为何竟救了一个魔族，还收他为徒，醒来后看到她沉睡时给我的留书，也颇觉荒唐。听说燕傩的这个小儿子除了长得好看外，别的一无是处。"眉头拧得极紧，满心不愿却迫不得已这个意思跃然眉上，"如今我仍觉此事荒唐，不能明白家姊她为何会收这么一个蠢材为徒，但也不得不尽力，否则她醒来之时我无法交代。"

三殿下看了国师一眼："你好像有话说？"

这种场合本不是国师能开口的场合，连三和谢孤柮一番对话，国师也基本上没太听明白。不过关于谢孤柮说不懂他姐姐为何要收一个蠢材为徒这事，国师的确有自己的见解。国师迟疑了片刻，向谢孤柮道："贫道是想着，冥主既说那位小燕公子长得好看，兴许正是因他长得格外好看，令姊才破例收他为徒，"又向连三，有些讪讪地："三殿下也知道这种事我们凡世有许多了。"

孤柮君立刻哼笑了一声，不以为然："若论容貌，四海八荒第一美人是青丘白浅，第二美人便是冥司画楼，燕池悟再好看，总好看不过画楼她自己，她为何要因一副不如她的皮囊而对燕池悟另眼相看？"

三殿下亦道:"八荒美人谱上,画楼女君是略逊于青丘白浅,不过我并不觉得白浅是最美的那一个,此事见仁见智罢了。"

听得此言,谢孤栶面上现出满意之色,没再继续为难国师。国师却在心中摇了摇头,想着冥主殿下你真以为三殿下潜台词里夸赞的是你姐姐吗,你也太天真了。

国师一时间觉得自己很是敏锐,但又有点心灰意冷,因他作为一个道士,其实不应该在这种事上如此敏锐。好道士们,一般都不这样。国师忧愁了片刻。

没多久连三便辞别了谢孤栶。

回程时国师没忍住一颗求知好问之心,烦了连三一路。一路下来,国师才明白白冥主谢画楼与黑冥主谢孤栶姐弟执掌冥司有些特别:这两姐弟自出生之始便从不同时现世,白冥主执冥司时黑冥主沉睡,黑冥主执冥司时白冥主沉睡,因此谢孤栶才会说他姐姐留书给他,令他照顾小燕。

同时,国师也明白了连三为何突然要寻找人祖阿布托的溯魂册。

原来来冥司时三殿下已询问过红玉郡主关于南冉古书中所记载的祖媞神红莲子之事,但郡主回忆中,原册中对祖媞神仙体化为红莲子后的去向并无记录,他们所见的那一页空白,在原册中亦是一片空白。查找祖媞神的线索因此又断了。

不过正巧他们此行是来冥司,冥司中藏着凡人的溯魂册,故而连三他便顺道来跟冥主借一借阿布托的册子。

若阿布托仍在轮回之中,溯魂册中可觅得他今在何世,又为何人,找出他来灌上一大碗忆川之水,便能知道那颗红莲子究竟去了何处,说不定便能寻到祖媞神的芳踪。

国师此前一直怀疑连三压根儿就将寻找红莲子这事给忘了,乍听他已将此事推进到这个地步,很是欣慰。

连三干正经事的时候，国师还是很愿意为他分忧的："所以殿下让我一起来见冥主，是因换阿布托溯魂册这桩事，有用得着我的地方是吗？"国师很是主动，"此事上殿下若有什么差遣，只管吩咐便是，粟及无有不从。"

三殿下看着他，面露困惑："你能帮什么忙？"

国师比三殿下还困惑："如果我什么忙都帮不上，殿下同冥主议论这桩大事却带着我，这是为何呢？"

"顺道。"

国师晃了一下："顺道？ 顺道……是何意？"

三殿下奇怪地看了国师一眼，像是不理解为何这么简单的事情他都看不明白："有你在院中守着，你觉得那位自尊高过天的季世子，会去和阿玉说清楚，向她道歉吗？"

国师自然一向是妥帖的国师，否则先帝朝也轮不着他来呕心沥血，但他们修道之人不问人心，国师在对人心的理解上毫无造诣。国师很纳闷："可郡主心结已解，此事已经了结了啊。"

"阿玉的心结因他而起，他与阿玉没有说清，就不算了结，否则我让你将他带来这里做什么？ 看我打架好玩吗？"

国师还是不太懂："但殿下在轮回台上不是已然问过郡主是否解脱，我虽没听到郡主的回答，可离开轮回台时，我看郡主的确是已经释然的样子。我不是很懂殿下为何要让季世子再单独见郡主一次，这岂不是节外生枝？"

大约是怕不回答他，他就能继续没完没了地问下去，三殿下权衡了片刻，忍住不耐回答国师："季明枫其实很清楚蜻蛉之死，最大的罪责应该在谁身上，当日责难阿玉，不过为了一己私心。"他淡淡道，"阿玉信任我，所以当我告诉她错不在她时，她能接受这个说法；季明枫这个罪魁则应该告诉她真正错的是谁，她才能彻底从这件事中出来。她那份并不太恰当的负疚感早已深入骨髓，将其彻底剔除并不容易。

而我将她带来这里，要的就是'彻底'二字。"

国师了悟，感佩不已，今夜他防火防盗就防着连三和季明枫为了成玉打起来，不曾想三殿下心中的账簿竟是这样，倒显得他是个十足的小人了，不由惭愧："殿下胸怀博大，看事又看得这样真切明白，真是叫我辈汗颜。"

三殿下点了点头，接受了他的恭维。两人一路前行，没再说什么，半盏茶后便回到了院中。

在入内院的月亮门前，果然瞧见小院深处一株如意树下，季世子同郡主正站在一处。国师见三殿下停下了脚步，他也就停下了脚步。

探头望去，只见小院中银芒漫天，在树冠笼出的阴影中，季世子同郡主相对而立，两人身姿皆很高挑，衣袂随夜风而舞，远远看去如一株妙花伴着一棵玉树。

郡主背对着他们，应该是没发现他们回来了。季世子一双眼只专注地望着郡主，看样子也没发现他们站在月亮门旁。

国师支起耳朵，并未听到二人说什么，无意中偏头，吓了一跳。

三殿下面沉似水，神色若冰。

国师也不是个蠢人，想了片刻，有点明白，不禁凝重："是殿下你说要让他们彻底了结，要让郡主彻底解开心结，他们两人现在这般独处，还是你特意给他们制造的机会。可此时您瞧着他们站在一处，却又这样生气，"国师两手一摊，"您这是何苦呢？"

三殿下面无表情地问他："我有生气吗？"

国师点了点头。

三殿下依然面无表情："可能因为做的时候是一回事，看到的时候又是另一回事？"

国师不敢回答，察言观色道："那我去把郡主带走？"走了两步又忍不住折回来劝谏，"要不然还是以大事为重吧？"

三殿下沉着脸没有说话，但也没有反对以大局为重，半晌，拂袖

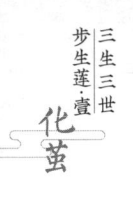

道:"我出去吹吹风。"

国师忍住了提醒三殿下这里风就挺大的，顺从地点了点头。他觉得方才自己真是白感佩了也白惭愧了。

成玉方才睡醒后瞧屋子里没人，就去院子里寻连三。她在院里晃了一圈，没瞧见连三，却看见了季世子。她本能地觉得需避一避，但刚走到这棵如意树下，便被季世子给拦住了。季世子的脸色不太好。

她觉得她同季世子有点无话可说，因此站那儿有点尴尬，也没察觉连三进院子了。

她没说话，季世子也没说话。直到她有点烦躁起来，季世子终于开了口："我知道你已从过往中解脱。"

他第一句话便是这个。

成玉愣住了，然后在顷刻之间遍体生凉，良久她才找到自己的声音："世子是觉得我不配得到解脱，因此又来提醒，是吗？"

她的目光中浮上来许多情绪——有层次的情绪，那些层次极为清晰，先是不解，再是疼痛："……我那时候是坏了世子的事，但之后我不是留下南冉古书弥补了世子吗，世子为何就非想要看到我痛苦呢？"

季世子立刻抬起了头，他看着她，脸上没有半点血色："我并不想让你痛苦。"他急促道。

她方才的反应全在他意料之外，同她说那句话之前他想过很多，他想她也许会恨他，也许会责骂他。他没有想过她没有憎恨，没有责难，她甚至连抱怨也没有，她只是误解了他。可他却宁愿她此时能同他发脾气，打他也好，骂他也好，那些都比不上这样的误解来得诛心。他从前总以为让她远离是好的，但此时却真切地发现，没有什么比她的误解更让他感到痛苦。

他的声音带着明显的沙哑："古墓那一夜我说的那些，并不是我的真心话，并非是你害死了蜻蛉。"他终于说出了早该说出的话，"砍断化骨池上那座索桥的人,才是真正的元凶。"

成玉一怔,猛地抬头。

"是孟珍的侍女砍断了索桥。"他继续道,"她的侍女精通毒瘴,对醉崑山亦十分熟悉,我们到漕溪后令她守着古墓。那古墓开启之后,除非闯墓之人死在墓中或成功出来,否则墓门不会关闭。蜻蛉在你之后入墓,看到蜻蛉入墓后,她自作主张砍断了索桥,想将你们困死在墓中。"

他的脸色苍白,目光中含着苦涩,落在她怔忪的面容上:"连将军是对的,蜻蛉没有遗憾,她的职责是保护你。她是影卫,你还活着,她便不会有任何遗憾。"

好一会儿成玉才反应过来,她后退一步扶住了如意树的树干。

是了,她想起来了,那一夜的确有人砍断了索桥,正是因索桥被砍,蜻蛉才牺牲了自己将她送到了对岸。但事发后是季明枫在第一时间告诉她,是她害死了蜻蛉。她在剧烈的疼痛中接受了这个说法,因此便忽视了还有一个元凶,是那人砍断了索桥,直接导致了蜻蛉之死。她也从没有想过要把蜻蛉之死归在那元凶身上,仿佛那样做,便是在推脱自己的罪,会令人不齿。

如今她当然不再那样偏激。她沉默了许久:"那你……"她想问问如果他从一开始就知道这一切,明白这件事是怎样的道理,那时候却为何……可一时又觉得似乎也没什么必要。因一切都过去了,蜻蛉已顺利入了轮回,而她,也不再为此事痛苦,虽仍思念着蜻蛉,却也发自内心地释然了。

季明枫似看出了她心中所想,主动回答道:"当夜我会那样震怒,口不择言,是因为我的私心,我的私心是……"

她没有说话,只静静听着他的解释。但这一刻他却无法出口,告诉她什么呢?

告诉她他对她的所有伤害都来源于他的痴念,都来源于……他喜欢着她?不过是一个拙劣的借口罢了。事实就是他伤害了她,他是她这一年来噩梦的根源。若连这一点他都无法面对，今后又要怎样控制自己的心魔，不再继续伤害她？因此他没有再说下去。

他静默了许久，许久后他道："没有什么可解释的，一切都是我的错。"他费了很大的力气才能看着她问出今夜最想问的一句话，"你可以原谅我，我们可以重新来过吗？"

她当然十分吃惊，像是他向她致歉，祈求她的原谅，比方才他告诉她害死蜻蛉的元凶是谁更令她感到不可思议似的。他将她的每一个细微表情都看在眼中，那每一个怀疑的表情都令他心脏钝痛。

她靠着如意树的树干，终于，她回答道："其实谈不上什么原谅不原谅。"她微微低着头，似在思索，"当夜世子以为我毁了南冉古书，坏了王府的大事，会那样责难我，我能理解，这并非世子的错，我也从未怪过世子。只是世子……"

她抬起头来，微蹙了双眉："为什么要和我重新来过呢？"

她困惑地道："若世子是因觉得愧疚，想要补偿，又知道我过去一直想同世子做朋友，因此才提及要重新来过，那其实大可不必。"

她依然蹙着眉："从前是我不懂事，而我如今已经明白，季世子不交……"似乎觉得所要用及的词不大妥当，她顿了一下，换了一种说法，"世子不随便交朋友，"她笑了笑，"而我是个没用的郡主，世子其实无需勉强，我和世子的缘分就止在丽川，未尝不是一件好事。"

他听出来她是想说他不交无用的朋友，蓦然之间每一寸血管都泛出了凉意，手指握得发白，缓了好一会儿才能开口："是谁告诉你，我不交无用的朋友？"

她没有说话，却很礼貌地笑了笑。宗室贵女的笑法，是委婉的拒绝，不想回答他这个问题的意思。

他抑制住一身凉意，半晌，低声道："你并不是个无用的郡主。"

正如轮回台上连三所说，能破南冉古墓取得南冉古书，那并非一般人可以办到。他从前总是评判她天真不知世事，却是他自视太高。

以为古书被毁的那一夜后,他又带着影卫闯过三次古墓。

前两次闯墓,她仍被关在丽川王府中,他折损了三十名良将,然而连古墓的巨石长廊也没有走过。而后便是她的离开,她离开了,却留下了以她的笔迹抄录成册的五本古书在王府。孟珍要强,即便拿到了古书,仍偷偷去闯了那古墓,誓要同她一比高低。他领着侍卫们将孟珍自巨石长廊的迷阵中救醒时,醒来的孟珍在回光返照的最后一刻,不得不承认,是她低看了成玉,她远不及这位中原的娇娇郡主聪慧能为。而后孟珍带着遗憾和不甘死在了墓中。

事实上,他们所有人都低估了她。这位来自京城的年幼郡主,她有着绝顶的智慧和勇气。连三用了那个词,非凡。的确,唯有她拿到古书从那座噬人的古墓中全身而退了,唯有非凡才能如此。

可此时,她却对他的认可毫不在意似的。从前他误言她无能弱小,她放进了心中,今日他说出了真心话,她却并没有将这句话当作一回事。

她安静地站在他面前,沉默了片刻,而后笑了笑:"我没有什么好,世子从前也是知道的。"虽笑着,那笑却未必真心,因他在她眼中没有看到一点亲近,甚至不及他们初见时的那个月夜,那时候他至少在她眼中看到了信任,但此时,那里面什么都没有。

他伤过她,因此她绝不会再信任他。

那笑将他刺得生疼,可她还要继续说话,用极规整、极客套的语声告诉他:"世子说的我都知道了,关乎过去我已全然没有心结,望世子也不要再有芥蒂才好。这桩事我们从此以后便不再提起了吧,那么我就先⋯⋯"说着便要走。

"你若不相信我是真心想和你成为朋友,"他疾走两步拦住了她转身的脚步,抬眼认真地看着她,"从前总是你追着我跑,这一次,就让我追着你吧。"

方才的所有吃惊加起来都不及她此时的吃惊,她愣了好一会儿才想起来开口,目光中流露出不解:"世子何必?我们其实连做朋友都很

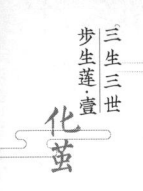

不合适,世子在京城也待不了多少时候,我们不如就此……"

他却打断了她,想要握住她的手,看到她怀疑的眼神,发僵的手指顿在了袖中。他蹙着眉,像在说一句誓言,很认真地再次同她重复了方才的话:"这一次,让我做那个追在你身后的人。"

同季世子分开后,成玉愣了一阵,同季世子这场谈话让她感到很是疑惑,因在她心中,季世子毫无疑问是讨厌她的。

当初烦厌着她,让她不要出现在他面前的是他;认为她天真无能而低看她,希望她能早日离开丽川王府别再给他找麻烦的也是他。她的确难以理解今夜世子的举动。他竟然说一切都是他的错,还想再同她做回朋友。

她方才对季世子所说全是真心话,她的确从未恨过他,因站在他的立场,她从未觉得他有什么错,他当然可以对她有偏见,他也当然可以不想交她这个朋友。他也说过我觉得你烦这种话,是了,他当然也可以觉得她很烦。

那时候她的伤心其实同他没什么关系,都是她自找的,因此明白过来后,她便收了性子淡了心。

季世子想一出是一出,此时又说希望和她重新开始,但她其实早已做出了选择:她和季世子,不太适合做朋友。

然季世子今日如此言辞切切,满心同她示好,她若一力拒绝,倒显得气量狭小。她叹了口气。其实,若不是极要好的那种好友,萍水相逢能互相点一点头的平淡之交,他们倒也做得。想到此处,也就释然了。

一抬头看到不知什么时候站到了她身旁的国师,成玉转头就把方才的烦恼忘了,一意同国师打听起连三的去向来。国师一脸深思,看着她欲言又止:"你是不是不太懂季世子他对你……"

成玉莫名其妙地望着国师:"季世子对我很是愧疚?我虽觉得没有必要,但季世子如此说,我也信他,国师大人又想要说什么呢?"

国师在心中为季世子默哀，他听到郡主对他的称呼，立刻想起了自己是个道士。一个道士，真的很不应该参与他们这种儿女情事，国师咳了一声闭了嘴："没有什么。"他正色指了指月亮门外，"将军在外头吹风。"又提醒了她一句，"将军心情不太好，郡主你小心些。"

成玉寻着连三没花多少时候。

冥司中冥主住的宫城建在轮回台后。

入得城门，能见到数座孤岛浮于半空，宫室皆位于浮岛之上，浮岛之间则以廊桥相连。

成玉顺着一阵悠扬的乐声来到一座银装素裹的浮岛跟前。

岛上笼着一片雪景，仔细一看又并非雪景，盖因遍布浮岛的林木天生银枝银叶，树林中的小路也皆由白石垒成，因此看上去像刚下过大雪一般。

成玉跟着乐声步入面前的白叶林，没走上几步，眼前豁然开朗。

白叶林环出的一座泉池中，数位红衣舞姬正立于水面之上翩翩起舞。在舞姬们自一个花瓣阵列中散开的一刻，成玉瞧见了方才被舞姬们挡住了的连宋，他正靠坐在一张白玉长椅上提着酒壶喝酒。

一名舞姬白色的水袖向着连三多情地抛去，轻薄的绸纱自他撑腮的左手拂过，拂过他的手背，亦拂过他半张脸。成玉是见过大世面的人，她记得琳琅阁的舞姬们也有这一手。姑娘们这样做的时候，那绵软的身段，娇艳的脸蛋，再和着水袖中暗藏的旖旎花香，她一个姑娘有时候都被迷得晕晕乎乎。

连三微微抬眼，那舞姬腰肢一扭便要倚去他怀中。却在那一瞬间，舞姬抛出去的纯白水袖突然化作了万千碎片，又化作一帘雪花，飘飘荡荡自半空落下。三殿下则往后靠了靠，冷冷地看了她一眼。

舞姬被连三冰冷的眼神吓得愣住，生生顿在了他跟前，另有一个机灵舞姬一旋身转到那飘零的雪花之中，轻轻拽了那抛袖舞姬一把：

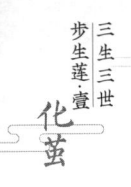

"还不入列,不要毁了这支舞,败了三公子的兴。"

舞姬们重舞作一列,雪花也在此时落尽。

在那落尽的雪花之后,成玉发现不知什么时候连三看到了她,他的目光穿越整个泉池落在了她身上。她不知那目光中含着什么,只是凝在她脸上时,叫她感到沉甸甸的。

成玉想起来国师说连三可能心情不大好,这么看来果然是心情不好了。

待她绕过泉池走近时,他已收回了目光,又开始自顾自地喝起酒来。他生气也罢,心情不好也罢,她反正从来不惧怕的,因此在他的长椅边儿上找了个位置拿袖子随意揩了揩就坐了下来,浑不在意地和他搭话:"国师说连三哥哥你就在院子外边吹风,怎么却吹到这里来了,叫我好找。"

他淡淡看了她一眼:"你来这里做什么?"

泉池之上舞姬们一曲舞毕,一个长得尤其好看的舞姬从远处静候的侍女手中端了新的瓜果酒食呈上来,成玉一边从漆盘中挑水果一边道:"来带你回去啊。"

"回去做什么?"

这可不像她原始见终、见微知著的连三哥哥能问出的问题,成玉拎着一串葡萄抬头看了他一眼,有些狐疑地:"就休息一下,然后回凡世啊。"

连三喝着酒没有再说话。她觉得他有些奇怪,因此仔细瞧了瞧他的脸,但那张脸除了特别好看以外,别的她也看不出什么来。她想了想,又问了一句:"你是还不想回去休息吗?"

他没有立刻回答她,那托着漆盘的红衣舞姬在此时微微一笑:"小姐担忧三公子之心令人动容,但小姐如何知道三公子在此处就不是休息了?"是有些发沙的声音,却似陈酿的果酒一般,有一种熟透了的好听。

成玉反应过来这就是方才为那个抛袖舞姬解围的机灵舞姬。

那舞姬浅浅一弯眉眼:"实不相瞒小姐,三公子难得来一趟冥司,我们姐妹其实每人都备了一支拿手之舞想呈给三公子一观。但若小姐此时带三公子离开，我等的心愿岂不就此落空了。"这话其实说得有点逾越，但由眼前这舞姬说出，却并不令人生厌。

成玉托着腮帮等她的下文，便见她果然抿了抿唇，唇边的一双梨涡也很令人喜爱："今日我主为三公子设下这舞宴，虽是小宴，但照冥司的规矩，若小姐要提前带三公子离开，却需同我等比一比本事。今次不如就同我们比一比舞技如何？小姐同我等一比，既全了我等献舞给三公子的心意，而若小姐舞技在我等之上，那一定更能取悦三公子，三公子大约也更愿意同小姐回去，小姐以为如何呢？"

明明这里最能做主的人是连三，但这红衣舞姬偏偏来问她，这是看准了连三不会有意见。连三方才同自己说的那几句话，也的确看不出他有想要中途离席的意思。

成玉一边剥着葡萄一边觉得这舞姬果真机灵，但问题是她根本不会跳舞，比这个她必输无疑。不过好在她是个经常逛青楼的郡主，根本不觉得在这种事情上输给别的女孩子有什么要紧。有这么多姑娘想要跳舞给连三看，这，这很好啊，她也很想看啊。

"这个提议太好了，就这么办吧。"她放下手里的葡萄兴高采烈地对红衣舞姬说。

三殿下的酒壶一个没拿稳摔在了地上。

乐音扬起，舞姬们挨个儿在泉池之上献舞，果然各有妙处。成玉虽然自己不会跳，看过的舞却多。宗室郊祭的祭祀舞，她观过；宫中宴享的大曲舞，她览过；蛮族进贡的胡舞，她也欣赏过；加之她没事还去逛青楼，民间的那些俗乐舞她更是门儿清。

她虽然在这上头如此见多识广，但今夜也被冥姬们的舞姿给镇住了。真正是身形未动，神韵已出，而且这些冥姬，她们的身段真的软。

成玉看得入神，精彩处还要同连三点评："你看那个云步，果真如腾云而行，真是轻盈优美。""这个横飞燕跳，腿抻得好直啊。""方才那个下腰连三哥哥看到没，那样那样的，怎么腰能那么软……"

她吃着葡萄观着舞，看上去气定神闲还胸有成竹，连三皱着眉，问了她一个问题："你这是终于学会跳舞了，有底气和她们一比高低？"

"没有啊。"

连三放下酒壶："所以是你自己想看她们跳舞，才答应了她们，是吗？"

她毫无防备："是啊。"话出口才反应过来，心里一咯噔。

三殿下看着她，居然笑了一声，又看了她一会儿，开口道："答应得如此爽快，是原本就没想着和她们比，也没想着把我赢回去，是吧？"

成玉心道，坏了。她坐在长椅边儿上只觉头大，想了好半天，道："那是因为你看上去也不太想回去的样子……"

三殿下没有容她糊弄过去，淡淡道："说实话。"

她叹了口气："我……"她将双手搭成个塔尖支在下巴底下，"我……"她又"我"了一遍，最终在连三凉凉的眼神之下选择了放弃，"那爱美之心人皆有之嘛。"

她破罐子破摔："好看的小姐姐们想要献舞给你，当然应该让她们献啊，因为这样她们会跳得很高兴，我也会看得很高兴，大家都可以很高兴。那我看她们跳完了，就认输回去，这也没有毛病嘛，因为我又不会跳舞啊。况且她们说得也很有道理，连三哥哥你在这里也可以休息，也不是非得要回去不可，所以你到底在生什么气呢？"说完她想了一遍，觉得这番话真是非常有逻辑。

三殿下额角的青筋跳了跳："我没生气。"

"好吧。"她嘟哝着，"那你没有生气。"她吃了一颗葡萄，又摘了一颗给连三，试图将气氛缓和一下，"那你吃葡萄吗？"

"不吃。"他抬了抬扇子，将她的手推开。

她也没有觉得尴尬，就自己吃了。连三生气的时候该怎么哄，成玉其实有经验,但她今夜大悲大喜,情绪不太稳定,怕发挥不好,不仅不能将他哄回来还会弄巧成拙,就琢磨着可能将连三放一放,放一会儿没准他自己也能好。

她打算放着三殿下,三殿下却没打算放着她,他挑眉责问她:"让我一个人在这里休息,你就不担心待会儿会出什么事吗?"

她还真不担心这个,不禁反问:"这些舞姬姐姐们,她们都是手无缚鸡之力的姑娘啊,冥兽连三哥哥你都不怕的,姑娘们能拿你怎么样呢,你说是不是?"

乐音陡然一高,泉池中的舞姬一下子跃了起来,红色的纱裙在空中撒开,成玉的注意力立刻被吸引了过去。但鉴于此时连三正面无表情地看着她,她的目光只溜了个神又赶紧移了回来。

三殿下冷眼看着她,成玉觉得他可能是忍不住想要打她的意思,出于本能,朝长椅的边角处躲了躲。

看她这个动作,三殿下揉了揉额角,朝泉池吩咐了一句:"停下来。"泉池旁的乐音蓦然凝住,泉池正中的舞姬也赶紧刹住了动作,差点摔在水中。

成玉迷惑地看向连三。

他却懒得理她似的,只向着泉池中一众舞姬淡声吩咐:"换个比法。"一抬折扇,化出数本书册浮在半空之中,"跳舞看得我眼花,你们同她比背这个,谁能在最短的时间内背完整本经书算谁赢。"

成玉目瞪口呆。浮在半空的那数本经书,封皮上的五个大字她特别熟,《妙法莲华经》。这本经书她帮太皇太后抄过,全书一共七万八千余字,字儿贼多。

她过目不忘,比背这个她赢面很大,便是不翻阅那本长经,此刻那七万八千余字已在她脑中呼之欲出了。

但……连三为什么要让她们比这个?

她发着愣,见连三朝她勾了勾手指,她配合地靠了过去,便听他

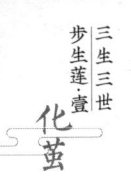

在耳边报复性地威胁："这个你若还赢不了，敢把我扔这儿，那这舞宴后，就换我把你扔在冥司，听懂了吗？"他挺温和地问她。

比这个她虽然赢面很大，但万一此处有哪位仙子潜心佛法，对这部长经亦能倒背如流呢。她打了个哆嗦："你，"她舔了舔嘴唇，"你是认真的吗？"

三殿下的扇子缓缓抵在她的肩头，轻轻拍了拍，附在她耳边笑了一声："你猜。"

国师在小院中等了许久也没等着成玉将吹风的连三带回来，放心不下，出外寻找。国师没有成玉的好运，寻了好些时候才寻到这座浮岛。

穿过白叶林，倒果真瞧见了三殿下和小郡主，两人正坐在一张长椅上说着什么。但吸引了国师目光的却并非他二人，而是他们面前泉池里的数位红衣少女。

少女们皆是舞姬打扮，坐于泉池中，人手握着一本《妙法莲华经》正在郑重记诵。

"尔时如来放眉间白毫相光，照东方万八千佛土"的诵经声中，国师有点发蒙，心道秃驴们动作怎么这么快，传经都传到冥司来了？

国师蒙了好一会儿，回过神后他从胸前取出一本小册子，静悄悄靠近了那一排舞姬，拍了拍坐在最外头的舞姬的肩膀："姑娘，我们道教的《太平经》你有没有兴趣也了解一下？"

姑娘："……"

成玉终于还是证明了自己，没有给连三将她丢在冥司中的机会。

事实上她只背了前头三千字，下面的舞姬们便齐齐认输，并没有谁有那样的气性非要和她一较高低。成玉早已看透，明白这是因大家都不愿背书，都希望早早输给她以求尽快结束这场折磨的缘故。同时她感到以后连三要再来冥司，再也不可能有这种十来位舞姬求着向他献舞的礼遇了，大家不给他献刀子不错。

将连三赢回来带离泉池时，成玉还在琢磨连三为何非要她把他赢回去，他这是个什么想头，又是在犯什么毛病，因此也没察觉连三喝醉了。

她后来才听说，冥主谢孤栦爱酒，酒窖中存了颇多佳酿，有些酒滋味温和，酒性却极烈，而那晚连三所饮之酒便是这一类酒中的绝品。

起初她和国师谁也没发现连三醉了这事，毕竟三殿下从头到脚看起来都很正常。

直到走下那段廊桥。

下廊桥后他们原本该向东走，连三却义无反顾地选择了相反的方向。国师在后头犯糊涂："将军这是还要去何地？"连三僵了僵："……回宫。"国师扬手指了指东边的小花林："回宫是在那边啊将军。"

成玉的确很奇怪连三居然会记错路，因为他们宫前有一片小花林，只要不瞎就不会走错，但她也只是想兴许连三有心事故而脚下没有留神罢了。

但转过那片小花林，连三居然又走偏了。国师在后头冷静地提醒道："将军，我们得拐个弯向左。"成玉此时就有些怀疑了。

好不容易入了宫门，这次连三在小院跟前的月亮门前停了好一会儿，国师也低眉顺眼地站了好一会儿，就她没忍住，胆大地问道："连三哥哥，你是不是记不得你的房间在哪个方向了？"

连三神色又僵了一下，国师比她可机灵太多了，见状立刻走到了前头，一边在前方引着路一边作势数落她："将军怎么能不记得自个儿住哪个殿，郡主你见天的脑子里净是奇思妙想！"连三先看了国师一眼，又冷冷看了她一眼，没有说什么，却接下了这个台阶，跟着国师朝着主殿行去。

成玉就确定了，连三这实打实地是喝醉了。

醉酒,她也醉过,醉得有了行迹,那必然是难受的。虽然连三面上瞧着没有什么别的反应,岂知他不是在强忍?

这种情形下没个人近身照顾着,很不妙啊。

她赶紧追了上去。

她琢磨着,连三即便在国师跟前强撑着面子,在她面前又有什么所谓呢,她执意跟进殿中照顾,连三也不会赶她。她那如意算盘打得挺好,对连三也的确了解,但眼看着差一点就跟进去了,半路却杀出了个季世子竭力阻挠。

季世子对她想跟去连三房中近身照顾这事极力反对。季世子的理论是她一个未出阁的姑娘,即便初心只是为着照顾一个酒醉之人,但深夜还孤身留在一位男子的房中却是十分不妥。

但季世子也是位虑事周全的世子,并不只一味反对,他同时还提出了可行的建议,主张好在除了她这个姑娘外,此处还有国师同他两人,他们亦可以代她照料连三,此事如此解决该更为妥当。任成玉如何同他解释她和连三因是义兄妹,因此无所谓男女大防的分别和计较,季世子都拦在殿门之前毫不松口。

国师站在一旁,看着自从季世子冒出来后脸色就更差了的三殿下,再看郡主每说一次她同三殿下只是兄妹,三殿下脸色就更冰冷一分。国师心累地感到自己完全没有办法应付这样的修罗场,不禁尝试着在夹缝中求生存,提出了另一个建议:"既然郡主和世子两位照料将军之心同样切切,那不如郡主和世子两人一同进去照料将军,世子也不用担心郡主的闺名受损,郡主也不用担心我们两个大男人照顾将军不妥当,实乃两全之……"

"闭嘴。"三殿下终于忍够了,揉着额角神色极为不耐,"都出去。"话罢,砰的一声将门关了。

国师看着成玉,成玉也看着国师,二人面面相觑一阵,然后成玉转头跟依然站在殿门前的季世子抱怨:"都是你啊,"她生着闷气,"喝醉了没有人照顾很难受的。"

季世子此时倒放缓了语声，做出了退让的姿态："嗯，都怪我，"看着她低声道，"但将军看上去很清醒，我想他能照顾好自己。"

郡主忧心忡忡："你根本不知道，连三哥哥一定只是逞强罢了。"

季世子没再说什么，眉头却紧紧蹙了起来。

国师看着他们此刻的情形，深深地叹了口气。

三殿下躺在床上想事情。冥司中并无日夜，他其实不需要休息。

他的确醉了，但他的头脑却十分清醒。他想起了许久不曾想起的长依。

为何竟在这时候想起长依来？他蹙眉看着帐顶，觉得可能是自己对情之一字的所有认知和理解，都来自她吧。

长依能够成仙，他功不可没。

三殿下初见长依，是在南荒清罗君的酒宴之后，她深夜出现在他房中，不惜自荐枕席，只为向他求取白泽。第二次见到她也没隔上多久，是在他平乱的北荒，她救了他数名将士，向他求取成仙之道。

这两次所求，皆是为了与她相依为命的幼弟。她那幼弟被南荒七幽洞中的双翼猛虎所伤，需以白泽为质，辅以神族圣地三十六天无妄海边生长的西茸草，以老君的八卦炉炼制成丹，一日一粒连服三百年方得痊愈。白泽，西茸草，八卦炉，皆为神族之物，她若成仙，这三样珍宝便唾手可得，正因如此，她才有那等逾越的请求。

而他那时候为何会助她成仙呢？

他蹙眉回想。哦，似乎是觉得一株被整个南荒魔族轻视，根本不能开花的红莲若能成仙，还怪有趣的。

此后他耗费了许多力气，以仙之白泽化去了她体中妖之绯泽，又助她躲过天雷劫，终于令她得以飞升；他还同掌管仙籍的东华帝君打了招呼，为她谋得了花主之位，让她能够统领瑶池。可，即便是帮了她这许多，那时候，以及那之前，他其实都未曾真正地注意过她。她的确挺有趣，同他见过的许多神族魔族女子都不尽相同，但不过也就是那样罢了。

　　他真正注意到她，倒是在她恋上桑籍之后。九重天上有许多规矩，有一则是生而并非仙胎、由他族修炼成仙的灵物们，证得仙位后须得戒清七情灭除六欲，否则将被剥除仙籍打入轮回。故而她即便爱上桑籍也不敢坦言，只能在一旁默默看着他这位二哥。

　　她初时对他这位二哥动情，他便知晓，她偷偷看着他看了几百年，他顺道也将他们看了几百年。

　　世间之事，尽皆无常；无常，乃是流转生灭。四万余年的流转生灭中，他从未见过一事能恒长，一物能恒久，只觉世间之物世间之事，一派空空如也，全是荒芜。他的心中也一片荒芜。可一只半点佛法道法造诣也没有的小花妖，却将一份最易无常的痴恋默默保存了数百年，还颇有些海枯石烂至死不移的架势。不是不令他感到惊异的。

　　即便被八荒都冠以风流之名，他其实，从不知道情是什么。

　　长依有时候胆小，有时候却又出奇地胆大，明知情这个话题对她这样的仙者乃是禁忌，可当新上天的小花仙们私底下悄悄讨论这个话题时，她竟也敢高谈阔论："情在发芽的时候，可能只是一种好感；情根长起来时，却生了嫉妒心；待情叶顺着根儿郁郁葱葱发起来，又有了占有欲；而当遍布了情叶的情藤漫卷了整个心海，再斩之不去时……"小花仙们听得兴起，纷纷催促："那时又怎么？"

　　"又怎么？那时……悔之晚矣，便再没了主意，只要他好，怎么都可以吧。"

　　那些话他虽于不经意间听到，当时却并未感到如何，只觉她的比喻有些新奇，因此也就记住了。但今日，那一番话再次重现在他脑中，却像每一字每一句都是专为了他所说。

　　待情根长起来时，却生了嫉妒心。待情叶顺着情根郁郁葱葱发起来，又有了占有欲。

嫉妒心。

占有欲。

他对季明枫的嫉妒心。

他对成玉的占有欲。

这就是情。

这其实是情。

不是单纯的喜爱，欣赏；不是只求一夕之欢愉；不是有她陪着无可无不可。

这是情。自他的心底生出。虽然时常令他生气，却不令他感到荒芜的情。

得出这个结论后三殿下愣了好一会儿，他一时很有些回不过神来。

却在这愣怔之中，听到了窗户啪嗒一声响。有人跳了进来。

成玉很庆幸连三今夜忘了锁窗户。

她原本打算待季世子和国师都回房歇下了，再悄悄跑过来照顾连三。她可太知道醉酒是怎么一回事了，着实很担忧。但季世子却似猜到她的心思一般，一直守在她门口防着她出门。

她说得过季世子却打不过季世子，只好自暴自弃地招了冥姬提水沐浴打算就此歇下，结果洗完澡出门一看，季世子居然不见了。

她赶紧抓住了这个机会，连衣裳都来不及换一换，顺着墙根就溜去了连三窗户底下，一推窗户，轻盈地翻进了房中。

房中一片漆黑，成玉试探着唤了声连三哥哥，无人应答。

冥司中因无日月，外头照明全靠弥漫在空中的星芒，而因星芒入不得室内之故，房中照明则需靠明珠。她来得匆忙，忘了带颗明珠探路，此时只能将窗户拨得更开些，靠着外头星芒的些微亮光辨出床在何处。

"连三哥哥,你睡着了吗?"她向着玉床的方向轻声问。无人应答。

她知道连三警醒,可此时却是如此,使她有些着慌,赶紧小跑到了那玉床前,想瞧瞧他如何了。然玉床置于房间深处,星芒的微弱亮光难以覆及此处,一片昏暗中,她根本看不出连三到底如何了。

她发愁了片刻,干脆蹬掉鞋爬上了床,伸手去够连三的额头,想看看他有否发汗。右手抚上他的额头探了探,倒是没有发汗,额头却有些冰凉。额头发凉,这是外感湿邪的症候。不过梨响照顾酒醉的朱槿时也同她传过经验,说有些人饮酒饮得过多,酒意发出来后会全身发凉,称作发酒寒,此时需喝些姜茶取暖。

连三这是外感湿邪还是发酒寒了,光探一探额头她也无法分辨,因此又伸手去摸了摸他的脸,感到他的脸颊也同额头一般冰凉,她的手指又顺势移到了他的颈项。便在她试着向他的领口脉搏探去时,手腕突然被握住了。

一阵天旋地转,待她反应过来时,才发现连三竟不知什么时候醒过来了,此时正握着她的右手将她压在身下。

这十足昏暗的床角处,便是两人如此贴近,她也看不见连三脸上的表情,只能感到被他禁锢的右手手腕处微凉的触感,他高大的身躯带给她的压迫感,以及他慢慢靠近的、温热的吐息。

他身上有酒味,但不浓烈,反而是他衣袖之间的白奇楠香,在这一瞬间突然浓郁起来,萦绕在她鼻尖,直让她头脑发昏。她虽然没反应过来这是什么状况,却本能地想要开口,但他空着的那只手蓦地抚过了她的喉头,那微凉的手指在那处轻轻一顿。

她不知自己是太过惊讶还是太过紧张,忽然便不能说话。

她呆呆地看着他,但因光线暗淡之故,她什么都无法看清。

连三其实一直醒着。

玉床所在之处的确昏暗,但自成玉翻窗跃入,她的一举一动,他都看得十分真切。他听到了她的轻声试探，但他没有回应，只是安静地注视着站在窗前的她。

她应该沐浴过，穿着素绸百蝶穿花寝衣，白日里成髻的长发散开了，垂下来，似一匹绸缎，漆黑而润泽。他从不知道她的头发那样长。那长发搭在寝衣之上，寝衣是以盘扣系结的丝绸长裙，十二颗盘扣，自领口系到裙角，领口开得有些低，露出两边精致的锁骨。

漆黑的长发，微蹙的眉，雪白的寝衣，银线织就的穿花百蝶翩然欲飞。

他在黑暗之中看着她，竟然无法移开目光。

他知道这并不是适合见她的时候。在他刚刚发现他对她究竟是怎么一回事的前一刻，以及此刻，他都不应该见到她。有些事他需要好好想一想，他还没有想清楚。她这样出现在这暗室之中，再多待一刻，他都无法思考了。

他知道她所为何来，他以为他装睡她便会回去，瞧见她匆忙来到他床前，毫无犹疑地脱鞋爬上他的床榻时，一时之间，他竟不知今夕何夕。

当她赤足爬上他的床榻时，白色的裙裾被带上去一些，露出一截愈加白皙的小腿来，因为鲜活，因此那白皙更为精致，刺得他眼睛都开始疼。他从没有这样在意过一个女子的身体，还含着这样的绮思，他想他果真是醉了，亦不能再看她，因此他闭上了眼。

但感知却更加灵敏。

他感到她靠近了他。

她周身都像带着湿润的水汽似的，当她靠近时，就像一团温热的水雾欺近了他的身体。明净而又柔软的水雾，似乎在下一刻便要化雨；而当它化雨时，不难想象，那将是纯然的、细丝般的雨露，洒落在这世间的任何一事任何一物之上，都将极为贞静、柔美。就像要印证他的想象似的，她的手指抚上了他的额头。

他猛地睁开了眼睛。那手指却无所知觉,又移到了他的脸颊。

怕将他吵醒似的,羽毛一般的抚触。无情,偏似有情。

他深知她的所有动作都只有单纯的含义,她只是担心他醉酒,但到此时,这种单纯于他,却变成了一种难以抵挡的引诱。感情上她纯净如一张白纸,但她又天生有迷惑他的本事。他从前总为她的这种矛盾生气,可此时,却只是无法控制地被蛊惑,被吸引。

几乎是出于一个捕猎者的本能,他无法自控地将她压在了身下。

不能让她说话。他太知道她。一旦她开口,必定是他不喜欢的言辞。因此他的手指移到了她的喉头,给了那处极轻微的一个碰触。

黑暗中,她杏仁般的眼中流露出惊讶的情绪。这种时候,她一向是笨拙的,她一定以为是因她自己的缘故才无法出声,故而眼中很快地又浮现出一丝惶惑。惊讶,惶惑。那让她显得脆弱。

往常他们也有这种靠得极近的时刻,可她要么是少不更事的纯真,要么是不合时宜的振振有词,总能令他立刻恼怒。他宁愿她这种时候表现得脆弱一些。

青丝泼墨,铺散在他的床榻之上,穿花百蝶的寝衣裹住她的身躯,那是一具娇娆女子才会有的身体,纤细,却丰盈。他放开了她的手腕,她没有动。他的左手在她的袖中微停了停,而后抚上了她的小臂。她僵了一下。寝衣将她的身躯裹覆得玲珑有致,却偏偏衣袖宽大,他的手指毫无阻碍地一路划过她的小臂,她微屈的手肘,而后是上臂,再然后,是她的肩,她的蝴蝶骨。刚刚沐浴过的身体,凝脂一般柔软温暖,还带着一点水雾的湿润气息。

他空着的那只手揉进了她的黑发中,青丝裹覆着他骨节分明的白皙手指,无端便有了一丝缠绵意味。他刻意忽略了她蓦然间泛了雾色的双眼,只看到她眉心的一点朱砂,在此时红得分外冶艳。

他俯下身,他的唇落在了她的眉心。她颤了一下。就像仅被拨出了一个音节的琴弦,那种轻颤,有一种赢弱的动人。

这轻颤吸引着他继续在她脸上放肆。他轻柔地吻着她的秀眉,而后辗转至她的眼,她的鼻梁,他的手掌则紧密地贴覆着她小巧凝滑的蝴蝶骨,抚弄,揉捏,本意是为了安抚,却不可抑制地带着一丝情欲的放纵滋味。

他有些无法克制地对她用力,吻也好,抚触也好,而就在他的唇试图接近她的嘴唇时,他感到了那轻颤剧烈起来,而她的肩,她的整个身躯,在他身下一点一点变得僵硬。他轻喘着停下来。便也听到了她的喘息,低低的,轻轻的。他贴近她的耳畔,哑声安抚她:"不要怕。"但这安抚并没有起作用,她抖得更加厉害。

他便离开了她一些。而此时,他终于再次看清了她的眼。那泛着水雾的一双眼中没了惊讶也没了惶惑,有的,只是满满的恐惧。

似一盆冰水兜头浇下,他僵住了,片刻后,他终于醒过神来,明白了自己在做什么。解开她被封禁的语声时,他听到她像一只被欺负的小兽,胆怯又绝望地试图唤醒他:"连三哥哥,你是不是认错人了,我是阿玉啊。"

这是她为他找出的借口。

他放开了她。在熟悉的恼怒漫上心头之前,先一步涌进他内心的却是无尽的荒凉感。他的失控,他的温存,他的无法克制,在她看来只是伤害,只带给她恐惧罢了。她从来就不懂,什么都不懂。

许久,他才能出声回应她:"阿玉。"声音毫无情绪。

她被吓坏了,还躺在床上小口小口地喘息,试图平复自己,听到他叫出她的名字,才终于松了一口气似的。"嗯,我是阿玉啊。"她心有余悸地道,停了一下,又立刻低声补充,"我知道连三哥哥是认错了人,我不会怪你的。"

他此时真是烦透了她的自以为是,"我没有认错人"这几个字却卡在喉中无法出口。

说出口会怎样?她会怎样?他又该怎样?他自负聪明,一时却也不知此题何解。因此静默良久后，他只是淡淡道："季明枫说得没错，以后不要深夜到男子的房中，很危险。"

她已全然平复了下来，坐到了他的身旁，蹙着眉同他解释："我没有深夜去过别的男子房中，我也绝不会去，我是因为想要照顾连三哥哥才……"

他看着窗外飞舞的星芒，打断了她的话："我也很危险，你懂吗？"

她的眉头蹙得更深："我不懂，"她望着他，眼中满怀信任，"连三哥哥不会伤害我，连三哥哥是这世上绝对不会伤害我的人。"

他终于回头看她："我刚才……"

她笃定地打断他："那是因为你认错了人，你不知道是我罢了。"

他一生中难得有矛盾的时刻，她却总是让他感到矛盾，譬如方才，他不知道是该让她走还是该让她留。又譬如此时，他不知是该欣慰她的信任，还是该烦厌她在这种时候对他如此信任。他只能冷淡地命令她："以后就算是我房中，也不许轻易进来。"

她立刻坐直了身体问他："为什么？"

他早知道她会是这个反应，她总是这样。要想堵住她的嘴其实很简单，也不用真的和她讲什么道理，他一直知道该怎么对付她。"没有为什么，不许就是不许。"他道。

她丧气地低了头，果然让了步："嗯，那好吧，不许就不许吧。那……"

他在她提出新的要求前利落地下了逐客令："你可以回去了。"

她迟疑了一会儿才下床，趿着鞋走到了窗口，又回过头来很有些担忧地询问他："那连三哥哥你没事吧，你真的不需要喝一碗姜茶吗？"

"不用。"这一次他没有看她。

直听到她跃窗而出，他才将视线再次移向窗前。随着她的离去，那些闪耀的星芒似乎都暗淡许多，像一只只休憩的萤火虫，因困乏而光亮微弱。

房中一时静极。

方才的一切就像是一场梦。一场绮梦。

而当她离开之后，他终于能够继续思考。

他不知情是什么，不知它因何而生，亦不知它为何会生于他同成玉之间。他只能判定，若这是情，那么从一开始，它就错了。

这桩事，错不在成玉，错不在她一心将他当作哥哥，错不在她的纯真和迟钝。错在他。自他对她生情之始，所有的一切，就都错了。他是个神，对一个凡人生出情意，对她和他都没有任何好处。在她越窗而入之前他就应该意识到这一点。彼时他却疏忽了。

此时他终于想了起来，这才是最重要的一件事。

他突然忆起今夜在曲水苑中时，她玩笑着问起他的那句话："难道放在今日，皇祖母再赐婚，连三哥哥你就会改变想法娶我吗？"

他那时候愣住了，因他从未想过娶妃这个问题。作为一个神族，他也还不到需考虑娶妃这个问题的年纪。

而此时，当他第一次正视娶妃这个词汇时，却只是感到烦乱和失望。

他即便对成玉生了情，也最好到此为止。

因他不能娶一个凡人。

因他娶不了一个凡人。

虽然他一贯恼怒她的天真和迟钝，偶尔生气时甚至想问她是不是被朱槿养傻了？但此时却不得不承认，朱槿将她养成这样，太好了；她不曾对他动意，太好了；无论是对他还是对她自己，这都是一件好事。

三生三世
步生莲·壹

化茧

Wherever Step Goes,
Lotus Blooms